家藏文库

古文范

吴闿生 评点　　王基伦 王诚御 许妙音 评析

中州古籍出版社
·郑州·

图书在版编目（CIP）数据

古文范 / 吴闿生评点；王基伦，王诚御，许妙音评析. 郑州：中州古籍出版社，2025.3. --（家藏文库）. -- ISBN 978-7-5738-1970-3

Ⅰ.I262

中国国家版本馆 CIP 数据核字第 20251LZ555 号

JIACANG WENKU：GUWENFAN

家藏文库：古文范

出 版 人	许绍山
选题策划	卢欣欣
约稿统筹	卢欣欣
责任编辑	高　媛
责任校对	张　颖
美术编辑	王　歌
版式设计	曾晶晶

出 版 社	中州古籍出版社
地　　址	河南自贸试验区郑州片区（郑东）祥盛街 27 号 6 层 邮编：450016　电话：0371-65723280
发行单位	河南省新华书店发行集团有限公司
承印单位	河南新华印刷集团有限公司
开　　本	640 mm×960 mm　1/16
印　　张	23.25
字　　数	340 千字
版　　次	2025 年 3 月第 1 版
印　　次	2025 年 7 月第 1 次印刷
定　　价	58.00 元

本书如有印装质量问题，请联系出版社调换。

前　言

《古文范》这本书，出自清末桐城派大儒吴汝纶先生（字挚甫，一作挚父，1840~1903）之子吴闿生（1877~1950）之手，是对应于时局变动而产生的一本极具特色的古文选本。

一、版本流传情形

起初吴汝纶选注《古文读本》，用以教授子弟，然而此书已经亡佚。吴闿生应吴汝纶弟子高步瀛（1873~1940）之请，将《古文读本》扩充成《国文教范》一书。1919年，正是五四运动发生的同一年，位于上海的中华书局再版《国文教范》一书，更名为《古文范》，是为初刻本。

1927年，门人贺培新（1903~1952）等人倡议重刊此书，吴闿生复加增选，计一〇三篇又十三节，由北平（今北京市）文学社刊刻印行。此本原文之外还有吴闿生的评点，而且在目录页注记："民国纪元二年录竟，十六年五月复加更定编次。"这是目前各地图书馆收藏最多的版本，市面上也颇见流通。1970年，台湾中华书局依据此本再版，1990年北京中国书店也依据此本再版，一函四册。

1929年文学社再刊行《古文范》，其内容与1927年本几乎全同，只有在卷一的最末页，以及所选淮南小山《招隐士》的评语处，增补了一些内容。今所见版本中，此本内容最为充实，且出自吴闿生本人复校，其增补内容载明"己巳三月闿生记"。可知1929年的刊行本为吴闿生手订。这是最后的定稿，市面上却罕见流通。

这里面有段故事：吴闿生当年在奉天（今沈阳市）萃升书院讲学，该书主要在东北流传，后来东北大学图书馆有过收藏。东北大学于1923年由张学良（1901~2001）等人筹办成立，1928年8月张学良出任该校第三任校长，1936年底，因张学良被囚禁，东北大学校长改由其他人担任。1949年10月，张学良被迫迁居台湾，此时有一批东北大学藏书辗转寄存到台湾省立师范学院（校名今改为台湾师范大学），估计吴闿生《古文范》的最后定稿版，于此时落脚于台北，现在保存于台北台湾师范大学图书馆。

二、作者生平

吴闿生，字辟疆，号北江，安徽桐城人。生于清德宗光绪三年（1877），卒于1950年，年七十四。他是晚清桐城派大家吴汝纶庶出的幺儿，原本不受父亲喜爱，但是在父亲逝世后，闿生整理父亲遗著，发扬桐城派家学，出力甚多。

吴汝纶曾入曾国藩（1811~1872）、李鸿章（1823~1901）幕府，为"曾门四弟子"之一，古文、经学、时文皆卓然不群，并且他能接受西学传来的新知识。光绪十四年（1888），吴汝纶向直隶总督李鸿章自荐，辞去冀州知州，接任莲池书院山长之职。次年起，主讲河北保定的莲池书院，当时即开设英、日文及格致（理化）课程，力倡西学。光绪二十八年（1902），吴汝纶东渡日本，考察教育制度，交流新思想、新科学，以为"非有实在本领,不足与外人相抵"。他认为强国须从教育做起,不能只是小修小补,而应该破旧立新,于是他主张废除科举,提倡西学。这些观念影响到其子闿生。

在光绪八年(1882)吴汝纶任冀州知州时,他奖励兴学,聘请新城王树枏(1852~1936)、武强贺涛(1849~1912)为师。闿生此时幼承家学,又师事贺涛、范当世(1854~1905)、姚永概(1866~1923)等人,这几位先生也以弟子礼跟随吴汝纶,传承桐城派学问。而吴汝纶六十三岁高龄访问日本时,闿生已经在日本留学,学习理财等新学,归国后,任度支部财政处总办、大使幕僚等职。1912年,袁世凯(1859~1916)就任总统,次年闿生入总统府秘书监。北洋政府时期,政局动荡不安,政权屡经更迭,吴闿生历任教育部次长、总统府秘书、国务院参议等职,又曾回到从前的居所,主持河北莲池书院。1918~1922年间,徐世昌(1855~1939)任总统,也喜欢古文,吴闿生与他结交,这段时光是闿生优游的岁月。闿生始终不忘旧朝,1928年后,出任奉天萃升书院教授、北京古学院文学研究员。1930年,又邀请高步瀛前来东北讲学,二人情感甚笃,后来合力编写了许多古文选本。1931年发生九一八事变,东北沦陷,伪满洲国成立,吴闿生痛恨日军侵略东北,遂返回北平,隐居不问世事。抗战期间,执教杏坛,直到终老。

吴闿生的父亲为清朝官员,他本人也曾领用清朝俸禄,父子二人可说是"前朝遗老"了。心理上,吴闿生很难接受辛亥革命推翻清朝帝制的事实。然而,他亲见帝国主义多次发动侵略战争,强迫清廷政府割地、赔款、签订一系列不平等条约的事实;早年羡慕日本而留学日本,眼见日本展露大肆侵略中国的野心;加上民国初年军阀恶战不断,你争我夺,国内民不聊生,他因此转而大力支持"共和"的政府制度。又因为生逢新思潮运动风起云涌、新知识分子的主张益趋极端而旧文化传统遭遇强烈贬抑唾弃的年代，吴闿生忧心忡忡，始终坚持孔、孟圣贤的谆谆教诲，坚持保存古代文化传统，前后执教杏坛数十年，致力于评点古籍与讲授古学，于风雨飘摇之际传承学术薪火。

吴闿生官场不如意，遂久居华北、东北一带，终生志在振兴文教，专心撰写古诗文辞，从不写作白话文。清末许多接受传统文学、摒弃白话文的运动者皆如此。闿生从事古文教学工作，"以古文诏后进"，跟随者甚多。他的年纪较同时代古文领袖人物林纾（1852~1924）、马其昶（1855~1930）、陈衍（1856~1937）、姚永朴（1861~1939）、姚永概、王文濡（1867~1935）、李刚己（1872~1914）、高步瀛等人略晚，可谓桐城派末期殿军人物。著有《北江先生诗集》五卷、《吴门弟子集》十四卷、《左传微》十二卷、《北江先生文集》七卷、《诗义会通》四卷、《晚清四十家诗抄》三卷、《尚书大义》二卷、《周易大义》二卷、《吉金文录》等。又为了延续古文传统，特别重视选评古文的工作，编有《左传文法读本》八卷、《孟子文法读本》七卷、《汉碑文范》四卷、《古文范》二卷、《古文典范》二十五卷等书。

三、内容特点

清末德宗光绪三十一年（1905）九月，经袁世凯奏请，慈禧太后以光绪帝的名义发布上谕明告："着自丙午科为始，所有乡会试一律停止。各省岁科考试，亦即停止。"自此延续千年的科举制度正式宣告废除。对当时读书人来说，读古文选本的意义已经从为了参加科举考试转变为继承文化传统，以及写作能力的提升运用。

到了民国初年，社会大众竞慕新学而批判旧学，白话文学兴起。桐城派文人深恐古文不再流传，于是如吴闿生等人，大力编选古文读本，上探文义，进一步保存"民族之精神"，进而引导后学，走向正路。吴闿生《国文教范》卷首明白说出："欲收彼学之长，宜先精研吾国斯文之传以植基，而增融化之力，而后彼学之美皆为供我进步之资粮。"大抵救亡图存须仰赖人才，人才须从教育培养，而提倡阅读古文的目的即在于奠定良好的传统学问基础，进而吸收新知识，造福国家。吴闿生的弟子吴兆璜（1903~1962）撰写的《古文范后序》也说："先生挈提后进，孜孜焉讲贯研索之不倦，而冀垂其说于芒芒不可测度之世。世之君子，殆亦有叹先生用意之深，而以振兴人才为己任乎！"桐城文士在新时代坚守古文阵地，以保存传统思想文化为最终目的，可见《古文范》的编纂宗旨并不仅限于鉴赏文章而已。

《古文范》选文共计一〇三篇，上编选周、秦、汉、魏之文，以《庄子》四篇又十三节、《韩非子》十五篇、《战国策》六篇、《史记》十九篇为多，其余各家仅一至二篇。下编选唐、宋及清代之文，其中韩愈（768~824）十八篇、王安石（荆公，字介甫，1021~1086）十篇为多，曾国藩三篇，其余各家仅一至二篇。

与一般选集比较，《庄子》选文甚多为一大特色。吴闿生认为天下事理不是对立，而是趋向和谐统一。因此他在评论《庄子》时，指出《论语》的"楚狂之歌"开展出《庄子·人间世》一节，而孟子与庄子讲到"气"，同样是广阔无边际的。他直言老、庄能保全性命于乱世，这点值得学习；但是其返朴归真的政治理想，则是空想而昧于事实。

《庄子·人间世》说："今蕲行周于鲁，是犹推舟于陆也。"吴闿生选录这段话评论道："此庄生达变之言也。夫周尚不可行之于鲁，而欲行孔子之道于数千年后之今日，宜其扞格而不通矣。"在这里，吴闿生认同庄子讥讪孔子的话，战国末年《韩非子·五蠹》同样也提出"世异则事异""事异则备变"的说法用来讥评儒家。由此可见，闿生并非死守儒家思想的人，他能接受庄子、韩非子的部分思想，以补孔门的不足。《古文范》书中往往能客观地评论先秦诸子百家学说的优缺点，这在以往古文评点书籍中不常见。

早年吴闿生采用家大人的教学讲义，编成《桐城吴氏文法教科书》。书中选入《韩非子》多篇文章，应当是父、子二人皆有感于时局变动，故选文倾向于务实治国的法家之学。《桐城吴氏文法教科书》后来与李刚己《古文辞》合刊，更名为《桐城吴氏古文法》。此书上篇只编选《韩非子》与司马迁《史记》作品，其中《韩非子》的选文篇目，《桐城吴氏古文法》与《古文范》完全相同；《史记》选文以序、赞为主，二书篇目也大抵相同，唯独《古文范》少了《范雎蔡泽列传赞》《傅靳蒯成列传赞》二篇，闿生并未说明原因。《桐城吴氏古文法》的评论文字，《古文范》大抵沿用，偶有增修。

值得注意的是，这本书的评语偶尔发挥议论，借机评议时政，尤其是展现了对当时政治制度的批判，令人刮目相看。譬如韩愈《原道》说道：

> 是故君者，出令者也；臣者，行君之令而致之民者也；民者，出粟米麻丝，作器皿，通货财，以事其上者也。君不出令，则失其所以为君；臣不行君之令而致之民，民不出粟米麻丝，作器皿，通货财，以事其上，则诛。

这里论及君、臣、民三者之关系，表达不同阶层的人须各司其职、安分守己之意。当时接受西学洗礼的严复于光绪二十一年（1895）在天津《直报》上发表《辟韩》一文，提出西方资产阶级启蒙学者的社会契约思想，也认为人民从事生产劳动而相生相养乃其本分，但为了防止欺夺之事发生，人们便推举君来管理，再推举一些臣来分理事务，如此，君、臣、民三者之间便是一种委托与服务的契约关系。这观念原本稀松平常，却遭到当时某些新青年的批评。为此，吴闿生《古文范》选入韩愈《原道》时，在评语中提出了他的想法：

> 退之此语颇为新学少年所丛诟，实则今世之法，凡为国民皆负有纳税之义务，背此义务，固国法之所不容，于退之之说无异也。且专制之世，视君主若帝天，神圣不可犯，而此文独曰"君者，出令者也"，又曰"不出令，则失其所以为君"，则固具有共和之真精神，而毫不带专制时代臣下谄佞之臭味，则韩公之识，实已夐绝千古矣！

当时在一片挞伐旧文化、"打倒孔家店"的呼声中，一定有些"新学少年"连带讨厌尊崇孔子、孟子的韩愈。而在此处，吴闿生很客观地说明古代君、臣、民各有所司的阶级划分制度，乃是人类发展的必然结果，人人生而有权利与义务，是一种"共和之真精神"的表现。书中多处提及"共和"制度，譬如选入柳宗元《〈论语〉辨》一文时，吴闿生更有一段不同凡响的评语：

> 共和者，天下之公理，古今之通义。今世之论，几以为自西人而创获之，不知此义古人莫不解也，如《左传》《孟子》言之详矣，特诎于因革之大势，而不易挽耳。东坡对策云："夫天下者，非君有也，天下使君主之耳。"立于专制之朝，而敢昌言如此，然则君主之淫威，自理学盛后乃益炽与？柳子《封建论》所谓"公天下""私天下"，及此文所谓"禅不及己""不得为天吏"等语，皆具有共和之精神，最是其学识卓伟处。彼何尝以一姓之统纪置心目间哉！

又如柳宗元《伊尹五就桀赞》一文认为伊尹是古代的圣人，他居然五次跑到夏朝末年的暴君桀那里，希望能做官，施展政治抱负。柳宗元称赞他道：

> 彼伊尹，圣人也。圣人出于天下，不夏、商其心，心乎生民而已。

吴闿生在这几句话下面有评语说道：

此共和之真理解，千古谬史瞀儒纷纷所聚讼，可以一扫而空。文亦异常英伟。

我们试着想想看，柳宗元年轻时投入王叔文党，不也是为了施展抱负？吴闿生生逢鼎革之际，眼见政权连番更迭，岂不感慨系之？虽然他的内心向往传统文化，当时的专制政权也是以旧文化守护者自居，故而吴闿生投入袁世凯阵营，在北洋政府谋得一官半职，乃至于跑到东北满人根据地从事古文教学工作，从这些地方都看得出他的从政立场有趋向保守的一面。然而，他并不是一味拥护清廷的专制政权，反而有大力追求平等、共和、公天下的政治体制之心。《古文范》还选入韩愈《上张仆射书》，谈到君主任用臣下，臣子勤事国君，其间又再次阐明君臣上下互相尊重之意。吴闿生对此评论道：

以"下之获罪"与"上之得怨"相提并论，亦极平等之理想，而破专制之陋习者也。夫为下而获罪，则不能安其身；若在上而多取怨，其事亦正等尔。

于此处，吴闿生有意打破专制的陋习，特别能抉发政治地位平等的精神，这是自古以来人民的心声吧！古人并未讲明"共和"的意思，吴闿生却一再耳提面命于此。

除此之外，关于落实治理国家的策略，《古文范》选入《韩非子·管仲有病》一文，吴闿生评论道：

今之议时政者，动辄瞋目切齿，若不并世。问其所以易之之方，则未见胜于其故。如此讥评人者，不如其已也。（按："已"是停止的意思。）

又在《古文范》选入王安石《答司马谏议书》的评语中说道：

温公（司马光）、荆公（王安石）之争，和平与激进两党之代表也。非常之事，非激进不可成，然激进亦往往偾事；听其自然，夫固有自然中之节制补救，未必果遂败坏而不可收拾也。要之，刚柔相济为用，理无偏胜，夫亦各因时审势而已。

这里很明显地看出吴闿生不愠不火的处世态度。外在环境的激烈躁进或许有其必要，闿生也能接受，然而"理无偏胜"，更须审度时势，提出更有效率的做法。杨新平（1979~ ）《发幽阐微　形塑典范——吴闿生〈古文范〉选评思想刍议》中说："要之，吴闿生于古人文章中刻意寻求与新学相沟通的思想因子而予以阐发，虽然其推阐不无削足适履之处，但作为新时代志在维护古文传统的旧文人，这样的文学批评实践是难能可贵的。……是典型的易代之际文人思想心态的体现。"确实如此。时代变动剧烈，改朝换代下的文人有更多如何救亡图存的思考，加以吴闿生为人平和，任事公允，造就出《古文范》富有共和、平等之精神，又再三强调治国须理性平和，不可意气用事，这些都是本书与其他古文选本内容绝大不同之处。

四、艺术特色

桐城派自清初方苞（1668~1749）编纂《古文约选》以来，便重视评点之学。姚鼐（1732~1815）《古文辞类纂》、曾国藩《经史百家杂钞》、王先谦（1842~1918）《续古文辞类纂》、黎庶昌（1837~1897）《续古文辞类纂》等，都有助于文章的鉴赏与学习，而吴闿生《桐城吴氏古文法》、高步瀛《唐宋文举要》尤其受世人瞩目。吴闿生秉承桐城派传统及其家学渊源，精选百余篇古文而成《古文范》一书，贯通各代而内容精简，实为一本力作。细究这本书在文章写作技巧方面，提出了少见于前贤的观点：

（一）注重《庄子》《韩非子》的文学艺术成就。吴闿生喜欢《庄子》浑浩无涯的文风。那洸洋恣肆的大文章，需要有章法、有关键，才能带出文境，造成全文上下连贯一气，结尾恢宏远大，都是高妙之文。又认为熟读《韩非子》可以进而理解《史记》的文章佳妙处，熟读王安石文有助于理解韩愈文章的写作风格。

（二）于唐宋八大家之中，看重韩愈、王安石的作品，因其规模宏阔，劲健拗折。相对来说，他不喜欢欧阳修（1007~1072）和苏轼（1037~1101）的作品，因其过于流丽，缺少浑厚朴重气。

（三）尊重清代桐城派的先驱人物，欣赏姚鼐在《复鲁絜非书》提出的阳刚、阴柔二分的风格论说法。更重视瑰玮奇崛的阳刚风格，认为秦汉文胜过唐宋文。也欣赏曾国藩学识，认为他功业彪炳，因而文章立意诚正，光明远大，实乃"人品即文品"的最佳表现。

五、选评标准

《古文范》选取文章的标准，首先是"自由"。桐城派的古文家，自幼即熟读古文，阅历多而见解深刻，因此所有的古文作品皆可选入此书。而民国初年的古文选本已经没有科举制度的包袱，此时编选家更能随心所欲地筛选古文作品，只要编选者觉得能了解文本含义，能详加分析，阐微显幽，契合作家之精神，就可以径行选入。

《古文范》选取文章的标准，其次是"传承与创新"。《古文范》脱胎于《桐城吴氏古文法》，《古文范》所选《韩非子》与《史记》作品，显然依循前书而来。清朝的古文选本有"通代"与"断代"两种，"通代"的选本是贯通各朝代的作品皆可以选入，"断代"的选本一般集中于选入唐宋八大家的古文。追究其中原因，大概是所承袭的明代文论主张有"秦汉派"与"唐宋派"之分，选家或是重视唐宋古文，或是上溯到秦汉古文。自清初金圣叹《才子古文读本》以来，"通代"的古文选本即大量选录《左传》的文章，其次则收录《国语》《战国策》，兼及《礼记·檀弓》的文章。这是因为这些书叙事内容多，故事性强，施政方针、外交辞令、军事策略皆有涉及，符合儒家思想，既能应付科举考试，又能储备施政所需的先验知识，而且适合学子阅读。而吴闿生已经另行撰著《左传微》《左传文法读本》行世，于是他尝试别开生面，选入秦汉时儒家之外的作品，故而大量选入《庄子》《韩非子》，这是他兼容并蓄，有意汲取古学、又开创新局的一面。他的心中有一把尺，认定《史记》和韩愈古文是极好的作品，又选入《韩非子》和王安石的古文，"由韩非进观史公""由荆公进观韩文公"，这是他卓具才识，试图引导后学由阶梯步入堂奥，建构出一套传承谱系的地方。

《古文范》选评文章最重要的标准，仍然必须归结为"有益于时"。这在前节讨论吴闿生编纂此书的宗旨在于振兴人才，书中提倡共和、平等精神，又再三强调治国须理性平和等处，已经看得出来。

六、作文借鉴

桐城派后学如吴闿生等人，终生只写古文、不写白话文，看似守旧，其实他们是为了传承旧文化，不愿旧学被丢弃，于是编选富有思想内容的篇章，试图维系世道人心。阅读古文选本只是入门阶梯，传承古圣先贤思想而后施用于国家社会，更是远大的目标。也因为他们一生沉浸于古代文章，因此常能看出古文作者的深刻用心，评语时常有洞见，讲明古代文章机趣横生的地方。

吴闿生《桐城吴氏古文法》说道："韩非论难，廉悍劲厉，当者立碎，雄健极矣！熟读韩非文字，知其妙处，乃可以进观史公。由韩非进观史公，所高不止百倍。盖文章之高者，不但雄快而已，要在恢奇俶诡，寄情于笔墨蹊径之外，乃是极致。窥见此妙，然后尽文章之能事矣。"此外，吴闿生《古文范》选唐宋八大家文时，韩愈选入十八篇，王安石选入十篇，其余各家仅一至二篇而已，他也说道："以韩文公为主，而自唐以来附之。多录荆公者，入韩之梯径也。"其实在吴闿生之前的桐城派三祖之一姚鼐在《古文辞类纂·序目》中也说过："哀祭类者……后世惟退之、介甫而已。"熟读古文者，常将韩愈、王安石二人相提并论。据此可知，闿生有个人见解，他编选大量的《韩非子》和王安石的作品，是从学习前贤的脚步出发，作为写作的阶梯。借由多读古人作品，互相比较，先熟习作品，再从二者之间的差异找出可以借镜学习的地方，是学写古文的法门之一。

吴闿生《古文范》重视作者流露出来的真性情，推阐古代文章中的民主共和思想；章法形式方面，全面阐扬古文的起笔、接笔、逆折之笔、转笔、提顿、收束等驭文之术，以及用旁边的力量侧注主题，还有如何写长篇文章、如何提振文势；句法方面，提出如何设想比喻，指明有些句法能做到"一句折落"，或是"两层相对"，或是"再拖两句"，或是"句法变化"；字法方面，注意到有些重复用字，如韩愈《原道》可以"提挈行气"，也注意到古文中也有韵脚字；风格方面，崇尚雄奇恣肆和含蓄蕴藉两种文风，尤以前者为最。

吴闿生在《晋文公将与楚人战》《管仲有病》二文点出"开门见山"的笔法，在《文公出亡》《潮州刺史谢上表》二文点出"先纵后擒""先扬后抑"的笔法，在《文公出亡》《管仲有病》二文皆点出"无中生有"的笔法，《文公出亡》一文还有"背面烘托法"，《报任少卿书》有"凌空倒影"、《复张君书》有"草蛇灰线"的笔法，这些品评文章的方式，直接取用古代评点家的词汇，乃是熟读古书深有体会之言，故能时见精彩发挥。

这本书精选古文作品，方便读者阅读，而且评语生动而深入，有助于体会古文佳妙胜处。在吴闿生心目中，能体会古文之美，即有助于学习模仿写作古文；能习写古文，即能参与治国平天下的重任，至于旁通到其他不同文体的写作，那倒是余事了。

七、体例与点校说明

吴闿生是桐城派末期最重要的传人之一，其所编《古文范》是现存桐城派文章选本中评点详赡、理论价值很高的一部。此书对桐城派文章理论进行总结与发扬，在古文选本编纂史中占有重要的地位。

《古文范》所选文章，先记载篇题，篇题下有总叙，用小字叙述写作背景，说明此文大旨，及文法要义。而后列明正文，以大字排列，其下有小字注，或标示音读，或释字义，注明典故出处，夹注评语。《古文范》实以评点批语见长。评语多出己意，或评论文章篇、章、句、字的用法，或借机评议时政等。至于注评中有时出现〇，这是用来区隔文意，另起一个段落之意。闿生常常在小字中加入校勘、训诂工作，期使所选古文能顺利畅读。

吴闿生评语常见引用方苞、姚鼐、曾国藩、吴汝纶、李刚己、高步瀛等桐城人物说法，其中方、姚、曾氏之言，大多亲聆其父吴汝纶的教益而来，得自桐城派讲学时口耳相传之效。石珂《桐城末学的群体构成与唐宋古文接受》指出，晚清末年，桐城派后学多出于张裕钊（1823~1894）、吴汝纶二人门下，他们二人的继承者分别是姚永朴、吴闿生，于是形成两个古文群体。《古文范》书中常引述吴汝纶庭训或桐城派前贤评语，又能汲取张裕钊之门的学识，这些评点意见多经过拣选，且未见于他书，仅能于此书得见，尤为宝贵。

本书的整理点校工作，依据台湾师范大学所藏善本。此版本不易寻获，内容虽然只比旧有的版本做些小部分增订，但反而借此看出历经多年反复修订后，此书已经完全定稿。现在点校者重新加上新式标点、导读，而在每篇的导读中，发扬闿生的论点，提出阅读选文的心得，帮助读者进入胜境。

点校过程中，尽量保留原书样貌，包括评语文字与圈点符号，应留尽留。体例仿旧制，原文大字、双行小字注改单行小字注排列，唯每页行数、字数略有不同。于原书之外另有数项新工作说明如下：

（一）原书《序》未作分段，点校时已分出段落。

（二）原书选文于段末字尾以一横截符号"—"标示分段；亦有于文末总评说明分段方式者，如司马迁《报任少卿书》文末批语云"唯篇幅太大，宜分划段落，然后易于玩味。综览全篇大旨，可分六段"；或有《古文范》一书未分段而《古文典范》有作分段而可采者。本次整理参酌分段符号或批语，皆据以分段，以利阅读。

（三）原书仅以"·"符号代表句读，今参用其句读符号，改为现行新式标点符号。

（四）凡简称为韩集、王集、类纂、杂钞等已确定其为古书者，一律加上书名号。

（五）《桐城吴氏古文法》《古文典范》与本书关系密切，多可据以校正本书错误。如《十二诸侯年表序》吴闿生评语，《古文范》作"本面正文"，《古文典范》作"本文正面"，《古文典范》较通，即其证。然而亦有《古文范》不误，他本误者。如《汉兴以来诸侯王年表序》夹评"以为天下从此太平无事也"，《桐城吴氏古文法》误作"以为天下从此太平无事他"；又《送幽州李端公序》篇题下评语"最见公之伟抱"，《古文典范》误作"最见公之伟泡"。凡此上下文理不通，明显出于手民之误者，直接改定。

以上点校工作，卷一由许妙音负责，卷二、三、四由王诚御负责，之后二人互校，最后再由王基伦审定。导读部分由许妙音撰写，王基伦改定。国内关于吴闿生《古文范》的简体横排点校成果，这应是第一本。虽然黾勉以赴，但终因学养有限，难免有些失误，尚祈大雅君子不吝赐教。

2023 年 11 月 19 日

目 录

《桐城吴氏国学秘籍》序 1
《古文范》序 1
《古文范》后序 1

上编

卷一　上编之一 3
《庄子》四篇又十三节 3
　　逍遥游 3
　　骈拇 8
　　马蹄 12
　　胠箧 14
　　养生主一节 19
　　人间世一节 20
　　在宥一节 21
　　天道一节 24
　　天运一节 25

达生五节 ·· 26

　　山木一节 ·· 30

　　徐无鬼一节 ·· 31

　　则阳一节 ·· 33

《韩非子》十五篇 ··· 35

　　说难 ··· 35

　　《难》十四篇 ·· 39

　　　　晋文公将与楚人战 ·························· 40

　　　　历山之农者侵畔 ······························ 45

　　　　管仲有病 ·· 47

　　　　靡笄之役 ·· 51

　　　　桓公解管仲之束缚而相之 ················ 53

　　　　景公过晏子 ···································· 55

　　　　齐桓公饮酒醉遗其冠 ······················ 56

　　　　齐桓公之时晋客至 ·························· 57

　　　　赵简子围卫之郛郭 ·························· 61

　　　　文公出亡 ·· 63

　　　　郑子产晨出过东匠氏之间 ················ 65

　　　　鲁阳虎欲攻三桓 ······························ 67

　　　　郑伯将以高渠弥为卿 ······················ 69

　　　　弥子瑕有宠于卫国 ·························· 71

屈原一篇 ·· 75

　　离骚 ··· 75

《战国策》六篇 ··· 86

　　扁鹊说秦武王 ······································ 86

田需说管燕用士 87
　　中射之士说荆王 88
　　孙子为书谢春申君 90
　　汗明说春申君 92
　　鲁仲连说辛垣衍拒秦 93

苏代一篇 98
　　约燕昭王书 98

乐毅一篇 102
　　报燕惠王书 102

信陵君一篇 107
　　谏与秦攻韩 107

鲁仲连一篇 112
　　遗燕将书 112

李斯一篇 117
　　谏逐客书 117

卷二　上编之二 121

汉文帝一篇 121
　　赐南粤王赵佗书 121

淮南小山一篇 124
　　招隐士 124

贾生二篇 128
　　过秦论 128
　　鵩鸟赋 133

司马长卿一篇 ... 137
　难蜀父老 ... 137

司马子长十九篇 ... 142
　十二诸侯年表序 ... 142
　六国表序 ... 145
　秦楚之际月表序 ... 149
　汉兴以来诸侯王年表序 ... 151
　高祖功臣侯者年表序 ... 155
　建元以来侯者年表序 ... 158
　项羽本纪赞 ... 160
　魏世家赞 ... 161
　田敬仲完世家赞 ... 162
　孔子世家赞 ... 163
　萧相国世家赞 ... 164
　曹相国世家赞 ... 166
　留侯世家赞 ... 167
　屈原贾生列传赞 ... 168
　魏豹彭越列传赞 ... 169
　淮阴侯列传赞 ... 171
　卫将军骠骑列传赞 ... 173
　季布栾布列传赞 ... 175
　报任少卿书 ... 176

杨子幼一篇 ... 188
　报孙会宗书 ... 188

扬子云一篇 ... 192

解嘲 192

汉光武帝一篇 197
　　赐窦融玺书 197

班孟坚一篇 199
　　封燕然山铭 199

诸葛孔明一篇 201
　　出师表 201

曹子建一篇 205
　　下国中令 205

下编

卷三　下编之一 209
韩退之十八篇 209
　　原道 209
　　张中丞传后叙 215
　　送董邵南游河北序 220
　　送幽州李端公序 222
　　送温处士赴河阳军序 224
　　上宰相书 227
　　上张仆射书 231
　　潮州刺史谢上表 234
　　与孟尚书书 238
　　答刘秀才论史书 241
　　与汝州卢郎中论荐侯喜状 244

平淮西碑 246

　　进学解 253

　　送穷文 257

　　郓州溪堂诗并序 260

　　柳子厚墓志铭 264

　　柳州罗池庙碑 268

　　祭柳子厚文 271

柳子厚二篇 273

　　《论语》辨二首录一 273

　　伊尹五就桀赞 275

卷四　下编之二 279

欧阳永叔二篇 279

　　送田画秀才宁亲万州序 279

　　丰乐亭记 281

王介甫十篇 284

　　《周礼义》序 284

　　《书义》序 286

　　《诗义》序 287

　　读《孟尝君传》 288

　　答司马谏议书 289

　　答姚辟书 293

　　泰州海陵县主簿许君墓志铭 295

　　度支副使厅壁题名记 297

祭丁元珍学士文 …………………………… 299
　　祭曾博士易占文 …………………………… 301

曾子固二篇 ……………………………………… 303
　　《列女传》目录序 ………………………… 303
　　《范贯之奏议集》序 ……………………… 306

苏明允一篇 ……………………………………… 309
　　上韩枢密书 ………………………………… 309

苏子瞻一篇 ……………………………………… 314
　　前赤壁赋 …………………………………… 314

姚姬传二篇 ……………………………………… 318
　　复张君书 …………………………………… 318
　　复鲁絜非书 ………………………………… 322

梅伯言一篇 ……………………………………… 325
　　《闲存诗草》跋 …………………………… 325

曾涤生三篇 ……………………………………… 327
　　湘乡昭忠祠记 ……………………………… 327
　　《欧阳生文集》序 ………………………… 331
　　五箴并序 …………………………………… 335

《桐城吴氏国学秘籍》序

自姚姬传氏《古文辞类纂》出,而文体正,文律严。自曾湘乡《经史百家杂钞》出,而文源明,文委昂。姚氏不敢纳经史百家于文,而曾氏乃一以贯之,非运之以卓识,持之以至勇,其能不为谬妄之流所诟病乎?

桐城吴挚父先生以姬传乡里后进,从湘乡游,本其说以文说经,成《易说》《尚书故》二书,举汉学之繁琐、宋学之空虚,悉扫荡而无余,纠其讹谬,正其句读,辨其字句,疏其义蕴,揆以事理,一以文说之,不惟经通,史籍百家亦无不可说矣。以议论莫高于周、秦诸子,故次《诸子集评》;叙述莫善于《太史公书》,故次《史记集评》;文体莫备于《姚纂》,故次《古文辞类纂集评》,三书出而吾国文章至高之域进矣。后之学者,苟志乎文,守此已足,不必广心博骛,而斯文之传,莫大乎是矣。

先师北江先生,秉承家学,复以文说《诗》及《左氏传》《孟子》,成《诗义会通》《左传微》《孟子文法读本》三书。以其先人之说《易》《书》高远,不便初学,乃依其说为《周易大义》《尚书大义》,钩弋文句,沟通故训,往往有三数言训释,厘然有当于人心,远过于经生千百言解说而人仍不能通其义者,此说经之不能不以文通之之微旨也。复以挚父先生所集评三书,精善之极,然繁重深邃,为成学者言,而非所语于初学。于是本其夙闻于挚父先生者，成《古文法》《古文范》《古文圭臬》三书，于诗有《古今诗范》，精加评点，详为解说，于文章之奥窍，抉发无遗。学者苟能于先师之选窥其微，进而再事挚老三书，则文章之事，无待他求矣。

夫文之道广矣，然俪体则华而不实，征典为难；语体则冗而无节，俚而非雅。欲求先圣治平之道，修齐之方，舍古文莫属。而言古文自姚、曾而后，惟先师父子所评释为能尽集前人之说而得其要，发其独具之见而得其微，以浅近简易之说，阐广大精微之境。评点愈于解说，探索优于考证，使读者怡然理顺，涣然冰释。此先师父子以文说经、史、百家所为独绝，非余子所能及也。近世欧、美人士多尚吾学，惟以时事史乘为务，以译本为从入之途，斯不过粗迹耳。苟能由译籍而通吾语言，进而通吾文字，吾国先贤修己治人之道，治国平天下之谟，通天人之故，达古今之变，无不自文出之，则捄质返文，崇让已争，其有平治之一日乎？此吾所冀先师父子之书之能遍行于天下，以救乱息争，跻天下于太平之域，不仅以文显，斯则区区之微意也。

民国五十八年十二月福州曾克端

《古文范》序

负一代之盛名,宁无一当于大雅?得大贤之陶冶,必有独得之精微。而退之所谓"醇乎醇者",此皆不足以同日语,"醇乎醇者",古迄今不数人,而一人之所为,其诣极者,亦不数数见也。故曰:"代不数人,人不数篇。"余则或大醇而小疵,或小醇而大疵,皆不足与于此矣。然文章有专到之功,末学浅识无厘判之智,则正路莫由,迷涂不返,臧谷亡羊,学与不学何异?所以资大贤之笔,削以大合于道也。

吾师之选文范也,自周、秦以迄有清,都七代三十有一家,为文越不过百首,自庄生、韩非、子长、退之、介甫外,余所录者,止一、二篇而已,何其寡也?然岂谓古今之著作尽乎是而已哉?孔子曰:"举一隅不以三隅反,则不复也。"盖为学之道,由约而之博,由博而返乎约,斯为善学矣。古之选文者,如《文粹》《文鉴》之属,可谓博矣,然不知所折中;如《关键》《轨范》之类,可谓约矣,然殊有所未备也。至于姚氏《类纂》、曾氏《杂钞》,而后斯文之体因以大备,浩博之观乃至是而无憾,然欲约之而取其精,吾知其难也!夫学者不博,则无以穷千古盛衰之变;不约,则无以极一心宥密之微。吾师之教人,一以姚、曾二家为主,未尝与之立异也。虽然,所由以跻乎二家之域者,必有阶焉,则今之所选者是已。学者由是选而精之,以泛滥乎百家,以进窥乎二氏之所得,抉其指归,总其大要,优柔餍饫以返乎吾躬,有终身求之而不能尽者。盖其始也,必藉是编以阶进;而其既也,穷微造极,而仍不外乎是焉。然后知吾师之所择,有至当而不可易者。夫固与姚氏、曾氏相唯诺于一堂,而翩然其无少间也,夫又乌有多寡之见存乎其间哉?世有深识劬学之士,取是编而潜玩之,庶不以鄙言为荒渺之论乎!同门张心泉庆开、李秉威钺倡议重刊此书,培新襄成之,而记其原委如此。

丁卯元月门人武强贺培新谨序

《古文范》后序

古文自姚、曾、吴三先生以降，涂辙昭然，闳大无垠，学者宗仰流风遗范，至今未沫。吾师北江先生，绍太夫子挚甫先生遗绪，奖掖后进，孜孜不倦，士论翕然归附。丁卯春，同门贺君孔才，与李君秉威、张君心泉相约谋刊先生所选《古文范》，布诸远近，为学文之圭臬。兆璜尝侍先生讲席，备闻余论，以先生诱导后生固勤且苦，而兹编为先生精意所寄，启辟蹊径，正伪旿分。学者得此，上窥姚氏《类纂》、曾氏《杂钞》，微言奥旨，如循流溯源，排闼入室，洞然而无所隔阂也，其有功于斯文甚大。而孔才之勤勤于刊布，嘉惠于学者，亦非浅矣。

既蒇事，先生命兆璜记其后，兆璜乃作而言曰：世运之变迁无常，无深识闳博之士，殆不足明察于未然，矫其弊而导之正也。方其未变，机弩未张，牙蘖未萌，昧者沈沦颠倒，曾不自知其桎梏；庸懦者安坐而谈，相与习为固然；闳博之士则深矉太息，思有以拯济而匡维之，抑其潜伏之祸而阴弭之，凛凛焉，犹惧其未察也。及其变作，砰然猝发，雷震霆搏，昧者张皇失措，惊骇顾愕，欲摇手转足而不可得。当此之时，忧时之士虽欲芟刈驱除，拔其本根，绝其萌芽，危乎艰哉！而固未始有及矣。变之未来，弭之甚易；变之既发，抑之甚难。非深识闳博之君子，乌能察其机于未然，而导率之，使归于正轨也哉！今之视昔，杳若隔世，未来之变，邈不可测；要之，世运赖乎人才，而人才兴于学问。先生挈提后进，孜孜焉讲贯研索之不倦，而冀垂其说于芒芒不可测度之世。世之君子，殆亦有叹先生用意之深，而以振兴人才为己任乎！呜呼！波腾云诡，扰攘纷纭，向之所有，席卷而尽，数千年不绝如线之传，将泯灭消没，视为鞮象重译之书，而竟莫之或识也，不亦悲夫！此先生与吾徒所以斷斷于斯册，而不敢怠己者欤？

门人吴兆璜谨序

上编

以庄生、史公为主,而汉以前诸家附之。

卷一　上编之一

《庄子》四篇又十三节

逍遥游

庄子之文瑰玮连犿，洸洋恣肆，超然埃壒之表。学者宜从此境入手，以广己而造大，庶药凡猥、浅滞、靡弱之病。《庄子》全书大旨瑰奇恣肆，此为其开宗明义之第一章，故极言其怀抱之大，非世人之所与知。全篇皆假寓言见意，末段又加二难，以辨其所学之非无用。虽逍遥自放，而脉络故自明了，特用笔纵宕不平，使人难测耳。

北溟有鱼，其名为鲲。鲲之大，不知其几千里也；_{借鲲鹏说起，设想奇幻。〇以"大"字贯摄全篇。}化而为鸟，其名为鹏。鹏之背，不知其几千里也。怒而飞，其翼若垂天之云。是鸟也，海运则将徙于南溟。运，_{动也。}南溟者，天池也。_{南溟、北溟，极言其远耳。}《齐谐》者，志怪者也，_{引《齐谐》以为证。}《谐》之言曰："鹏之徙于南溟也，水击三千里，抟扶摇而上者九万里，扶摇、羊角，皆风名。风上行谓之"扶摇"，曲者曰"羊角"。去以六月息者也。"《谐》言止此。以上极言鲲鹏之大。野马也，尘埃也，生物之以息相吹也。突起挺接，令人不测其所由来。天之苍苍，其正色邪？再用挺接不测之笔。其远而无所至极邪？其视下也，亦若是则已矣。此两层皆明积气之厚。言天之至下，更无别物，惟有尘埃、野马，乃生物之以息相吹，积而至厚，成此苍苍之色，以其积之厚如此，故能负大鹏之翼而运掉自如，以自喻其所学之大，由于致力之久也。《孟子》所谓"其为气也，至大至刚，以直养而无害，则塞于天地之间"，与此正同，特《庄子》之文加恢肆耳。且夫水之积也不厚，则负大舟也无力。更用行舟为喻以明之。文词未毕，夹入喻语，又多用撑挺之笔，故觉瑰奇礴落，郁律纸上。覆杯水于坳堂之上，则芥为之舟；置杯焉则胶，水浅而舟大也。趣语。风之积也不厚，则其负大翼也无力。故九万里则风斯在下矣，至此文义始一串明了，所以解明"直上九万里"之故。而后乃今培风背，培，凭也。姚、曾皆读"风"字绝句，今依东坡诗断句，且下文复出"负青天"三字，知"背"字当上属也。负青天而莫之夭阏"阏""遏"同字。者，而后乃今将图南。以上明鹏之图南必凭九万里之风力。蜩与鸴鸠笑之，加入此段，乃极诙调之意趣。曰："我决起而飞，抢榆枋，时则不至，而控于地而已矣，奚以之九万里而南为？"世人之不知庄子者如此。适莽苍者，又喻。○莽苍，近郊也。三餐而反，腹犹果然；果，饱也。适百里者，宿舂粮；捣米于前一夕以为备。适千里者，三月聚粮。以明远近情况不一。之二虫又何知！二虫，蜩、鸠。小知不及大知，以接为提，跌宕悲愤。小年不及大年。说二语便顿断，愈觉苍莽无端。奚以知其然也？朝菌不知晦朔，蟪蛄不知春秋，此小年也。楚之南有冥灵者，冥灵，木名。以五百岁为春，五百岁为秋；上古有大椿者，以八千岁为春，以八千岁为秋。而彭祖乃今以久特闻，众人匹之，犹云以常人例之。不亦悲乎！汤之问棘也是已：又引汤之问棘以为证。棘，汤时贤人，《列子》作"革"。"穷发之北，有溟海者，天池也。有鱼焉，其广数千里，未有知其修者，修，长也。其名为鲲。有鸟焉，其名为鹏，背若泰山，翼若垂天之云，抟扶摇羊角而上者九万里，绝云气，负青天，然后图南，且适南溟也。斥鴳笑之，斥，小泽也。曰：'彼且奚适也？我腾跃而上，不过数仞而下，翱翔蓬蒿之间，此亦飞之至也。而彼且奚适也？'"此段皆引汤之问棘之词，故与上文不嫌重复。此小大之辩也。自篇首至此皆一意相承，但极明小大之不同量，以喻己之抱负非世人之所知也。故夫知效一官，行比一乡，比，读"洽比"之"比"。德合一君，而征一国者，征，兆也，功绩之可见者也。其自视也，亦若此矣。若斥鴳之自足也。而宋荣子犹然笑之。犹然，笑貌。且举世而誉之而不加劝，举世而非之而不加沮，定乎内外之分，辨乎荣辱之境，斯已矣；彼其于世未数数然也。此宋荣子之所行也，比上文所言，已加一等矣。数，音朔。数数，犹汲汲也。虽然，犹有未树也。夫列子御风而行，泠然善也，泠然，凉貌。旬有五日而后反；彼于致福者，未数数然也。宋荣子之定内外、辨荣辱，乃所以致福之道，列子御风，又高一等矣。文势亦数层顿折而下。此虽免乎行，犹有所待者也。御风泠然，是犹有待。若夫乘天地之正，而御六气之辩同"变"，以游无穷者，彼且恶乎待哉！此庄子自道所以比于鲲鹏之大，而慨人之莫己知也。故曰：至人无己，神人无功，圣人无名。自篇首至此为第一段，发明己之怀抱，特起处借鲲、鹏喻入，用笔崚嶒层叠，便觉洸洋恣肆，不可捉摸。〇"故曰"三句是前半篇一大顿束，却借此三语又开下半篇文字，章法、关键亦好。

尧让天下于许由，曰："日月出矣，而爝火不息，其于光也，不亦难乎！时雨降矣，而犹浸灌，其于泽也，不亦劳乎！夫子立而天下治，而我犹尸之，吾自视缺然，请致天下。"许由曰："子治天下，天下既已治也，而我犹代子，吾将为名乎？名者，实之宾也，吾将为宾乎？鹪鹩巢于深林，不过一枝；偃鼠饮河，不过满腹。归休乎君！予无所用天下为。庖人虽不治庖，尸祝不越樽俎而代之矣。"此所谓"圣人无名"者。

肩吾问于连叔曰："吾闻言于接舆，大而无当，往而不返。吾惊怖其言，犹河汉而无极也；大有径庭，庭，去声。径庭，激过也。不近人情焉。"连叔曰："其言谓何哉？"曰："藐姑射之山，有神人居焉。肌肤若冰雪，淖约若处子；不食五谷，吸风饮露；乘云气，御飞龙，而游乎四海之外。其神凝，使物不疵疠，而年谷熟。吾以是狂同"诳"，疑也。而不信也。"连叔曰："然，瞽者无以与乎文章之观，聋者无以与乎钟鼓之声。岂唯形骸有聋瞽哉？夫知亦有之。是其言也，犹时女也。时，读"时其饥饱"之"时"。时，忖度也。犹云吾就子所能而作耳。之人也，之德也，将磅礴万物以为一，句。世蕲乎乱，孰弊弊焉以天下为事！尝窃以谓人性好动而恶静，好乱而恶治，幸治矣，必将扰而乱之。凡圣贤豪杰殉其身以救世者，身则糜矣，而世卒不可救也。成一己之名，则得矣，于功烈乎何有？以高世之识衡之者，皆可悲耳。庄生斯言达于此旨者也。之人也，物莫之伤，大浸稽天而不溺，大旱金石流，土山焦而不热。是其尘垢秕糠，将犹陶铸尧、舜者也，绝世奇语。孰肯以物为事！"此所谓"神人无功"者。宋人资章甫而适诸越，资，货也。越人敦发文身，敦，断也。无所用之。尧治天下之民，平海内之政，往见四子。王倪、啮缺、被衣、许由。藐姑射之山，汾水之阳，窅然丧其天下焉。此"至人无己"者。以上为第二段，连引古事以证上文所言之三者，以下设二难而自解之，以为余波。〇上文极夸其道之大，以下设喻言大则大矣，然而无用，就上文"大"字串下，全篇一贯。

惠子谓庄子曰："魏王贻我以大瓠之种，我树之成，而实五石。以盛水浆，其坚不能自举也。言瓠质之坚不能胜五石水之重。剖之以为瓢，则瓠落无所容。瓠落，大貌。容，入也。非不呺然大也，吾为其无用而掊之。"讥庄子之道大而无用也。庄子曰："夫子固拙于用大矣，宋人有善为不龟手之药者，世世以洴澼絖为事。漂絮于水上。絖，絮也，即"纩"字。客闻之，请买其方百金。聚族而谋曰：'我世世为洴澼絖，不过数金；今一朝而鬻技百金，请与之。'客得之，以说吴王。越有难，吴王使之将，冬与越人水战，大败越人，裂地而封之。能不龟手一也，或以封，或不免于洴澼絖，则所用之异也。今子有五石之瓠，何不虑同"摅"。以为大樽，而浮于江湖？樽，酒器，缚之于身，可浮以渡。虑，结缀也。而忧其瓠落无所容，则夫子犹有蓬之心也夫！"刘才父云："此上用大，此下无用之用。"今案：两段一意，言之不足，故反覆言之，以厚集其势，正不必如刘所分析也。惠子谓庄子曰："吾有大树，人谓之'樗'，其大本，拥肿而不中绳墨，其小枝，卷曲而不中规矩。立之涂，匠者不顾。今子之言，大而无用，众所同去也。"庄子曰："子独不见狸狌乎？卑身而伏，以候敖者，敖，即"遨"，谓鸡鼠之属。东西跳梁，不避高下，中于机辟，死于罔罟。今夫斄牛，其大若垂天之云，此能为大矣，而不能执鼠。今子有大树，患其无用，何不树之于无何有之乡、广莫之野？彷徨乎无为其侧，逍遥乎寝卧其下；不夭斤斧，物无害者。无所可用，安所困苦哉？"末章敖然自放，文境尤为恢廓奇肆，读之令人洒然意远，所以为《逍遥游》，庄子之所自寄也。〇"吾有大树"以下，句句用韵，而令人不觉：树、樗、矩、顾、去、者、下、罢、鼠、野、下、者、苦，皆韵也。

[评析]

　　本篇在《庄子》中为内篇首篇，为全书开宗明义第一章。前半篇以鲲鹏、蜩鸠、斥鷃为喻，辨别大、小之概念，再比较凡人、宋荣子、列子与至人，引出无所依待之理；后半篇则以寓言说明"无己""无功""无名"，篇末借惠施与庄子的对话，辩论无用之用。吴闿生认为庄子自比鲲鹏以抒发怀抱之大，鲲鹏为蜩鸠、斥鷃所笑，正如"世人之不知庄子者如此"。其评"肩吾问于连叔"一段，慨叹人性好乱恶治、喜求功名纷扰，点出庄子无功理念背后所潜藏之悲，这实是吴闿生身处乱世的心理投射。

　　吴闿生指出全篇以"大"字串起脉络，所叙之境界一层高过一层，用笔转折难以预测，文势跌宕，翻转出层层新意。加以文辞汪洋无边际，设想奇幻丰富，便形成"恢廓奇肆"的文境。吴闿生认为学《庄子》能避免"凡猥、浅滞、靡弱之病"，除了辞采瑰玮的原因以外，其意旨之宽阔高超、抱负之宽广宏伟，亦是应学之处。除本篇以外，吴闿生又评《马蹄》为"奇肆诙诡"，评《胠箧》"跌宕恣肆"，评《人间世》"恢奇恣肆"，此皆着重于《庄子》恢廓的意境，与奇特不羁、跌宕变化的特色。吴闿生还看出《庄子》常有语意连贯、反复申说的写法，因此在文章末段指出刘才父（大櫆）有一处评语不当，割裂了原文的行文语气，指正甚是，这也很值得参考。

骈　拇

　　以下三篇愤激恣肆，跌宕沈郁，文气极为英鸷，在《庄子》中稍为别调，故列于外篇之首。盖愤世疾俗之至，激而为此，然笔势之票姚，犹可识也。姚姬传谓"周、秦间贤者之文，非庄子所为"，窃谓非庄子不能作也。

骈拇枝指，骈，连肉。枝，歧出六指也。出乎性哉，而侈于德；附赘悬疣，出乎形哉，而侈于性；多方乎仁义而用之者，列于五藏哉，此文屡言"多方"，"多方"二字连文，与"赘""侈"二字义同。五藏，犹言五常也。而非道德之正也。是故骈于足者，连无用之肉也；枝于手者，树无用之指也；多方骈枝于五藏之情者，淫僻于仁义之行，而多方于聪明之用也。是故骈于明者，乱五色，淫文章，青黄黼黻之煌煌非乎？而离朱是已。而，读如。多于聪者，乱五声，淫六律，金石丝竹、黄钟大吕之声非乎？而师旷是已。枝于仁者，擢德塞性，塞，当为"搴"，言失其本性也。以收名声，使天下簧鼓以奉不及之法非乎？奉不及之法，崇奉不可及之法也。而曾、史是已。曾参、史鰌也。骈于辩者，累瓦结绳窜句，游心于坚白同异之间，"累瓦、结绳、窜钩"，皆古辩者之所谈。"句"或读如字，非是。而敝跬一作"蹩躠"，出力貌。跬，音屑。誉无用之言非乎？而杨、墨是已。故此皆多骈旁枝之道，非天下之至正也。以上言仁义为多骈旁枝之道，非天下之至正。

彼正正者，当作"至正者"。不失其性命之情。故合者不为骈，而枝者不为跂；长者不为有余，短者不为不足。是故凫胫虽短，续之则忧；鹤胫虽长，断之则悲。故性长非所断，性短非所续，无所去忧也。去，读"藏弆"之"弆"。意仁义其非人情乎！彼仁人何其多忧也？且夫骈于拇者，决之则泣；枝于手者，龁之则啼。二者或有余于数，或不足于数，其于忧一也。今世之仁人，蒿目而忧世之患；不仁之人，决性命之情而饕贵富。故意仁义其非人情乎！自三代以下者，天下何其嚣嚣也。以上言仁人多忧，失性命之情。○以仁与不仁同为乱天下之原，故欲一例屏除，为此篇之大旨。论既奇创，文亦精警，特老、庄欲返天下于浑朴之初，亦徒寄空想，而不能见之于事实者耳。

且夫待钩绳规矩而正者，是削其性者也；待绳约胶漆而固者，是侵其德者也；屈折礼乐，呴俞仁义，以慰天下之心者，呴俞，温恤之意。此失其常然也。天下有常然。常然者，曲者不以钩，直者不以绳，圆者不以规，方者不以矩，附离读"丽"。不以胶漆，约束不以纆索。故天下诱然皆生，而不知其所以生；同焉皆得，而不知其所以得。故古今不二，不可亏也。则仁义又奚连连如胶漆纆索而游乎道德之间为哉？使天下惑也！以上言常然之性本无亏损，斤斤于仁义，徒使人惑。

夫小惑易方，大惑易性，以接为提。何以知其然耶？自虞氏招仁义以挠天下也，招，犹翘也。天下莫不奔命于仁义。是非以仁义易其性与？故尝试论之，自三代以下者，天下莫不以物易其性矣。小人则以身殉利，士则以身殉名，大夫则以身殉家，圣人则以身殉天下，故此数子者，事业不同，名声异号，其于伤性以身为殉一也。文义极为明晰，跌宕英爽。臧与穀二人相与牧羊，而俱亡其羊。问臧奚事？则挟策读书。问穀奚事？则博塞以游。二人者事业不同，其于亡羊均也。伯夷死名于首阳之下，盗跖死利于东陵之上。二人者所死不同，其于残生伤性均也。奚必伯夷之是而盗跖之非乎？此段设喻尤极警策，据一篇之胜。天下尽殉也：接笔挺。○以下再接再厉。彼其所殉仁义也，则俗谓之君子；其所殉货财也，则俗谓之小人。其殉一也，则有君子焉，有小人焉。若其残生损性，则盗跖亦伯夷已，又恶取君子小人于其间哉？以上极言大惑易性之理，而以伯夷、盗跖等量其观。

且夫属其性乎仁义者，虽通如曾、史，非吾所谓臧也；属其性于五味，虽通如俞儿，非吾所谓臧也；属其性乎五声，虽通如师旷，非吾所谓聪也；属其性乎五色，虽通如离朱，非吾所谓明也。再以声、色、味衬言，以与起段相配。吾所谓臧，非仁义之谓也，臧于其德而已矣；吾所谓臧者，非所谓仁义之谓也，任其性命之情而已矣。"任性命之情"乃一篇主旨。吾所谓聪者，非谓其闻彼也，自闻而已矣；吾所谓明者，非谓其见彼也，自见而已矣。夫不自见而见彼，不自得而得彼者，是得人之得，而不自得其得者也，适人之适，而不自适其适者也。夫适人之适，而不自适其适，虽盗跖与伯夷，是同为淫僻也。余愧乎道德，是以上不敢为仁义之操，而下不敢为淫僻之行也。以上言道德为性命之情，而仁义淫僻均为失正。收束处数语，神情尤为俊逸。○欧阳公云："此篇语至刻急，而每结皆缓，若深厚不可知者，优柔有余，得雄辩守胜之道。自经而子，未有成片文字，枝叶横生，首尾救应，自为一家若此。以下数篇者，但论笔意，亦大宗师也。"

[评析]

"骈拇"是多余歧出的指头，而仁义聪明便如骈拇，恰似外增的规范，经人为高举后，反使人失去常性而成为乱源。伯夷为仁义殉节，盗跖为财货而死，以儒家观点视之，前者为君子，后者为小人；但以庄子视之，则二人皆是残生伤性，均失自适之道。本篇既不推崇仁义，也不指摘淫僻，只指出应顺应性命的本原。

《骈拇》《马蹄》《胠箧》三篇属《庄子》外篇，历来学者多以为外篇、杂篇是庄子弟子或后学所作，桐城三祖之一的姚鼐亦直言《骈拇》"非庄子所为"。吴闿生则以为三篇的"愤激恣肆""愤郁激宕"源自庄子面对乱世的愤激不平，所以下笔喷薄而出，形成放纵恣肆、跌宕不拘的文势，虽与《庄子》他篇通脱之态较不相同，但文气仍然属庄子本人手笔。

吴闿生身处西潮冲击下的易代之际，有调和先秦诸子思想的一面。《骈拇》在文章首段已经指出杨、墨乃骈枝之道，最后两段再以伯夷、盗跖为喻，反驳世俗以君子、小人二分，以仁义、淫僻对立的价值观。道家理想在于屏除仁义等人为标准，反璞归真，回到比三代更早的上古淳朴之时。然而，吴闿生于本文中评道："论既奇创，文亦精警，特老、庄欲返天下于浑朴之初，亦徒寄空想，而不能见之于事实者耳。"毕竟人类文明不断地在演进发展，无论是时空环境还是人心所想，都不能再回到民智未开之时。老、庄自然无为的主张，终究只能留在理想层面，无法于现世实现。由此观之，吴闿生并非一味守旧者，也不是只执守一家之言的人，而是凡事以归于世用为主。

马　蹄

此篇意旨与上篇略同，而文益奇肆诙诡。

马，一字为句，篇目例截文首二字，非"马蹄"二字连文也。蹄可以践霜雪，毛可以御风寒。龁草饮水，翘足而陆，一作"踛""骜"，跳也。此马之真性也。虽有义台路寝，无所用之。及至伯乐，曰："我善治马。"烧之剔之，刻之雒之，连之以羁馽，编之以皂栈，马之死者十二三矣！饥之渴之，驰之骤之，整之齐之，前有橛饰之患，而后有鞭策之威，而马之死者已过半矣！陶者曰："我善治埴。圆者中规，方者中矩。"匠人曰："我善治木。曲者中钩，直者应绳。"

加入两喻，益恢肆。夫埴木之性，岂欲中规矩钩绳哉？然且世世称之曰："伯乐善治马，而陶、匠善治埴、木。"此亦治天下者之过也。一句递下，不测。〇以上言治法伤性。

吾意善治天下者不然。彼民有常性，织而衣，耕而食，是谓同德。一而不党，命曰天放。故至德之世，其行填填，其视颠颠。当是时也，山无蹊隧，泽无舟梁；不往来也。万物群生，连属其乡；禽兽成群，草木遂长。是故禽兽可系羁游，鸟鹊之巢可攀援而窥。夫至德之世，同与禽兽居，族与万物并，族，杂也。恶乎知君子小人哉？同乎无知，其德不离；同乎无欲，是谓素朴。同，读为"侗"，无知貌。素朴而民性得矣。及至圣人，蹩躠为仁，踶跂为义，而天下始疑矣。澶漫为乐，摘僻为礼，而天下始分矣。故纯朴不残，孰为牺尊；白玉不毁，孰为圭璋；道德不废，安取仁义；性情不离，安用礼乐；五色不乱，孰为文采；五声不乱，孰应六律。夫残朴以为器，工匠之罪也；毁道德以为仁义，圣人之过也。以上言仁义非至德之世所有。

夫马，陆居则食草饮水，喜则交颈相靡，靡，摩也。怒则分背相踶。马知已此矣！言马之所知止于此。夫加之以衡扼，齐之以月题，而马知介倪、闉扼、鸷曼、诡衔、窃辔。介倪，犹阢陧不安貌。闉扼，犹阴喝喧塞也。鸷曼，迟重不行。诡亦窃也。皆不受控制之状。故马之知而能至盗者，伯乐之罪也。再就马作喻，以与起处相配。彼言马多死，此言能至盗，义各殊也。夫赫胥氏之时，民居不知所为，行不知所之，含哺而熙，熙，同"嬉"。鼓腹而游。民能以此矣！"以""已"同，"止"也。及至圣人，屈折礼乐，以匡天下之形；县跂仁义，以慰天下之心，而民乃始踶跂好知，音智。争归于利，不可止也。此亦圣人之过也。以上极言仁义之足以起奸。〇首尾傲岸夭矫，如游龙翱翔空际，论文绝调。

[评析]

继前篇《骈拇》否定仁义之后，本篇强力指摘仁义的源头——圣人。上古世界万物遵循素朴本性，得以成长遨游，后来在圣人的治理下，就像伯乐控制住良马，被迫强加上礼乐仁义等束缚，人民反而升起奸智与争利之心，此乃圣人的过错。写作笔法方面，首尾两段设喻相配：伯乐的管理使得马匹多死于非命，圣人的治理使人民多生奸盗之心，多处连用短句，形容暴力迫促、困苦磨难，笔势矫健。世人称羡的伯乐，在庄子笔下化身为暴虐威害的形象，亦带有诙诡趣味。

吴闿生评论此文说："文益奇肆诙诡。"这可以从本文三段的末句看出，分别是："此亦治天下者之过也""毁道德以为仁义，圣人之过也""争归于利，不可止也。此亦圣人之过也"。庄子突破世人固有的看法，直接批评君王或圣人，独树一帜，故能写出"傲岸夭矫"的文章。

胠　箧

千古愤郁激宕之文，至此极矣。

将为胠箧探囊发匮之盗而为守备，上"为"字读去声。则必摄缄縢，固扃鐍，此世俗之所谓知也。知，读"智"，下同。然而巨盗至，则负匮揭箧，担囊而趋，唯恐缄縢扃鐍之不固也。然则乡之所谓知者，不乃为大盗积者也？发端奇警无匹。乡，读"向"。也，读"邪"。故尝试论之：世俗之所谓知者，有不为大盗积者乎？所谓圣者，有不为大盗守者乎？倒提警策，使人目骇耳回。何以知其然邪？昔者齐国邻邑相望，鸡狗之音相闻，罔罟之所布，耒耨之所刺，方二千余里。阖四竟之内，所以立宗庙社稷，治邑屋州闾乡曲者，曷尝不法圣人哉？句势骠姚生动，杜公所谓"意惬关飞动，篇终接混茫"。古来文字精能之至者，未有不如此。所谓"生龙活虎""不可控抟"，乃能传其人之精神意态于千秋万世后。立言之所以不朽者，以此也。然而田成子一旦杀齐君而盗其国，一句说过，斩截劲快。所盗者岂独其国邪？再用骠姚飞动之笔，倒载而入。并与其圣知之法而盗之，故田成子有乎盗贼之名，而身处尧、舜之安。小国不敢非，大国不敢诛，十二世有齐国，劲峭。则是不乃窃齐国并与其圣知之法，以守其盗贼之身乎？淋漓痛切，无以复加。尝试论之：世俗之所谓至知者，有不为大盗积者乎？所谓至圣者，有不为大盗守者乎？何以知其然邪？昔者龙逢斩，比干剖，苌弘胣，子胥靡。胣，裂也。靡，烂也。故四子之贤，而身不免乎戮。故跖之徒问于跖曰："盗亦有道乎？"跖曰："何适而无有道邪？夫妄意室中之藏，圣也；入先，勇也；出后，义也；知可否，知也；分均，仁也。五者不备，而能成大盗者，天下未之有也。"由是观之，善人不得圣人之道不立，跖不得圣人之道不行。沈著痛切。天下之善人少而不善人多，则圣人之利天下也少，而害天下也多。故曰：唇竭则齿寒，鲁酒薄而邯郸围，圣人生而大盗起。引鲁酒事以见势不相及，而事实相因，此见庄子本意，初未尝诋毁圣人也，特无奈假圣人之说以肆其奸者何耳？世以此文为有倍圣道，未细究其义旨也。

掊击圣人，纵舍盗贼，而天下始治矣。沈著痛切，无以复加。夫川竭而谷虚，邱夷而渊实。圣人已死，则大盗不起，天下平而无故矣。圣人不死，大盗不止。虽重圣人而治天下，则是重利盗跖也。

为之斗斛以量之，此下文字排宕驰骤，气势至为昌盛，韩公《原道》所以冠绝古今，其实皆从此出。惟此文以偏宕之旨出之，故跌宕恣肆，不可方物，彼文转从正面立言，则适得其反，而少味矣。则并与斗斛而窃之；为之权衡以称之，则并与权衡而窃之；为之符玺以信之，则并与符玺而窃之；为之仁义以矫之，则并与仁义而窃之。何以知其然邪？彼窃钩者诛，窃国者为诸侯，诸侯之门，而仁义存焉，则是非窃仁义圣智邪？此文所以痛斥诸侯，姚氏谓"作于秦皇并兼以后"，故疑非庄子作；果然，则文中不必断断于诸侯矣。故逐于大盗，揭诸侯，窃仁义，并斗斛、权衡、符玺之利者，"逐于大盗"犹言群趋于大盗之一涂。"揭诸侯"犹"揭箧"之"揭"，谓举而持之以去也。虽有轩冕之赏弗能劝，斧钺之威弗能禁。此重利盗跖而使不可禁者，是乃圣人之过也。以上言圣人为盗跖所利用。

故曰："鱼不可脱于渊，国之利器不可以示人。"彼圣知者，天下之利器也，非所以明天下也。故绝圣弃知，大盗乃止；擿玉毁珠，小盗不起；焚符破玺，而民朴鄙；掊斗折衡，而民不争；殚残天下之圣法，而民始可与论议；擢乱六律，铄绝竽瑟，塞瞽旷之耳，而天下始人含其聪矣；灭文章，散五采，胶离朱之目，而天下始人含其明矣。毁绝钩绳，而弃规矩，攦工倕之指，攦，折也。而天下始人有其巧矣。气势酣恣跌宕，词采亦蔚郁葰茂，瑰玮历落，以助成汪洋泛溢之奇观。以上三篇皆然。凡古人著作率皆如此，所谓"文"也。自李斯《谏逐客》以后，此体遂鲜，韩公尚时欲为之，欧、苏以下，一洗酾郁而为坦白质率之词，文乃日趋于质，而无复精华之绚耀矣。至于骈俪之作，则比词错事，别为时调，与古人采艳迥然不同，又不足以与此也。故曰："大巧若拙。"加一句，文法参差。削曾、史之行，钳杨、墨之口，攘弃仁义，而天下之德始玄同矣。彼人含其明，则天下不铄矣；人含其聪，则天下不累矣；

人含其知，则天下不惑矣；人含其德，则天下不僻矣。彼曾、史、杨、墨、师旷、工倕、离朱者，皆外立其德而以爚乱天下者也，法之所无用也。以上言圣知之无用。

子独不知至德之世乎？飘忽而入。昔者容成氏、大庭氏、伯皇氏、中央氏、栗陆氏、骊畜氏、轩辕氏、赫胥氏、尊卢氏、祝融氏、伏戏氏、神农氏，当是时也，民结绳而用之。甘其食，美其服，乐其俗，安其居，邻国相望，鸡狗之音相闻，民至老死而不相往来。若此之时，则至治已。今遂至使民延颈举踵，曰"某所有贤者"，赢粮而趣之，转接处纯用逆折倒戟之笔，所以生动跳脱。则内弃其亲而外去其主之事，足迹接乎诸侯之境，车轨结乎千里之外。此战国游士之风，益见姚说"秦以后作"之不碻。则是上好知之过也。上诚好知而无道，则天下大乱矣。何以知其然邪？夫弓弩、毕弋、机变之知多，则鸟乱于上矣；文势再振，此下箴时尤为耸切。钩饵、网罟、罾笱之知多，则鱼乱于水矣；削格、罗落、罝罘之知多，则兽乱于泽矣；知诈、渐毒、颉滑、坚白、解垢、同异之变多，则俗惑于辩矣。渐亦诈也。颉滑，不正。解垢，犹邂逅，诡曲也。故天下每每大乱，每每，乱状。罪在于好知。故天下皆知求其所不知，而莫知求其所已知者，皆知非其所不善，而莫知非其所已善者，绝世名言。是以大乱。故上悖日月之明，下烁山川之精，中堕四时之施，惴耎之虫，肖翘之物，莫不失其性。惴耎，动虫。肖翘，翾飞之属。甚矣夫好知之乱天下也！自三代以下者是已。舍夫种种之民，种种，淳厚也。而悦夫役役之佞，役役，佞貌。释夫恬淡无为，而悦夫啍啍之意，啍啍，以己训人也。啍啍已乱天下矣！单句作收，骏迈之势足以结束全篇。○以上言好知之乱天下。

[评析]

　　本篇主旨承前篇《骈拇》《马蹄》而下，直指圣人所造成的危害，意旨愤郁。"胠箧"意即开箱偷盗，世俗的防盗方式是加固箱柜，哪料得大盗整箱运走；与其说是防盗，毋宁说是提供盗贼尽数盗走宝物的机会。上位者防备臣民盗国篡位，然而"窃钩者诛，窃国者为诸侯"，盗国者反而跃上国君的位置，甚至可以借口仁义滋事，事成反而留存美名。故而庄子提出"绝圣弃知"，如此才能让民心归于淳朴，终结争夺心机。庄子用和世俗相反的观念，提出解套方式，通篇文辞更显激宕，吴闿生评为"以偏宕之旨出之，故跌宕恣肆，不可方物"，诚然如此。试观首段：先铺陈防盗方式，读之仿佛心安，而后紧接大盗背负而走，激问一句"所谓知者，不乃为大盗积者也"，读此恍然大悟，设想实在奇特！

　　首段末的"圣人生而大盗起"亦应注意。吴闿生评曰："此见庄子本意，初未尝诋毁圣人也，特无奈假圣人之说以肆其奸者何耳？世以此文为有倍圣道，未细究其义旨也。"说明庄子反对的不是圣人本身，而是世上有恶徒假借圣人之名，带给人民痛苦。又如"鲁酒薄而邯郸围"一事，楚宣王朝会诸侯，鲁恭公态度傲慢，后至而酒薄，楚宣王大怒攻鲁。鲁国分身乏术无法助赵，梁惠王便趁机进军邯郸。赵国的邯郸与鲁恭王酒薄并无直接关联，却阴错阳差受到影响。换言之，大盗与圣人原本并不相干，但终究产生连带关系。庄子本意不在诋毁圣人，而是以反言出之，面对乱世发出沉痛无奈之言。吴闿生云："儒之言质，庄之言谐，意旨初无异也，然庄生之旨掩昧于众人之耳目，而莫察者亦多矣。……读儒、老两家之作，悲慨无极。"（参见《北江文集》卷十二《籀雅·说庄》）吴闿生以为儒家与庄子的出发点其实相通，皆有鉴于乱世的各种乱象而提出学说，只是表达方式不同，后人多未能看出庄子反言的真正意旨，便以为庄子强烈掊击儒家，实则未通解其义。本篇亦可见吴闿生调和儒、道之处。

养生主—节

　　庄子高文至多，不可尽录，今取其精湛而宕逸者，节录若干首，以为后生学文之助，而于老、庄之道，亦可以略见一斑也。

　　庖丁为文惠君解牛，手之所触、肩之所倚、足之所履、膝之所踦，砉然砉，音画，骨肉相离声。向然，奏刀騞然，騞，呼获反，声大于砉也。莫不中音。合于桑林之舞，桑林，汤乐。乃中经首之会。经首，咸池乐章。会，节也。文惠君曰："嘻，善哉！技盖至此乎？"庖丁释刀，对曰："臣之所好者道也，进乎技矣。不仅以技名也。始臣之解牛之时，所见无非牛者。精神专一之故。三年之后，未尝见全牛也。皆已解矣。方今之时，臣以神遇，而不以目视，洞熟之极。官知止而神欲行。五官之知不用，专以神意行之。依乎天理，天然腠理。批大郤，"郤""隙"同字。导大窾，窾，空也。因其固然，技经肯綮之未尝，俞樾云："技，疑'枝'误。《灵枢》：'经脉为里，枝脉为络。'枝经，犹经络也。"肯，肉着骨者。綮，筋结处。言奏刀时，未尝斫断此等。而况大軱乎！大軱，盘结骨也。良庖岁更刀，每岁一更刀。割也；族庖月更刀，折也；族庖，众庖也。折，伤刀刃。今臣之刀，十九年矣，所解数千牛矣，而刀刃若新发于硎。彼节者有间，骨节必有间隙之处。而刀刃者无厚，无厚，言薄也。以无厚入有间，恢恢乎其于游刃必有余地矣。是以十九年而刀刃若新发于硎。发明游行自在，不与物相靡之旨。老、庄所以自全于乱世得保其性命者，恃此道也，文亦精绝。○《人间世》所称"彼且为婴儿，亦与之为婴儿"，及养虎养马之法，与此意同，可以参观而悟得之。**虽然，每至于族，吾见其难为，**族，谓交凑之处。此下言慎审将事，不敢掉以轻心，词义皆极精湛。**怵然为戒，视为止、行为迟。动刀甚微，謋然已解，如土委地。提刀而立，为之四顾，为之踌躇满志，善刀而藏之。**"此四句事后情状，非有绝大本领，不能道其只字。文惠君曰："善哉！吾闻庖丁之言，得养生焉。"

[评析]

  在前四篇选录《庄子》完整的篇章之后，吴闿生另外节录了十三则短文。本节借由庖丁解牛的过程，阐释全生保真的处世之道，牛体结构象征人世，刀刃象征个人，说明以优游自在、顺应自然的态度，面对人世的纷扰，方能游刃有余，保全性命。庖丁虽技艺高超，但态度始终戒慎专注。解牛完毕，在志得意满后"善刀而藏之"，更见其含藏内敛之道。若非透彻了悟处世智慧之人，何有此言？故吴闿生叹服为"绝大本领"。

  《庄子》选文的分量居《古文范》全书第三位。吴闿生不只客观解说老、庄思想，且评语屡现推崇，譬如文中夹评："发明游行自在，不与物相靡之旨。老、庄所以自全于乱世得保其性命者，恃此道也，文亦精绝。"他看重的是文章内容，不是辞采。这点也体现了庄子的理想："所好者道也，进乎技矣！"道重于技。

人间世 一节

  孔子适楚，楚狂接舆游其门，曰："凤兮凤兮，何如读为"而"，即汝也。德之衰也！来世不可待，往世不可追也。天下有道，圣人成焉；天下无道，圣人生焉。方今之时，仅免刑焉。福轻乎羽，莫之知载；如羽，言易取而人莫能治。祸重乎地，莫之知避。已乎已乎！临人以德。殆乎殆乎！画地而趋。以德临人，而画地以自处，皆危道也。迷阳迷阳，无伤吾行；迷阳，棘刺之类，以喻世乱。吾行郤曲，郤亦曲也。无伤吾足。"山木，自寇也；膏火，自煎也。桂可食，故伐之；漆可用，故割之。人皆知有用之用，而莫知无用之用也。即《逍遥游》篇末之意，而叹乱世自全之难，尤为恳切曲到。○楚狂之歌载于《论语》，此庄子因其词扩而充之，以自发其志趣，恢奇恣肆，而规矩谨严，乃庄生之赋笔也。

[评析]

"有用""无用"之辩，前见于《逍遥游》篇末惠施与庄子的对话，本篇《人间世》复申论之。桂、漆，因为有用而受到戕害剥取，山木、膏火，被制成斧头、油膏后，还被用来残害同类。世人皆以有用、无用的眼光来衡量万物，这将造成人人追逐用处利益、丧失本性，最后可能伤害到自身。殊不知"无用之用"方为大用，当世人放下利害，不再拘执于有用、无用的思维，才能免于物累，顺应本性自在发展。

回到本节设喻的主体。楚狂接舆歌由《论语》扩充而来，庄子以"无用之用"评论孔子适楚一事，吴闿生评曰："以自发其志趣。"孔子周游列国，冀求国君实施其抱负理想，此即陷溺于"有用"之执着。身处嚣嚣乱世，却不知变通，仍想逢人展示德行，终将危殆自身。庄子并非丧失理想，相反地，他的消极与隐避，是在看透了复杂的人世之后，提出的返璞归真的清明理想，供给世人作一安顿身心的思考。

在宥 一节

黄帝立为天子十九年，令行天下，闻广成子在于空同之上，空同，山名。故往见之，曰："我闻吾子达于至道，敢问至道之精。吾欲取天地之精，以佐五谷，以养民人。吾又欲官阴阳，以遂群生，为之奈何？"姚姬传曰："'取天地之精，以佐五谷'，为医药也。'官阴阳，以遂群生'，治历也。"广成子曰："而所欲问者，物之质也；言非其精神。而所欲官者，物之残也。残，余也。自而治天下，云气不待族而雨，族，聚也。草木不待黄而落，日月之光，益以荒矣。而佞人之心翦翦者，"翦"与"诐"同，取悦于人之意。又奚足以语至道！"

黄帝退，捐天下，筑特室，席白茅，闲居三月，复往邀之。广成子南首而卧，黄帝顺下风膝行而进，再拜稽首而问曰："闻吾子达于至道，敢问：治身奈何而可以长久？"广成子蹶然而起，曰："善哉问乎！老、庄之道以无为治身，而即以此治天下。盖天下本自宁静，而好知之徒日扰扰焉，所以大乱。故治身治世，皆莫重于无为，我无为而物自正，身与天下，其道一也。《老子》曰："贵以身为天下，乃可以托于天下。"即此义也。来，吾语汝至道：至道之精，窈窈冥冥；至道之极，昏昏默默。以下言道家守真养寿之法，至为精妙切尽，学者守此，可以全生，可以尽年。《丹经》《道藏》累千万言，皆不外乎此。无视无听，抱神以静，形将自正。待其自正，不必有意为之，所谓"虚以待之，无为之先"也。必静必清，无劳女形，无摇女精，乃可以长生。目无所见，耳无所闻，心无所知，所谓"槁木死灰"，所谓"丧我"，所谓"坐忘"，皆此一法。女神将守形，形乃长生。慎女内，神也。闭女外，耳目百骸也。多知为败。我为女遂于大明之上矣，至彼至阳之原也；为女入于窈冥之门矣，至彼至阴之原也。调剂阴阳之法如此，俗所谓"小周天"也。天地有官，阴阳有藏。慎守女身，物将自壮。我守其一，以处其和。一者，守中抱一之说，《丹经》所谓"药饵"。和者，阴阳调燮之谓，《丹经》所谓"火候"也。

此淘至精至粹要妙之语。故我修身千二百岁矣，吾形未尝衰。"黄帝再拜稽首，曰："广成子之谓天矣！"天道运行，理亦如此。

广成子曰："来！余语女：彼其物无穷，而人皆以为有终；彼其物无测，而人皆以为有极。此元气不生不灭之说也，但有变化而无增减，昧者自不知耳。得吾道者，上为皇而下为王；上天下地，惟我独尊之意。失吾道者，上见光而下为土。失此道则精神飞越，形骸消灭矣。今夫百昌皆生于土而反于土。百昌，百物也。故余将去女，入无穷之门，以游无极之野。吾与日月参光，吾与天地为常。当我缗乎！缗缗不绝也。远我昏乎！人其尽死，而我独存乎！"笔歌墨舞，神韵无穷。仅以文字论，亦古今之绝调也。

[评析]

　　这是一则寓言故事。黄帝在位十九年，向广成子请教如何取得天地之精以养民。广成子直斥此法只能见事物的表层，所欲主宰的阴阳只是万物的残余，未得精要。于是黄帝退位，闲居三个月后再次请教广成子，这回的请教问题变成如何治身以长生。广成子阐释修身之道在于宁静守身，任物自在，同于天道运行自然之理，此即"至道"。吴闿生点出"丧我""坐忘"皆此法也，二者分别见于《齐物论》与《大宗师》，去除生理感官、形躯、心智等执，超越各种限制，看似槁木死灰，实则回归生命最自然的状态，达到忘我的境界。

　　虽然黄帝放弃治理天下，所欲求解的治道脱离群众，看似眼光只限于个人，但其实不然。道家的政治思想仍会关怀人民生活，吴闿生评："老、庄之道以无为治身，而即以此治天下。"所谓的"无为而治"，是饱受乱世残暴作为后，酝酿出来的解决方法：当人民与执政者都能不妄为、不干扰其他生命、不执意求得绩效，静待万物自正而非有意为之，才能让世间回复自然运行的宁静。广成子之说，虽是守真养寿之法，但当万物都能全生尽年之时，便也是养护天下的治道了。

天道一节

桓公读书于堂上，轮扁斫轮于堂下，释椎凿而上，问桓公曰："敢问公之所读者，为何言邪？"公曰："圣人之言也。"曰："圣人在乎？"公曰："已死矣。"曰："然则君之所读者，古人之糟魄已夫！"糟魄，犹渣滓也。桓公曰："寡人读书，轮人安得议乎！有说则可，无说则死！"轮扁曰："臣也，以臣之事观之。斫轮，徐则甘而不固，疾则苦而不入，不徐不疾，得之于手，而应于心，口不能言，有数存焉于其间。谛当之至！臣不能以喻臣之子，臣之子亦不能受之于臣，至爱莫如父子，而固不能相授受。是以行年七十而老斫轮。古之人与其不可传也死矣，然则君之所读者，古人之糟魄矣夫！"见道之谈，古今同慨，此孔子所以欲无言，而退之有"泰山毫芒"之喻也。

[评析]

本节旨在告诫世人勿执着于书面文字知识，应领会其中精要。言语文字只是糟魄，不能完全传达出作者得心应手的诀窍，就像是制轮工匠无法透过言语将技巧传给儿子，这一切只能靠个人的亲身实践与自觉。言语终究是隔了一层，如果只拘执于此是危险的。吴闿生指出，这是古今大家常有的感慨，孔子曾言"予欲无言"，不愿弟子只观言语而不察其实；韩愈《调张籍》诗则道"流落人间者，太山一毫芒"，谓李白、杜甫二人诗作成就杰出，然而多所散佚，流传后世者只是毫末，未能见全貌。其实《庄子·外物》"得鱼忘筌""得意忘言"亦是此理。

天运一节

孔子西游于卫，颜渊问师金曰："以夫子之行为奚如？"师金曰："惜乎！而夫子其穷哉！"颜渊曰："何也？"师金曰："夫刍狗之未陈也，结刍为狗，巫祝用之。盛以箧衍，衍，笥也。巾以文绣，尸祝斋戒以将之。及其已陈也，行者践其首脊，苏者取而爨之而已；将复取而盛以箧衍，巾以文绣，游居寝卧其下，彼不得梦，必且数眯焉。眯，魇也。数，读为速，言梦想而不可得，必且更致他妖也。今而夫子亦取先王已陈刍狗，取读"聚"。弟子游居寝卧其下。故伐树于宋，削迹于卫，穷于商、周，是非其梦邪？围于陈、蔡之间，七日不火食，死生相与邻，是非其眯邪？夫水行莫如用舟，而陆行莫如用车。譬喻多则文境逐步生新，此篇乃用此法。以舟之可行于水也，而求推之于陆，则没世不行寻常。八尺曰"寻"，倍寻曰"常"。古今非水陆与？周、鲁非舟、车与？今蕲行周于鲁，是犹推舟于陆也。劳而无功，身必有殃。此庄生达变之言也。夫周尚不可行之于鲁，而欲行孔子之道于数千年后之今日，宜其扞格而不通矣。彼未知无方之传，应物而不穷者也。且子独不见夫桔槔者乎？引之则俯，舍之则仰。彼，人之所引，非引人者也。故俯仰而不得罪于人。故夫三皇五帝之礼义法度，不矜于同，而矜于治。矜者，尚也。故譬三皇五帝之礼义法度，其犹柤梨橘柚邪！其味相反而皆可于口。故礼义法度者，应时而变者也。今取猨狙而衣以周公之服，彼必龁啮挽裂，尽去而后慊。慊，快也。观古今之异,犹猿狙之异乎周公也。故西施病心而矉其里,矉,即"颦"字。其里之丑人,见而美之,归亦捧心而矉其里。其里之富人见之,坚闭门而不出;贫人见之,挈妻子而去之走。彼知美矉,而不知矉之所以美。惜乎而夫子其穷哉!"有味乎其言之!庄子之讥姗孔子者多矣,至此篇所谈,则儒者几不能复为之辩!

[评析]

  孔子身处春秋乱世,欲恢复西周的礼乐制度以拯救乱象,于是周游列国推广理想,然多遇困厄,不得行其道。其实孔子赞成制度必须因革损益,所期盼的是保有三纲五常等人伦秩序精神,然而儒家后学多谨守制度层面,思想日趋僵化,典礼仪式愈趋流于形式。庄子眼见儒学末流的弊端,于是设想寓言,批判过时的礼义制度无法应时而变,不应搬用于今世。"推舟于陆"一句,吴闿生夹评说:"夫周尚不可行之于鲁,而欲行孔子之道于数千年后之今日,宜其扞格而不通矣。"此为其延伸的推想,诚然如此!吴闿生处于西潮冲击的清末民初,一生志在保存传统思想文化,但也清楚世殊事异,与时应变之理,故其治学兼用包容。

  文章作法方面,吴闿生评:"譬喻多则文境逐步生新。"如祭祀完毕后仍供奉刍狗,将导致梦魇;行周礼于鲁国,便像是推舟于陆;或如给猿猴穿上周公的衣服,必龇牙裂衣而去;又如丑人一味效颦,不知自己与西施的根本差异。以上由固守旧制为起点,多方设喻连串而下,读来觉得新鲜有趣。

达生五节

  庄子,哲学家也,善谈名理,妙绝古今,读之使人翛然意远。张献群谓此篇亦当全读,以其篇幅过长,姑节钞之,以见一斑。

仲尼适楚，出于林中，见痀偻者承蜩，承，取也。痀偻曲背，取之不易。犹掇之也。言其取之之易。仲尼曰："子巧乎，有道耶？"曰："我有道也。五、六月累丸二而不坠，五、六月，黏蝉时也，累丸于竿以习技。则失者锱铢；锱铢，言其所失甚少。累三而不坠，则失者十一；累五而不坠，犹掇之也。吾处身也，若厥株拘；厥株拘，断树也。吾执臂也，若槁木之枝。虽天地之大，万物之多，而唯蜩翼之知。吾不反不侧，不以万物易蜩之翼，何为而不得？"词义皆精粹至极，古今万事万学，未有不专一如此而能造极者也。孔子顾谓弟子曰："用志不分，乃凝于神。其痀偻丈人之谓乎！"

颜渊问仲尼曰："吾尝济乎觞深之渊，觞深，渊名。津人操舟若神。吾问焉，曰：'操舟可学耶？'曰：'可。善游者数能。若乃夫没人，则未尝见舟而便操之也。'精绝语。吾问焉而不吾告，敢问何谓也？"仲尼曰："善游者数能，忘水也。若乃夫没人之未尝见舟而便操之也，彼视渊若陵，视舟之覆，犹其车却也。语义皆极精妙。覆却万方陈乎前，而不得入其舍，恶往而不暇？存心应物，皆当奉此箴言。以瓦注者巧，以钩注者惮，以黄金注者殙。瓦贱金贵故也。钩者，带钩。凡戏争能取中皆曰射，亦曰注，亦曰投。其巧一也，而有所矜，则重外也。凡外重者内拙。"

田开之见周威公，威公曰："吾闻祝肾学生，学养生之术。吾子与祝肾游，亦何闻焉？"田开之曰："开之操拔篲以侍门庭，亦何闻于夫子？"威公曰："田子无让，寡人愿闻之。"开之曰："闻之夫子曰：'善养生者，若牧羊然，视其后者而鞭之。'"绝世名言。威公曰："何谓也？"田开之曰："鲁有单豹者，岩居而水饮，不与民共利，行年七十，而犹有婴儿之色，不幸遇饿虎，饿虎杀而食之。有张毅者，高门县薄，无不走也，薄，帘也。趋走高门以奉富贵。行年四十，而有内热之病以死。豹养其内，而虎食其外；毅养其外，而病攻其内。此二子者，皆不鞭其后者也。"仲尼曰："无入而藏，无出而阳，柴立其中央。三者若得，其名必极。夫畏涂者，十杀一人，则父子兄弟相戒也，必盛卒徒而后敢出焉，不亦知乎？人之所取畏者，衽席之上，饮食之间，而不知为之戒者，过也！"感慨言之。

祝宗人玄端以临牢策，牢，豕室。策，木栏。说彘曰："女奚恶死？吾将三月犙女，十日戒，三日斋，藉白茅，加女肩尻乎雕俎之上，则女为之乎？"为彘谋曰："不如食以糠糟，而错之牢策之中。"自为谋，则苟生有轩冕之尊，死得于腞楯之上、聚偻一作"萎蒌"。之中，则为之。腞，犹篆也。楯，案也。聚偻，器名。为彘谋则去之，自为谋则取之，所异彘者何也！此段极饶诙诡之趣，足以警夫热中富贵者！杜诗云："名利苟可取，杀身傍权要。"千古达人恒言之，乃覆辙相寻，而曾莫之省也。

梓庆削木为鐻，梓，匠也。庆，名。鐻，即"簴"字。鐻成，见者惊犹鬼神。鲁侯见而问焉，曰："子何术以为焉？"对曰："臣，工人，何术之有？虽然，有一焉：臣将为鐻，未尝敢以耗气也，必斋以静心。斋三日，而不敢怀庆赏爵禄；斋五日，不敢怀非誉巧拙；斋七日，辄然忘吾有四枝形体也。辄然，不动貌。○极得良匠惨淡经营之苦，以下所言，尤为穷神入化，凡人胸中宁得有其只字？**当是时也，无公朝。**视公朝若无。**其巧专而外骨消，**骨，当依一本作"滑"，"滑""汨"古字通，言巧专而外物之汨乱我者皆消也。**然后入山林，观天性，**"入山林"二语尤极超妙，殊得逍遥萧散之致。**形躯至矣，然后成见镶，**言精神既极，意中先成一可见之镶，犹言成竹在胸也。**然后加手焉，不然则已。**此能事所以不肯苟作。**则以天合天，器之所以疑神者，其是与？"**

[评析]

"达生"意即畅达生命，旨在修养形体精神，与天为一。吴闿生之友张宗瑛（字献群）盛推此篇应当全读。

"仲尼适楚"一节，痀偻者取蝉的诀窍在于神智凝聚专一，此亦是养神之法。"颜渊问仲尼"一节，善游泳者练习数次而后能操舟，因为可以"忘水"；潜水者未见过船便会操舟，原因是他无畏于外在的危险，免于"外重者内拙"的窘境。"田开之见周威公"一节，提醒养生应外、内并重，使形体精神皆能得到保养。"祝宗人玄端"一节，借祝史对神猪之言，讽刺权贵人物迷惑于名利富贵而自取灾祸。"梓庆削木为镶"一节，阐释静心凝神之道，抛却爵禄非誉，忘却四肢形体，达到忘我之境，完成鬼斧神工之作。以上五节，皆共同指向忘却世俗外物，精神自适无所牵累，修养内外。

《庄子·寓言》自道："寓言十九，藉外论之。"他喜欢设想故事，以寄托自家学说，这在天下浑浊、正经言论难以申发时，听者更容易接纳。以"祝宗人"一节为例，神猪即将被精心豢养三月后宰杀供奉，祝史清醒地看透其下场，对猪说不如吃糟糠粗食而保全性命，然而他自己却沉迷于追逐名利权位。如此双重标准，庄子只以三句话形容："为彘谋则去之，自为谋则取之，所异彘者何也？"幽默指出人与猪无异。通过寓言方式,说出世人的言行丑态,比起直陈其理,更有诙谐趣味,亦能警世。

山木一节

市南宜僚见鲁侯,鲁侯有忧色。市南子曰:"君有忧色,何也?"鲁侯曰:"吾学先王之道,修先君之业;吾敬鬼尊贤,亲而行之,无须臾离居。句。然不免于患,吾是以忧。"市南子曰:"君之除患之术浅矣!夫丰狐文豹,栖于山林,伏于岩穴,静也;夜行昼居,戒也;虽饥渴隐约,犹且胥疏于江湖之上而求食焉,定也。"胥疏"连文成义,盖不敢公然出行也。然且不免于罔罗机辟之患,是何罪之有哉?其皮为之灾也。今鲁国独非君之皮邪?吾愿君刳形去皮,洒音洗。心去欲,而游于无人之野。南越有邑焉,名为建德之国。其民愚而朴,少私而寡欲;知作而不知藏,与而不求其报;不知义之所适,不知礼之所将。猖狂妄行,乃蹈乎大方。其生可乐,其死可葬。吾愿君去国捐俗,与道相辅而行。"君曰:"彼其道远而险,又有江山,我无舟车,奈何?"市南子曰:"君无形倨,无留居,以为君车。"君曰:"彼其道幽远而无人,吾谁与为邻?吾无粮,我无食,安得而至焉?"市南子曰:"少君之费,寡君之欲,虽无粮而乃足。君其涉于江而浮于海,望之而不见其崖,愈往而不知其所穷。送君者皆自崖而返,君自此远矣!凌空蹴起,气象高邈,倏然若有神助。刘须溪云:"读至'自崖而返',飘飘有弃吾故展之意。"文字之妙,一至此乎!故有人者累,见有于人者忧。故尧非有人,非见有于人也。吾愿去君之累,除君之忧,而独与道游于大莫之国。大莫,犹云广莫。

[评析]

鲁侯担心祸患发生，面有忧色。市南子指出祸殃的根源便是权位，如同狐豹被捕猎的原因正是身上美丽的毛皮，鲁侯若想要免除祸患，根本方法便是放弃权位，远离鲁国，游于纯朴寡欲的遥远南方。执政者通常视人民土地为己所有，故不免乎累，受制于他人。文中劝说鲁侯"虚己游世"，消除贪图名位之心，少私寡欲，"与道相辅而行"。

可注意末尾"自崖而返"二句，吴闿生引刘辰翁之言大力赞赏。当时鲁侯听闻市南子劝其远游南方，心中生出交通、粮食等疑问，又担心远方无人可相邻为伴，频频提问。市南子直言"寡君之欲"即可，又说："送君者皆自崖而返，君自此远矣！"这样的回答跳脱鲁侯提问的层次，陡然带入远离俗世的境界。鲁侯忧虑的是无人陪伴他，但在市南子口中这反而变成远离俗世的助力！这里提出打破世人恋栈不舍的俗心桎梏，也显现庄子内心高远的气象。

徐无鬼一节

徐无鬼因女商见魏武侯，武侯劳之，曰："先生病矣，苦于山林之劳，故乃肯见于寡人。"徐无鬼曰："我则劳于君，君有何劳于我？君将盈耆欲，长好恶，则性命之情病矣；君将黜嗜欲，掔好恶，掔，引去也。则耳目病矣。我将劳君，君有何劳于我？"武侯超然不对。少焉，徐无鬼曰："尝语君吾相狗也：下之质，执饱而止，执，犹得也。是狸德也；中之质，若视日；上之质，若亡其一。"视日""亡一"皆高瞻远瞩、若有忧思之概。其意盖以为酣豢富贵之流，但能导之深思远望，则其所得固已多矣。吾相狗又不若吾相马也。吾相马：直者中绳，曲者中钩，方者中矩，圆者中规。是国马也，而未若天下马也。天下马有成材，若恤若失，恤，忧也。失，亡也，皆忧盛危明之意。旧注谓惊鍊若飞，非是。若丧其一。若是者超轶绝尘，不知其所。"武侯大说而笑。徐无鬼出，女商曰："先生独何以说吾君乎？吾所以说吾君者，横说之则以《诗》《书》《礼》《乐》，从说则以《金板》《六弢》，奉事而大有功者不可为数，而吾君未尝启齿。今先生何以说吾君，使吾君说若此乎？"徐无鬼曰："吾直告之吾相狗马耳。"女商曰："若是乎？"曰："子不闻夫越之流人乎？去国数日，见其所知而喜；去国旬月，见所尝见于国中者喜；及期年也，见似人者而喜矣。悲天悯世之衷，俯仰淋漓，感慨不尽。不亦去人滋久，思人滋深乎？夫逃虚空者，藜藋柱乎鼪鼬之径，踉位其空，"踉位"二字连文，犹言鍊立也。闻人足音跫然而喜矣，又况乎昆弟亲戚之謦欬其侧者乎？悱恻沈至，可泣可歌！凡文字不能臻此境地，则真性情不出，不足以感动人也。杜诗云："元气淋漓障犹湿，真宰上诉天应泣。"盖能状此妙处。久矣夫莫以真人之言謦欬吾君之侧乎！"咏叹淫佚，神味低佪无限。○前半讥为人君者之荒淫无度，不知忧患；后半讥为人臣者之阿谀苟言，旷若无人也。而用意用笔回翔虚无之表，绝世奇文。

[评析]

女商以《诗》《书》《礼》《乐》等儒家经典以及《太公兵法》游说魏武侯，反应不佳；徐无鬼则谈论相狗、相马之术，魏武侯却大悦而笑。女商不解，私下询问徐无鬼，徐无鬼告以越地流放人的故事，并说流放愈久、去国愈远，则思念愈深，光是听到人类的脚步声便欢喜，更何况是兄弟亲戚在身边谈笑？言下之意，便是儒家经典非魏武侯所能接受，而相狗、相马之术才符合他的喜好。成玄英《疏》："武侯性好犬马，久不闻政事。"吴闿生认为本节既讥笑国君的荒淫，也讥笑人臣的阿谀谄媚。

则阳一节

柏矩学于老聃，曰："请之天下游。"老聃曰："已矣！天下犹是也。"又请之，老聃曰："女将何始？"曰："始于齐。"至齐，见辜人焉，推而强之，辜人者，辜磔之人，死，体分散，故推而强之也。解朝服而幕之，幕，音冪。号天而哭之，曰："子乎！子乎！天下有大菑，子独先离之。离，读罹。曰：'莫为盗，莫为杀人。'此官府之政令也。荣辱立，然后睹所病，货财聚，然后睹所争。今立人之所病，聚人之所争，穷困人之身，使无休时。欲无至此，得乎？探本穷源之论，悲慨痛切。姚姬传云："诵其言，实自令人悲痛。"古之君人者，以得为在民，以失为在己；以正为在民，以枉为在己。故一形有失其形者，犹云一物有失其所者。退而自责。今则不然，匿为物而愚不识，句法矜创，言故匿其物，而以不识者为愚也。大为难而罪不敢，重为任而罚不胜，远其涂而诛不至。民知力竭，则以伪继之。知，读曰智。日出多伪，士民安取不伪？言诈伪之涂百出，人民何得不伪？夫力不足则伪，知不足则欺，财不足则盗。盗窃之行，于谁责而可乎！"每至哀痛之际，辄有无限悲凉呜咽神情。笔歌墨舞，刿目沁脾，固是才高，亦由笔健。

[评析]

本节通过柏矩于齐所见，批判政治的虚伪。古时执政者责己安民，后世则不然，苛求百姓、加重刑罚，当百姓被过度压榨时，便自然转以虚假敷衍应付，于是虚伪欺盗之事层出不穷。然而究其问题源头，这些争夺与盗窃恶行并不能责怪百姓。庄子的哀痛之情，溢于纸上。

文中"匿为物而愚不识"一句，历来批注分歧。此句郭象《注》："反其性，匿也；用其性，显也，故为物所显则皆识。"即执政者的施政违反自然本性，人民的本性无法彰显。郭注未说明"愚"字义。成玄英《疏》："藏匿罪名，愚妄不识，故罪名者众也。"解为执政者无法分辨出愚妄之民。俞樾《诸子平议》把"愚"字通假为"过"字，再借《广雅》训"过"为"责"，指执政者责备不识之臣民。吴闿生的父亲吴汝纶《庄子点勘》同意俞樾之说。郭庆藩《庄子集释》也称赞此说精良。

在众说纷纭的情形下，吴闿生不依郭象旧说，另解为"故匿其物，而以不识者为愚"。意即执政者对人民隐匿实情，而又责怪他们是没有见识的人民，因此认为他们是愚笨的。吴闿生接受了俞樾、吴汝纶、郭庆藩的说法，进一步强调后世国君对待人民的错误做法。此句若依前人"愚妄不识"或"过不识"的解释，还是平顺的语气；吴闿生将"愚"字当作意谓动词，"以……为愚"，便显得更为压缩紧凑，文字密度更高，以下四句句型结构都如此，故评之为"句法矜创"，即矜持琢练而又别创一格。此说法反映了吴闿生欣赏精炼、黜斥平易的评文喜好，也看出他的评注有创新的一面。

《韩非子》十五篇

说　难

　　战国之时乃尚游说之世，故韩非作此篇，深明为说之难，委曲深至，用意悲怆，至文情之精悍廉劲，尤为千古独绝。太史公作《韩非传》，于《说难》反复致意，且全录其文于传中，盖好之至矣。唯文辞稍近奥衍，今为详释其义，俾读者易解焉。○韩非原文犹有枝叶未尽刊落者，《史记》稍加删节，劲爽益增，今依《史记》定本。

　　凡说之难，直起。**非吾知之有以说之之难也，**知，读曰智。说之，"之"字指人君言，此作一句读。凡说人者，必其智有以说之，韩子言此层尚非难事也。此篇多烹炼古奥之句，朴拙简劲，最可摹仿。**又非吾辩之能明吾意之难也，**智足为说，又必辩词之能达己意，今言此亦不为难。看其连用两句直排而下，了无枝叶，何等劲爽！**又非吾敢横失而能尽之难也。**失，读曰佚，横逸四出，能尽其词，常人多不敢为，今言此等亦非难也。排叠而下，如疾风骤雨。**凡说之难，**仍用四字直接，文体如生铁铸成。**在知所说之心，**"所说"，指人君而言。**可以吾说当之。**一篇大旨在此，言须知其人之心，而后以吾说当之。当，平声。**所说出于为名高者也，而说之以厚利，则见下节而遇卑贱，必弃远矣。**所说之人，意在名高，而以厚利说之，则彼见为志节凡下，而以卑贱相视，必弃遗而疏远矣。此等推测处，清晰而深刻，语尤高古。**所说出于厚利者也，而说之以名高，则见无心而远事情，必不收矣。**见谓无心而阔远事情，必不收用。**所说阴为厚利，而显为名高者也，**分隐、显为二事，尤深尤刻，用意尤苦。**而说之以名高，则阳收其身，而实疏之。说之以厚利，则阴用其言，而显弃其身。此之不可不知也。夫事以密成，语以泄败，未必其身泄之也，而语及所匿之事，如是者身危。**言事贵机密，若人君有所匿之事，说者虽不身泄之，而言语之间，偶然涉及其事，不免见疑。如此者，则招忌而身危矣。**贵人有过端，而说者明言善议，以推其恶者，则身危。**如人君嗜酒，而极言禹恶旨酒之美，以推知嗜酒之恶，如此则身危矣。然韩子此篇，非以谗谄导谀为宗旨也，乃深见专制时代，君人者威权之不可测，而言说之不可不慎，极言其窒碍，以见其难，正所以明贵势之无是非，而深寄其悲愤耳。其抑郁难言之隐，皆在笔墨之外，而所吐言者仅止如此，故推测愈详，文情乃愈妙也。**周泽未渥也，而语极知，说行而有功，则德亡，说不行而有败，则见疑，如是者身危。**君之于己，周给之恩泽尚未渥厚，而所说之语极其智之所及，有功则忘其德，有败则疑其奸，其交际之分然也。**夫贵人得计而欲自以为功，说者与知焉，则身危。**与，读曰预。**彼显有所出事，而自以为它故，说者与知焉，则身危。**此层尤刻入。言彼显为某事，而不肯明言，自饰以为他故，说者探知其隐，则身危。此杨修所以见杀于曹公也。**强之以其所必不为，止之以其所不能已者，身危。故曰：与之论大人，则以为间己；**大人，在位者。间己，谓离间也。**与之论细人，则以为鬻权。**鬻权，谓市权也。**论其所爱，则以为借资；论其所憎，则以为尝己。**尝，试也。**径省其辞，则不知而屈之；**省，简少也。故以为不智而贬绌之。**泛滥博文，则多而久之。**嫌其繁重。**顺事陈意，则曰怯懦而不尽；虑事广肆，则曰草野而倨侮。**排叠不穷，如崇山峻岭，嵯峨间接，文气至为昌盛。**此说之难，不可不知也**。顿束。○以上为第一段，力陈为说之难。

凡说之务，挺接劲峭。**在知饰所说之所敬，而灭其所丑**。敬，读曰矜。所矜夸者从而饰之，所愧耻者从而掩之。**彼自知其计，则毋以其失穷之；**知，读曰智。**自勇其断，则毋以其敌怒之；自多其力，则毋以其难概之**。概，碍也。**规异事与同计，誉异人与同行者，则以饰之，无伤也**。彼规画异人之事，夸誉异人之行，实则自夸所得，吾则因而崇饰之，勿有伤毁。**有与同失者，则明饰其无失也。大意无所拂悟**，悟，读曰忤。**辞言无所击排，乃后申其辩知焉**。知，读曰智。"辩知"仍承章旨。**此所以亲近不疑**，必如此方能得其亲近而不疑也。**知尽之难也**。此五字属下读。尽，谓尽言也。**得旷日弥久，而周泽既渥，深计而不疑，交争而不罪，乃明计利害以致其功，直指是非以饰其身**，饰，当作"饬"。**以此相持，此说之成也**。顿束。**伊尹为庖，百里奚为虏，皆所由干其上也。故此二子者，皆圣人也，犹不能无役身而涉世如此其污也，则非能仕之所耻也**。"仕""士"同字。议论感慨悲凉。所言揣摩之术，嫌过于卑鄙，故引伊尹、百里证之，以见其不得已。○以上为第二段，言为说之所当务，以下更设喻以明之。

宋有富人，天雨墙坏。其子曰："不筑，且有盗。"其邻人之父亦云，暮而果大亡其财，其家甚知其子，"知""智"同。**而疑邻人之父**。一证。**昔者郑武公欲伐胡，乃以其子妻之。因问群臣曰："吾欲用兵，谁可伐者？"关其思曰："胡可伐。"乃戮关其思，曰："胡，兄弟之国也，子言伐之，何也？"胡君闻之，以郑为亲己，而不备郑。郑人袭胡，取之**。又一证。**此二说者，其知皆当矣**，顿挫以取姿势。**然而甚者为戮，薄者见疑。非知之难也，处知则难矣**。揭明本旨，剀切深痛。昔者弥子瑕见爱于卫君。卫国之法，窃驾君车者罪至刖。既而弥子之母病，人闻，往夜告之，弥子矫驾君车而出。君闻之而贤之，曰："孝哉，为母之故而犯刖罪！"与君游果园，弥子食桃而甘，不尽而奉君。君曰："爱我哉，忘其口而念我！"及弥子色衰而爱弛，得罪于君。君曰："是尝矫驾吾车，又尝食我以其余桃。"故弥子之行未变于初也，极力顿宕。前见贤而后获罪者，爱憎之至变也。议论特有至味，足以发人深省。故有爱于主，则知当而加亲；当，去声。见憎于主，则罪当而加疏。故谏说之士，不可不察爱憎之主而后说之矣。总收上三事。○以上为第三段，引三事以见人情之变，益明为说之难。

夫龙之为虫也，可扰狎而骑也。吐语英隽。然其喉下有逆鳞径尺，人有婴之，则必杀人。婴，触也。人主亦有逆鳞，一句断。说者能无婴人主之逆鳞则几矣！一篇归宿所在，取喻尤绝警颖，笔情亦轩翥生动，湛湛动人，说士之术，至此篇可谓曲尽。然非韩非廉悍深刻之笔，安能警醒曲到、耸人耳目如此？以此见文字之功之不可没矣！

[评析]

在专制时代，人臣说服国君何其困难！本文寄寓了韩非含藏的悲愤。

说服国君，难处不在智慧、表达能力或纵横舌辩的口才，真正的难题在于如何揣摩国君的心思，符合他的心意。然而国君高踞龙椅之上，威权深重，窥探其心何其容易？国君或为名声，或为利益，有些则是"阴为厚利显为名高"，情形如此复杂，又如何切中其心意？韩非举出六种未能掌握国君心理而导致的"身危"状况，各种困难排沓而下，层层切入。罗列难题后，次段论说服的要领在于"饰所说之所敬，而灭其所丑"。人臣应该美化国君骄矜之处，掩饰其所愧耻者，待"周泽既渥"，获得信任感后,方得"直指是非以饰其身",此乃说服成功之时。第三段再以"宋有富人""郑武公伐胡"二故事为喻,补充说明前文"身危"的情形;又以弥子瑕之事,提醒应注意国君爱憎的变化。末段以"逆鳞"为喻,警示人臣勿强行诤谏,以免挑衅国君权威。全篇层层切入国君的心理状况变化,剖析精辟深刻,诫勉臣子进言务必谨慎。

如果读者视此篇为法家求宠手段,实乃一大误解!韩非集法家学说之大成,主张国君掌握法、术、势,以治理庞大的国家体系,达到富国强兵的目标。国君须厚集威势,为避免受周遭壅蔽,《韩非子·五蠹》即否定"言谈者",讨厌妄谈善辩只图利个人的纵横家。因此本文并非谀上之作,而是对有志之士的善意引导,如次段引伊尹、百里奚为证,正因怀抱诤言劝谏,更应戒慎其言。韩非深受口吃之苦,富丁识见,却不遇于国君,眼见韩国颓败而无能为力,则抑郁孤愤之情溢于言外。吴闿生题下评:"太史公作《韩非传》,于《说难》反复致意。……稍加删节,劲爽益增。"司马迁选录全文于《韩非传》中并删改字句,用心甚多,恐怕不免想到自己被判欺君诬罔之罪,乃至宫刑的耻辱吧!读本篇,亦可想见千古以来多少诤谏之士之悲。

本篇后半提及,人臣即使获国君赏识重用,但人心善变,谁能确保拥有长久的喜爱?且看弥子瑕之爱憎生变,吴闿生评:"议论特有至味,足以发人深省",须知赏识恩遇皆只是一时,自恃宠爱者犹不可张扬妄为;对于有志之士而言,更应谨言慎行,才有机会使上位者喜爱而接纳其意见。

《难》十四篇

论难之文,以韩非为极则,用笔深刻廉悍,冰解的破,无坚不摧,使对敌者无置喙余地,而英姿飒爽,劲快无匹。千古名家辩论文字，无不导源于此，而莫有能与之抗行者，可谓绝调矣！

晋文公将与楚人战

晋文公将与楚人战，召舅犯而问之，曰："吾将与楚人战，彼众我寡，为之奈何？"舅犯曰："臣闻之，繁礼君子，繁礼，多礼也。不厌忠信；言不辞为忠信之事。战阵之间，不厌诈伪。以诈伪取胜，兵家所不嫌也。君其诈之而已矣。"文公辞舅犯，辞者，遣退之也。因召雍季而问之，曰："我将与楚人战，彼众我寡，为之奈何？"雍季对曰："焚林而田，田，猎也。偷取多兽，偷取即掩袭而取之意。后必无兽；兽被掩袭，相戒不至，故其后必无可取。以诈遇民，犹言以诈待人。偷取一时，言偷取一时之利。古文简直，故句法高峻如此。后必无复。"无复者，言无复可得也。文公曰："善。"辞雍季，以舅犯之谋与楚人战以败之。归而行爵，行酒也。先雍季而后舅犯。群臣曰："城濮之事，此句补出地名，皆古文法。舅犯谋也，夫用其言而后其身，可乎？"措语极简峻。文公曰："此非君所知也。夫舅犯言，一时之权也；今语当云"一时权宜之计也"，古语但如此，常于此等处留心，句法便渐入高古。雍季言，万世之利也。"仲尼闻之，曰："文公之霸也，宜哉！既知一时之权，用舅犯之谋。又知万世之利。"行爵而先雍季。○以上乃立案，以下乃韩非难语。凡立案止须将事中情节所当驳难之处一一表明而已，以故行文专求简峻，并不多着笔墨。如专为城濮战事铺叙一文，则楚国如何便败，晋文如何便胜，当费许多话说，不得如此便了。但简峻便是古人佳处，今人论理论事总苦榛芜不休，求简不得。如此等记事，便胜人也。

或曰：韩非作难，皆设为"或曰"以明之。雍季之对，不当文公之问。此句便非常胜人，盖既为前事作难，自当以雍季为不是，但手笔稍弱，断不能如此劈头说破。学者试掩却此句，各为前案作《难》一篇，下笔时，必先有许多例行闲话，斩截不尽，不能如此直说，便是冗弱，便是烂漫。观韩非此文，开头一语便将主意揭出，分明泾渭，便是快绝峻绝也。凡作文主意最要拿定，最要明显。读他人文字，连尽数行，茫然不知其命意所在，最足令人烦闷。但如韩非此句，破空而来，奇横无匹，自是千古所罕耳。所谓"起头处来得勇猛"，所谓"开门见山"，所谓"针针见血"，皆是此妙也。滑口诵过，便抹杀千古妙文矣。

凡对问者有因，因小大缓急而对也。承上文追原对问之法，不再从雍季身上纠缠，便是有截断。凡为文要做得到，摆得开，乃是作家能手。如上句便是说得到，此句便是摆得开也。俗手起头，先有许多闲话，断不能一句便说出雍季之不当，及至说到雍季，又必有许多闲话纠缠雍季身上，断不能便行撤去。此皆韩非笔力斩绝过人之处，所谓"逆接"，所谓"不平"，所谓"口前截断第二句"也。夫既已说到雍季，忽又撤开不管，万无此理。但凡手必先就雍季身上叙说几句，然后追原对问之法，便是平铺直叙顺写。此独先原对问之法，然后再落到雍季，便是逆接、不平。凡文章佳处，最喜逆起、逆接，但又不能脱节失次，凌躐乱杂，要在细心玩味古人佳文，然后知所法守耳。**所问高大，而对以卑狭，则明主弗受也。**更加一句，仍不落到雍季，以取逆势。凡逆势，愈折愈佳。〇全从空际发挥，并不靠实雍季，便是逆势。〇雍季之失，在专驳舅犯之言，并非对文公之问，故韩非之难，便从此处下手。但将此意揭明，便平衍无味；绝不纠缠本事，但凭空发挥对问之理，文笔便高绝峻绝，突兀不平也。**今文公问以少遇众，而对曰"后必无复"，此非所以应也。**前文逆势已足，此处方点明本题；再不点明，又恐颠顶鹘突，令人不知所谓矣。佳文最要明显，但绝不平叙直说耳。〇说到本题，轻轻缴足一句，便不复再说，所谓"简峻"，所谓"质健"，所谓"峻洁"，以所当说之意，已倒置于前也。

且文公不知一时之权，又不知万世之利。前段既明，随手又开一段，仍是劈头说破主意，与起句同一妙处。凡手一段说完，尚有许多余意，袅绕不清，余意尽后，思欲转矣，尚须腾挪作态良久，乃得转过，皆是冗弱芜蔓之处。

能手所以胜人，全在不从常人胸际腕际着想，所谓"斩截"者，务须斩尽截尽也。○转笔雄快峻厉，横劲无匹。**战而胜，则国安而身定，兵强而威立，虽有后复，莫大于此，**言以后之事，无急于目前之得胜者。**万世之利，奚患不至？**"战胜"一层。**战而不胜，则国亡兵弱，身死名息，拔拂今日之死不及，安暇待万世之利？**"不胜"一层。○拔拂者，犹言救也。**待万世之利在今日之胜，今日之胜在诈于敌，诈敌，万世之利而已。**又从上文缴转，落到诈敌之非失计。○自"战胜"以下，一气奔放，语急势峻，英姿飒爽，如带风霜肃杀之气，如急滩自千丈下落。"待万世之利"以下，愈转愈急，如神龙掉尾，雄杰峻厉，至此极矣！**故曰：雍季之对，不当文公之问。**应前文，总收上两段。**且文公不知舅犯之言，**仍用一句陡转，揭明主意，作醒快之笔。三处句势皆同，即以为前后照应章法。○并未申明舅犯所言云何，先行叫破文公之不知，便是逆。此等在韩非几成常调，他人胸中则万万无有。**舅犯所谓不厌诈伪者，不谓诈其民，请诈其敌也。**解得透！○韩非长处，总是斩截透快，句句到场，针针见血，绝无颠顶不尽之病，盖其姿性然也。**敌者，所伐之国也，后虽无复，何伤哉？**驳得倒！○行文如此斩截俊快，自有英气发露。凡语言最难直截了当，韩子则每句必透，透后便撇脱得尽，绝不纠缠，皆其过人处，学者最宜加意。**文公之所以先雍季者，以其功耶？则所以胜楚破军者，舅犯之谋也，以其善言耶？则雍季乃道其后之无复也，此未有善言也。**前文过于严峻，故用虚神宕漾之笔，以疏其气。凡过整过峻，皆不能成文，必有疏荡之处。○峻处、整处，在多用紧急严重之语，疏荡处在多用虚字摇曳，作两层波折，所谓"气不孤行"也。**舅犯则以兼之矣。**以，读曰已。此句开下文，亦是逆折，因未言所以兼之之故，而先叫出"兼"字，故为逆也。亦是劈空而来，先行揭出主意。与前幅三处逆笔异曲同工，但前文峭厉，此则纡徐谐婉；若更用峭厉之笔，则板滞不复成文也。**舅犯曰"繁礼君子，不厌忠信"者，忠，所以爱其下也，信，所以不欺其民也。**亦是疏荡之处。**夫既已爱而不欺矣，言孰善于此？然必曰出于诈伪者，军旅之计也。**摇曳生姿，皆以救前文之峻急也。**舅犯前有善言，后有战胜，故舅犯有二功而后论，**论即"论功行赏"之"论"，论亦赏也。**雍季无一焉而先赏。**此收全篇也。凡行文必有总挈之处，或在前，或在后，或在中央。无总处则散钱无串，不成片段，不能成章矣。**"文公之霸，不亦宜乎？"**此二句述仲尼之言。**仲尼不知善赏也！**收亦简净，总不向闲文末节不要紧处浪掷半点笔墨，所谓"惜墨如金"是也。

[评析]

原书《难》十四篇皆无标题，为方便读者阅读，今皆加上标题。《韩非子》书中有《难一》至《难四》四篇长文，每篇可再分为四至九个事例不等。作法大抵先援引古人古事，再以"或曰"带出诘难质疑，例如非难儒家所推崇的圣王如尧、舜等，由此发挥法家学说。

本篇背景为晋、楚城濮之战，晋文公询问臣子对策。舅犯建议"战阵之间，不厌诈伪"，雍季反对，批评前者为欺民之举。文公采用舅犯之计，战胜后先向雍季行酒，而后才是舅犯，说明欺诈只是一时权宜之计，雍季所言才是万世之利。此史事深为孔子赞赏。对此，韩非子驳难雍季答非所问，不符合对问原理。况且战胜才能为国家带来万世之利，此次战役以诈敌取胜，那么诈敌便是万世之利。再者，舅犯指的是战场诈敌，并非如雍季所言之诈民。最后是舅犯有善言兼有战功，文公奖赏不公。本篇思辨清晰明爽，驳难有力，呈现法家对待征战的积极性，与赏罚公正的主张。

注意吴闿生在本篇夹评中多次拈出"逆"字，或言"逆接""逆势""逆折"，此等统称为逆笔。逆笔并非反诘语气，而是"凡常人胸中无此接语，而能手乃为之者，皆为逆笔"。（《北江文集》卷七《再答河渠》）

即文章各段或层次承接不平顺者，逆接前文，横插而来，有惊人耳目之效。察看本篇逆处有四：

一、"凡对问者有因，因小大缓急而对也。"不顺着前文文理说明雍季答非所问，而是突然截断，落及对问的原理，此为"逆接"。

二、"所问高大，而对以卑狭，则明主弗受也。"依旧不直言雍季本身，再度发挥应对问的原理，说明应避免的缺失，文理突兀不顺，形成高峻的文势，即"逆势"。

三、"且文公不知舅犯之言。"此句突然批判文公并非真正了解舅犯的建议，后才说明舅犯所言是诈敌，而非诈民，因此文公实乃误解。先说结论，再往前追溯推论，亦为逆笔。

四、"舅犯则以兼之矣。"先说出"兼之"二字，再开出下一层转折，论述舅犯兼有战功与善言，此为"逆折"。

在韩非多处使用逆笔之后，吴闿生统整出逆笔的使用原则："不能脱节失次，凌躐乱杂""前文逆势已足，此处方点明本题"。这是说使用逆笔要有规矩次序，已经连用逆笔引起读者好奇心，就蓄足文势了，若再不点明主旨，读者将茫然不知文意。可知逆笔须能回应文旨，绝非随意插入。例如晋文公问晋、楚两军交战之事，乃"所问高大"之事，而雍季却回答他说"后必无复"。这般响应，风马牛不相及。因此韩非点明"此非所以应也"，吴闿生认为这句话轻轻说到本题，很有必要写出。

桐城派中偶然谈及逆笔者，如方苞、方东树、吴汝纶、张裕钊、姚永概等，语多精简，不似吴闿生《古文范》解析得如此详尽，尤以《难》篇最为透辟。本篇夹评道："此等在韩非几成常调，他人胸中则万万无有。"又如《齐桓公之时晋客至》夹评："行文全取逆势……古今第一大观，亦《难》中第一篇文字！"为何《难》篇有这么多逆笔？原因在于，《难》篇的写作目的是透过驳难他说，以阐述法家学说。战国时期百家争鸣，论战激烈、先声夺人，若是照着推理顺序缓缓道出，早已失去读者关注。逆笔不仅是以惊人之笔驳倒回击，又能"以逆取势"，蓄积强盛气势。读《古文范》者，读到韩非《说难》、《难》十四篇，尤须咀嚼玩味"逆笔"之妙。

历山之农者侵畔

历山之农者侵畔，争界也。舜往耕焉，期年甽亩正。甽，古"畎"字。河滨之渔者争坻，钓者所倚曰"坻"。舜往渔焉，期年而让长。让于年长者。东夷之陶者器苦窳，窳，音庾，上声。苦、窳，皆恶也。舜往陶焉，期年而器牢。仲尼叹曰："耕、渔与陶，非舜官也，而舜往为之者，所以救败也。舜其信仁乎！乃躬藉处苦而民从之，处，读曰勴，音遽，勤也。藉，犹当也。故曰：圣人之德化乎！"

或问儒者曰："方此时也，尧安在？"起笔妙想天开，奇警无匹，匪夷所思，读之若与本题绝不相关，不知其命意所在，逆笔之妙，一至如此！且此亦何待问？真可发一噱也！其人曰："尧为天子。"妙问妙答，一若不知而为之者，奇极幻极！○韩非之难孔子、尧、舜，其意皆难儒者之教而已，故问于儒者而设其人，以答之也。"然则仲尼之圣尧，奈何？愈转愈奇，到此犹不落题，灵妙空幻，可谓至极！用笔全从空际掉转，使人绝不知其所谓。○犹言仲尼之以尧、舜为圣者，何说也。○常人作逆笔文字，止将一样说话翻转去说而已，谁能作凌空摄影之笔，如天外飞来，奇警不测如此！圣人明察在上位，将使天下无奸也。至此方点明主意，若先说出此句，便自一文不值。但凡手胸中若有前幅问答，必先从此句下手，此乃仙凡之判。脱去此层，所以能入高古，所以能为奇肆也。令耕渔不争，陶器不窳，舜又何德而化？断制森严，劲气直达。○驳得倒！舜之救败也，则是尧有失也，承明上意，亦以前文过劲，故作疏宕之笔。贤舜，言以舜为贤。则去尧之明察，尧不得为明察也。圣尧，言以尧为圣。则去舜之德化，是舜无德化之事。不可两得也。此段亦疏荡之处，亦用两排。凡文字两排，则不孤弱。楚人有鬻楯与矛者，楯，所以蔽矛。誉之曰：自誉其楯。'楯之坚，莫能陷也。'陷者，穿陷之也。又誉其矛曰：'吾矛之利，于物无不陷也。'或曰：'以子之矛陷子之楯，何如？'其人弗能应也。此段设喻奇警敏妙，机趣横生。凡文中设喻，最是奇丽生动之处。战国人最能为此等文字，罕譬曲喻，足以达难显之情，令人目骇耳回，心意震荡。但如此喻奇妙确切，亦诚罕有。矛盾之说，已为千古用烂，而此段奇情妙趣，脱口如新，读之拍案叫绝，以此驳难尧、舜，无以复加；孔子更生，几不能为之措对。夫不可陷之楯，与无不陷之矛，不可同世而立。前文意义已明，更加解释一层，用意尤恶，于文字中，则所以宽展局势也。"不可同世而立"六字，撰语绝工。今尧、舜之不可两誉，矛楯之说也。妙绝快绝！〇此下更不纠缠，所谓"摆脱得开"，若他人，绝不能如此便住。且舜救败，今人文，此句当云"且舜之救败也"，便冗弱矣。欲求劲健不弱，止是裁翦得虚字好。史公引《国策》文字，将虚字翦去许多，可悟炼句之法。期年已一过，已，止也。三年已三过，舜寿有尽，天下过无以已者，言天下之过失无穷。有尽逐无已，五字烹炼文句之法。所止者寡矣。此段又得一间。赏罚，使天下必行之，挺接突兀。令曰：令者，号令。'中程者赏，中，读去声。弗中程者诛。'令朝至暮变，暮至朝变，十日而海内毕矣，句势俊快无比。所谓"文章要有剑气"者，此类是也。奚待期年？此段乃韩子铺张其所学本领而陈说之，气势光明俊伟，英姿磊落，所谓"堂上人说话"也。舜犹不以此说尧令从，令尧从此策也。已乃躬亲，不亦无术乎？且夫以身为苦而后化民者，尧、舜之所难也；处势而骄下者，骄，读曰矫，处形势之地，以矫正其下。庸主之所易也。将治天下，释庸主之所易，道尧、舜之所难，未可与为政也。"此段收束，所论亦入理。

[评析]

儒家向来推崇尧、舜的德治，旧时流传舜前往耕、渔、陶三处救败，亲身德化百姓。韩非驳难此事，一刀从尧、舜职位的角度切入，辨明当时的天子为尧，既然尧之圣明受到儒者推崇，然则天下何有争端可供舜前去救败？尧之圣明与舜之德化，两者不可并存；犹如最锐利的矛与最坚固的楯（盾），不可能同世而立。韩非提出正确的方式应是法治天下，搭配赏罚，自可无远弗届；而非以有限的年寿执行缓慢的德化。本篇为韩非诘难儒家道统的精彩力作，论辩有破有立。

故事叙述的是舜的德化，不关尧之事，而韩非驳难却突然提问尧在何处，这便是不顺接前文，逆笔另起质难。韩非假设回答后，仍不回应前文，还凭空飞来，再问一句："然则仲尼之圣尧，奈何？"一逆再逆，翻出新意！读者初看只觉莫名其妙，至后文"圣人明察在上位，将使天下无奸也"，才豁然开朗，原来这就是韩非驳难设问的靶心——儒者同时尊崇尧、舜，实有逻辑失误。可知前头的逆笔真属神来一笔，早已铺垫好质问基底，与主旨切合。矛楯之设喻精彩，吴闿生赞为"奇警敏妙""拍案叫绝"，甚至直言："孔子更生，几不能为之措对。"吴氏以欣赏的态度接纳韩非对儒家的驳难，在以儒家思想为本色的古文选本中，实属醒目。

管仲有病

管仲有病，桓公往问之，曰："仲父病，不幸卒于大命，将奚以告寡人？"管仲曰："微君言，臣故将谒之。谒之，白之也。愿君去竖刁、易牙，远卫公子开方。远亦去也。开方，卫公子名。易牙为君主味，主烹调之味。君惟人肉未尝，易牙烝其子首而进之。夫人情莫不爱其子，今弗爱其子，安能爱君？君妒而好内，竖刁自宫以治内，官，谓官刑。**人情莫不爱其身，身且不爱，安能爱君？闻开方事君十五年，齐、卫之间，不容数日行，**不过数日之程。**弃其母，久官不归，其母不爱，**每句皆变调，古人无刻板文字也。**安能爱君？臣闻之：'矜伪不长，**矜谓矜持，矜持虚伪者，不能长久也。**盖虚不久。'**掩盖其虚无者，不能久，谓本无而饰为有也。**愿君去此三子者也。"管仲卒死，桓公弗行，不用管仲之言。及桓公死，虫出尸，不葬。**国内乱也。

或曰：**管仲所以见桓公者，非有度者之言也。**亦是开门见山。〇如此开端，发明主意，最足令人醒快。**所以去竖刁、易牙者，以不爱其身，适君之欲也。**揭明管子本意。曰"不爱其身，安能爱君"，述管子之言。**然则臣有尽死力以为其主者，管仲将弗用也。**一转便入深处，单刃进剶，肌理悉解，非笔力过绝人，那得有此骏快？〇文字死活，全争用笔高下，若不能如此警快，稍涉纠缠累赘，虽同一用意，而精神不振，意味索然矣。故文字之所以感发、兴起、观听，全在精神振奋，精神振奋，全在用笔。此事所关非细。世人辄言文字为无用之物，不知此关不透，纵有通身本领，全无发脱处也。曰"不爱其死力，安能爱君"，此等反唇相讥，最足令人解颐，是文章有机趣处。〇文章最重机趣，无机趣则精神不能流露生动，所谓"诙诡之趣"，要须才力高，胸襟旷阔，然后有此器局。曾文正选《四象古文》，有"趣味"一门，在诗则谓之为机神之属，文正尝言此类最难。自史公、庄子而外，罕足语此，唯韩文公间或有之耳。其难如此，但须审慎为之，切忌落小家俗派，一染俗气，终身濯磨不尽矣。**是君去忠臣也。**截得简净明亮。**且以不爱其身，度其不爱其君，**再复一遍。**是将以管仲之不能死公子纠，度其不死桓公也，**又以一语深剶入理，切中要害，犀利无敌。〇凡此等驳难专取雄快，故皆以一语了之，若拖泥带水，便呈厌态。**是管仲亦在所去之域矣！**妙绝！妙绝！〇此层过于刻酷，处人不留余地，乃韩子天资刻薄之处，不宜仿效。**明主之道不然，**以下自陈其所学以诤之。凡讥评他人，必自有所见，足以胜之而后可，不然，则是猖狂妄言，适足见其轻谬而已。今之议时政者，动辄瞋目切齿，若不并世。问其所以易之之方，则未见胜于其故。如此讥评人者，不如其已也。**设民所欲以求其功，**置民之所欲者于此，以求其建立功业。**故为爵禄以劝之；设民所恶以禁其奸，故为刑罚以威之。**仍用两排，以下全是双行骈下，如此则气雄厚，但气势要直不要横耳。**庆赏信而刑罚必，**庆即赏也，信、必，皆言其不二。〇句法烹炼。**故君举功于臣，**举功，犹言收功。**而奸不用于上，**意用两排，而文法变化。**虽有竖刁，其奈君何？**劲悍入理。**且臣尽死力以与君市，君垂爵禄以与臣市，君臣之际，非父子之亲也，计数之所出也。**以君臣为市道计数，于上下相维、治国平天下之本，全未窥见。此真申、韩学术，循是说也，取而代之，以自便私图，亦无不可矣，流弊安有穷耶？**君有道，则臣尽力而奸不生；无道，则臣上塞主明而下成私。管仲非明此度数于桓公也，使去一竖刁，一竖刁又至，非绝奸之道也。**此则理足气盛。苏明允《管仲论》世所脍炙，不知彼文全袭韩非而为之也！**且桓公所以身死虫流出尸不葬者，是臣重也，**言任臣太重，此意转将齐国之乱蔽罪管仲，尤为苛刻，而实有至理。桓公任管仲过专，自非长治之道，竖刁辈殆不足责。明允责仲之不荐贤，意亦本此。**臣重之实，擅主也。有擅主之臣，则君令不下究，臣情不上通，**究亦通也。**一人之力能隔君臣之间，使善败不闻，祸福不通，故有不葬之患也。**务本穷源之论。齐国之弊，实由于此，如明允以荐贤为说，而谓管仲死后，齐国当复有管仲，皆枝词也。管仲之贤，岂易多得哉！**明主之道，**复举明主之道以诤之，与前文相映成章法。〇此等处最光明俊伟，有堂堂正正之概。**一人不兼官，一官不兼事。卑贱不待尊贵而进论，大臣不因左右而见。百官修通，群臣辐辏。**言相团聚成一体也。**有赏者君见其功，有罚者君知其罪。见知不悖于前，赏罚不弊**同"蔽"**于后，安有不葬之患？**劲气直达，而每句必附俪成文。至其议论尤正大光明，英伟磊落。**管仲非明此言于桓公也，使去三子**，此下明明截去多少闲文，知古人之所以简峻者，皆刻意经营而为之，断非率意而成者也。**故曰：管仲无度矣。**

[评析]

  管仲将死，劝齐桓公远离小人，认为易牙烹煮其子、竖刁自宫、开方十余年不返乡探母，这三人的做法皆违反人情常理，不可能发自内心爱国君。韩非驳难，劈头道出"非有度者之言也"，即管仲未能明晓法度。其后针针见血，批判若依管仲之说——小人不爱自身，安能爱君——则尽死力辅主之忠臣终不得用；且管仲先前不能为公子纠殉节，便是不爱其主，亦应在驱逐之列。而后声明法家学说：明主之道，应严明赏罚，臣子自然尽力而不生奸恶。前文的驳难与后文的学说主张，都呼应开头的"非有度者之言也"，无半句闲文。

  韩非《难》篇可贵之处在于不只有挑剔讥评，还能提出具体的解决办法，此即吴闿生夹评所谓的"今之议时政者……问其所以易之之方，则未见胜于其故。"韩非评论管仲，一气而下，强调明主应掌握赏罚之权力，才能遏止小人的蒙蔽，持理正大磊落。吴氏并指出苏洵《管仲论》全是袭承本篇，苏洵所谓的"举天下贤者以对"乃从本文延伸而出，又批判苏洵文末"必复有贤者，而后可以死"实为冗言，要知如管仲之贤者难以再得，实际的治道仍在国君本身，此在韩非原文中已经彰显，因此吴氏批为"枝词"。

  文法方面，"庆赏信而刑罚必"句，吴闿生夹评"句法烹炼"，精炼"信""必"二字以强调赏罚的重要，文句密度精实，读来铿锵有力。又如"故君举功于臣，而奸不用于上"二句，夹评："意用两排，而文法变化。"君王赏罚公正，则臣下安守本分，不会作奸犯上。兼论赏、罚，又分君臣两面论说，此即"意用两排"；前言"举功"，后谓"奸不用"，变换句中动词、名词的顺序，是为"文法变化"。

最后，看此篇吴闿生点出的缺失。"是管仲亦在所去之域矣"句，夹评："此层过于刻酷，处人不留余地，乃韩子天资刻薄之处，不宜仿效。"以及"君臣之际"三句，夹评："此真申、韩学术，循是说也，取而代之，以自便私图，亦无不可矣，流弊安有穷耶？"吴氏以"刻薄"形容韩非性情，其实也是批判法家过于看重术数权谋，君臣之间徒存心机算计，毫不讲究仁义情分，会致使流弊无穷。

靡笄之役

靡笄之役，韩献子将斩人，郄献子闻之，郄，即"郤"字。驾往救之。比至，则已斩之矣。郄子因曰："胡不以徇？"劝其以囚首徇众。其仆曰："曩不将救之乎？"郄子曰："吾敢不分谤乎？"使议者不独归罪韩子也。

或曰：郄子言不可不察也，非分谤也。揭明主意。韩子之所斩也，若罪人，不可救，救罪人，法之所以败也，法败则国乱。若非罪人，则不可以劝之以徇，劝之以徇，是重不辜也，犹言重冤之也。重不辜，民所以起怨者也，民怨则国危。仍作两层发挥，雄快峻厉，迅迈无前。郄子所为，本好名之徒，无可根据，故驳难弥觉得势。至行文悍骛，则自韩子本色也。郄子之言，非危则乱，不可不察也。总束上两层，凡文字有散无整，不成章法。俗手多任意为之，能者必于此加意。且韩子之所斩，若罪人，郄子奚分焉？斩若非罪人，"若"上加一"斩"字，便是古文句法。则已斩之矣，而郄子乃至，分得细。是韩子之谤已成，而郄子且后至也。驳难隽颖。夫郄子曰"以徇"，不足以分斩人之谤，而又生徇之谤。是何言分谤也？"不足分谤"收前段，"生徇之谤"收后段，层层结束。昔者纣为炮烙，崇侯、恶来又曰"斩涉者之胫也"，奚分于纣之谤？又加引证一层，气益朴厚。且民之望于上也甚矣，此转意思沈至。韩子弗得，且望郄子之得之也；今郄子俱弗得，则民绝望于上矣。沈痛呜咽，深悉民艰，至仁恻隐之言。故曰：郄子之言非分谤也，益谤也。且郄子之往救罪也，以韩子为非也，不道其所以为非，而劝之"以徇"，是使韩子不知其过也。又生一意。夫下使民望绝于上，又使韩子不知其失，吾未得郄子之所以分谤者也。总结前篇作收，章法完密。

[评析]

　　晋齐鞌之战，晋韩献子（韩厥）将斩人，郄献子（郄克）听闻赶往阻止，到时却已行刑完毕。眼见事态已成，郄献子反而建议"胡不以徇"，将囚首巡行示众，并解释自己是为韩献子"分谤"，共同承担谤议。

　　韩非对此事件的看法是：首先，若是罪人，不可救之，否则法败国乱；再者，若非罪人，则万不可将无辜者巡行示众，否则民怨升高，国家危殆。以此二层展开发挥，随即以"非危则乱"小结，整束前文的"乱""危"。接着驳论郄献子此举不只无法分谤，反倒会引发更多民怨，"是何言分谤也"句。行文至此，前事皆已驳倒，韩非却能再加引证一层，引用纣王史事，言明助纣为虐分明是"益谤"，安能称为"分谤"？文末以郄献子的过失作收。

　　有趣的是，对照前篇《管仲有病》吴闿生评韩非"天资刻薄"，吴氏在本篇则看出韩非具有仁心的一面。"则民绝望于上矣"句，夹评："沈痛呜咽，深悉民艰，至仁恻隐之言。"以法家思想而言，臣民皆应遵从法律此一冷静客观的守则，执法者公正行事，与人情无关。但此处韩非想起人民对上位者是有期盼的，上位者如果使人民对他绝望，人民将何等痛苦！这里透露出悲伤沉痛的意味，可感受到其中的不忍人之心。

桓公解管仲之束缚而相之

桓公解管仲之束缚而相之。管仲曰："臣有宠矣，然而臣卑。"公曰："使子立高、国之上。"管仲曰："臣贵矣，然而臣贫。"公曰："使子有三归之家。"管仲曰："臣富矣，然而臣疏。"于是立以为仲父。霄略曰："管仲以贱为不可以治国，"国"当为"贵"，身既贱下，则不足以治贵人也。故请高、国之上；自请处高、国之上。以贫为不可以治富，故请三归；以疏为不可以治亲，故处仲父。管仲非贪，以便治也。"

或曰：今使臧获奉君令，诏卿相，莫敢不听，非卿相卑而臧获尊也，主令所加，莫敢不从也。一起奇警惊矫，绝去羁绊，不知其所从来，为逆笔之化境。今使管仲之治，不缘桓公，是无君也，凡手前段之下，必顺接"负桓公之威"云云，乃一定之法。今偏能再于题前作此翻腾顿荡开阖，尺幅有万里之势，皆才力过绝人处。国无君不可以为治。更翻一句，如弓弦拽满，如汽机开足，然后顿落，乃十分得势。若负桓公之威，下桓公之令，是臧获之所以信也，奚待高、国、仲父之尊而后行哉？一气喷薄而出，笔酣墨舞，英姿飒爽，轩矗跌宕。当世之行事，就当时政令为指点。行事，故事、例故也。都丞之下征令者，不辟尊贵，不就卑贱。辟，古"避"字。避、就，相对为文。故行之而法者，言行之而合乎法。虽巷伯信乎卿相；信，读曰伸。巷伯之贱，可以伸其志于卿相也。行之而非法者，虽大吏诎乎民萌。萌，古"氓"字。不伸曰"诎"，虽大吏，不能伸于百姓也。今管仲不

务尊主明法，韩子，法家也，其言皆以守法为主，全书一律。**而事增宠益爵**，言唯增宠益爵之为事。是非管仲贪欲富贵，必暗而不知术也。言非彼即此。○断制森严。**故曰：管仲有失行，霄略有过誉**。双收老到。

[评析]

齐襄公死，公子纠与小白皆争为君。管仲辅佐纠，曾经射中小白的衣带钩，小白佯死，兼程返国即位，是为齐桓公。在鲍叔牙的推荐下，桓公不计前嫌，拜管仲为相。管仲要求擢升贵、富、亲的地位，桓公答允，使其贵于高、国二卿，赐予采邑、市租，尊为"仲父"，于是齐国大安，遂霸天下。韩非驳难管仲根本不须增宠益爵，只要上下皆守法行事，即使是臧获低贱之人，一旦奉领君命拜相，所有人皆须依从听命，尊重君令。故批判管仲若不是贪求富贵，便是不知权术。

吴闿生点出本篇用逆笔：驳难部分一开头，韩非不顺接故事批判管仲，而是突然凭空生出奴仆奉君拜相的情况，以声明官场皆应听从君命。紧接着翻一层新意，"今使管仲之治，不缘桓公，是无君也"；而又再翻一层，云"国无君不可以为治"。吴闿生夹评所谓"作此翻腾顿荡开阖"，意即岔开跳接后再回归本旨，这是细看文本的功力：假设管仲治理国家不遵循桓公旨意，是翻腾岔开；定论国家须有国君才能治理，是回归本旨。后文回扣臧获，重申权出国君，既然身负国君之威势、命令，那么奴仆任相也可以使人服从他。

韩非的着眼点在于是否守法，借此强调法家学说，故未推究管仲之心。笔者以为，实则管仲的要求别有用意，就原故事的叙写，管仲是一步步要求贵、富、亲三地位的，而桓公也一再柔软允诺。这背后便是君臣间的互相试探。管仲大着胆子开口要求，试探君主愿意下放权力到什么程度，而桓公同时也在衡量管仲的能耐与作为，于是顺势而为，一步步抬升其地位。

景公过晏子

　　景公过晏子曰："子宫小，近市，<small>宫即屋室。</small>请徙子家豫章之圃。"晏子再拜而辞曰："且婴家贫，待市食，而朝暮趋之，不可以远。"景公笑曰："子家习市，识贵贱乎？"是时景公繁于刑，<small>补叙法。</small>晏子对曰："踊贵而屦贱。"<small>踊者，刑足人所著也。</small>景公曰："何故？"对曰："刑多也。"景公造然变色曰："寡人其暴乎！"于是损刑五。

　　或曰：晏子之贵踊，非其诚也，欲便辞以止多刑也，此不察治之患也。<small>"不察治"，言不明政治之理也。</small>夫刑当无多，不当无少，<small>八字炼。〇当，去声，言得其当则无所谓多，不当则无所谓少也。</small>无以不当闻，<small>无以，不以也。闻者，闻于公也。</small>而以太多说，无术之患也。败军之诛，<small>陡接突兀。</small>以千百数，<small>数，上声。</small>犹北不止，<small>北，奔溃也。</small>谓诛人虽多，不能止其奔溃。即治乱之刑，如恐不胜，<small>胜，平声。言恐不胜诛，所谓"刑乱国用重典"也。</small>而奸尚不尽。<small>亦是两排，而笔势廉悍，最妙在语约而意尽。</small>今晏子不察其当否，而以太多为说，不亦妄乎！夫惜草茅者耗禾穗，惠盗贼者伤良民。今缓刑罚，行宽惠，是利奸邪而害善人也，此非所以为治也。<small>韩子刑名之学，故不以杀人为非。语虽残核少恩，然亦持之成理。</small>

[评析]

　　晏子家宅附近有市集，借此告诉齐景公"踊贵而屦贱"，被砍断脚跟的人所穿的特制的鞋子比一般鞋子贵很多，指出刑罚泛滥的情况，于是景公减刑。韩非反驳应该辨别刑罚是否适当，刑罚恰当则不可谓多；若只因为刑罚多就减刑，一味要求缓刑施惠，将会造成"利奸邪而害善人"的可怕下场，届时恶人不受刑罚处治，肆意作奸犯科，受害的便是良善百姓。

文中韩非说："刑当无多，不当无少。"此二句十分精炼。吴闿生夹评道："当，去声，言得其当则无所谓多，不当则无所谓少也。"文义这么丰富，用字却这么精省，便显得精简劲拔。后文"即治乱之刑，如恐不胜，而奸尚不尽"三句，夹评："亦是两排，而笔势廉悍，最妙在语约而意尽。"所谓"两排"即从二层面论述：刑罚用得唯恐不够多，既担心来不及杀尽坏人，又担心无法阻止杀尽奸邪之人。韩非语言精简而又能说得透彻详尽，加上语气冷酷，遂形成简劲强悍的文势。

齐桓公饮酒醉遗其冠

齐桓公饮酒，醉，遗其冠，耻之，三日不朝。管仲曰："此非有国之耻也，犹言非君人者之耻。公胡其不雪之以政？"公曰："善。"因发仓囷，赐贫穷；论囹圄，出薄罪。论，考核之也。处三日而民歌之曰："公胡不复遗冠乎！"妙语解颐，已见小惠失政体意。

或曰：管仲雪桓公之耻于小人，而生桓公之耻于君子矣。一起超妙无匹。使桓公发仓囷而赐贫穷，论囹圄而出薄罪，非义也，不可以雪耻。断案。使行之而义也。上句言"非义，不可雪耻"，此下便当发明其所以"非义"之故，乃一字不见，却转入"行之而义"一段，而将其所以非义之说移置篇后，是"非义也"二句遥掷一笔于天外，至后半始承接其义。而"行之而义"一句跳脱而入，笔势夭矫非常，如生龙活虎，烟云变幻，无一字落常径。桓公宿义，宿，留也，如宿粮、宿诺之宿。须遗冠而后行之，须，待也。则是桓公非行义，为遗冠也。此意颖妙至极，钝根人道不出半字。童儿学之，最足开浚智识。是虽雪遗冠之耻于小人，而亦生遗义之耻于君子矣。承明起句之意。○"行之而义"一层，至此说完，以下转入"非义，不可雪耻"，缴应上文"非义也"二句。且夫发囷仓而赐贫穷者，是赏无功也；论囹圄而出薄罪者，是不诛过也。夫赏无功，则民偷幸而望于上，偷幸，犹言徼幸。不诛过，则民不惩而易为非，此乱之本也，安可以雪耻哉！所见甚大，不重小惠而失治本也。〇收得崭绝。然不将"非义也"二句倒置"行之而义"一层之前，则全篇竟成两橛，散漫无纪矣。读此知古人谋篇心至苦也。

[评析]

  齐桓公喝醉酒后遗失冠帽。冠为士阶层所属，更何况是贵为诸侯国君的桓公，其冠更为重要。因此桓公遗失冠帽，感到可耻，三日不上朝。幸得管仲劝解，鼓励桓公施政以雪耻，于是开仓济贫、赦免轻刑犯，广获百姓好评，无人再提失冠之事。对于此事，韩非从二层次批判：一是"非义也"，开仓济贫，是赏无功之人，使民心怀侥幸而有错误的期待；赦免轻刑犯，则是不惩治罪犯，人民易生为非作歹之心，不符合正义。二是"使行之而义也"，假使济贫与赦刑是正义之事，那就应及时行之，不该是遗冠后才做。究其根本，济贫与赦刑只是施小惠罢了！以上辩证，正可见韩非思维之缜密。

  结构方面，韩非先定下"非义也"一句评断，带来如同断案拍板之惊堂木声势，但又不详细说明理由，便跳脱转入"行之而义"的部分，待说明清楚后，才又回头谈论"非义"。以一句断语"非义也"带领起二层文意，再将"非义也"与"行之而义"二层次倒置行文，布局紧凑。

齐桓公之时晋客至

  齐桓公之时，晋客至，有司请礼。桓公曰"告仲父"者三。而优笑曰：优者，优人也，古时君旁常有优人。"易哉为君！一曰仲父，二曰仲父。"摹优人口吻毕肖。桓公曰："吾闻君人者，劳于索人，言求人甚难。佚于使人。用人时则甚佚也。吾得仲父已难矣，得仲父之后，为何不易乎哉！"

或曰：桓公之所应优，非君人者之言也。桓公以君人为劳于索人，何索人为劳哉？以下层层驳难，如剥蕉抽茧，隽快无匹。伊尹自以为宰干汤，百里奚自以为虏干穆公。虏，所辱也，宰，所羞也。蒙羞辱而接君上，贤者之忧世亟也。然则君人者无逆贤而已矣，逆者，拒格之也。索贤不为人主难。句势劲。且官职所以任贤也，爵禄所以赏功也，设官职，陈爵禄，而士自至，前言其变，此言其常。君人者奚其劳哉！以上第一层。

使人又非所佚也，入第二层，每句跳脱而出，极飞动票姚之致。人主虽使人，必以度量准之，以刑名参之，事遇于法则行，遇者，当也。不遇于法则止，功当其言则赏，不当则诛。以刑名收臣，以度量准下，此不可释也，君人者焉佚哉？以上第二层。索人不劳，使人不佚，而桓公曰"劳于索人，佚于使人"者，不然。总结上两层，收束劲挺。

且桓公得管仲又不难，此转横绝。管仲不死其君，而归桓公，鲍叔轻官让能而任之，桓公得管仲又不难，明矣。以上第三层。○繁简相错有致。

已得管仲之后，奚遽易哉？数句提顿之处横亘篇中，萼跗相衔，通身骨节俱振。管仲非周公旦，奇绝横绝！不知从何处来，令人不测其所谓。韩公所谓"险语破鬼胆"者，此类是也。周公旦假为天子七年，成王壮，授之以政，非为天下计也，为其职也。夫不夺子而行天下者，子，谓成王也。必不背死君而事其雠；背死君而事其雠者，必不难夺子而行天下；不难夺子而行天下，必不难夺其君国矣。以上特证明管仲之非周公旦耳，而踔厉横发，枭桀恣肆，如天马行空，不可控勒。管仲，公子纠之臣也，谋杀桓公而不能，其君死而臣桓公，管仲之取舍，取舍，犹言行止。非周公旦可知也。此句束。若使管仲大贤也，且为汤、武，又开一层。其奇绝横绝不知从何处来，与上文并同。○一路布阵，全是惝恍迷离之文，昂头天外，非下界人所能窥测。其骨节震荡，翕张开阖相应处，亦与前幅映对成片段。汤、武，桀、纣之臣也，桀、纣作乱，汤、武夺之，今桓公以易居其上，是以桀、纣之行，居汤、武之上，桓公危矣。奇肆警辟，得未曾有。文章至此纯是化境，俗手不能得其髣髴。若使管仲不肖人也，且为田常，田常，简公之臣也，而弑其君，今桓公以易居其上，是以简公之易，居田常之上也，桓公又危矣。两排奇警非常。盖其意以为得臣虽贤，人君必有所以驾驭之，使庸君而驭贤臣，必如周公之所为而后可。然周公乃成王叔父，其事非他人所得为，尤非管仲之所能几也。然则管仲虽贤，不过为汤、武，其不肖，且将为田常；而居其上者，苟以轻易处之，皆有桀、纣、简公之危矣。大意如此，行文全取逆势，遂瑰奇俶傥，不可方物，古今第一大观，亦《难》中第一篇文字！管仲非周公旦以明矣，以，读曰已。然为汤、武与田常，未可知也，为汤、武有桀、纣之危，为田常有简公之乱也。已得仲父之后，桓公奚遽易哉！以上第四层，又总束前两段，借势作收，酣畅充足。前文节节留涩，至此遽纵。韩诗云"跻攀分寸不可上，失势一落千丈强"，苏诗云"千摇万兀到樊口，一箭放溜先鸟鹥"，皆此境也。

若使桓公之任管仲，必知不欺已也，是知不欺主之臣也，余意又开一层，谓如桓公果能灼知管仲之不欺公，亦无不可。然虽知不欺主之臣，今桓公以任管仲之专，借竖刁、易牙，虫流出尸而作葬，作，始也。"借"字妙。言桓公任仲之专，已蓄乱萌，特借竖刁辈发见而已，即前论竖刁篇之旨。桓公不知臣欺主与不欺主已明矣，言以往事证之，则桓公之知臣，殊不足恃。**而任臣如彼其专也，故曰：桓公暗主。**以上第五层。

[评析]

　　齐桓公之时，主掌典礼的官吏询问如何招待晋国贵客，桓公三次都说问仲父。旁人调侃此事，桓公答称：对国君而言，困难的是求人才，得到人才后，任用之则相当容易，国君只要轻松处世即可。这说法遭到韩非大力驳难，吴闿生将之分为五个层次：

　　第一层次，辩驳"劳于索人"。伊尹与百里奚都是贤人，他们甘愿蒙受羞辱做厨师、俘虏，以接近国君，可知国君只要不拒绝贤人便可。况且，设置好官职、爵禄，自然会吸引人才到来。

　　第二层次，辩驳"佚于使人"。国君任用人才，还必须掌握法度、循名责实、严明赏罚等，以检核臣下作为，怎么能说用人是安逸的事？

　　第三层次，援引史实，证明得管仲不难。当初桓公得到管仲，是经由鲍叔牙推荐。

　　第四层次，先天外飞来一笔，抛出"管仲非周公旦"一句。韩非指出周公代理天下七年后，把大权交还于成王。由此推论，不夺幼君之位的人，必定不会背叛先君，而去侍奉原先的仇敌；再进一步将概念推展，曾经背叛先君而去侍奉仇敌的人，一定不难于夺取幼君的君位，也不难于夺取国家，意指管仲很有可能谋反。韩非再另从君臣势力增减的层次设想，若管仲是像汤、武一般的大贤人，桓公自处安逸居于其上，便会像是暴君桀、纣；而若管仲是逆臣田常（田恒），桓公便会是那轻心疏忽的齐简公。无论何者，桓公被取代谋逆的风险甚高，怎么能说"易哉为君"？

　　第五层次，桓公晚年信任竖刁、易牙等小人，导致自己死后"虫流出尸"，这证明桓公无识人之明，昏庸糊涂。

　　本篇行文至第四层次，愈写愈奇，以常人不可预料之题材入笔，变化出一番新意。前述三层，只是就原故事已有的"劳于索人""佚于使人"驳倒，一般人的文笔尚可写到此地步。然而韩非偏能在此文本之外，另抓取周公之事加以比较，翻腾出奇特的对比！管仲不是周公，韩非偏偏一本正经地由"夺子"逐步推展至"背死君""事其雠"，又推论"夺其君国"，将易主侍奉与夺君谋国二事相互连结，抓住管仲易主的旧事加以抨击；而后又加入汤、武、田常等史料，对比国君不可以逸乐轻忽。推论相当大胆，亦是奇特惊人。看第四层次末尾二句夹评："前文节节留涩，至此遽纵。"所谓"节节留涩"，是因为韩非行文从周公之后便用逆笔，摄入意料之外的题材，读者无法猜测韩非本意，只觉文意滞涩，令人不解。待读至"已得仲父之后，桓公奚遽易哉"，文旨乃骤然揭晓，前文的滞涩，如同山势节节攀登，在此有如瀑布急冲而下。以上经过吴闿生的分析，韩非意旨更加明了。

赵简子围卫之郛郭

赵简子围卫之郛郭，犀楯、犀橹，立于矢石之所不及，鼓之而士不起。简子投枹，枹，所以击鼓。曰："乌乎！吾之士数弊也。"言数战疲弊。行人烛过免胄而对曰："臣闻之，亦有君之不能耳，士无弊者。昔者吾先君献公，并国十七，服国三十八，战十有二胜，是民之用也。"民"与"人"同。献公没，惠公即位，淫衍暴乱，身好玉女，秦人恣侵，去绛十七里，亦是人之用也。惠公没，文公授之，"授""受"通。围卫取邺，城濮之战，五败荆人，取尊名于天下，亦此人之用也。亦有君不能耳，士无弊也。"简子乃去楯、橹，立矢石之所及，鼓之而士乘之，战大胜。简子曰："与吾得革车千乘，与，犹言与其也。不如闻行人烛过之一言也。"

古文范 | 61

或曰：行人未有以说也，乃道惠公以此人是败，文公以此人是霸，未见所以用人也，言于行人之说，未见用人之道也。简子未可以速去胁橹也。严亲在围，亲犯矢石，孝子之所以爱亲也。逆腾而入，发议奇诡，不知从何处来。孝子爱亲，百数之一也。更加一句，令人不测。今以为身处危而人尚可战，尚者，庶几之义，以为身处危而人尚可战者，行人所策之说也。是以百族之子于上，皆若孝子之爱亲也，词旨朴奥，语核而意尽，最可学。是行人之诬也。好利恶害，挺接。夫人之所有也。应"百数之一"句。赏厚而信，人轻敌矣；刑重而必，人不北矣。奔溃曰"北"。长行徇上，长行不返，以死徇其上。数百不一。"数百"与"百数"义同。百数，"数"上声，言以百数也。数百，"数"去声，谓数至于百也。喜利畏罪，人莫不然。全用四字短句，是琢练处，太史公常如此。将众者，将，读"将兵"之"将"。不出莫不然之数，以刑赏威劝。而道乎百无一人之行，身处危以厉众。行人未知用众之道也。

[评析]

赵简子攻卫，击鼓却鼓动不了士兵，感叹士兵已疲惫不堪。经外交人员烛过劝说后，简子卸除作战的器械，与战士同列于敌军的攻击范围内，激发士气，因而大胜。韩非不以为然，先辨明烛过没有提出明确具体的用人之法，再批判简子不可以卸除护具。基于法家对于人性的剖析，韩非指出士兵"好利恶害""喜利畏罪"的心理，重申严明赏罚才是正确的治军方式。

文法方面，亦见吴闿生评逆笔。"严亲在围"三句，夹评："逆腾而入，发议奇诡，不知从何处来。"此处韩非先下定论：简子不可脱去护具，却未说明为何不可，突然接写"严亲在围"，只觉突兀，读至后文才明晓其意，孝子愿意身犯矢石救父，但百人中恐怕只有一人是这样的孝子；更何况简子与士兵并非父子！与其以卸除护具的方式激发士兵情感之认同，刑赏、利害才是上位者施令的着眼点。"逆腾"便是暂时离题，逆笔写入另一层事物，或反面、旁面，此处之孝子爱亲便是反面衬写，翻转挪移变化不可预测，故评曰"不知从何处来"。

透过吴闿生的评语，明显可见本篇韩非文字的过人之处。"皆若孝子之爱亲也"，夹评："词旨朴奥，语核而意尽，最可学。"此处通过孝子护亲来对比士兵护简子，犀利指出卸除护具之不可为、不应为。意旨深刻、文字严谨精炼，自为韩非长处，最可模仿学习。所谓文字的严谨精炼，是因为背后有严实深厚的内容。再如本篇自"赏厚而信"至"人莫不然"八句，驳论有理有据，道理清楚深刻，加上完全剪除虚字，连用四字短句，文势强劲。吴闿生指出司马迁也常常"行文专用短句"。合观两文，得知短句中全无虚字夹杂，文笔气力，跃然纸上。

文公出亡

文公出亡，献公使寺人披攻之蒲城，披斩其袪，文公奔翟。"翟"即"狄"字。惠公即位，又使攻之惠窦，不得也。三字简。及文公反国，披求见。公曰："蒲城之役，君令一宿，令其间日前往。而女即至；惠窦之难，君令三宿，而女一宿，何其速也？"披对曰："君令不二，言奉君之令，无有二心。除君之恶，惟恐不堪，惟恐不胜其任。蒲人、翟人，余何有焉？时公为蒲、翟人，固无所爱也。今公即位，其无蒲、翟乎！公既即位，当复有所恶，如献、惠公之视亡人矣。且桓公置射钩而相管仲。"君乃见之。

或曰：齐、晋绝祀，不亦宜乎！发端奇远不测如此，其襟怀之超旷可见。桓公能用管仲之功，而忘射钩之怨，文公能听寺人之言，而弃斩袪之罪，桓公、文公能容二子者也。将擒先纵，欲抑先扬，为下文跌宕作势。盖愈松则愈紧，愈宽则愈逼也。"将军欲以巧胜人，盘马弯弓故不发"，盖是此妙。后世之君，明不及二公；追究后世，绝妙！与起处绝祀意相发。后世之臣，贤不如二子。以不忠之臣，事不明之君。全从空际发挥，最是文中妙境，所谓"无中生有"也。君不知，则有燕操、子罕、田常之贼；文气盘郁朴茂。旧注："燕操，子之也。"知之，则以管仲、寺人为解。君必不诛，而自以为有桓、文之德，本是议论寺人之事，而加倍描写，反借正文作指点，所谓"背面烘托法"，使全篇皆入化境。凡作文，正面无可叙处，必旁敲侧击，反映逆写，而后尽意。呆写正文，便不成文字也。是臣雠君，而明不能烛，文势逼近，犹不遽落，更作盘旋以取雄厚。多假之资，自以为贤而不戒，则虽无后嗣，不亦可乎！一路莽苍奔放，酣畅淋漓，议论虚空灵变，笔不着纸。此等文境，后世无及之者。〇韩非法家也，故任法而不任人，必立法定制，使不肖者不敢为奸，不以贤者而曲恕，恐后有不肖者反以借口坏法也。其论管仲各篇皆如此，并非强词夺理，其所操之术本自如是。且寺人之言也直饰，言其饰词非实。君令而不贰者，则是贞于君也。死君复生，臣不愧而后为贞，今惠公朝卒，而暮事文公，寺人之不贰何如？淡淡一问便收，妙绝！凡文章妙处，在意到而笔势不尽，若呶口辱詈，转觉无趣，愈清淡，乃愈不能堪也。

[评析]

晋文公为公子流亡在外时，曾二次遭到宦官披奉令追杀，历经磨难返国即位，披主动求见输诚。文公责问披为何先前的追击都比君令更快，披答称自己仅是奉令行事，又引述齐桓公抛却管仲射钩的旧恨，暗示文公应效法桓公，接受自己。韩非之驳难，由"齐、晋绝祀"反面入笔，假言称赞国君能忘旧恨，包容罪臣；实则指摘臣子的不贤、不忠，以及国君的不明、不诛与不戒。

篇尾则是批判宦官披并非忠贞于君。韩非列出其"惠公朝卒，而暮事文公"，随即以"寺人之不贰何如"问句收尾，不再多费言语，而宦官披的政治投机心态，瞬间无法再被掩饰。吴闿生评："若侈口辱詈，转觉无趣，愈清淡，乃愈不能堪也。"确实如此！文章胜境，便在此等含蓄讽刺之处，能摆脱凡手一腔宣泄的缺点，让读者心领神会，是更上乘的艺术手法。

注意文中吴闿生所评的"背面烘托法"。本篇故事征引齐桓公与管仲的史实，展现君主接纳旧臣之宽容。韩非若仅就此点驳论，则只能呆板推展论点，发挥受到限制，于是他从旁面、侧面扩展材料，臣子部分由"忠"推至"贤不如二子"与"不忠"，于是有燕操、子罕、田常（田恒）；国君方面则由"明"反推"不明"，相对应的有燕惠王、宋桓侯、齐简公，再推回"自以为有桓、文之德"，便是一个相当良好的开展与收束。

郑子产晨出过东匠氏之闾

郑子产晨出，过东匠氏之闾，闻妇人之哭，抚其御之手而听之。有间，遣吏执而问之，则手绞其夫者也。<small>记事简。</small>异日，其御曰："夫子何以知之？"子产曰："其声惧。凡人于其亲爱也，始病而忧，临死而惧，已死而哀。今哭已死，不哀而惧，是以知其奸也。"<small>此事不近情理，殆记者之饰为之也。</small>

或曰：子产之治，不亦多事乎？必奸待耳目之所及而后知之，则郑国之得奸者寡矣。<small>一语尽破千言牢，初学宜摹效此等俊快之句，便不滞笨。</small>不任典成之吏，不察参伍之政，不明度量，恃毒聪明、劳智虑而以知奸，不亦无术乎？句句振。○此亦任法而不任人之义也。且夫物众而知寡，知，去声。寡不胜众，知不足以遍知物故，则因物以治物。下众而上寡，寡不胜众者，言君不足以遍知臣也，故因人以治人。是以形体不劳而事治，智虑不用而奸得。此数行语意明了，文理平顺，但句势质健简当，自是韩非本色。故宋人语曰："一雀过，羿必得之，则羿诬矣。羿虽善射，不能尽天下之雀。以天下为之罗，则雀不失矣。"奇语！俊语！夫知奸亦有大罗，不失其一而已矣。句势俊快无比。○知奸之大罗，任法不任人之谓也。不修其理，"修"字疑是"循"字之误。一曰："理，治法也。"而以己之胸察为之弓矢，则子产诬矣。此任人不任法之过。老子曰："以知治国，国之贼也。"其子产之谓矣！

[评析]

　　本篇故事叙述子产偶遇泣妇，辨其声唯惧不哀，因而靠着个人的智虑破案。这种亲身见闻而后除奸的治理方式，为韩非所反对。须知国家人口愈多，愈不可能要求上位者亲自一一解决，此篇韩非提出"因物治物""因人治人"，正是讲究管理制度分层负责，如任吏、察政、明法度等原则，都是更加明确且有效的御术。后文以后羿善射为喻，申明应以天下为罗网，严密控管统御。法便是罗网的基础，不论任用何人为官吏、管理何地，皆应以明确一致的法律为共同的依归，故吴闿生于本书《郑子产晨出过东匠氏之闾》《鲁阳虎欲攻三桓》《弥子瑕有宠于卫国》这三篇文章中，三度提出"任法不任人"的重要观念。

　　韩非的思想，部分承袭于道家老子而又加以转化，本篇可见此特色。《老子》有言："致虚极，守静笃""绝圣去智""无为而无不为"。老子本意为不妄动、不干扰百姓，反对智巧心机，万物共同遵守自然无为之道,则天下自化。再看韩非对《老子》的理解,人为智谋方面,韩非《解老》篇谓"思虑过度则智识乱",就原句解说,未偏离老子之意;但政治思想方面,韩非则转化成"明君无为于上,群臣竦惧乎下。……不自操事而知拙与巧,不自计虑而知福与咎"。(《韩非子·主道》)韩非将"自然无为"转化为阴谋权术,将"虚静"转变为驭下手段,人君依此不必亲自操劳,却能达到严密统御的效果,便是本篇所谓的"形体不劳而事治,智虑不用而奸得"。篇尾引述老子"以知治国,国之贼也",也是袭取了老子"去智"守愚淳朴的概念,转成为批判子产以个人智虑破案。

鲁阳虎欲攻三桓

鲁阳虎欲攻三桓,不克而奔齐,景公礼之。鲍文子谏曰:"不可。阳虎有宠于季氏,而欲伐于季孙,贪其富也。今君富于季孙,而齐大于鲁,阳虎所以尽诈也。"在鲁未行之诈,于此当尽行之。景公乃囚阳虎。

或曰:千金之家,其子不仁,破空而来,奇极!谓为子者欲夺其父之资财也。人之急利甚也。发端奇妙不测,皆从无中生有。桓公,五伯之上也,"伯"即"霸"字,桓为五霸首。争国而杀其兄,其利大也。加一证佐,笔情愈奇妙。臣主之间,非兄弟之亲也。劫杀之功,制万乘而享大利,则群臣孰非阳虎也?深文曲致,警妙无匹。○欲脱卸阳虎,硬将群臣拉入罪网,群臣之罪,无证佐可见,平空撰出一段来。盖群臣虽不必皆虎,而立法者不能不防其为虎,虽有贤人,法家不贵也。此非狡辩,任法不任人之道固如此。○韩子为学,未闻仁义道德之说,其视君臣相与,专以利结而已,则其终何所不至。此等议论,非尽矫辩,由其根柢薄也。事以微巧成,以疏拙败。硬接挺劲。群臣之未起难也,其备未具也。妙极!莫须有之狱,至此已极!

群臣皆有阳虎之心，而君上未知，是微而巧也。阳虎贪于天下，以欲攻上，因利欲而攻其上。是疏而拙也。不知齐之巧臣，而使景公加诛于拙虎，是鲍文子之说反也。前半锻炼周内，专为此句而已。臣之忠诈，在君所行也。硬转。君明而严，则群臣忠；君懦而暗，则群臣诈。前文虽奇，太觉武断，不足服人，故又加入此段。○前难贪富，此难尽诈。知微之谓明，无救赦之谓严。不知齐之巧臣，而诛鲁之成乱，不亦妄乎！或曰：前意未畅，故复设一难者，以驳难前难所陈。盖韩非之作《难》，所以穷物情之奥，而示论辨之方。于事理之是非得失，初不必斤斤致意，故反、正无所不可。夫理之非者，尚能强饰以为是，而况其是者，有不能旁通曲畅而尽其义蕴者乎？既旁通曲畅义蕴之皆尽，有不能出其才识以办治当世之事者乎？此韩非作《难》之本意，而吾辈研习之微旨也。仁贪不同心。五字炼。故公子目夷辞宋，而楚商臣弑父，郑去疾予弟，予，与也。而鲁桓弑兄，五伯兼并，而以桓律人，则是皆无贞廉也。言五伯本以兼并为事，而以桓公之所为比例他人，则是天下皆无贞廉之行也。且君明而严，则群臣忠，即就前文作难，所谓"以矛陷盾"也。阳虎为乱，不成而走，入齐而不诛，是承为乱也。撰语工。君明则诛，知阳虎之可以济乱也，此见微之情也。语曰："诸侯以国为亲。"君严则阳虎之罪不可失，此无救赦之实也。两排劲健，皆就原文指点，最醒。则诛阳虎，所以使群臣忠也。接笔严重有力。未知齐之巧臣，而废明乱之罚，不诛阳虎。责以未然，"未知齐之巧臣"一句，语势未终，言未知其必为乱，而以乱人视之，则为妄也。古人常有此半句文法。观"责于未然"句，则上句之意可悟。而不诛昭昭之罪，此则妄矣。今诛鲁之罪乱，以威群臣之有奸心者，而可以得季、孟、叔孙之亲，鲍文之说，何以为反？前难情理少违，故驳难弥复得势。为文要须理胜也。

[评析]

鲁国阳虎政变失败，奔齐，齐大夫鲍文子指出阳虎"亲富不亲仁"，其贪富之心终将谋害齐国，于是齐景公纳谏而囚阳虎。韩非的驳难，专就鲍文子之言而发，可分为两部分：一、人性自利，法家视君臣之间仅有利害而无情义，既然都是为了利益，那么群臣都可能有阳虎之心。况且阳虎只是个拙人，叛乱意图太明显而失败，齐国内部必有更奸诈、隐藏得更好的巧臣。吴闿生评："欲脱卸阳虎，硬将群臣拉入罪网。"从阳虎身上跳离，大胆假设群臣皆为阳虎，更凭空论断齐国群臣只是因为准备尚不充分才没有叛国。相较于其他《难》篇，本篇的假设相当大胆，且稍嫌武断，群臣宛如遭受"莫须有之狱"，故吴闿生评"情理少违"。二、基于人性皆贪婪的观点，韩非指出历史上时常可见"仁贪不同心"，齐桓公杀害兄弟纠就是一个实例。齐景公所应做的唯有追究阳虎已经犯下的错——于鲁国作乱而又奔齐。与其依循鲍文子之言假设阳虎未来将谋齐，倒不如直接诛杀阳虎，以收杀鸡儆猴之效，使齐臣忠心。

郑伯将以高渠弥为卿

郑伯将以高渠弥为卿，昭公恶之，固谏不听。及昭公即位，惧其杀己也，辛卯，弑昭公而立公子亹也。君子曰："昭公知所恶矣。"以其后之见杀，知其初"恶之"之非过。公子圉曰："高伯其为戮乎？报恶已甚矣！"

或曰：公子圉之言也，不亦反乎！昭公之及于难者，报恶晚也。然则高伯之免于死者，报恶甚也。辨难隽快，口角风生。明君不悬怒，谓有所怒而悬之不断。悬怒则臣惧罪轻举以行计，则人主危。故灵台之饮，卫侯怒而不诛，故褚师作难；食鼋之羹，郑君怒而不诛，故子公杀君。君子之举知所恶，非甚之也，言君子之以"知恶"称之者，并非甚之之词。曰：知之若是其明也，而不行诛焉，以及于死，追原论者之意，脱口如生。故曰：知所恶，以见其无权也。见解独超！《左传》最多微文，必如此读之，乃能尽得古人微旨。人君非独不足于见难而已，或不足于断制。今昭公见恶，"恶"读如字。稽罪而不诛，使渠弥含憎惧死以徼幸，故不免于杀，是昭公之报恶不甚也。此言报恶甚者之不足为非，以"昭公之报恶不甚"为证，而难公子围之言。或曰：报恶甚者，大诛报小罪。言罪小而罚重也。大诛报小罪也者，狱之至也。狱者，犹言陷阱罗织也。狱之患，故非在所以诛也，故，读为固。以，读为已。以雠之众也。言已死者虽不能复仇，而天下仇之者众矣，明报恶甚者之不可也。是以晋厉公灭三郤，即"郤"字。而栾、中行作难；郑子都杀伯咺，而食鼎起祸；吴王诛子胥，而越句践成霸。则卫侯之逐，郑灵之弑，不以褚师之不死，而公父之不诛也，以未可以怒而有怒之色，未可以诛而有诛之心。识微之论。怒其当罪，怒其所当罪者。而诛不逆人心，逆，违也。句法炼。虽悬奚害？句势挺拔，劲峭无比。以上皆驳明君不悬怒之说。夫未立有罪，即位之后，宿罪而诛，言追责其宿罪而诛之也。齐胡之所以灭也。君行之臣，犹有后患，况为臣而行之君乎？以上所引，皆君行之臣之事，然其本旨乃论高伯报恶之甚也，故此三句折落为臣，以醒作意。诛既不当，而以尽为心，是与天下为雠也，此三句横跃而接，粗诵一过，几不知其意旨所在。盖诛必当其罪，虽悬无害，以所诛之人，方负罪婴衅，不能为我仇也。不然，则所诛者虽已死，而他人必有从而思报者，居此势非尽诛异己者必不能安。然用刑不当，又以尽戮为心，是与天下为雠，其祸益甚矣！大意如此，而用笔斩截无数闲文，遂觉廉劲独绝。则虽为戮，不亦可乎！

申明公子圉之说，见高伯之死咎由自取，以驳前难之所言。

[评析]

郑庄公欲以高渠弥为卿，太子忽谏其人不正，庄公弗听。忽即位，是为昭公，高渠弥惧其杀己，趁着出猎射杀昭公，改立其弟公子亹。次年，齐国借言盟会，诱杀车裂高渠弥。鲁国大夫公子圉认为高渠弥对于昭公的报复太过分了，活该被杀戮。对于此事，韩非设有二难。第一难：反驳公子圉之言，错不在"报恶甚"。以结果论之，高渠弥比昭公晚死的原因，正是他"报恶甚"，而昭公"报恶晚"。以权术而言，昭公之失在于"悬怒而不诛"，厌恶高渠弥，却又没有果断制裁他，导致高渠弥警觉衔恨，终至先下杀手。如此，是错在昭公"报恶不甚"。第二难：以"或曰"设下新的驳难，推翻前论："报恶甚者，大诛报小罪。"此难重新定义了"报恶甚"之意，小罪重罚，不只是罗织陷阱，更会引起天下人的仇恨。韩非以晋厉公等人为例，表示诛杀了罪不至死的臣子，将引发接连而来的报复，因此重要的是罪罚应得当，而不在于是否先下手为强。只要君主的怒气能与罪行相称，那么即使悬怒不诛，也不会造成危害。篇尾归结回到高渠弥身上，其"大诛报小罪"的恶行，自然是与天下人为仇，被杀戮也算是咎由自取。

本文在前难推断甚明的状况下，韩非跳脱开来复设一难，自行驳倒前难。二难出之以犀利明快的内容，理直气壮，且言辞简劲，省却许多枝节冗语，完全显露韩非思辨清晰之胜处。无怪吴闿生有评语"廉劲独绝"。

弥子瑕有宠于卫国

卫灵公之时，弥子瑕有宠于卫国。侏儒有见公者曰："臣之梦践矣。"公曰："奚梦？""梦见灶者，为见公也。"公怒曰："吾闻见人主者梦见日,奚为见寡人而梦见灶乎!"侏儒曰:"夫日,兼照天下,一物不能当也。人君兼照一国,一人不能壅也,故将见人主而梦日也。夫灶,一人炀焉,则后人无从见矣。或者一人炀君邪?则臣虽梦灶,不亦可乎?"公曰:"善。"遂去雍钼,退弥子瑕,而用司空狗。

或曰:侏儒善假于梦以见主道矣,然灵公不知侏儒之言也。去雍钼,退弥子瑕,而用司空狗者,是去所爱而用所贤也。看题得间。郑子都贤庆建而壅焉,燕子哙贤子之而壅焉,夫去所爱而用所贤,未免使一人炀己也。不肖者炀主,不足以害明;今不加知而使贤者炀己,则必危矣。此难亦甚有至理,犹前篇以桀、纣、简公,处汤、武、田常之上之义也,仍本任法不任人之旨也。○知,去声。或曰:屈到嗜芰,文王嗜菖蒲菹,非正味也,而二贤尚之,所味不必美。晋灵公说参无恤,燕哙贤子之,非正士也,而二君尊之,所贤不必贤也。非贤而贤用之,与爱而用之同。诚贤而贤举之,与用所爱异。语皆有味。驳难前论,特为正本穷源之说。故楚庄举叔孙而霸,商辛用费仲而灭,此皆用所贤而事相反也。燕哙虽举所贤,而同于用所爱,卫奚距然哉?距,读曰遽。则侏儒之未见也。君壅而不知其壅也,已见之后,而知其壅也,故退壅臣,是加知也。曰"不加知而使贤者炀己,则必危",而今已加知矣,则虽炀己,必不危矣。触手成趣,此等宕折,最是文字精采、机趣流溢、警湛动人处。○韩非诸《难》,篇幅不多,众法毕备,读之最能开拓心思、增长笔力。后生把笔学文,从此入手,洵无上法门也。但为教师者,必须口讲指画,反复辨证,务使读一篇尽一篇佳处,乃为有用耳。文词奥衍处,今皆一一详晰说明,以便观者。

[评析]

　　卫灵公专宠弥子瑕，侏儒托言梦境，指灶前有"一人炀焉"，讽谏灵公受佞臣蒙蔽，阻塞言路。于是灵公辞退雍鉏与弥子瑕，任用司空史狗。此篇之设难有二，后难反驳前难，与前篇《郑伯将以高渠弥为卿》相似。第一难：灵公未得侏儒的旨意。灵公虽摒除雍鉏与弥子瑕，改用司空史狗，但仍然是受人蒙蔽。"不加知而使贤者炀己，则必危矣。"假如史狗为贤人，而国君"不加知"，没有增加洞察识人的智慧，那么便是让贤人蒙蔽自己，凌驾于自身之上，更加危险！第二难：反驳前难，分析贤臣与宠臣的差异，并辨析"加知"。若国君任用不肖者，是与宠爱弥子瑕相同；但若任用的确实是贤人了呢？卫灵公听闻侏儒之言后，退除壅蔽者，那么便是"加知"而不危了！只要国君拥有洞察识人的智慧，即使贤者可能遮蔽自己，也不是那般危险。此处专就"加知"驳倒前论，强调国君需有洞悉臣下的能力，形成与前文相抵触的精彩妙趣，然而二者皆持之成理，思辨清晰。

　　历代古文选本向来甚少涉猎法家，而吴闿生定位为初学读本的《古文范》，却选录韩非《难》篇多达十四篇，且反复指画，细加评论。此应从三方面来理解：

　　一、吴闿生的思想，以儒家为基底，能兼容他家。他自然有纠正韩非之处，如《管仲有病》与《鲁阳虎欲攻三桓》，反对法家过于看重术数权谋，徒存心机算计，毫无仁义道德。但在《历山之农者侵畔》，则接受韩非对于孔子的非难，甚至直言："拍案叫绝，以此驳难尧、舜，无以复加；孔子更生，几不能为之措对。"以及《景公过晏子》，评："语虽残核少恩，然亦持之成理。"能客观接受理性的意见。晚清文人面临时局剧变，思潮冲击，需继续发扬相对应的古文道义，因此相较于南宋以降至桐城派早期的古文选本，吴闿生的思想具有转圜通融的特性，《古文范》书名的这个"范"字的涵义随之更加宽广。

二、吴闿生对于韩非思辨议论能力深为折服，看中其启蒙之效。如《说难》评："议论特有至味，足以发人深省。"又如《难》篇题下总评："千古名家辩论文字，无不导源于此，而莫有能与之抗行者。"《齐桓公饮酒》一文，评为："童儿学之，最足开浚智识。"吴闿生以韩非文为千古议论文章之源，《难》篇尤能展现韩非劲快强悍的特色。《难》篇的分析、引证、归纳、辩诘等手法，往往精彩绝伦，既能开通智慧，使思路清晰，也能增进理解事理的能力，非常适合初学者参考学习。

三、评析各种文法与逆笔，勉励学子加以运用。吴闿生不喜宋代欧、苏以下平易流畅的文风，痛心于后人徒以此为借口，失却用心经营文章的态度。《弥子瑕有宠于卫国》尾评："韩非诸《难》，篇幅不多，众法毕备，读之最能开拓心思、增长笔力。后生把笔学文，从此入手，洵无上法门也。"点出《难》篇有许多文法佳处，初学者应由此入手学习，例如《历山之农者侵畔》"五字烹炼，文句之法"，《靡笄之役》"章法完密"等，皆提点文法。文法之中，吴氏尤为看重逆笔，《难》篇中屡屡论及且细加说明，或言之逆起、逆接、逆收、逆势、逆摄等，要之，便是不平铺直叙顺写，或调换结论与推论顺序，或逆写已知结果与事件经过，或斩断前文、凭空而来，或暂时离题、实则反面举例以说明等，皆为逆笔。《难》篇写作目标为驳难他说，阐述自家学说，韩非便常以出乎意料的惊人之笔切入，驳倒回击，同时又能以逆笔蓄集强盛气势。透过吴闿生详细的剖析说明，读者更能领略变化顺逆叙述的奇妙，这些因应不同文章而有不同运用方式的说明，也使逆笔在练习创作方面得到较高的实践性，能作为初学者的学习模范。

屈原一篇

离 骚

《离骚》为三百篇后第一大文，千古词赋之祖，沈郁冤愤，悲壮淋漓，足以包有百代，《史记》、杜诗、韩文皆从此出，学者不可不溯源于此，以为生平学业根柢也。

帝高阳之苗裔兮，朕皇考曰伯庸。先述家世。摄提贞于孟陬兮，惟庚寅吾以降。继载生辰。〇摄提，寅岁；孟陬，寅月；庚寅，日也。原生于寅岁寅月寅日，故自以为奇。皇览揆余于初度兮，言皇考于其初生即揆以法度。肇锡余以嘉名：名余曰正则兮，字余曰灵均。正则，喻平。灵均，喻原。纷吾既有此内美兮，又重之以修能。纷，盛也。修能，修养之功能。扈江蓠与辟芷兮，纫秋兰以为佩。香草以喻学术。扈，被也。辟，幽也。汩余若将不及兮，恐年岁之不吾与。汩，疾貌，喻学之勤也。朝搴阰之木兰兮，夕揽洲之宿莽。喻广结同志。日月忽其不淹兮，春与秋其代序。淹，留也。惟草木之零落兮，恐美人之迟暮。草木喻人才，美人喻君也。不抚壮而弃秽兮，何不改乎此度也？壮、秽，指草木言。不抚壮而弃秽，言君不能进贤、退不肖也。乘骐骥以驰骋兮，来吾道夫先路也。骐骥，喻速，言喻疾行而导君之先路也。先大夫曰："以上及时自修而致之君。"昔三后之纯粹兮，固众芳之所在。三后，三王也。杂申椒与菌桂兮，岂惟纫夫蕙茝。蕙茝，大贤。椒桂，小才也。彼尧舜之耿介兮，既遵道而得路；何桀纣之昌披兮，夫唯捷径以窘步？捷径，邪径，自取窘步。惟党人之偷乐兮，路幽昧以险隘。谓同仕之小人。偷，读曰愉。岂余身之惮殃兮？恐皇舆之败绩。言小人幽昧与我为难，吾不暇自惜，所重者，国事耳。忽奔走以先后兮，及前王之踵武。言己欲奔走先后，辅翼君以继先王之迹。武，迹也。荃不察余之中情兮，反信谗而齌怒。荃，喻君也。齌，盛怒也。余固知謇謇之为患兮，余忍而不能舍也。挺接突兀。〇言明知忠而获罪，特不能自忍于君而舍去耳。指九天以为正兮，夫惟灵修之故也。灵修，君也。正，犹质也。指天为誓，惟为君之故，无他求也。初既与余成言兮，后悔遁而有他。言怀王初与己相合，后乃悔而有他意。余既不难夫离别兮，伤灵修之数化。"数"即"速"字，言余不以失宠自悲也，徒伤君意之速变耳。先大夫曰："以上事君不合。"

余既滋兰之九畹兮，又树蕙之百亩。畦留夷与揭车兮，杂杜蘅与芳芷。留夷、揭车、杜蘅、芳芷，皆香草名，此喻所引进诸贤。先大夫曰："旧谓众芳为众贤，姚以众芳为道德。某谓扈薋、辟芷为道德之众芳，后之结茞、矫桂，凡云服佩者是也。树蕙、滋兰为贤人之众芳，后之兰为可恃，椒、樧干进是也。宜分别观之。"冀枝叶之峻茂兮，愿俟时乎吾将刈。言冀收其效果。虽萎绝其亦何伤兮，哀众芳之芜秽。所谓"宁为玉碎，不为瓦全"也。先大夫曰："众芳芜秽，即芳草为萧艾意。"众皆竞进以贪婪兮，冯不厌乎求索。冯，满也，求取无厌。羌内恕己以量人兮，各兴心而嫉妒。嫉妒者，皆自恕而责人也。忽驰骛以追逐兮，非余心之所急。老冉冉其将至兮，恐修名之不立。言己与众人不同。朝饮木兰之坠露兮，夕餐秋菊之落英。苟余情其信姱以练要兮，长顑颔亦何伤。姱，美也。练，简也。顑颔，饥病貌。擥木根以结茞兮，贯薜荔之落蕊。矫菌桂以纫蕙兮，索胡绳之缅缅。薛荔、胡绳，皆香草名。矫，揉也，喻己之服饰仁义，佩道德也。**謇吾法夫前修兮，非世俗之所服。**前修，昔之贤人。**虽不周于今之人兮，愿依彭咸之遗则。**彭咸，殷大夫，谏其君，不听，自投水而死。**长太息以掩涕兮，哀人生之多艰。**挺接突兀。**余虽好修姱以鞿羁兮，謇朝谇而夕替。**阎生案："替"乃"譖"之坏字，若读为替，不惟失韵，抑且不词。尝语吾友高阆仙，阆仙击节；顾以韵部覃、盐与删、先不能相通为疑。吾谓古人用韵本非一律，覃、先亦自可通用，《易》："田有禽，利执言""艮其限，列其夤，厉熏心"皆其证，汉以后尤数见不鲜矣。**既替余以蕙纕兮，又申之以揽茝。**替，读为譖，言以己之佩服法度为罪也。**亦余心之所善兮，虽九死其犹未悔。**以正获罪，虽死不辞。**怨灵修之浩荡兮，终不察夫人心。**怨怀王不察己心。**众女嫉余之蛾眉兮，谣诼谓余以善淫。固时俗之工巧兮，偭规矩而改错。**错，置也。**背绳墨以追曲兮，**追亦曲也。**竞周容以为度。**争以容悦为度。**忳郁邑余侘傺兮，吾独穷困乎此时也。宁溘死以流亡兮，余不忍为此态也。鸷鸟之不群兮，自前代而固然。何方圜之能周兮，夫孰异道而相安？**方枘圜凿，安能相容？**屈心而抑志兮，忍尤而攘诟。**"攘"与"忍"同，受也。**伏清白以死直兮，固前圣之所厚。**先大夫曰："以上见排同列。"

悔相道之不察兮，延伫乎吾将反。回朕车以复路兮，及行迷之未远。转笔，此在全篇为绝大顿挫关捩。〇相，视也。察，审也。**步余马于兰皋兮，驰椒邱且焉止息。**步马，调马也。此二句顿宕之词。**进不入以离尤兮，退将复修吾初服。**离尤，罹罪也，进既不合，且恐罹罪，不如遂吾初服。〇"初服"字摄下。**制芰荷以为衣兮，集芙蓉以为裳。不吾知其亦已兮，苟余情其信芳。**此二句倒文。**高余冠之岌岌兮，长余佩之陆离。芳与泽其杂糅兮，唯昭质其犹未亏。**入仕有年，未改吾素也。**忽反顾以**

古文范 | 77

游目兮，将往观乎四荒。再转。佩缤纷其繁饰兮，芳菲菲其弥章。民生各有所乐兮，余独好修以为常。虽体解吾犹未变兮，岂余心之可惩！体解，言获罪支解也。先大夫曰："以上穷无可入，欲变而不能。"

女媭之婵媛兮，申申其詈予，就女媭生一波折。旧说以女媭为原姊，盖亦想象之词，以既言"詈予"，则应是姊耳。闿生案：姊不应言"婵媛"。曰："鲧婞直以亡身兮，终然夭乎羽之野。先大夫曰："亡，本作'方'，'身'与'命'古字通。下方言'夭乎羽野'，上句不应先言'亡身'也。"汝何博謇而好修兮，纷独有此姱节？薋菉葹以盈室兮，判独离而不服。薋、菉、葹，皆恶草也。众不可户说兮，孰云察余之中情？世并举而好朋兮，夫何茕独而不余听？"女媭言止此。依前圣以节中兮，喟凭心而历兹。先大夫曰："'节中'即'折中'也。《反骚》：'将折衷乎重华'用此。"今案：凭心，犹云抚心。济沅、湘以南征兮，就重华而陈词，启《九辩》与《九歌》兮，夏康娱以自纵。姚姬传云："此言启之失道也，事见《逸书·武观》篇及《墨子》。王逸以夏康连读，误。"不顾难以图后兮，五子用失乎家巷。羿淫游以佚田兮，又好射夫封狐。固乱流其鲜终兮，浞又贪夫厥家。言浞取羿妻。浇身被服强圉兮，纵欲而不忍。日康娱而自忘兮，厥首用夫颠陨。犹言丧其首领。夏桀之常违兮，乃遂焉而逢殃。后辛之菹醢兮，殷宗用而不长。后辛，纣也。桀违道自遂而逢殃，纣菹醢忠良而绝祀。以上历言古人君之无道亡国者。汤、禹严而祗敬兮，祗亦敬也。周论道而莫差。举贤而授能兮，循绳墨而不颇。皇天无私阿兮，览民德焉错辅。错，置也，视人之有德者而置之辅佐。夫维圣哲以茂行兮，苟得用此下土。茂，勉也。二句倒文。瞻前而顾后兮，相观民之计极。计极，犹纪极。夫孰非义而可用兮？孰非善而可服？服亦用也。此四句总结上文。先大夫曰："陈辞重华，明己之不能改为不善耳，乃历引君国善败为喻，此实者虚之之法。若移此文于'三后纯粹'一段，则文法平实无奇观矣。"**阽余身而危死兮，览余初其犹未悔。不量凿而正枘兮，固前修以菹醢。**前修之所以取菹醢者，其道固皆如此。**曾歔欷余郁邑兮，哀朕时之不当。**曾，累也。自伤不遇盛时。**揽茹蕙以掩涕兮，沾余襟之浪浪。**茹，柔耎也。先大夫曰："以上因女媭之言，就正于舜。言得道则兴，失道则亡，从古如此，故不敢阿谀以绊身。"梅伯言云："就正重华，知中正之无可悔，则仍以此望吾君、吾相矣。"以下言求君也。

跪敷衽以陈词兮，耿吾既得此中正。驷玉虬以乘鹥兮，溘埃风余上征。有角曰龙，无角曰虬。鹥，凤皇别名。溘，犹奄也。先大夫曰："'跪敷衽'四句是苍莽特起之笔，后'闺中'四句，迷离总束，与此四句又自为一段之首尾。"今案：此下离奇光怪，不可方物，假洸洋俶诡之词，以寄其乃心君国之痛，回环宛转，纵宕恣肆，千古之绝调也。**朝发轫于苍梧兮，**轫，支轮木也。**夕余至乎县圃。**悬圃，神山。**欲少留此灵琐兮，**"灵"以喻君。琐，门镂也，文如连琐。**日忽忽其将暮。**喻危亡已迫。**吾令羲和弭节兮，望崦嵫而勿迫。**言多方以救楚国之将亡，词危而心弥苦矣。**路曼曼其修远兮，吾将上下而求索。**言欲求贤才为辅。**饮余马于咸池兮，总余辔乎扶桑。**总，结也。《淮南》："日出旸谷，浴于咸池，拂于扶桑，爰始将行，是谓朏明。"**折若木以拂日兮，聊逍遥以相羊。**若木，神木。须臾、相羊，尤极夷犹之致，文气一宕。**前望舒使先驱兮，后飞廉使奔属。**望舒，月御。飞廉，风伯也。**鸾皇为余先戒兮，雷师告余以未具。**此皆设想求治之方。告余未具，则中间之顿折也。**吾令凤鸟飞腾兮，又继之以日夜。**再接再厉，迭用"吾令"字，与前为复调，以取排纂之势，所谓"气不孤行"者也。**飘风屯其相离兮，帅云霓而来御。**御，读为迓。**纷总总其离合兮，斑陆离其上下。**班，乱貌。此二句亦顿宕波折之笔，使局势开拓而文气亦厚，魏文帝所谓

"优游案衍""周旋绰有余度"者，正以此等顿宕处多也。吾令帝阍开关兮，阍，主门者。倚阊阖而望予。时暧暧其将罢兮，结幽兰而延伫。望予者，予望也，解者多误。世溷浊而不分兮，好蔽美而嫉妒。此二句方始点明溷浊不分、蔽美嫉妒之罪，千回百折乃始落下。以下又开。朝吾将济于白水兮，登阆风而绁马。此二句从上段脱卸而下，乃文中脉络也。忽反顾以流涕兮，哀高丘之无女。领起下文，着语倍有精神。溘吾游此春宫兮，折琼枝以继佩。及荣华之未落兮，相下女之可诒。相，视也，视下女之可诒者聘而遗之，喻求贤也。吾令丰隆乘云兮，丰隆，云师。求宓妃之所在。解佩纕以结言兮，吾令蹇修以为理。蹇修，伏羲氏之臣。理亦媒也，下"理弱媒拙"同。纷总总其离合兮，忽纬繣其难迁。纬繣，乖戾也。夕归次于穷石兮，朝濯发乎洧盘。保厥美以骄傲兮，日康娱以淫游。虽信美而无礼兮，来违弃而改求。言宓妃保其美德以自娱乐，不可与事君，故弃而更求也。先大夫曰："此言肥遁之贤之不可强起者。"览相观于四极兮，周流乎天余乃下。二句顿宕。望瑶台之偃蹇兮，见有娀之佚女。偃蹇，高貌。佚，美也。吾令鸩为媒兮，鸩告余以不好。鸩，恶鸟也，以喻谗人。雄鸠之鸣逝兮，余犹恶其佻巧。心犹豫而狐疑兮，欲自适而不可。凤皇既受诒兮，恐高辛之先我。凤皇既受礼遗，恐高辛先我而得有娀之佚女也。案：此所言必皆有事实可指，而故隐约言之，非漫为也。欲远集而无所止兮，聊浮游以逍遥。二句顿宕。及少康之未家兮，留有虞之二姚。理弱而媒拙兮，恐导言之不固。时溷浊而嫉贤兮，好蔽美而称恶。先大夫曰："前段言多方以救楚国之将亡，而为小人所隔。此段言广求群贤，卒无一得，而各以溷浊妒蔽束之，然后以'闺中邃远'结求贤，以'哲王不寤'结危亡之无救。姚氏所说，殊非本旨。"闺中既以邃远兮，哲王又不寤。总结上两段，文情激越异常，神情奋出。怀朕情而不发兮，余焉能忍与此终古？以苍茫感喟作收。

索琼茅以筳篿兮，筳，破竹也。折竹而卜曰"篿"。命灵氛为余占之。灵氛，善占者。曰："两美其必合兮，孰信修而慕之？阎生案："慕"当为"莫"字之误也。两美必合，岂有信修而莫之者乎？之，往也。"莫"误为"慕"，则语不可通矣。思九州之博大兮，岂唯是其有女？"曰："勉远逝而无狐疑兮，孰求美而释女？女，汝也。何所独无芳草兮，尔何怀乎故宇？"灵氛言止此。时幽昧以眩曜兮，孰云察余之美恶？以下答词。民好恶其不同兮，惟此党人其独异。先大夫曰："言人情相同，犹吾大夫，不必去也。王注：'党人，谓楚国是也。'"言岂楚国人独异乎？"其"字皆如"岂"字。户服艾以盈要兮，要，古"腰"字。谓幽兰其不可佩。览察草木其犹未得兮，岂珵美之能当？珵，美玉也。苏粪壤以充帏兮，谓申椒其不芳。苏，取也。帏，香囊也。欲从灵氛之吉占兮，心犹豫而狐疑。巫咸将夕降兮，怀椒糈而要之。巫咸，神巫。椒糈所以降神。此四句，脉。百神翳其备降兮，九疑缤其并迎。此二句顿宕。皇剡剡其扬灵兮，告余以吉故。皇者，美称。扬其光灵，以吉占告我。曰："勉升降以上下兮，求矩矱之所同。梅伯言曰："灵氛劝其去而之他，巫咸则欲其留以求合。'勉升降'二句，是求合大旨。"先大夫曰："'勉升降'，犹言与世浮沈。"汤、禹严而求合兮，挚、咎繇而能调。挚，汤臣。咎繇，禹臣。苟中情其好修兮，何必用夫行媒？行媒，喻左右之臣。苟能得君，不必待人荐达。说操筑于傅岩兮，武丁用而不疑。吕望之鼓刀兮，遭周文而得举。宁戚之讴歌兮，齐桓闻以该辅。该，备也，取备辅佐。及年岁之未晏兮，时亦犹其未央。恐鹈鴂之先鸣兮，使百草为之不芳。"巫咸言止此。何琼佩之偃蹇兮，众薆然而蔽之。惟此党人之不谅兮，恐嫉妒而折之。此下答词。巫咸劝其勉以求合，此言不去则必遭害，无可强合之理。时缤纷其变易兮，又何可以淹留？兰芷变而不芳兮，荃蕙化而为茅。何昔日之芳草兮，今直为此萧艾也？岂其有他故兮，莫好修之害也。此答"中情好修"之句，言正唯好修，故不能见容，稍不自持，皆化而为恶矣。余以兰为可恃兮，羌无实而容长。内无实美，但有浮华而已。委厥美以从俗兮，苟得列乎众芳。椒专佞以慢慆兮，樧又欲充夫佩帏。"慆"与"慆"同。既干进而务入兮，又何芳之能祗？"祗"与"振"通。固时俗之流从兮，又孰能无变化？先大夫曰："'流从'字是，《哀郢》篇亦有'流从'字。"览椒兰其若兹兮，又况揭车与江蓠？随手收拾前文，章法完密。惟兹佩之可贵兮，委厥美而历兹。芳菲菲而难亏兮，芬至今犹未沫。和调度以自娱兮，聊浮游而求女。及余饰之方壮兮，周流观乎上下。先大夫曰："'和调度'四句，仍将从灵氛也，至于远游自疏，则天上海外之幻想，非灵氛所称九州相君之旨矣。"灵氛既告余以吉占兮，历吉日乎吾将行。历，选也。折琼枝以为羞兮，精琼靡以为粻。为余驾飞龙兮，杂瑶象以为车。何离心之可同兮？吾将远逝以自疏。以上自女嬃、灵氛、巫咸作数四顿折波澜，徘徊往复，至此始决然舍去。"何离心之可同"，言与其君一离而不可复合也。"自疏"犹"自放"也。以下奇情幻旨，一气奔放，洸洋恣肆，不可控抟，极宇宙未有之奇。而"临睨旧乡"三语，忽然勒回，卒不能去，此其所以为忠悃深郁，复绝古今之至文也。

　　遭吾道夫昆仑兮，路修远以周流。扬云霓之晻蔼兮，鸣玉鸾之啾啾。朝发轫于天津兮，夕余至乎西极。凤皇翼其承旗兮，高翱翔之翼翼。忽吾行此流沙兮，遵赤水而容与。麾蛟龙使梁津兮，诏西皇使涉予。路修远以多艰兮，腾众车使径待。此二语亦文中顿宕之处。路不周以左转兮，指西海以为期。屯余车其千乘兮，齐玉轪而并驰。驾八龙之婉婉兮，载云旗之委移。抑志而弭节兮，神高驰之邈邈。奏《九歌》而舞《韶》兮，聊假日以偷乐。案：此出神入天，以乐惛忧之旨。偷，读曰愉。陟升皇之赫戏兮，升皇，天也。赫戏，光明貌。忽临睨夫旧乡，旧乡，楚国也。仆夫悲余马怀兮，蜷局顾而不行。王逸云："虽陟昆仑，升天庭，不足解忧，犹复顾楚国而愁思。此终志不失，以义自明也。"曾文正云："远游自疏，有浩然长往之意，末言'蜷局不行'，则惓惓君国，不能忘也。"乱曰：已焉哉！国无人莫我知兮，又何怀乎故都？既莫足与为美政兮，吾将从彭咸之所居。太史公曰："《离骚》者，犹离忧也。……《国风》好色而不淫，《小雅》怨诽而不乱，若《离骚》者，可谓兼之矣。……其文约，其辞微，其志絜，其行廉，其称文小而其指极大，举类迩而见义远。其志絜，故其称物芳。其行廉，故死而不容自疏。濯淖污泥之中，蝉蜕于浊秽，以浮游尘埃之外，不获世之滋垢，皭然泥而不滓者也。推此志也，虽与日月争光可也！"

[评析]

　　《离骚》全篇近二千五百字，为带有自传性质的长篇抒情诗，充分表达了屈原的思想与情感。诗中所迸发的沉郁冤愤之气，道尽多少文人不遇之悲。吴闿生推崇为《诗经》后"第一大文，千古词赋之祖"。

　　吴闿生将《离骚》分为七段。第一段，屈原自述身世、才能与抱负，他早年确实得到怀王的信任与重用，然而小人联合诬陷，怀王竟然"信谗而齌怒"，屡屡变心，动摇不定，造成朝政日益恶化。屈原感到委屈悲伤，却还是不忍心舍下怀王！

　　第二段，叙述被众人恶意包围下孤立无援的困境，他忍辱负重，勉励自己效法古圣先贤，绝不妥协。"虽九死其犹未悔""宁溘死以流亡兮""伏清白以死直兮"，他三次以死为誓，坚持信念与清白。此外，本段大量运用"香草美人"的比兴手法，影响后世甚为深远。王逸《离骚经序》

说："善鸟香草，以配忠贞；恶禽臭物，以比谗佞。"后世多有学者延续此看法。吴闿生于此段夹评中引述其父吴汝纶之语，点明"扈薜、辟芷为道德之众芳""树蕙、滋兰为贤人之众芳"，二者有别，这说法值得留意。

第三段，描述在理想与现实冲突下的挣扎。无人知晓自己的理想，就连怀王也疏远自己，如同《九章·涉江》所说："世溷浊而莫余知兮，吾方高驰而不顾。"即使"不吾知"带来强烈的苦闷与忧愤，屈原仍秉承着清高的品性。他转念想要离开这个痛苦之地，周游四方追寻理想，或者干脆退隐，洁身自好。吴闿生评："转笔，此在全篇为绝大顿挫关捩。"此处犹如悬崖勒马，扭转出后文的关键：离开楚国，另觅理想。

第四段，女媭以鲧的悲剧为戒，劝告屈原应放弃节操。屈原引用史例，坚持行义就善，重申宁死不悔的决心。

第五段，在坚定信念之后，屈原"上下求索"，以"求女"设喻，在幻想世界中追寻理想。但这段路程却是让屈原迎来一次次的失望，并终究以失败作收。吴闿生于此段有二处圈点："世溷浊而不分兮"与"时溷浊而嫉贤兮"，这是屈原神游于幻想世界中，却又被拉回现实政治的愤懑之词，痛陈世局蔽美称恶，颠倒是非。现实与幻境相互交织，这样的写法相当特别，形成"离奇光怪，不可方物"之境，这是屈原在强烈的精神折磨中所产生的幻想情景，让文境瑰丽奇特。神境"求女"一段，浪漫神秘，为后世游仙诗之滥觞。

第六段，屈原"求女"不得之后，请教灵氛和巫咸。灵氛表示屈原应远行他方，勿留恋故宇；巫咸则示意留以求合，修改自身的规矩原则。两种选择都让屈原犹豫痛苦，他割舍不下深爱的故国，却也无法接受专权傲慢的小人一同哺糟歠醨、淈泥扬波！内心矛盾反复折磨着屈原，他最后毅然决然舍去远逝。经由《离骚》后半篇的女媭、幻游求女、灵氛、巫咸等对话，吴闿生于本段末尾评道："作数四顿折波澜，徘徊往复。"可见屈原始终在楚国与远游二者间挣扎，反复推勘私衷。另外不可忽略的是"何昔日之芳草兮，今直为此萧艾也"以下十六句。屈原昔日费心培育的新秀变节腐化，与党人合污，兰虚有其表而无实德，椒专权谀佞而傲慢，榝则滥竽充数，个个钻营利禄，谋求名位。兰、椒为芳草中最名贵者，更何况是揭车、江蓠等中材？屈原感叹："固时俗之流从兮，又孰能无变化？"这是他看透了人性丑恶所发出的无奈慨叹。

第七段，屈原去国，飞升昆仑仙境，感受到人生暌违已久的放松惬意，但却仅仅是对楚国的那么偶然一瞥眼，在"忽临睨夫旧乡"这三句之间这放松惬意便刹那瓦解了！长年积压于心底的情感，瞬间喷涌而出，感染得他的仆夫与马都蜷局不前。写仆、马正是写自身，或者说，连仆、马都尚且如此，屈原必定更加悲痛！飞升有多愉快，便反跌出幻灭有多痛心。文末以五句乱词结尾，总结孤独的处境与愤懑的心境。王逸《楚辞章句》说："彭咸，殷贤大夫，谏其君不听，自投水而死。"预告了日后屈原投江自沉的抉择。

全诗先描述政治现实，再进入神游幻想，脉络明了。其中将君臣关系比作男女情谊，美人意象贯串全诗，开启了后代闺怨诗隐喻政治的传统，譬如首段的"恐美人之迟暮"，以及第五段的"求女"，都是譬楚怀王，不得见君之意。第二段的"众女嫉余之蛾眉兮，谣诼谓余以善淫"，又以美人比拟自己。此外，或用以喻贤臣，如屈原寻宓妃所在，见其整日淫游后离去，吴闿生注："不可与事君。"又引述其父之言："此言肥遁之贤之不可强起者。"由是可知，"美人"在《离骚》中有相当丰富的象征意蕴。

屈原《卜居》自言身处于"黄钟毁弃，瓦釜雷鸣"的是非颠倒世界，却始终坚持自我节操，宁死不悔。司马迁《史记·屈原贾生列传论赞》云："以彼其材，游诸侯，何国不容？"屈原忠君爱国的思想，以及坦然表白自身的脆弱与挣扎，真情流露，实在令人动容！

《战国策》六篇

扁鹊说秦武王

《国策》之文,酣恣淋漓,跌宕昭朗,多惊心动魄之观。盖以游说之世,士竞习于谈言故也。初学多读此书,最易发人神悟,今择其尤隽伟者数篇。

医扁鹊见秦武王,武王示之病,扁鹊请除。左右曰:"君之病,在耳之前,目之下,除之未必已也,将使耳不聪、目不明。"君以告扁鹊。扁鹊怒而投其石,_{石,所以除病也。}曰:"君与知之者谋之,而与不知者败之。_{隽快。}使此知秦国之政也,_{知,犹治也。言若使以此态度治秦国之政事。}则君一举而亡国矣!"古今天下事之败坏,其弊大抵坐此,激昂慷慨而出之,千古雄快壮绝之文!作此文者,意固不为医发也。

[评析]

《战国策》大多记载谋臣游说诸侯之事,或言谈生动逼真,或雄辩折服众人,或谋略影响国际情势,突显当时策士纵横捭阖的能力与功劳。书中保留大量史料,为先秦重要的历史散文,司马迁《史记》多采其说;然亦有后人据《史记》回头增补《战国策》的状况,因此吴闿生《古文典范·田需说管燕用士》评曰:"《国策》之书,多后人据他书辑补者,而取材《史记》尤多。"

《古文范》选录《战国策》共十篇。在目录中，前六篇皆题为《战国策》，后四篇则题为作者之名，吴闿生于《约燕昭王书》题下评语说："皆自撰之文，故别出之。"一因作者明确，二则是所述内容多与作者生平事迹有关。所谓文如其人，作家的品性气质展现于文中，别具特色。

本篇借医术以言政事，由小见大。秦武王有病，扁鹊请除之，却受到御旁亲信的反对，担忧可能损伤器官功能。"君以告扁鹊。扁鹊怒而投其石。"此处叙述精简，但旨意清楚，即使武王并非信以为真，但他的转述，便是对医者的专业起了疑心，难怪扁鹊发怒！自身的健康状况，已是这般听取亲信的臆测，那么在政事上难免也是易受亲信影响了。主政者若缺乏对专业意见的尊重，遇事偏袒亲信，长久下来必定叫有志之士心寒，也让佞臣更加坐大，故国政坏矣！

吴闿生评此篇为"雄快壮绝"，此与篇幅长短无关，而是来自内容正确，理直气壮。加以语言简洁，如"君与知之者谋之，而与不知者败之"二句，不作"而与不知者谋之，则败"，这里省略了字词，且直接将"败"当成动词使用，形成隽爽劲捷之势。

田需说管燕用士

管燕得罪齐王，谓其左右曰："子孰而与我赴诸侯乎？"_{而，犹能也。}左右默然莫对。管燕连然流涕曰："悲夫！士何其易得而难用也！"田需对曰："士三食不得餍，而君鹅鹜有余食。下宫糅罗纨，曳绮縠，_{"糅""蹂"同字。}而士不得以为缘。_{饰也。}且财者君之所轻，死者士之所重，君不肯以所轻与士，而责士以所重事君，非士易得而难用也。"_{说理之文，未有明白透快如此者，读之爽入心脾。}

〇《国策》之书，多后人辑录者。先大夫曰："此篇见《韩诗外传》，又见《说苑》《新序》。"

[评析]

  管燕被逐出齐国，召集门客询问去留，全场静默拒绝，他既感叹也是责怪门客"易得难用"。此时田需开口回应：下属衣食不足，牲畜却食之不尽、后官罗纨不竭，这样一个吝于爱才惜才的主君，如何叫士人倾心追随？绝非士人"易得难用"！本篇行笔至此戛然而止，吴闿生评为"明白透快"，因短短几句便将臣心所向表达得相当透彻，直抒胸臆，也说出了多少人忍耐已久的怨念！俗谓"患难见真情"，管燕在患难之际，倒是见识了另一种"真情"——属下的真正心声。

  谈及君臣关系，《孟子·离娄下》载孟子曰："君之视臣如手足，则臣之视君如腹心；君之视臣如犬马，则臣之视君如国人；君之视臣如土芥，则臣之视君如寇雠。"上下之间的关系与情感都是相对的，以怎么样的态度待人，就会迎来相对应的回馈，即使君位再高，若是无心爱护臣下，下属柔软的心也终究会遍体鳞伤。今人职场有言："带人要带心。"领导团队，务必发自内心对待基层，千万别像管燕如此轻忽属下，一味奴役部下要求拿出表现、做出绩效，却连最基本的尊重与关心也没有，甚至习惯性忽略基层的辛劳、视为理所当然。用今日流行语形容，便是把下属当作"免洗筷"使用了！

中射之士说荆王

  有献不死之药于荆王者，谒者操以入。中射之士"射""榭"同字。问曰："可食乎？"曰："可。"因夺而食之。王大怒，使人杀中射之士。中射之士使人说王曰："臣问谒者，谒者曰'可食'，臣故食之，是臣无罪，而罪在谒者也。且客献不死之药，臣食之而王杀臣，是死药也。王杀无罪之臣，而明人之欺王。"天下岂有不死之药？其为诈，明矣。王受其诈，王之愚亦明矣。然不杀食者，则药之验否不可知，而王之被欺犹未显于天下也；杀之，则王之愚立见矣，故曰"明人之欺王"。措词敏妙无比，如此则此人终身无死法也。王乃不杀。先大夫曰："此篇见《韩非子》。"

[评析]

　　战国时期，驺衍阴阳五行说兴起，宋毋忌等方士因而鼓吹"方仙道"，主张海上神山"诸仙人及不死之药皆在焉"，于是齐威王、齐宣王、燕昭王等开始派遣方士至海外求仙药，但同时，"怪迂阿谀苟合之徒"亦由此猖獗，横行欺世。《史记·封禅书》记载如此。当时掌握权势的国君，皆渴望无穷之寿，不死药之说便跨越大江南北，来到了楚国宫廷，本篇故事于是展开。

　　卫士故意先问接待官这不死之药"可食乎"，一把夺而饮之，此举自然引发楚威王大怒，下令处死。只见卫士不疾不徐地辩白，将"可食"的意义从"可供食用"刻意转变为"准许食用"，先将锅甩到接待官身上，摘除自己。接着再说明若真被处死，便是此药虚假，则抢药之罪不仅无法成立，还能算是协助鉴定真伪，也证明了王受到方士欺骗。言外之意，楚王不可再执意处刑，否则将自己坐实受欺之辱。这般推理略为强词夺理，但也相当机灵，吴闿生评："措词敏妙无比。"辩才真乃一绝。回味前篇《扁鹊说秦武王》的题下评，云"初学多读此书，最易发人神悟"，本篇亦甚为适用！

孙子为书谢春申君

客说春申君曰："汤以亳，武王以鄗，即"镐"字。皆不过百里，以有天下。今孙子，天下贤人也，君籍之以百里之势。"籍""藉"同字，即借也。臣窃以为不便于君。何如？"春申君曰："善。"于是使人谢孙子，孙子去之赵，赵以为上卿。

客又说春申君曰："昔伊尹去夏入殷，殷王而夏亡。管仲去鲁入齐，鲁弱而齐强。夫贤者之所在，其君未尝不尊，国未尝不荣也。今孙子，天下贤人也，君何辞之？"春申君又曰："善。"于是使人请孙子于赵。以上记孙子作书源委，以见春申之愚，乃知书词非妄发也。

孙子为书谢曰："谚曰：'疠怜王'，疠者，病癞者也。借谚语起，奇突。此不恭之语也。虽然，古无虚谚，不可不审察也，此为劫弑死亡之主言也。夫人主年少而矜材，无法术以知奸，则大臣主断国私，以禁诛于己也。禁主上之诛己。故弑贤长而立幼弱，废正适"嫡"字。立不义。《春秋》戒之曰：陈其事以为戒。'楚王子围聘于郑，未出竟同"境"，闻王病，反问疾，遂以冠缨绞王杀之，因自立也。齐崔杼之妻美，庄公通之。崔杼帅其群党而攻庄公。公请与分国，崔杼不许；欲自刃于庙，崔杼不许。庄公走出，逾于外墙，射中其股，遂杀之，而立其弟景公。'近代所见：李兑用赵，饿主父于沙丘百日而杀之；淖齿用齐，擢闵王之筋，悬于其庙梁，宿夕而死。夫疠虽痈肿胞疾，上比前世，未至绞缨射股；下比近代，未至擢筋而饿死也。夫劫弑死亡之主也，心之忧劳，形之困苦，必甚于疠矣。由此观之，疠虽怜王可也。"英鸷踔发，沈郁劲快。《荀子》文多浑厚，此篇乃骏厉如此，殆亦发愤一道与？因为赋曰：

宝珍隋珠，不知佩兮。袆布与丝，不知异兮。闾姝子奢，即子都。莫知媒兮。嫫母力父，是之喜兮。以瞽为明，以聋为聪，以是为非，以吉为凶。呜呼上天，曷维其同！词意痛其是非不明，至于殒身亡国也。诗曰："上天甚神，无自瘵也。"先大夫曰："此篇见《韩诗外传》，书见《韩非子》，赋见《荀子》，末引《诗》曰乃《韩诗外传》之词。"

[评析]

"孙子"者，此指荀子，汉人避宣帝讳。据《史记·孟子荀卿列传》：荀子原为赵人，游学于齐，受谗后到楚国，春申君被任命为兰陵令。

篇首以二客之进言展开，一客主张辞退荀子，另一客又劝谏聘回荀子，春申君两度皆言"善"，听从之。于是荀子被辞退，在春申君使人返聘时，忍不住写信怨怼。信件开头先引用俗谚"疠怜王"：一个即将被臣子篡弑的君主，连麻风病患者也都怜悯他。而后引述史事，楚国王子围绞杀其国君、崔杼射杀庄公、李兑饿杀主父，淖齿将齐闵王抽筋悬梁，这些残忍弑君的臣子之所以大量出现，原因出自君王本身"无法术以知奸"，以此讽刺春申君愚昧。最后以诗赋批判他不明是非，混淆黑白。本篇春申君的形象相当昏庸，仅凭一人之言便辞退荀子，又因一人之言而反悔，既未能洞见形势，亦无法自主判断。

《战国策》鲍彪注："使卿而在楚，春申必无李园之祸。"李园原为春申君门客，献其妹为妾，后有孕，二人密谋将其进献考烈王为妃，产子后是为太子。李园晋身国舅，同掌朝政，因惧怕事迹败露，使死士在宫门斩杀春申君。吴闿生注"词意痛其是非不明，至于殒身亡国也"，殆指此事。鲍彪的注语，认为荀子离开楚国后，春申君再无贤人辅佐而惨死。《史记》的说法是："春申君死而荀卿废，因家兰陵。"

汗明说春申君

　　汗明见春申君，候问三月，而后得见。谈卒，春申君大说之。汗明欲复谈，春申君曰："仆已知先生，先生大息矣。"大息，犹《诗》之言"小休小憩"。王怀祖衍"大"字，非是。汗明憱焉，曰："明愿有问君而恐固，固，陋也。不审君之圣孰与尧也？"春申君曰："先生过矣，臣何足以当尧？"汗明曰："然则君料臣孰与舜？"春申君曰："先生即舜也。"汗明曰："不然。臣请为君终言之。君之贤实不如尧，臣之能不及舜。夫以贤舜事圣尧，三年而后乃相知也，今君一时而知臣，是君圣于尧而臣贤于舜也。"此驳其"仆已知先生"之说。春申君曰："善。"召门吏为汗先生著客籍，五日一见。

　　汗明曰："君亦闻骥乎？夫骥之齿至矣，服盐车而上太行。盐车，重载。太行，险路也。蹄申膝折，尾湛胕溃，漉汁洒地，白汗交流，中阪迁延，中阪，犹云半道。负辕不能上。伯乐遭之，下车攀而哭之，解纻衣以幂之。沈郁深至。千古知己之感，叙来无比恺切。骥于是俯而喷，仰而鸣，声达于天，若出金石，写得矜奋非常，声情迸出！古人文章到紧要处，辄悲愤淋漓，所以卓绝千古。声者何也？加问一句，倍觉精采动人，声满天地。彼见伯乐之知己也。止为"知己"二字不轻易露出，故顿得圆满如此。今仆之不肖，厄于州部，堀穴穷巷，沈洿鄙俗之日久矣，堀穴于穷巷，沈洿于鄙俗，八字连下读。君独无意湔拔仆也，使得为君高鸣屈于梁乎？"屈，当读为出。收亦慷慨激昂。

[评析]

  战国时期，贵族争相网罗人才以抬高声势地位，如孟尝君拥有食客三千。上位者虽开礼贤下士之大门，但对于一般士人而言，在人海中脱颖而出并非易事，本篇汗明便是等待了三个月后，方得见春申君一面。这场初次会面，"春申君大说之"，可知汗明的第一步准备得不错，但是也不够好，因为他还想再说时，春申君便以"仆已知先生，先生大息矣"为由打发他走了。幸好汗明设想了一个非常有效的好问题——"不审君之圣孰与尧也？"尧、舜何人，圣王也！尧、舜尚且"三年而后乃相知"，而今日只有短短一见，怎可言"已知"？如此，得到了春申君五日一见的保证。之后汗明抓紧机会，慷慨陈词，描述一匹负重上山，爆汗力竭的千里马，遇上伯乐，不禁仰天而鸣，声若金石！这段言辞相当成功，生动且极具画面感，千里马满载奋力，举步维艰之悲愤，与伯乐不舍爱护之举，正好相得益彰。出身卑微的自己，就是这匹受苦的千里马，极力表明待伯乐看重后，必定发扬才干，一鸣惊人，给春申君留下更深刻的印象。

  从求职面谈的角度视之，本篇的言辞甚为有趣，亦富有启发性。既知见面机会困难，上位者又政务繁忙，求职者自然须有备而来，不得有任何冗言浪费。得到见面陈词的机会后，又须再接再厉，让高高在上的权贵留下深刻的印象，才能够获得拔擢。读《战国策》，不得不折服于记载翔实而又言辞精练之妙啊！

鲁仲连说辛垣衍拒秦

  秦围赵之邯郸。魏安釐王使将军晋鄙救赵，畏秦，止于荡阴不进。魏王使客将军辛垣衍间入邯郸，间入邯郸者，由间道入邯郸也。因平原君谓赵王曰："秦所以急围赵者，前与齐湣王争强为帝，已而复归帝，以齐故。今齐湣王已益弱，齐湣王已益弱者，谓齐湣王之国益弱也。尊秦昭王为帝者，尊秦之先王也。姚姬传衍"湣王、昭王"四字，非是。方今惟秦雄天下，此非必贪邯郸，其意欲复求为帝。赵诚发使尊秦昭王为帝，秦必喜，罢兵去。"平原君犹豫未有所决。

此时鲁仲连适游赵，会秦围赵，闻魏将欲令赵尊秦为帝，史公叙事节奏常法。乃见平原君，曰："事将奈何矣？"平原君曰："胜也何敢言事？百万之众折于外，今又内围邯郸而不能去。魏王使将军辛垣衍令赵帝秦，今其人在是。胜也何敢言事？"鲁连曰："始吾以君为天下之贤公子也，吾乃今然后知君非天下之贤公子也。梁客辛垣衍安在？吾请为君责而归之。"平原君曰："胜请召而见之于先生。"平原君遂见辛垣衍曰："东国有鲁连先生，其人在此，胜请为绍介而见之于将军。"辛垣衍曰："吾闻鲁连先生，齐国之高士也。衍，人臣也，使事有职，吾不愿见鲁连先生也。"平原君曰："胜已泄之矣。"辛垣衍许诺。以上先叙原委。

鲁连见辛垣衍而无言。辛垣衍曰："吾视居此围城之中者，皆有求于平原君者也。今吾视先生之玉貌，非有求于平原君者，曷为久居此围城中而不去也？"鲁连曰："世以鲍焦为无从容而死者，皆非也。鲍焦，愤世疾俗，立槁而死，故人议其不从容，然由今观之，则其死不为过。众人不知，则为一身。彼秦者，弃礼义而上首功之国也，斩获人首以为功。上者，尚也。权使其士，虏使其民。彼则肆然而为帝，过而遂正于天下，则连有蹈东海而死耳，吾不忍为之民也！所为见将军者，欲以助赵也。"辛垣衍曰："先生助之奈何？"鲁连曰："吾将使梁及燕助之，齐、楚则固助之矣。"辛垣衍曰："燕则吾请以从矣。若乃梁，则吾乃梁人也，先生恶能使梁助之邪？"鲁连曰："梁未睹秦称帝之害故也。使梁睹秦称帝之害，则必助赵矣。"辛垣衍曰："秦称帝之害将奈何？"鲁仲连曰："昔齐威王尝为仁义矣，率天下诸侯而朝周。周贫且微，诸侯莫朝，而齐独朝之。居岁余，周烈王崩，诸侯皆吊，齐后往。周怒，赴于齐曰：'天崩地坼，天子下席，东藩之臣田婴齐，后至则斩之！'《史》无"之"字，"坼""席""斩"为韵也。今依《策》有"之"字，然仍以三字为韵。威王勃然怒曰：'叱嗟！而母，婢也！'卒为天下笑。故生则朝周，死则叱之，诚不忍其求也。彼天子固然，其无足怪。"言周本为天子，固当如此，不足怪也。辛垣衍曰："先生独未见夫仆乎？十人而从一人者，宁力不胜、智不若邪？畏之也。"鲁仲连曰："呜呼！梁之比于秦若仆邪？"辛垣衍曰："然。"鲁仲连曰："然古语以"然"为然则，此"然"即然则也。今《史记》误去此字。吾将使秦王烹醢梁王。"辛垣衍怏然不悦，曰："嘻！亦太甚矣，先生之言也！先生又恶能使秦王烹醢梁王？"

鲁仲连曰："固也！待吾言之。昔者鬼侯、鄂侯、文王，纣之三公也。鬼侯有子而好，故入之于纣，纣以为恶，醢鬼侯；鄂侯争之急、辨之疾，故脯鄂侯；文王闻之喟然而叹，故拘之于牖里之库百日，而欲令之死。曷为与人俱称帝王，卒就脯醢之地也？文势未落，先扬一笔，少为停顿，此长篇文字作法。以下再接再厉。"俱称帝王"，此"帝"字连带而出，所谓"句中挟字"也。今《史记》乃妄删之，句末"也"字亦不应少。齐闵王将之鲁，夷维子执策而从，谓鲁人曰：'子将何以待吾君？'鲁人曰：'吾将以十太牢待子之君。'夷维子曰：'子安取礼而来待吾君？言其所取之礼非是。彼吾君者，天子也。天子巡狩，诸侯辟舍，纳管键，摄衽抱几，视膳于堂下；天子已食，退而听朝也。'鲁人投其钥，不果纳，不得入于鲁。将之薛，假涂于邹。当是时，邹君死，闵王欲入吊。夷维子谓邹之孤曰：'天子吊，主人必将倍殡柩，倍，读曰背。设北面于南方，然后天子南面吊也。'邹之群臣曰：'必若此，吾将伏剑而死。'故不敢入于邹。邹、鲁之臣，生则不得事养，死则不得饭含，然且欲行天子之礼于邹、鲁，邹、鲁之臣不果纳。今秦万乘之国，梁亦万乘之国，俱据万乘之国，交有称王之名。睹其一战而胜，欲从而帝之，是使三晋之大臣，不如邹、鲁之仆妾也。通篇蓄势，至此一放，淋漓痛快，无以复加！且秦无已而帝，再接再厉，如此文势乃为厚重，不似后世文家之薄弱也。无已，犹云不得已也。则且变易诸侯之大臣，彼将夺其所谓不肖，而予其所谓贤，夺其所憎，而予其所爱。彼又将使其子女谗妾为诸侯妃姬，处梁之宫，梁王安得晏然而已乎？而将军又何以得故宠乎？"此段尤关切要。盖梁之君臣所以欲帝秦者，梁王不过欲晏然无事，而其臣咸欲保其故宠而已，此乃穷极隐微之论，足以却其本谋。

于是辛垣衍起，再拜谢曰："始以先生为庸人，吾乃今日而知先生为天下之士也！特与起处相应，以为前后照映章法。吾请去，不敢复言帝秦。"秦将闻之，为却军五十里。适会魏公子无忌夺晋鄙军以救赵击秦，秦军引而去。

于是平原君欲封鲁仲连。鲁仲连辞让者三，终不肯受。平原君乃置酒，酒酣，起前，以千金为鲁连寿。鲁连笑曰："所贵于天下之士者，为人排患释难、解纷乱而无所取也。即有所取者，即，犹若也。是商贾之人也。连不忍为也。"遂辞平原君而去，终身不复见。此文有关周末形势及鲁连大节，文亦英伟非常。茅顺甫云："雄骏明快，可为论事之法。"○先大夫曰："此篇乃《史记·鲁仲连传》文。"

[评析]

  秦昭襄王四十七年（前260），秦将白起破赵之长平，坑赵卒四十余万；来年，秦又围赵。僵持岁余，赵孝成王求救于魏、楚，秦使者言："诸侯敢救者，已拔赵，必移兵先击之。"故魏安釐王虽使晋鄙率军救援，却不敢出击，使兵师止于荡阴，"名为救赵，实持两端以观望"。另一方面，使客将军辛垣衍潜入赵国，游说赵王与平原君应尊秦为帝，以解邯郸之围。

  鲁仲连听闻，赶紧通过平原君来见辛垣衍，力谏切勿尊秦。先指陈秦是"弃礼义而上首功之国"，权诈待士、奴役人民；再善用史例，以鬼侯取媚纣王、鄂侯力争纣王，却遭受脯醢，证明暴君无理之害，预言魏王必被烹醢；又以邹、鲁不屈服于齐愍王，强调小国亦能维护尊严，抗拒大国。最后直指尊秦对于魏王与辛垣衍本人的危害，倘若秦称帝于天下，届时辛垣衍哪有可能再安然享受魏王之宠？辛垣衍闻此立刻拜谢离去，不再倡议帝秦。适逢魏公子无忌窃矫兵符杀将军晋鄙，率兵增援，终于解除邯郸之围。整场辩论鲁仲连步步紧逼，最终落至听者身上，一语惊醒短视近利的魏国君臣！这也是能说服成功的最大原因。当说服对象在意的是自身利害，陈述道义必然无动于衷，必须一针见血让听者体认到自身安乐不保，方能心服。本书选录韩非《说难》一文言道："在知所说之心，可以吾说当之。"谈的便是这种心理状况。

  篇末叙鲁仲连辞谢封赏，功成身退。司马迁《史记·鲁仲连邹阳列传》评鲁仲连为人："好奇伟俶傥之画策，而不肯仕宦任职，好持高节。"吴闿生评"此文有关周末形势及鲁连大节，文亦英伟非常"。当时长平之战的惨状历历在目，秦之暴行震骇天下，情势如此险恶；而鲁仲连能不屈服于强权，以义抗暴，毫无畏缩之态，不带个人欲望为天下谋事，难能可贵。

苏代一篇

约燕昭王书

燕既破齐，秦召燕王，燕王欲往，苏代以此书止之。鲍彪曰："约，犹止也。"○奇横突兀，战国第一篇文字。○以下四篇亦见《国策》，然皆自撰之文，故别出之。

楚得枳而国亡，齐得宋而国亡，起势峭峻，退之所本。齐、楚不得以有枳、宋事秦者，何也？是则有功者秦之深仇也。齐、楚既有枳、宋，可以事秦矣，犹不得者，足见有功者为秦之所不容，此正对针昭王立论，所谓"警切"者也。

秦取天下，非行义也，暴也。秦之行暴，正告天下，奇语！○八字突兀矗起，如主峰高峙，通篇文字均由此分脉。告楚曰：告楚、告韩、告魏，章法奇创。古人文字每篇皆苦心经营，自具形貌，不似后人陈陈相因，下笔苟率也。"蜀地之甲，轻舟浮于汶，乘夏水而下江，夏水，夏时盛潦之水。五日而至郢。汉中之甲，轻舟出于巴，乘夏水下汉，四日而至五渚。寡人积甲宛，句。东下随，蜀、汉中、宛皆秦地，郢、五渚、随皆楚地，此言秦攻楚之计划也。智者不及谋，勇者不及怒，二句顿宕。寡人如射隼矣。"票姚俊逸，句势皆与全篇体格相称，所谓"铿锵动金玉，句句欲飞鸣"者也。王乃待天下之攻函谷，不亦远乎？言此以破合从也。楚王为是故。句。十七年事秦。言十七年之久不敢叛。

秦正告韩曰："我起乎少曲，一日而断大行。我起乎宜阳而触平阳，二日而莫不尽繇。同"徭"，言皆供徭役。我离两周而触郑，五日而国举。"举，得韩国。韩氏以为然，故事秦。秦正告魏曰："我举安邑，塞女戟，韩氏太原卷。太原，韩地。卷者，卷而有之也。我下轵道，道南阳封冀，包两周，乘夏水，浮轻舟，强弩在前，锬戟在后。二句顿宕。决荥口，魏无大梁；决白马之口，魏无黄、济阳；决宿胥之口，魏无虚、顿邱。历指水攻之道，文势劲厉无匹。陆攻则击河内，水攻则灭大梁。"逐节逐句变化，不主故常，皆见古人惨澹经营之至。魏以为然，故事秦。

秦欲攻安邑，恐齐据之，则以宋委于齐，章法又变，古人无印板文字也。曰："宋王无道，为木人以写寡人，写，象也。射其面。寡人地绝兵远，不能攻也。王苟能破宋有之，寡人如自得之。"此述秦委宋于齐之语。已得安邑，塞女戟，因以破宋为齐罪。语皆嚌齘有声。

秦欲攻韩，恐天下救之，则以齐委于天下，曰："齐王四与寡人约，四欺寡人，必率天下以攻寡人者三。有齐无秦，有秦无齐，必伐之，必亡之！"句句刻至，笔力劲透入骨。已得宜阳、少曲，致蔺、离石，因以破齐为天下罪。

秦欲攻魏重楚，则以南阳委于楚，曰："寡人固与韩且绝矣！残均陵，塞鄳隘，苟利于楚，寡人如自有之。"魏弃与国而合于秦，因以塞鄳隘为楚罪。

兵困于林中，重燕、赵，以胶东委于燕，以济西委于赵。已得讲于魏，质公子延，因犀首属行而攻赵。兵伤于离石，遇败于马陵，而重魏，则以叶、蔡委于魏。已得讲于赵，则劫魏，魏不为割。困则使太后、穰侯为和，嬴则兼欺舅与母。"刻至。○每段衔接处绝无转换萦带，通体相承如一笔书，峭健奇绝。

适燕者曰以胶东，适赵者曰以济西，适魏者曰以叶、蔡，适楚者曰以塞黾隘，适齐者曰以宋，此必令其言如循环，用兵如刺蝱，母不能知，舅不能约。"再将前文总束一遍，排叠而下，语愈简奥，气愈峻急，如促管哀弦，急雨迅风，又如剑戟森列，锋锷廪廪。龙贾之战，岸门之战，封陵之战，高商之战，赵庄之战，"此等斗接之法，千古所无，可谓壁立万仞。秦之所杀三晋之民数百万。今其生者，皆死秦之孤也。"沈痛。西河之外、上雒之地、三川，晋国之祸，三晋之半。"言其祸及三晋之半。秦祸如此其大也，而燕、赵之秦者，皆以争事秦说其主，此臣之所大患也。"收束异常简峭。

[评析]

本篇取自《战国策·燕二·秦召燕王》，亦见于《史记·苏秦列传》。燕王子之三年（前314）内乱，齐湣王趁机攻破燕国。燕昭王即位于破败之时，亟欲报仇雪耻，他"卑身厚币以招贤者"，师事郭隗，使天下皆知"千金市骨"，吸引了乐毅、邹衍等人，士争趋燕，从而民生殷富。另起用苏代、苏厉，即往时"并相六国"的苏秦之弟，与谋伐齐之志，间接促使齐灭宋国，埋下六国间的矛盾冲突。时机终于成熟，燕昭王二十八年（前284），与秦、楚、三晋合谋伐齐，此即本篇所说的"齐得宋而国亡"。五国伐齐之后，秦昭襄王召见燕昭王。战国局势风云丕变，即使燕、秦共同伐齐，秦依旧是虎狼之国，赴约恐怕凶多吉少，本篇即为苏代谏止之言。

通篇脉络明了。篇首以短短二句，言楚、齐有战功后遭遇秦害，定调

"有功者秦之深仇也"，省却多少闲语。吴闿生评"起势峭峻"。接着以"秦之行暴，正告天下"为议论主脉，列举秦国对各国的威吓、话术与手段，开启二、三段的"告楚""告韩""告魏"，犹如分脉般带领起后文，成奇横之势。大量地名从苏代之口历落而下，他熟悉天下地理形势，搭配秦师行军之速、占地之广的铁甲形象，于是楚、韩、魏国君惶恐，主动事秦。三脉过后，又转变笔法，以"秦欲攻……，以某地委于某国"领起后三脉，指出秦攻打魏、韩的同时，亦顾忌齐、楚等国之救援，每每分化拉拢各国，例如假意表明"王苟能破宋有之，寡人如自得之""苟利于楚，寡人如自有之"，使齐灭宋后遭受五国伐之，又使楚背离盟国。这三段将秦王的口吻摹拟得惟妙惟肖，生动呈现其利用人性之自私软弱，成功离散合纵。第七段从主脉"行暴"再推展至"欺"一层面，例如秦攻魏不成，恐燕、赵救魏，便割地予燕、赵，而与魏讲和之后，又同魏将公孙衍连兵攻赵。如是者数矣，师出无名，且欺骗了帮忙去讲和的母、舅，言下之意，天下又有谁不可欺、不敢欺？再如末段力陈秦国造成的死伤之多与祸延之广，突显事秦之说荒谬至极。此处苏代批判秦昭襄王不受母、舅之约束，随即以短句列举五场战役，横跨数国、数十年，所杀之民数百万，文势急遽跻攀而升，陡接前文。吴闿生所谓"古人文字每篇皆苦心经营"，当然包括这样的精练独创之语。

全文论据充分，所举材料又富于代表性，如齐灭宋后，即遭五国围攻，此事发生不久，又与燕国切身相关，燕昭王当深有警觉。通篇说服过程强劲有力，对比出亲秦者之愚昧无知，于是燕昭王听之，重用苏代兄弟，六国再次倡议合纵。

乐毅一篇

报燕惠王书

乐毅既克齐,而昭王死,惠王听反间,疑乐毅,毅遂去燕走赵。燕兵既败,惠王复召乐毅,乐毅答以此书。此篇与孔明《出师表》皆千古英雄抒吐肝鬲之文,其慈良恺恻,坦白质直,亦最相近,皆无意于文,而实天下之至文也。所谓"精微烂金石,至诚动天地"者,苟无其质,不能拟似万一。主父偃每读之,未尝不流涕,有以也。

臣不佞,不能奉承王命,以顺左右之心,恐伤先王之明,又害于足下之义,言不幸以谗毁见诛,则伤先王之明,而害今王之义,故不得不出走。盖忠臣志士,死非所畏,但畏不得其死所耳。故遁逃走赵。今足下使人数之以罪,臣恐侍御者不察先王之所以畜幸臣之理,而又不白臣之所以事先王之心,故敢以书对。千古君臣之相得,如燕昭之于乐毅,诸葛之于先主,其明良契合,皆非偶然。《书》所谓"唯尹躬暨汤,咸有一德",而非他人之所能喻者也。乐毅既以罪出走,又不得已于嗣主,此其所以发愤一道之者与?

臣闻贤圣之君,不以禄私亲,其功多者赏之,其能当者处之。故察能而授官者,成功之君也;论行而结交者,立名之士也。便将己于先王君臣相与之分际说出,盖先王真能知人善任,而己实能择主而事,皆非苟然也。臣窃观先王之举也，见有高世主之心，故假节于魏，以身得察于燕。此已之能识先王。先王过举，厕之宾客之中，立之群臣之上，不谋父兄，以为亚卿。此先王之能知己。臣窃不自知，自以为奉令承教，可以幸无罪，故受令而不辞。量而后入，是古君子立身之法。看其毅然自任处，何等光明磊落气象！○先述遭际。

先王命之曰："我有积怨，深怒于齐。不量轻弱，而欲以齐为事。"臣曰："夫齐，霸国之余业，而最音骤。胜之遗事也。骤胜，言新破燕国。练于兵甲，习于战攻，王若欲伐之，必与天下图之；与天下图之，莫若结于赵。且又淮北、宋地，楚、魏之所欲也，赵若许而约四国攻之，齐可大破也。"此陈破齐本谋。○爽健质直，如指诸掌，无一毫假借矜饰，是英雄本色处。先王以为然，处处提挈先王，恺恻沈至，可歌可泣。具符节，南使臣于赵。顾反命，起兵击齐，以天之道，先王之灵，河北之地，随先王而举之济上，"随而举之"，言易也。叙述处轩昂俊伟，倚天拔地。○以危弱破败之燕，克强大战胜之齐，实为无前之伟业，宜其气象磊落乃尔！济上之军，受命击齐，大败齐人，轻卒锐兵，长驱至国。齐王遁而走莒，仅以身免。珠玉财宝，车甲珍器，尽收入于燕，齐器设于宁台，大吕陈于元英，大吕，齐钟。元英，燕宫。故鼎反乎磿室。磿，音历。故鼎，齐所俘燕宝也。蓟邱之植，植于汶篁，竹田曰"篁"。顿挫数语以为节奏，使文气宽博，词亦隽采。自五霸以来，功未有及先王者也。收束酣畅。先王以为慊于志，慊，快也。故裂地而封之，使得比小国诸侯。臣窃不自知，自以为奉命承教，可以幸无罪，是以受命不辞。此述成功以后君臣相庆，酬庸之雅，再将己心量度分际、自任之处，覆说一遍，气象光明磊落，与其胸襟相称。○次述功业。

臣闻贤圣之君，功立而不废，故著于《春秋》。蚤知之士，名成而不毁，故称于后世。功成名立之后，便当谋所以久长弗替之道。再提数句，意极婉切沈至，词极慷慨悲凉。若先王之报怨雪耻，夷万乘之强国，收八百岁之蓄积，及至弃群臣之日，余教未衰。执政任事之臣，修法令，顺庶孽，先大夫曰："顺，古'训'字，或改为'慎'，非是。"施及乎萌隶，皆可以教后世。痛先王有如此伟烈，而继世不能守也。此处折落最难，有一毫涉及怨尤，则其度量褊浅，与盖世之功勋不称矣。看其但言先王身后之可以善守，更不涉及后嗣之不肖，意思沈厚，气度渊雅，而无限呜咽悲凉，自在言外。

　　臣闻之，善作者不必善成，善始者不必善终。再顿再提，转接处纯以神行，而意思含蓄不尽。〇"善成""善终"，语意渐次迫切，此下又复咽住，更不再提，专就己之进退、去就立论，以明心迹，以与章首相应。而盖世之勋隳于一旦，其痛慨之情，更不必明言，待其主之自省而已，何等忠厚缠绵！昔伍子胥说听于阖闾，而吴王远迹至郢。夫差弗是也，赐之鸱夷而浮之江。吴王不悟先论之可以立功，故沈子胥而不悔。子胥不蚤见主之不同量，是以至于入江而不化。此处情节难以直言，故但引往事证明之。夫差之恶不肯深刺，但曰"不悟先论之可以立功"及"主之不同量"而已，此又其温柔敦厚之至也。〇入江不化，谓裹以鸱夷之皮，故不化也。王念孙乃云"不化者，谓至死不变"，夫至死不变，乃忠臣之节，岂因主之同量与否而有异？乐生岂得以此责子胥哉！《燕策》作"不改"，以"改"与"悔"韵，其义犹不化也。夫免身立功，以明先王之迹，臣之上计也。离毁辱之诽谤，"离"即"罹"，言罹罪而诛死。不明言死，亦茹咽不肯尽，以存忠厚也。隳先王之名，臣之所大恐也。临不测之罪，以幸为利，义之所不敢出也。辨谤之意，止篇末略一带及，盖心迹已明，此等诽谤正不必辨也。

　　臣闻古之君子交绝不出恶声，忠臣去国，不洁其名。臣虽不佞，数奉教于君子矣。恐侍御者之亲左右之说，不察疏远之行，故

敢献书以闻，唯君王之留意焉。姚、曾论文有"阴阳刚柔"之说，而姬传又云："唯圣人之言，统二气之会而弗偏，不可以刚、柔分也。"窃谓自经而下，元气汤穆，而不可以阴阳刚柔分者，唯此书与《出师表》而已。以其存心，行事纯全无颣，近于圣人，故其出言之气度，亦几似焉。唯其有之，是以似之，不可伪袭也。

[评析]

  本篇原出自《战国策·燕二·昌国君乐毅为燕昭王合五国之兵而攻齐》，又录于《史记·乐毅列传》中。

  乐毅原为魏王使节，至燕，燕昭王以礼相待，举为亚卿，此即本篇乐毅所说"假节于魏，以身得察于燕"。昭王始终不忘齐湣王伐燕之恨，在位二十八年苦心经营，终于等到时机成熟，于是拜乐毅为上将军，率五国联军伐齐，五年之间攻下齐七十余城。昭王死后，惠王即位。惠王为太子时曾与乐毅不睦，又受齐国田单反间，疑乐毅，使骑劫取而代之。乐毅心知不得惠王善待，遂奔赵。齐田单大举破燕，尽收失地，燕军一路溃逃。

  惠王惧怕乐毅趁机怂恿赵国伐燕，使人召回乐毅，称先前只是让乐毅退下沙场休息，又埋怨乐毅捐弃燕国，"将军自为计则可矣，而亦何以报先王之所以遇将军之意乎？"这话竟是谴责乐毅辜负了昭王的知遇之恩！而被这般责问的乐毅，该如何回应呢？

  首先乐毅说明自己奔赵的原因，表明自己对先王的一片忠心。此处吴闿生评得透彻："言不幸以谗毁见诛，则伤先王之明，而害今王之义。"因此乐毅才宁负罪名出奔。第二段叙述得遇于昭王的经过，昭王知人善任，自己择主事之。再陈述破齐策略与战功，竭力为昭王报仇，君臣相知相惜。第三段以伍子胥为历史教训，惋惜其不能明白阖闾、夫差"主之不同量"，落得入江不化的下场，以此告诫自己"善作者不必善成，善始者不必善终"，于是选择离去。篇末辩驳谗言，表明绝不可能助赵攻燕以攫取私利，其忠贞爱国之心昭然若揭。

乐毅将回应重点放在"何以报先王之所以遇将军之意"这个不实的指控，文中一再回忆当年昭王的知遇之恩，所挥洒的笔墨愈多，愈见乐毅心中对昭王的感激与怀念。正因心中还保有对昭王的深情，所以才决定脱罪奔赵，避免被惠王诛杀，最终伤了昭王的英明。全文提及"先王"多达十五次，昭王的贤明愈是彰显，对惠王的郁懑也就愈深，例如昭王"察能而授官"，惠王却是信谗绌贤；昭王曾告诫后人应修法施恩，而惠王却是疑忌功臣，隐约讽谏惠王违背教诲。

乐毅的心情合该是悲愤的，然而全文措辞委婉，无任何詈骂之言，正如其所言"君子交绝不出恶声"。观吴闿生的评语，诸如"慈良恺恻""婉切沉至""意思含蓄不尽""忠厚缠绵""温柔敦厚""茹咽不肯尽，以存忠厚"皆指出其忠良仁厚之心。面对惠王的斥责，乐毅不揭穿他避重就轻的粉饰之词，始终恳切言之，含蓄吞吐忠臣的悲痛与无奈。如引证伍子胥一事，只委婉说臣子不早见"主之不同量"，暗含无限委屈，愈显悲凉。他心念昭王，痛心于惠王，却不出怨尤之语，显现了光明磊落的气度。其忠厚之心，恳切深厚之情，无怪乎世人每每读之而流涕！

信陵君一篇

谏与秦攻韩

　　此篇《国策》所录尚多冗文剩字，《史记》尽翦汰之，乃弥劲健高古，参观之可悟古人安章宅句之法。○战国时，能率天下诸侯抗秦者，公子一人而已。考其行事，真旷代之英雄也，故其文雄劲奇伟如此。有诸中形诸外，以此知文字不可伪为。

　　秦与戎翟同俗，有虎狼之心，贪戾好利无信，不识礼义德行。苟有利焉，不顾亲戚兄弟，若禽兽耳，此天下之所识也，非有所施厚积德也。故太后，母也，而以忧死；穰侯，舅也，功莫大焉，而竟逐之；两弟无罪，而再夺之国。此于亲戚若此，而况于仇雠之国乎？今大王与秦伐韩，而益近秦患，臣甚惑之。而王不识，则不明；群臣莫以闻，则不忠。韩氏以一女子，承一弱主，内有大乱，外交强秦、魏之兵，王以为不亡乎？<small>纯用反跌，以取姿势。</small>韩亡，秦有郑地，与大梁邻，王以为安乎？王欲得故地，今负强秦之祸也，王以为利乎？<small>以上虚冒。</small>

　　秦非无事之国也，<small>起得势。</small>韩亡之后，必且更事，<small>更，平声。</small>更事必就易与利，就易与利，必不伐楚与赵矣。<small>层层剥入。</small>是何也？夫越山逾河，绝韩上党，而攻强赵，是复阏与之事，<small>赵奢尝大破秦军于阏</small>

与。秦必不为也。若道河内，倍邺、朝歌，倍，读曰背。绝漳、滏水，与赵兵决胜于邯郸之郊，是智伯之祸也，秦又不敢。战国策士于列国地形兵略，指陈难易，了如示掌，最见才智，亦最是文章出色处。伐楚，道涉谷，涉谷，至楚之险地，或改为"山谷"，非是。行三千里，而攻冥厄之塞，所行甚远，所攻甚难，秦又不为也。若道河外，倍大梁，右蔡、召陵，与楚兵决于陈郊，秦又不敢。"不为""不敢"，两扇对举，以为排偶。故曰秦必不伐楚与赵矣，又不攻卫与齐矣。韩亡之后，兵出之日，非魏无攻已。语意凛然可畏，所谓"笔挟风霜""文章有剑气"者也。○以上证明秦必攻魏。

秦固有怀、茅、邢丘，城坯津以临河内，河内共、汲必危。秦有郑地，得垣雍，决荥泽，水大梁，大梁必亡。"固有"与"将有"两层相对，郑地属韩，得韩则有郑地矣。王之使者出，过而恶安陵氏于秦，《策》作"王之使者大过矣，乃恶安陵氏于秦。"安陵，魏之枝子所封也。秦之欲诛之久矣。秦叶阳、昆阳与舞阳、高陵邻，舞阳、高陵，魏地。听使者之恶之，随安陵氏而亡之，犹云随手而亡之。绕舞阳之北，以东临许，南国必危，南国，魏国之南。国无害已。此"国"谓秦，盖承上"秦之欲诛之"，而下皆言秦事，故不必更着"秦"字。如前篇"轻卒锐兵，长驱至国"，亦不必更言齐也。《策》云"南国虽无危，则魏国岂得安哉"，疑后人误改，《策》本出《史记》后也。夫憎韩不爱安陵氏可也，夫不患秦之不爱南国非也。以上秦攻魏之形势。

异日者，秦在河西晋，河西，晋之故地，故谓之河西晋。国去梁千里，有河山以阑之，有周、韩以间之。从林乡军以至于今，秦七攻魏，五入国中，边城尽拔。文台隳，垂都焚，林木伐，麋鹿尽，而国继以围。文势直下，如长江大河一泻千里，故叠用三字句，使其荦确历落，错亘其中，步步留顿，以取迟重。读之弥觉朴奥，所谓"跻攀分寸不可上"，论文家所谓"遏字诀"也。又长驱梁北，东至陶、卫之郊，北至乎阚，此三句乃驰骤处。所亡于秦者，山南、山北、河外、河内，大县数百，名都数十。总述一过，气益劲挺。秦乃在河西晋，去梁千里，而祸若是矣。再加顿挫之笔以蓄其势，如劲隼盘空，翩然不下；盘马弯弓，抑而后发，何止千回百转！又况于使秦无韩，有郑地，无河山而阑之，无周、韩而间之，去大梁百里，祸必百此矣。至此乃一落千丈矣。○痛陈秦往日之祸以惩将来，矜炼排荡，擅一篇之警策。

异日者，从之不成也，楚、魏疑而韩不可得也。今韩受兵三年，秦挠之以讲，识亡不听，言韩知必亡而不听秦。投质于赵，请为天下雁行顿刃，唯天下先也。顿，犹缺也。楚、赵必集兵，料其必然。皆识秦之欲无穷也，非尽亡天下之国而臣海内，必不休矣。是故臣愿以从事王，王速受楚、赵之约，而挟韩之质以存韩，而求故地，韩必效之。此《策》作"如此则"。士民不劳而故地得，其功多于与秦共伐韩而又与强秦邻之祸也。长句劲建。夫存韩安魏而利天下，此亦王之天时已。通韩上党于共、宁，使道安成，安成，魏地。出入赋之，是魏重质韩以其上党也。重，犹再也。共有其赋，足以富国。与韩共得其赋。韩必德魏爱魏重魏畏魏，韩必不敢反魏，是韩则魏之县也。魏得韩以为县，卫、大梁、河外必安矣。以上韩存之利。今不存韩，二周、安陵必危，楚、赵大破，卫、齐甚畏，天下西乡而驰秦、入朝而为臣之日，不久矣。收亦警悚，与全篇相称。

[评析]

魏安釐王初即位时，连年败战，其中又以三年（前274）、四年（前

273），尤为惨烈：三年，秦拔四城，斩首四万。四年，魏、赵联军攻韩，秦救之，杀魏军十五万人。魏安釐王十一年（前266），魏被齐、楚合攻，秦昭襄王出兵救魏。平定之后，安釐王竟想表态亲秦，助秦伐韩，并求秦归还故土，似乎已然忘记先前连年为秦所攻占之地。信陵君无忌为安釐王异母弟，闻此，赶紧谏王拒秦存韩。

篇首以秦"有虎狼之心"入笔，批判秦昭王迫害亲族，可见其贪婪、好利、无信，以此反问魏王，韩亡的话魏国真能安全并得利吗？首段吴闿生评为"虚冒"，尚未进入正题。次段抓住"易与利"二关键原因，由地理形势分析赵有山河阻挡，楚遥远又地险难攻，韩亡后，秦不可能强攻赵与楚，必定虎视眈眈于地缘最好攻打的魏。此处洞察形势甚为明了，才智俱足，甚受吴闿生称赞。既言秦灭韩必伐魏，第三段马上落笔分析攻魏之形势，指出一旦秦有韩属郑地，只要使荥泽溃决，便可轻易水淹大梁而灭国。第四段提醒魏王回顾惨痛的历史经验，韩仍在时，秦已数次攻魏，大肆烧杀；更何况秦有韩地后，更无河山阻拦，将会是多么容易！第五段进一步分析利弊，存韩便是安魏，免除与秦为邻的危险，请求魏王改与楚、赵合纵。篇末的推论相当大胆畅快：信陵君直接认定韩将接受"共有其赋"，又称韩必尊重敬畏魏，由此径自推至"是韩则魏之县也"，国境必安！实则韩是否愿意接受这样的条件未可得知，但这样层层递进出存韩之大利，推理相当精彩。言利同时陈害，篇末再次强调灭韩引发后患，警惕魏王。

文法方面，须留意顿笔造成的节奏变化：第四段先以长句奔放骤驰，一气直下，"文台隳"之后，连用三个字的短句，写尽战败惨况，一顿再顿，仿如咽住，有所留意琢磨，故谓"以取迟重"也。暂歇之后，下文"又长驱梁北"复放纵奔驰，步伐先放、再收，读来更有气势。韩愈《雉带箭》说："将军欲以巧服人，盘马弯弓惜不发。"后人常引这两句诗说明文章蓄势的作法。吴闿生于此处以形象化的比喻，说明犹如鹰隼锁定猎物，先于空中盘旋蓄势，而后一击中的。盖顿笔盘旋、抑止、挫转，蓄势喷薄而发，可以造成短句长句的参差变化，读来更有节奏感。

信陵君一生勇于抗秦，吴闿生赞美他："真旷代之英雄也，故其文雄劲奇伟。"信陵君在之后的秦围赵都邯郸时，不惜矫魏王令以救赵。又十年，统率五国之军，退秦兵于函谷关。观察其后来凛然正气的行事风范，与其文之雄劲奇伟相得益彰。

鲁仲连一篇

遗燕将书

《史记》:"燕将攻下聊城,惧谗,不敢归。齐攻聊城,岁余不下,鲁连乃为书,约之矢以射城中,燕将得书,泣三日,自杀。"○鲁连倜傥奇伟,为战国第一流人物,文之倜傥奇伟,足与其生平志趣相发。姚姬传云:"是书意颇滑稽,其劝燕将反国及东游于齐,皆非其诚语。鲁连,战国奇伟士也,彼以齐为本国,谊当为齐,夫何爱于燕将?吴文正谓:'排难解纷者,必不迫人于死。'此乃迂谈,不足知鲁连之意也!"

吾闻之,智者不倍时而弃利,勇士不怯死而灭名,忠臣不先身而后君。今公行一朝之忿,不顾燕王之无臣,非忠也;杀身亡聊城,而威不信同"申"。于齐,非勇也;功败名灭,后世无称焉,非智也。三者世主不臣,说士不载,故智者不再计,勇士不怯死。今死生荣辱,贵贱尊卑,此时不再至,愿公详计而无与俗同。以上总冒。

且楚攻齐之南阳,魏攻平陆,而齐无南面之心,不肯南面以救南阳也。以为亡南阳之害小,不如得济北之利大,故定计审处之。今秦人下兵,魏不敢东面;衡秦之势成,楚国之形危;如此则南阳亦已无患。齐弃南阳，断右壤，定济北，计犹且为之也。"又况南阳之无患乎"，文将此句截去，以取重遏之势，所谓"口前截断第二句"也。古人文字精神简奥，专在善于蓄势。猛虎欲搏，百兽自当震恐，不必果噬啖也。若一泄无遗，复何余味乎？且夫齐之必决于聊城，公勿再计。忽提笔作英决语，气象咄咄逼人！先大夫尝训阁生曰："曾文正公尝言'为文要有剑气'，谓其锋颖森然欲断处也。如此二语，正曾公之所谓'剑气'者也。"今案：亦是再三顿挫之法。今楚、魏交退于齐，而燕救不至。再从上文说下。以全齐之兵，无天下之规，与聊城共据期年之敝，则臣见公之不能得也。千回百转，专为此处作势。○以上言齐计必得聊城。

且燕国大乱，君臣失计，上下迷惑。栗腹以十万之众，五折于外，以万乘之国，被围于赵，壤削主困，为天下僇笑。国敝而祸多，民无所归心。今公又以敝聊之民，距全齐之兵，是墨翟之守也。挺接。食人炊骨，士无反外之心，是孙膑之兵也，能见于天下。能，才能也。虽然，为公计者，不如全车甲以报于燕。车甲全而归燕，燕王必喜，身全而归于国，士民如见父母，交游攘臂而议于世，功业可明。上辅孤主以制群臣，下养百姓以资说士，矫国更俗，功名可立也。明知其不能归，而故作此语。亡意亦捐燕弃世，东游于齐乎？飘逸而入，翩跹如燕。裂地定封，富比于陶、卫，世世称孤，与齐久存，又一计也。劝归燕已属调侃讽之，游齐用意尤恶，使气节之士当之，舍死无他途矣！此两计者，显名厚实也，归燕显名，游齐厚实。愿公详计而审处一焉。以上代画二策。

且吾闻之，规小节者不能成荣名，恶小耻者不能立大功。昔者管夷吾射桓公中其钩，篡也；遗公子纠不能死，怯也；遗，犹报也，言诒之以不能死。束缚桎梏，辱也。若此三行者，世主不臣，而乡里不通。乡使管子幽囚而不出，身死而不反于齐，则亦不免为辱人贱行矣。臧获且羞与之同名矣，况世俗乎！故先大夫曰："'故'与'顾'同。"管子不耻身在缧绁之中，而耻天下之不治；不耻不死公子纠，而耻威之不信同"申"于诸侯。故兼三行之过，而为五霸首，名高天下，而光烛邻国。曹子为鲁将，三战三北，而亡地五百里。鲁安有五百里地可亡？战国策士之夸张无实类如此。乡使曹子计不反顾，议不还踵，刎颈而死，则亦名不免为败军禽将矣。曹子弃三北之耻，而退与鲁君计。桓公朝天下，会诸侯，曹子以一剑之任，枝桓公之心于坛坫之上，颜色不变，辞气不悖。三战之所亡，一朝而复之，天下震动，诸侯惊骇，威加吴、越。若此二士者，非不能成小廉而行小节也，以为杀身亡躯，绝世灭后，功名不立，非智也。故去感忿之怨，立终身之名；弃忿悁之节，定累世之功。是以业与三王争流，而名与天壤相敝也。愿公择一而行之。以上引管仲、曹沫二事，以劝其毋死。劝其毋死，正所以速之死也！

[评析]

　　本篇原出自《战国策·齐六·燕攻齐取七十余城》，又录于《史记·鲁仲连邹阳列传》中，吴闿生采用后者。鲁仲连为齐国人，曾游于赵，秦围赵邯郸时，成功说服魏救援。二十年后，齐国聊城被燕将攻下，聊城人传谗言至燕，不料燕将惧诛不敢归，竟转为守城；齐兵强攻不下，长达年余。眼见双方僵持虚耗，士卒多死，鲁仲连于是写信给燕将。

　　首段，鲁仲连指出燕将功败名灭为"非智"、战败亡于聊城是"非勇"、不顾燕王为"非忠"。而现在犹未晚矣，一念之差仍可转辱为荣，劝燕将好好把握时机。吴闿生评首段为"总冒"，即泛举美德，虽未进入说服关键，却是涵摄后文的基础。第二段分析国际情势：即使齐的南阳、平陆被楚、魏进攻，济北聊城的利益仍是大的；更何况此时秦与齐善，派兵救援，楚、魏不会再进攻，表达无论如何齐都必得聊城的决心！第三段，点出目前燕国困窘的形势，燕相栗腹败战在外，假若此时燕将带领车甲回国，燕王必喜，不正是立一番功劳？又或者不回燕国，东游于齐，甚至还可以封国称孤。此处代为谋画二计策，让燕将选择。第四段，以管仲与曹沫为例，劝燕将勿局限于小节、小耻。如果先前管仲为公子纠殉节，曹沫为败战自刎谢罪，反而不能建立后来的功名了！此处回扣首段的"非智"，劝燕将接受建议，方能如管、曹功成名就。

这封信成功使聊城解围，至于事件的结局，《战国策》与《史记》记载则不同。前者言："燕将曰：'敬闻命矣！'因罢兵到读而去。"后者则记："泣三日，犹豫不能自决。……乃自杀。"在《史记》的影响下，后人对这篇文章产生了一种有趣的解读。先看《史记·太史公自序》："能设诡说，解患于围城。"再看吴闿生题下评引姚鼐之言："是书意颇滑稽，其劝燕将反国及东游于齐，皆非其诚语。"以及第二段吴闿生评："明知其不能归，而故作此语。""劝归燕，已属调侃，讽之游齐，用意尤恶。"所谓的"诡说""意颇滑稽""已属调侃"，乃至于"用意尤恶"等评论，其实都应归因于燕将自杀，而姚鼐与吴闿生细加检视鲁仲连的两个建议，判断是反向的说服策略，使燕将想通自己早已受到谗言，又在外滞留一年多，回国必是死路；在齐又杀了数不清的士兵，哪有可能受到齐国人的宽恕，甚至还能如信中所说封国称孤？此段相当耐人寻味，加上信中完全不提燕将受谗之事，不为其谋画如何摆脱谗言，一味称扬返国功劳之大，这并非真心诚意为对方设想，只是假意虚言了！看到这里的燕将，不知是否有如哑巴吃黄连——有苦说不出？再看篇末，以管仲、曹沫为例也运用得极好，毕竟燕王能有如齐桓公、鲁庄公的容人度量吗？这问题最清楚的便是燕将，而他已因受谗畏诛，选择困守城中，想必是不敢乐观盼望吧！故篇末吴闿生总评："劝其毋死，正所以速之死也！"以"诡说"的角度观看本文，实在精彩横出！

文法方面，注意第二段的"提笔"。这段鲁仲连先分析国际情势，秦派兵救援，楚、魏不会再进攻，行笔至此，突然说："且夫齐之必决于聊城，公勿再计。"而后再接回"今楚、魏交退于齐，而燕救不至。"所谓的"提笔"，即是提起一事，可带领振起下文，有时即为下文情事之主旨或纲领。这几句的叙述顺序，常人或许先说"秦人下兵"，带出"楚魏交退"，再威以"燕救不至"，而后以"齐之必决于聊城"小结，此为平铺直叙。这里却先由鲁仲连表明齐必得聊城的决心，再继续补充说明战略优势，形成势在必行的凌人气势，是另外提振语气的写法。

本篇与前篇《战国策·鲁仲连说辛垣衍拒秦》合观，鲁仲连倜傥卓越、超然独立的形象跃于纸上，其说服关键往往击中对方心理弱点，读之使人开浚智识，增长论说能力。

李斯一篇

谏逐客书

秦议逐客，李斯亦在逐中，乃上此书以谏，秦王然之，遂除逐客之令，复李斯官。○"客无负于秦"，此理易见，无待深谈，故斯此文专于文字争胜，以耸观听。

臣闻吏议逐客，窃以为过矣。昔穆公求士，西取由余于戎，东得百里奚于宛，迎蹇叔于宋，来丕豹、公孙支于晋。此五子者，不产于秦，而穆公用之，并国二十，遂霸西戎。孝公用商鞅之法，移风易俗，民以殷盛，国以富强，百姓乐用，诸侯亲服，获楚、魏之师，举地千里，至今治强。惠王用张仪之计，拔三川之地，西并巴、蜀，北收上郡，南取汉中，包九夷，制鄢、郢，东据成皋之险，割膏腴之壤，遂散六国之从，使之西面事秦，功施到今。昭王得范雎，废穰侯，逐华阳，强公室，杜私门，蚕食诸侯，使秦成帝业。此四君者，皆以客之功。由此观之，客何负于秦哉！向使四君却客而不内，疏士而不与，是使国无富利之实，而秦无强大之名也。以上言四君赖客之功。

今陛下致昆山之玉，有随和之宝，垂明月之珠，服太阿之剑，乘纤离之马，建翠凤之旗，树灵鼍之鼓。此数宝者，秦不生一焉，而陛下说之，何也？历陈宝用诸物，采藻斓斑，已开马、杨作赋之先路。必秦国之所生然后可，则是夜光之璧，不饰朝廷；犀象之器，不为玩好；郑、卫之女，不充后宫；而骏马駃騠，不实外厩；江南金锡不为用，西蜀丹青不为采。所以饰后宫、充下陈、娱心意、悦耳目者，必出于秦然后可。得力处全在此处更加一折！将一段隔为两层，文气弥觉朴茂奥衍，浑穆重厚，玩之不尽；不然，则靡弱矣。此等文法，上古文字时时有之，后世则不知此，所以单薄。则是宛珠之簪、傅玑之珥、阿缟之衣、锦绣之饰，不进于前；而随俗雅化、佳冶窈窕赵女，不立于侧也。一意折为两层，重叠言之，古人所谓"三代秦汉之文，义皆双建，气不孤伸"者也。然其行气必刚劲直下，使人忘其为对举之文，气体所以轩豁。魏晋六朝与秦汉文体之分在此，骈文之所以见摈于古学者，惟以此也。夫击瓮叩缶，弹筝搏同"拊"。髀，而歌呼呜呜，快耳目者，真秦之声也；《史记》有"目"字，姚依《文选》删。先大夫曰："'目'字当有，此为句中挟字，古诗'安知非日月，弦望自有时'，即其例也。"郑、卫、桑间、《韶》《虞》《舞象》者，异国之乐也。以《韶》《虞》与郑、卫、桑间并称，此真李斯之文也。今弃击瓮而就郑、卫，退弹筝而取《韶》《虞》，若是者何也？快意当前，适观而已矣。语虽俊快，亦足见其根柢之浅。今取人则不然。不问可否，不论曲直，非秦者去，为客者逐。然则是所重者在乎色乐珠玉，而所轻者在乎人民也！此非所以跨海内制诸侯之术也！以上以色、乐、珠玉为喻。

臣闻地广者粟多，国大者人众，兵强则士勇。是以泰山不让土壤，故能成其大；河海不择细流，故能就其深；王者不却众庶，故能明其德。是以地无四方，民无异国，四时充美，鬼神降福，此五帝三王之所以无敌也。今乃弃黔首以资敌国，却宾客以业诸侯，使天下之士退而不敢西向，裹足不入秦，此所谓藉寇兵而赍盗粮者也。"藉""借"字通。赍，送也。夫物不产于秦，可宝者多；士不产于秦，而愿忠者众。双收。今逐客以资敌国，损民以益仇，内自虚而外树怨于诸侯，求国无危，不可得也。以上正面作收。

[评析]

  秦在早期只是周朝的附庸小国，地处西陲，受制于西戎。秦穆公三十七年（前623），重用戎人由余，灭西戎十二国。战国以降，秦大量举用外国人才，本篇李斯所说的商鞅、张仪、范雎等皆是。于是变法图强，奖励耕战，行富国强兵之策，蚕食鲸吞，终至兼并六国。然而凡事一体两面，重用外国客卿，便是缩减了宗室大臣的政治空间。孝公时，商鞅坚持法应施于贵族，太子犯禁乃黥太傅，"宗室多怨鞅"。这是客卿与宗室的冲突转明显化。昭襄王时，魏人范雎屡次上谏，王乃下定决心废太后、逐穰侯。外国贤能与本土权贵之间，明争暗斗，此消彼长，最终促成了秦王政十年的"下逐客令"。李斯为楚国人，亦在驱逐之列，他立即动笔上书，力谏秦王撤销逐客令。

  第一段，紧扣主题，开门见山指出"臣闻吏议逐客，窃以为过矣"。这话说得漂亮，逐客令的最终决定者是秦王，但李斯只说是"吏议"，保留了秦王的颜面，也是方便让王收回成命。而后从秦史中选取材料，列举穆公、孝公、惠王、昭王四位秦君用客卿成功的史实，诘问一句"客何负于秦哉？"让事实证明客功劳之大，反诘相当有力！随即收回诘问气势，反面假设却客的后果。第二段，将论述主体从人转至物，由古移至今，以色、乐、珠、玉为喻，指出秦宫中珍爱外国器物而遗弃本土音乐，对比出秦王重物、轻人的事实。最后直指出"此非所以跨海内制诸侯之术也"，一语击中秦王心中最在意的关键！第三段先正面说理，以泰山、河海铺陈，带出"王者不却众庶""五帝三王之所以无敌"的要点。再搭配反向说理，预设逐客犹如"藉寇兵而赍盗粮"，未来将人才送往敌国后，便是"内自虚而外树怨于诸侯"的局面！这又再次说中了秦王心中的大忌，因此秦王撤除逐客之令，恢复李斯官职。

全文隐藏个人的情绪，不采取动之以情的策略，而是集中议论火力，全心站在秦王"制诸侯"的角度设想，揭示逐客的可怕后果。论点切合秦王一统天下的渴望，所选取的史实人物相当典型，色、乐、珠、玉一段又是秦王生活中真实可见之物，以"不饰""不为""不充""不实""不进""不立"等词反面设说，读来心生既有的享受被剥夺之感，使秦王警觉兼容并蓄之理。

吴闿生认为本篇优点在于文辞有力，行气雄健。第二段从"今陛下致昆山之玉"至"西蜀丹青不为采"意思已表达清楚，却在此处插入"必出于秦而后可"以转折，带出"宛珠之簪"至"不立于侧"一层，再次加强论证。吴闿生夹评："得力处全在此处更加一折！将一段隔为两层，文气弥觉朴茂奥衍，……不然，则靡弱矣。"此处前后二层意旨虽然相同，但因为其中加入了一个转折，即通过反面假设，形成诘问之势，故能有力量而不靡弱。

卷二　上编之二

汉文帝一篇

赐南粤王赵佗书

温厚宽博,蔼然仁者之言,深得帝王气度。

皇帝谨问南粤王:甚苦心劳思。朕,高皇帝侧室之子,弃外,奉北藩于代。道里辽远,壅蔽朴愚,未尝致书。高皇帝弃群臣,孝惠皇帝即世,高后自临事,不幸有疾,日进不衰,以故悖暴乎治。诸吕为变故乱法,不能独制,乃取他姓子为孝惠皇帝嗣,赖宗庙之灵,功臣之力,诛之已毕。朕以王侯吏不释之故,不得不立,今即位。浑穆简重,是诏令体制。〇以上告以即位。

乃者闻王遗将军隆虑侯书,求亲昆弟,请罢长沙两将军。朕以王书,罢将军博阳侯。亲昆弟在真定者,已遣人存问,修治先人冢。前日闻王发兵于边,为寇灾不止,当其时,长沙苦之,南郡尤甚,虽王之国,庸独利乎?折入深厚慈良恺恻之言。必多杀士卒,伤良将吏，寡人之妻，孤人之子，独人父母，得一亡十，朕不忍为也。以上责其为寇。

朕欲定地犬牙相入者，以问吏，吏曰："高皇帝所以介长沙土也。"朕不得擅变焉。吏曰：接法高古。"得王之地，不足以为大；得王之财，不足以为富；服领以南，王自治之。"以上谕以相待之意。〇定地犬牙相入者，盖欲划犬牙相入之地，弃以与佗。原佗为寇之意，不过欲得地耳，区区边界，在汉本非所惜，捐以与之，以免争端，亦无所吝；惟迫于先帝之法，不得擅变尔。至于南越一隅，则汉朝断无觊觎之意，绝不相侵陵也。如此以大度包容之，自足令闻者愧服矣。

虽然，王之号为帝，两帝并立，亡一乘之使以通其道，是争也。争而不让，仁者不为也。佗之僭帝，谬妄甚矣，略不诃问；反以"两帝并立"语之，纯以大度包容，待其内省愧怍而自服也。愿与王分弃前患，终今以来，通使如故。故使贾驰谕告王朕意，王亦受之，毋为寇灾矣。上褚五十衣，中褚三十衣，下褚二十衣，遗王，愿王听乐娱忧，存问邻国。邻国，汉自谓，与称"两帝并立"意同。佗万不足以抗汉，专务优容礼待之，则彼自愧赧，无地自容，不得不屈而请服，王者德化之效，固如此也。〇以上慰劳兼讽去帝号。

[评析]

"南粤"，又称"南越"，位于岭南地区，秦朝末年由南海郡尉赵佗建立，兼并桂林郡、象郡，自立为"南越武王"。汉高祖十一年（前196），陆贾出使南越，成功使赵佗称臣。吕后时，禁止南越边关铁器交易，赵佗以为此乃长沙王进谗导致，于是攻打长沙，又改称为"南越武帝"，僭越称制。文帝即位后，改变对外策略，先是准许赵佗的请求：罢黜长沙二将，寻赵佗亲兄弟，重修祖坟。而后采取丞相陈平的建议，派陆贾出使怀柔。

  本篇为文帝写给赵佗的诏令。篇首以"皇帝谨问南粤王"开端，这是明白定下彼此地位分际，以帝王身份慰问藩王，"甚苦心劳思"句，立刻由严肃转为温厚。接着自述由代王即位之历程，释出帝王尊严威仪。第二段文帝先安抚宽慰，表明已办妥赵佗先前来信之请求，且不仅寻得赵佗兄弟，还赐其官职财宝。而后语锋一转，质问赵佗发兵长沙致使士卒百姓伤亡罹难，利益何在？南粤王用武，与"朕不忍为"，两相对举，期许对方再作考量。第三段表明边界为汉高祖所制定，不能违背更改，但允许赵佗可以自治。末段提及赵佗僭称为"南越武帝"一事，然亦不苛责，复以大度包容之，晓谕"争而不让，仁者不为也"之理。文帝主动赏赐财物，修复关系，展现了泱泱大国的德化与度量，于是赵佗再次称臣纳贡。

  吴闿生的评语二次出现"大度包容"，三次出现"愧"字，说明文帝宽厚的胸襟，足以使赵佗惭愧自省。文帝怜悯边界之苦，因而不动用武力，反以"仁者"期许对方，亦显现其温厚宽博的性情。

淮南小山一篇

招隐士

姚姬传云:"王逸以为淮南小山之辞,盖《艺文志》所云'淮南王群臣赋'也。《文选》直题为淮南王安作,盖据异说。"○此文前人解者皆未碻;惟李刚己谓:"详其词旨,当是王安入朝时,小山之徒知谗衅已深,祸变将及,而劝王急谋反国之作。"最为的当。凡词赋多微词曲喻、迷离惝恍之词,非心知古人之意者,未易得其真谛也。

桂树丛生兮山之幽,偃蹇连卷兮枝相缭。李刚己云:"桂树以喻汉室,枝以喻诸刘。"**山气龍嵷兮石嵯峨,溪谷崭岩兮水曾波**。"曾""层"古字通。**猿狖群啸兮虎豹嗥**,上二句喻乱象,此句言小人多。**攀援桂枝兮聊淹留**。顿挫。

王孙游兮不归,挺接。**春草生兮萋萋。岁暮兮不自聊,蟪蛄鸣兮啾啾**。四句正写王安入朝。自春至岁暮,言其淹留之久。**坱兮轧,山曲岪**,岪,山曲也。**心淹留兮洞荒忽**。忧思深也。**罔兮沕,憭兮栗**,二句失志貌。**虎豹岤**。"岤"即"穴"字。**丛薄深林兮人上栗**。此数句提,以下极写山中凄险景象。○《淮南·齐俗训》:"深溪峭岸,峻木寻枝,猿狖之所乐也,人上之而栗。""人上栗"三字本此。**嵚崟碕礒兮碅磳磈硊**,二句石。**树轮**

相纠兮林木菱骫，轮者，横枝。骫音委。菱骫，盘屈也。二句木。**青莎杂树兮薠草靃靡**，靃，音髓。靃靡，弱貌。二句草。**白鹿麚䴥兮或腾或倚，状貌崟崟兮峨峨**，头角高貌。**凄凄兮浰浰**，衣毛若濡也。**猕猴兮熊罴，慕类兮以悲**。此五句兽。以上分别逐层摹写，条理极为清晰，而气体宏放，瑰玮不可方物。

攀援桂枝兮聊淹留，就上句复述，以遥接为提振。**虎豹斗兮熊罴咆，禽兽骇兮亡其曹**。以上禽兽。李刚己云："此二句词意尤为悚切。"**王孙兮归来，山中兮不可以久留**。李刚己云："末二句结明正意。"〇用意危悚，词旨警切，崟岑嵯峨，奇肆砢骇，尺幅有万里之势。词赋为文章最高之境，惟屈、宋、马、扬四家最擅其胜，此虽短篇，固已敻绝百世，录之以见斯道之一斑。

[评析]

淮南小山，为西汉淮南王刘安门客之共称。本篇之旨历来众说纷纭。欲细究刘安之志，应先从其父淮南厉王的身世了解：厉王之母在怀孕时，受到牵连下狱，生下厉王后自杀。厉王成人后，犹怨当年审食其未尽力为母说情，击杀之。文帝怜悯宽赦，厉王由此更加骄恣，称制用度拟于天子。之后与人合谋叛变，文帝宽大处理，废去王位、迁往蜀郡，厉王绝食而死。文帝未有杀弟之意，而民歌却是这么传唱："兄弟二人，不能相容。"

《史记》本传又记载：厉王之死，导致刘安常常有叛逆之意。刘安在景帝七国之乱时，"欲发兵应之"；武帝建元年间，"益治器械攻战具"。刘安一面广招门客，以流誉天下；另一面整治兵器，贿赂各郡国，然皆未真正发动叛变。武帝元朔五年（前124），因下属告发被无故免职，武帝惩处削夺二县。刘安深以为耻，"为反谋益甚"，日夜与心腹研究地图。来年，刘安之庶孙为了扳倒嫡子，告发嫡子前时欲谋杀汉中尉。审食其之孙审卿与丞相公孙弘友好，审卿为报当年厉王杀祖父之仇，于是构陷刘安，公孙弘乃严格查办。刘安恐彻查下来泄露更多内情，终于起兵，之后却犹豫作罢，自刎而死。

《古文法》夹注："吴挚甫先生云：'此疑为小山之徒，戒王忧谗之作，《反骚》云："枳棘之榛榛兮，狖猿疑而不敢下。"即此旨也。文中"王孙"谓王安也。我尝以《谏伐越书》证淮南之不反；《本传》淮南之狱，乃公孙宏、审卿等所构也。'"原书无此段文字，而民国十六年文学社刊本有，附于文末，惟"吴挚甫先生云"作"先大夫曰"，又"公孙宏、审卿"作"公孙弘、孙审卿"。据此，吴汝纶认为本篇是"小山之徒戒王忧谗之作"，吴汝纶《史记集评》又认为刘安无意响应七国之乱，无谋反之心，是"汉廷臣诬奏之语"；"疑有畔逆者，乃公孙弘听审卿之购（构）也。此传归宿在此，前后全是疑兵"。意即太史公身处本朝，无法推翻朝廷定罪刘安谋反，只能在传中以曲笔暗示读者，并故布疑阵，混淆朝廷的检视。弟子李刚已承其说，细加阐发，为吴闿生所认同引述。（又，《招隐士》题为刘安所作说，参见汤炳正《〈楚辞〉成书之探索》一文，收入《屈赋新探》。）

吴氏师门着眼于"逸豻已深"，使本篇产生一种新的理解方向。由此角度解读，幽险的"山气""溪谷"喻乱象，"猿狖""虎豹"喻小人，"桂枝"喻皇族枝脉，"王孙"指淮南王刘安，"淹留""不归"即是门客担忧刘安入朝凶险，不应再久留。刘安为人礼贤下士，又豪掷金钱，吸引众多宾客真心相随。小山之徒切切念念于王之安危，忧思深重，使得通篇缭绕盘郁幽思，而"用意危悚"，愿王务必警戒当心，尽速归国，赶紧商议出对策。

吴闿生对于本篇的赞赏，除了上述情志之外，文辞部分又有两点：一是"微词曲喻"，通篇用喻，比兴环绕着深邃凶险的山谷展开，意象丰富,而又互相联结为一整体。然而意旨始终不曾明言,搭配氤氲神秘,凄凉而战栗的深山景象,加深"迷离惝恍"的文境,深得《楚辞·山鬼》情致。二是"逐层摹写,条理清晰",四层次分别是险峻莘确的巉石、横出盘屈的林木、细弱纤长的莎草,或悲鸣或咆哮的各种山兽。文中大量迭用奇字,却无堆砌藻饰之嫌,反而使音节饱含节奏感,又能加强渲染艰险怵目的氛围。故推崇此赋"夐绝百世",能与屈原作品相媲美。

贾生二篇

过秦论

严重精整，论文正格。姚姬传云："雄俊闳肆。"

秦孝公据崤、函之固，拥雍州之地，君臣固守而窥周室，有席卷天下，包举宇内，囊括四海之意，并吞八荒之心。起即庄重得势，精神已足笼罩全篇。当是时，商君佐之，内立法度，务耕织，修守战之备，外连衡而斗诸侯。于是秦人拱手而取西河之外。句句矜练。

孝公既没，惠文、武、昭襄蒙故业，因遗策，南兼汉中，西举巴、蜀，东割膏腴之地，收要害之郡。诸侯恐惧，会盟而谋弱秦，不爱珍器重宝、肥饶之地，以致天下之士，合从缔交，相与为一。当此之时，齐有孟尝，赵有平原，楚有春申，魏有信陵，此四君者，皆明智而忠信，宽厚而爱人，尊贤重士，约从离横，兼韩、魏、燕、赵、齐、楚、宋、卫、中山之众。于是六国之士，有宁越、徐尚、苏秦、杜赫之属为之谋，齐明、周最、陈轸、昭滑、楼缓、翟景、苏厉、乐毅之徒通其意，吴起、孙膑、带佗、儿良、王廖、田忌、廉颇、赵奢之伦制其兵。文气历落，驰骤可喜。尝以十倍之地，百万之众，叩关而攻秦。秦人开关延敌，九国之师，遁巡而不敢进。遁，古"逡"字。或改为"逡巡遁逃"四字，误也。秦无亡矢遗镞之费，而天下诸侯已困矣。顿挫。于是从散约解，争割地而奉秦。秦有余力，而制其敝，追亡逐北，伏尸百万，流血漂卤，"卤""橹"同，盾也。因利乘便，宰割天下，分裂河山，强国请服，弱国入朝。以上言秦先世之盛。

延及孝文王、庄襄王，享国日浅，国家无事。两代无事，恰好顿挫。震川所谓"如人吐气一般"。及至秦王，续六世之余烈，振长策而驭宇内，句法炼。吞二周而亡诸侯，履至尊而制六合，执棰拊以鞭笞天下，棰，马挝也。拊，弓把也。威振四海。南取百越之地，以为桂林、象郡，百越之君，俯首系颈，委命下吏。乃使蒙恬北筑长城而守藩篱，却匈奴七百余里；胡人不敢南下而牧马，士不敢贯弓而报怨。贯，古"弯"字。于是废先王之道，焚百家之言，以愚黔首；隳名城，杀豪俊，收天下之兵，聚之咸阳，销锋铸镰，案：《严安传》"销其兵，铸以为钟簴"，正与此同，或疑镰不可铸，非也。以为金人十二，以弱天下之民。然后践华为城，因河为池，奇语。据亿丈之城，华也。临不测之溪，河也。以为固。良将劲弩守要害之处，信臣精卒，陈利兵而谁何。谁何，古语，即讥察也。天下已定，秦王之心，自以为关中之固，金城千里，子孙帝王万世之业也。提笔振起，全篇精神俱振。秦王既没，余威振于殊俗。再加二句，十分酣恣。以上言秦王之威烈。

陈涉，瓮牖绳枢之子，氓隶之人，而迁徙之徒也，材能不及中人，非有仲尼、墨翟之贤，陶朱、倚顿之富，蹑足行伍之间，而倔起什伯之中，率罢散之卒，将数百之众，而转攻秦。斩木为兵，揭竿为旗，天下云集响应，赢粮而景同"影"从，山东豪俊遂并起而亡秦族矣。以上言秦亡之易。通篇一气贯注，如一笔书，大开大阖。

且夫天下非小弱也，聚精会神，蹈厉奋发，极力盘旋，以成此结束，光芒四射。雍州之地，殽、函之固，自若也。陈涉之位，非尊于齐、楚、燕、赵、韩、魏、宋、卫、中山之君，锄耰棘矜，非铦于钩戟长铩也，谪戍之众，非抗于九国之师，深谋远虑，行军用兵之道，非及曩时之士也；然而成败异变，功业相反也。尚未遽落，先虚宕一笔。试使山东之国，与陈涉度长絜大，比权量力，则不可同年而语矣。再将前意覆说一遍，文气乃觉朴奥，与李斯《谏逐客书》中间同法。然秦以区区之地，致万乘之权，招八州而朝同列，百有余年矣，然后以六合为家，殽、函为宫，顿蓄处精力弥满。一夫作难而七庙隳，一句掉转，峭劲无比。身死人手为天下笑者，何也？仁义不施而攻守之势异也。正意止此一句，千盘万回，不肯轻落，止为顿出此句，谋篇之奇，千古独绝。○先大夫尝训闇生曰：《孟子》'舜发于畎亩'章，千盘万转，主意至章末始露，与此篇正同，此篇章法正从《孟子》得来也。"○《过秦》三篇，文字自为首尾，本当作一篇读，以首篇特为雄横，故今止录一篇。其二、三篇亦皆劲拔可观，足与首篇相称，合观之，义旨乃备；而读者每不能了解，今为诠释之如下：盖三篇大旨，首篇责秦王，中篇责二世，末篇责子婴，界画井然。次篇虽仍从秦王起，而以守威定功为言，语意已趋重二世，后"虽有骄淫之主"二句，所以自醒其作意也。末篇则专责子婴，与上二篇相承，至"其救败非也"止，子婴论已完，"秦王足已不问"十句，总结三篇，章法细密，以下更别出一意作收，大旨自负其材略足以经济当世，而壅蔽于绛、灌之流，不得施行，故借以发慨，意思深远，所谓"文中有我在"者也，作文之主义在此，前人多未窥见。方望溪乃云"所以称先王者，甚肤浅，贾生之学适至是而止"云云，可谓梦呓妄语矣。"秦小邑并大城"六字句，"守险塞而军"五字句，"彼见秦阻之难犯也必退师"为一句，"安土息民以待其敝"为一句，"安土息民"犹今人言"保境安民"，谓子婴也，此等处读者多误，故详列之。梁玉绳改"安土"为"案土"，亦妄说。"周五序得其道，秦本末并失"，皆从上文而来。"五序"者，置公卿、大夫、士，一也；饬法设刑，二也；禁暴诛乱，三也；五霸之征，四也；内守外附，五也。内守外附，正针对子婴立言，"内守"即所谓"安土息民以待其敝"，"外附"即所谓"收弱扶罢以令大国之君"也，文义明了，而说者乃罕喻其旨，至将"五序"改为"王序"，殊不可通，千古以来，竟无敢是正者！或又以五等之爵释之，皆非也。

[评析]

  秦国以强大的武力吞灭了六国，始皇本以为帝国会传至万世，却仅在二世之时，就被数百个氓隶散兵"揭竿为旗"，迅速引起天下响应而灭亡。为何这个曾经震骇天下的强国，会在短短十五年内轻易地摧毁在一平民手上？这是西汉初期许多士人反省与探讨的问题。

  篇名"过秦"，意即论述秦国的过失。全篇铺陈大量的历史证据，先叙秦孝公等人功业之盛，再一层又一层地对比形势强弱：九国合纵，以百万之师攻秦，却止步于函谷关，自愿割地赂秦；秦朝鞭笞天下，竟败于一区区瓮牖绳枢之陈涉；又对比秦与九国，以及陈涉与九国的差距。行笔至此，终于逼出主旨："仁义不施而攻守之势异也。"最后对比秦国与秦朝之异，攻守之势已然反转，还能继续严刑峻法而不施仁义吗？全篇旨在借古论今，希望朝廷能引以为鉴。

  篇首吴闿生评："起即庄重得势，精神已足笼罩全篇。""精神"可有两种理解：一是内容的呼应，贾谊虽未先揭出仁政之旨，但命意早已定下，文章奠基在仁政上展开，贯串全篇。二是"气象"，吴闿生后来的《古文典范》将"精神"修改为"气象"，即文章形成的风格：历代王业铺排形成辽阔的局势，与全文描述的天下功业相互映发，气势雄壮。再看第四段吴闿生的评语："通篇一气贯注，如一笔书，大开大阖。"所谓"一气贯注"，即全篇所述之事皆是为主旨而经营，主旨虽设于篇末，但前文早已厚集蓄势，千丝万绪皆系于一点。而"大开大阖"，便是从正反两面对照，切合进来主旨，举例来说，首段的"立法度"以及第三段的"执棰拊以鞭笞天下""弱天下之民"，便已是为篇末的"仁政"先作反面蓄势。尾评说道："正意止此一句，千盘万回，不肯轻落，止为顿出此句。"文章积足了反、正、开、阖的事例，乃发议论，落下主旨，形成"千盘万回"的气势，具一锤定音之效。

鵩鸟赋

贾生谪为长沙王太傅，长沙卑湿，自以为寿不得长，有鵩飞入舍，感而为此赋。论既奇创，而豪放淋漓之气，足以震荡古今，读之使人神王。太史公以屈、贾合传，所录止《渔父》《怀沙》及《吊屈原》与此数篇，史公之意，固以此二文足以配屈子也。

单阏之岁兮四月孟夏，太岁在卯曰"单阏"，是岁文帝六年丁卯也。庚子日施兮鵩集予舍，施，斜也。《汉书》《文选》作"斜"。止于坐隅，貌甚闲暇，异物来萃兮私怪其故。发书占之兮策言其度，曰："野鸟入室兮，主人将去。"请问子鵩："予去何之？吉乎告我，凶言其灾。淹速之度兮语予其期。"淹，久也。鵩乃叹息，举首奋翼，口不能言，请对以臆：以下鵩言。

万物变化兮固无休息，斡流而迁兮或推而还，斡流，犹周流也。贾生此言，已悟轮回之理。形气转续兮变化而嬗，嬗者，蜕化也。沕穆无穷兮胡可胜言。沕穆，微深也。祸兮福所倚，福兮祸所伏；忧喜聚门兮，吉凶同域。彼吴强大兮夫差以败；越栖会稽兮勾践霸世。斯游遂成兮卒被五刑；斯，李斯也。遂，亦成也。傅说胥靡兮乃相武丁。胥靡，刑徒。夫祸之与福兮何异纠缠，纠，绞也。缠，索也。言相缠结。命不可说兮孰知其极。以上答吉凶。

水激则旱兮矢激则远，旱，《鹖冠子》作"悍"，水性柔，激之则悍。万物回薄兮振荡相转。云蒸雨降兮纠错相纷，大钧播物兮坱圠无

垠。大钧，造化也。垠，限也。天不可预虑兮道不可预谋，迟速有命兮
焉识其时。以上答淹速。

且夫天地为炉兮造化为工，阴阳为炭兮万物为铜，合散消息兮
安有常则，千变万化兮未始有极！忽然为人兮何足控抟；控，引也。
抟，持也；抟，一作"揣"。化为异物兮又何足患！大言炎炎，声满天地。
小智自私兮贱彼贵我；通人大观兮物无不可。三复此言，一切争竞之
心，可以冰释瓦解。贪夫徇财兮烈士徇名，夸者死权兮品庶冯生。冯，
贪也。《汉书》作"每"，义同。怵迫之徒兮或趋西东，"怵迫"，为势利所诱
胁。大人不曲兮亿变齐同。亿变，犹言万变。拘士系俗兮僒若囚拘；
"僒"与"窘"同。至人遗物兮独与道俱。众人惑惑兮好恶积亿；亿，
满也。真人恬漠兮独与道息。释智遗形兮超然自丧，寥廓忽荒兮与
道翱翔。乘流则逝兮得坻则止，坻，水中小洲也。纵躯委命兮不私与
己。其生若浮兮其死若休，澹乎若深渊止之静，泛乎若不系之舟。
不以生故自宝兮养空而游，德人无累兮知命不忧，细故蒂芥兮何足
以疑。"蒂芥"犹"刺鲠"也。○意旨多取之《庄子》，恢奇闳肆处似之；至其
雄伟非常，有挥斥八极之概，则贾生所独擅也。

[评析]

贾谊在十八岁时，以能诵诗文闻名，二十岁出头，入朝成为最年轻的
博士，在朝臣前畅言应对，崭露头角。一年后，升任为太中大夫，建议改
正朔、易服色制度等。文帝初即位，谦让不改制，然更定法令以及使列侯
就国之事，皆采用贾谊计策，欲任以公卿之位。如此锋芒毕露的贾谊，在
其他老臣眼中，便成为一个气焰高涨的刺眼小辈。故周勃、灌婴等人联合
起来，毁谤贾谊为"专欲擅权，纷乱诸事"。这让文帝左右为难，当初即

位，是得力于这帮功臣的拥护，此时又有外族强敌环伺，才遣灌婴击匈奴不久，于是稍稍疏远贾谊，将其外放为长沙王太傅，其实暗含保全之意。而贾谊无法接受这样的安排，加上长沙潮湿多雨的环境，他变得更加抑郁。

首段叙述鵩鸟的到来，面对这只不祥之恶鸟，贾谊谪居三年苦闷忧愤的心情瞬间涌现，怀疑是预告自己将不久于人世。究竟是吉是凶？死期是慢是快？不安与猜测在贾谊心中拉锯，然而鵩鸟口不能言，他只能模拟回答。第二段，以《老子》福祸流转无常的观念安慰自己，回扣篇首的吉凶；又以《鹖冠子》水触物则激怒远悍之理，告诉自己天命不可预测，呼应篇首的淹速。本段引述了三个史例，夫差灭越后又被勾践复国所灭，李斯攀上高位最后却被五刑腰斩，傅说原为刑徒而后却当上武丁之相。祸福相互纠缠，贾谊波澜起伏的一生，也是如此。第三段以《庄子》思想进一步宽慰自己，而脉络清楚：如《大宗师》以炉为喻，天地之间物相转化，人之生死不过是气之聚散，打破"悦生恶死"的执着。《骈拇》言小人以身徇利，而官场上也是为利所诱。再推至《齐物论》"无物不可"与"吾丧我"的思想，勉励放下趋利徇名之心，不曲忧生死，泯除我执。最后以"不系之舟"自许，心中无累，愿细微事故不再缭绕于心，恬然自安。

末尾两段都是模拟鵩鸟的回答，试图在齐万物、泯生死的宽广世界中，化解生死之惧，超脱个人的形体拘执。这样一个先"发书占之"，借鸟设言的对话体，其实是用以厘清、表达自己心中正在拉锯的念头，颇有屈原《卜居》正反对举以坚定意念的味道。只是贾谊这样超然圆满的自我宽慰，落在已知后情的后世读者眼中，倒显得更加郁结忧闷。虽自勉"知命不忧"，但何其不易！

吴闿生尾评，以为本篇"雄伟非常"，乃因铺陈排比的辞赋文体，瑰玮动人。例如第二段以史实证明祸福莫测，内容充实，前云帝王兴衰，后二者为人臣遭遇，暗含贾谊自己的用世感触；句式富于对称之美，文采斐然。又如第三段比较凡夫俗子与达人、真人，"小智自私兮"至"真人恬漠兮"各种不同的价值追求与生命态度历落而下，反复交错对比，最终看透人生，得出顺应自然的结论。辞采的背后有充实的意旨支撑，气力赡足，因而恣肆奔放，酣畅淋漓。

司马长卿一篇

难蜀父老

　　通巴、蜀之役，长卿躬当其任，而意中极不谓然，故作此篇以见志。俶傥诡诪，跌宕奇肆，长卿文传世者，自诸赋以外，不可多见，学者所当传宝也。

　　汉兴七十有八载，德茂存乎六世，威武纷纭，湛恩汪濊，群生澍濡，洋溢乎方外，_{追琢警湛，《平淮西碑》起处摹此。}于是乃命使西征，随流而攘，风之所被，罔不披靡。因朝冉、从駹、定筰、存邛，_{冉、駹、筰、邛，皆西夷国名。}略斯榆，举苞蒲，_{斯榆，国名。苞蒲，夷种。}结轶还辕，"轶"即"辙"字。东向将报，至于蜀都。耆老大夫搢绅先生之徒二十有七人，俨然造焉。辞毕，进曰："盖闻天子之牧夷狄也，其义羁縻勿绝而已。_{揭明正义。}今疲三郡之士，通夜郎之涂，三年于兹，而功不竟，士卒劳倦，万民不赡。今又接之以西夷，百姓力屈，恐不能卒业，此亦使者之累也，窃为左右患之。且夫邛、筰、西僰之与中国并也，历年兹多，不可记已。仁者不以德来，强者不以力并，意者其殆不可乎？今割齐民以附夷狄，敝所恃以事无用，鄙人固陋，不识所谓。"_{此作者本旨，却于父老口中见意，以下答词，则皆诡谲之文也。马、扬讽谏之书例如是。}使者曰："乌谓此乎？

必若所云，则是蜀不变服而巴不化俗也。仆尚恶闻若说；言夷狄不化，则巴、蜀亦长安，固陋而已，而吾又恶从闻若曹所说乎？然斯事体大，固非观者之所覩也。余之行急，其详不可得闻已，请为大夫粗陈其略：

盖世必有非常之人，然后有非常之事；有非常之事，然后有非常之功。夫非常者，固常人之所异也。故曰：'非常之元，黎民惧焉；及臻厥成，天下晏如也。'昔者洪水沸出，泛滥溢溢，民人登降移徙，崎岖而不安。夏后氏戚之，乃堙洪塞源，决江疏河，洒沈澹灾，东归之于海，而天下永宁。当斯之勤，岂唯民哉！心烦于虑，而身亲其劳，躬胝无胈，肤不生毛，故休烈显乎无穷，声称浃乎于兹。此言古之圣王躬先率下，不使人民独亲其劳，故可称也。

且夫贤君之践位也，岂特委琐握龊，拘文牵俗，修诵习传，当世取说云尔哉！必将崇论闳议，创业垂统，为万世规。故驰骛乎兼容并包，而勤思乎参天贰地。此探武帝好大喜功之心理言之，外若褒美，内实讥刺，语南意北，最是文章胜境。且《诗》不云乎：'普天之下，莫非王土；率土之滨，莫非王臣。'是以六合之内、八方之外，浸淫衍溢，怀生之物，有不浸润于泽者，贤君耻之。今封疆之内，冠带之伦，咸获嘉祉，靡有阙遗矣。而夷狄殊俗之国，辽绝异党之域，舟车不通，人迹罕至，政教未加，流风犹微。内之则时犯义侵礼于边境，外之则邪行横作，放杀其上，君臣易位，尊卑失序，父兄不辜，幼孤为奴，系缧号泣，内向而怨曰：'盖闻中国有至仁焉，德洋而恩普，物靡不得其所，今独曷为遗己？'笔意精妙。举踵思慕，若枯旱之望雨，螯夫为之垂涕，"螯""戾"同字，言狠戾也。况乎上圣，又焉能已？故北出师以讨强胡，南驰使以诮劲越。四面风德，风谕之以德。二方之君，鳞集仰流，愿得受号者以亿计。故乃关沫若，徼牂牁，镂灵山，梁孙原。沫若、牂牁、灵山、孙原，皆徼外地。关，置关。徼，置塞也。镂者，开也。梁，桥也。孙原，孙水之原。创道德之涂，垂仁义之统，将博恩广施，远抚长驾，使疏逖不闭昆爽，先大夫曰："'昆爽'句绝，与'明'韵。"暗昧得耀乎光明，以偃甲兵于此，而息诛伐于彼，遐迩一体，中外褆福，不亦康乎！夫拯民于沈溺，奉至尊之休德，反衰世之陵夷，继周氏之绝业，天子之亟务也，百姓虽劳，又恶可以已乎？反言讽刺。

且夫王事固未有不始于忧勤而终于逸乐者也，然则受命之符，合在于此矣。此转尤灵变不测。先大夫曰："此言其侈心之未已也。"方将增泰山之封，加梁父之事，鸣和鸾，扬乐颂，上咸咸，一作"函"。五，下登三。观者未睹旨，听者未闻音，犹鹪鹏已翔乎寥廓，而罗者犹视乎薮泽，悲夫！"激宕愤郁。意若曰："子以今日之事为可骇乎？不知继此事之可骇者，将益纷起而无穷也。"

于是诸大夫茫然丧其所怀来，先大夫曰："'怀'与'由'同，二句对文，《答宾戏》'怀氾滥而测乎深渊'，'怀'亦'由'也。"失厥所以进，喟然并称曰："允哉汉德，此鄙人之所愿闻也。百姓虽劳，请以身先之，敞罔靡徙，敞罔，惝惘也。靡徙，犹徙倚。迁延而辞避。"西汉文章之盛，气体雄直，而奇文奥旨，足以副其气而举其辞，故巍然浩然如山海之富，而蛟龙万变皇惑，出没于其中，盖扬、马于斯，尤为极轨，此文章之瑰玮大观也。学文者固当导源于此，而后上穷六经，下该百家，一以贯之矣。韩公所以起八代之衰，亦由此也。后世为文者不能取法于此，而但于八家中觅生活，宜文事之不振矣。惟曾文正公以空前之学识为文，必本扬、马，其道未张，而时变已亟，学者匌狗汉学矣。惜哉！惜哉！

[评析]

　　汉朝时，蜀郡边界的夷族统称为西南夷。武帝建元六年（前135），由蜀郡攻略开通夜郎，征集巴、蜀吏卒千人，二郡又扩大征调了万余人，司马相如曾奉命前往，著有《谕巴蜀檄》稳定民心。略定夜郎后，《史记·西南夷列传》记载："士罢饿离湿，死者甚众。"加上西南夷数次反叛，两年多来死伤无数，《汉书》相如本传甚至记载"费已亿万计"。因西南夷邛、筰自请臣服，武帝询问蜀郡出身的相如的看法，相如赞同置郡县，便持节出使，以币物笼络西南夷。

　　篇首展开汉兴七十余年以来的历史回顾，施恩四方，西南夷诸国纷纷来朝，营造所向披靡的气势。随后笔锋一转，写出蜀郡耆老、搢绅的进言：对于自古以来德化与武攻都无法降伏的夷狄，应该是"羁縻勿绝"，如以绳索牵马制服即可。如今耗费民力开通夜郎道，又要再通深入推进，重点是"今割齐民以附夷狄"，旷日弥久，百姓实在苦不堪言！闻此，相如以大禹治水为例，说明圣王行"非常之事"以照顾百姓。进一步指出贤君不只因循于旧时传闻、取悦当世而已，而是眼光长远，务求"创业垂统，为万世规"。此处以不少骈句铺张国威，又设想西南夷"举踵思慕"，渴求教化之态，强调"拯民于沈溺"为天子之急务，写得壮丽整密。再以五帝三王为仿效对象，说明天子通西南夷实乃忧民勤远，百姓应开拓眼界，勿再短视近利。末段以蜀父老喟然服从作结。

　　本篇看似谴责小老百姓眼光短浅、斤斤计较于自身损失，不知体恤天子的长远目标与国家整体规划，将蜀父老诘难得茫然而词穷。然而，《史记》与《汉书》相如本传皆有此言："蜀长老多言通西南夷不为用，唯大臣亦以为然。相如欲谏，业已建之，不敢，乃著书，籍以蜀父老为辞，而己诘难之，以风天子。"所谓"不敢"，乃因前时武帝考虑深入开通西南夷道时，相如以蜀人身分赞同此事。相如再次回到蜀郡时，或是听闻，或是目睹百姓之死伤劳累，引发哀悯之心，不舍百姓忍受溽热中开山凿路之苦，又需面临西南夷反击之险。然而此次出使已箭在弦上，只好假借父老之辞以讽喻武帝。因此后人推论此篇实为诡说，例如姚鼐（1732～1815）《古文辞类纂》卷六十六评道："以偃兵息戈为主，此所以隐讽朝廷亦当与时休息也。"吴闿生题下评"意中极不谓然"，亦由此故。

可惜的是，纵使有讽刺之深意，但人性只会看见自己想看的，武帝入眼的会是蜀父老的怨辞？还是相如的美辞？恐怕不言自明！扬雄批评相如赋作常是"劝百而风一"。又如林云铭（1628～1697）《古文析义》也说相如赋作"多迎合上意"，不认为此篇真有讽喻天子之效。若光看表面，真以为"士卒劳倦"为理应固然，民众叫苦则是目光短浅；或者以"拯民于沈溺"掩饰攻伐之欲，以"垂仁义之统"美化好大喜功的心态，如此则适得其反了！更何况，蜀民除了死伤众多、劳倦力屈，尚有"割齐民以附夷狄"之苦，据本传所载，朝廷让相如"因巴、蜀币物以赂西南夷"，那这些币物出自何处？源头还不是民脂民膏吗？从《史记·平准书》可见当时恶况："兵连而不解，天下苦其劳，……百姓抏弊以巧法，财赂衰耗而不赡。"上位者读此篇，千万不可为表面美辞所惑！

司马子长十九篇

十二诸侯年表序

子长空前绝后，文中之圣。《史记》中高文不可尽录，今从《姚选》之例，仅录六表序，益以《报任安书》，聊见概略云。〇诸表序乃史公精心结撰之文，每篇皆别有寓意，言在此而意在彼，高情微旨，深眇不测，非常人所可与知。归、方、姚、曾颇识之而未尽，至先大夫而始洞察无遗，文事之妙，此其绝诣也。〇此篇叹称《春秋》以自喻其《史记》，后半历引各家说《春秋》者皆不当意，所以自负也。

太史公读《春秋历谱谍》，至周厉王，未尝不废书而叹也。一起便有深慨。凡文章著述必起于危乱之世，周至厉王危乱极矣，故读之而慨叹也。曰："乌乎，师挚见之矣！"师挚，周乐官，叙次乐章，《诗》三百篇，风始《关雎》，雅始《鹿鸣》，盖师挚之所为也。故孔子曰："师挚之始，关雎之乱"，今史公感于乱世而叹师挚所为有深见也。纣为象箸而箕子唏。此句陪衬下三句。周道缺，诗人本之衽席，《关雎》作，《关雎》《鹿鸣》，皆刺诗也。仁义陵迟，《鹿鸣》刺焉。言师挚有见于盛衰之原，故次《诗》而首此二章也，发议与通篇所论著述相映。及至厉王，落到本旨。以恶闻其过，公卿惧诛而祸作，厉王遂奔于彘，乱自京师始，而共和行政焉。十二诸侯起于共和行政，故述其本始如此。凡史公文字虽别有寓意，而于本面正文断不抛却。是后或力政，"政""征"同字。强乘弱，兴师不请天子，然挟王室之义以讨伐，言虽不请于天子，然犹以王室为名也。为会盟主，政由五伯，诸侯恣行，淫侈不轨，贼臣篡子滋起矣。叙次简洁，十二国时情事了如指掌。行文专用短句，无虚字斡旋，历落错列，尤饶古趣。齐、晋、秦、楚，十二国中大国也。起得劲挺。其在成周微甚，封或百里，或五十里。晋阻三河，齐负东海，楚介江淮，秦因雍州之固，四国形势及所以富强之故，皆能灼灼言之。四国迭兴，更为霸主，文武所褒大封，大封，大国也。皆威而服焉。以上将题面衍过，以下特提。

是以孔子明王道，干七十余君，莫能用。故西观周室，论《史记》旧闻，兴于鲁而次《春秋》，上记隐，下至哀之获麟。约其辞文，去其烦重，以制义法，王道备，人事浃，七十子之徒口受其传指，为去声。有所刺讥褒讳挹损之文辞，不可以书见也。入孔子之作《春秋》一段，笔情轩翥，淋漓尽致。孔子作《春秋》，本十二国时第一大事，文即于此注意，而遭逢衰乱，不用于世，故叙论《史记》以自见。其刺讥褒讳挹损，不可书见，则己之事业，于宣圣正复同符，故尤津津乐道，低徊不绝也。鲁君子左邱明，惧弟子人人异端，各安其意，失其真，故因孔子《史记》，具论其语，成《左氏春秋》。铎椒为楚威王傅，为王不能尽观《春秋》，采取成败，卒四十章，为《铎氏微》。赵孝成王时，其相虞卿，上采《春秋》，下观近势，亦著八篇，为《虞氏春秋》。吕不韦者，观其比次叙述，每段异调。凡排比文字，气势联接，句法必须变化，乃不拘滞。秦庄襄王相，亦上观尚古，删拾《春秋》，集六国时事，以为《八览》《六论》《十二纪》，叙《吕氏春秋》独详。为《吕氏春秋》。及如荀卿、孟子、公孙固、韩非之徒，各往往捃摭《春秋》之文以著书，不可胜纪。又总叙一句。**汉相张君历谱五德**，张君，谓张苍也。君，一作"苍"。**上大夫董仲舒推《春秋》义，颇著文焉。**以上历载《春秋》以来各家，而下文出己意以论断之，且各疏其偏失之处，因落到今之年表。神气峻厉，奇肆俊伟，与前叙孔子一段遥遥相应，文境之高，无复笔墨痕迹。

太史公曰：儒者断其义，驰说者骋其辞，不务综其终始，历人取其年月，数家隆于神运，谱谍独纪世谥，其辞略，欲一观诸要，难！于是谱十二诸侯，自共和讫孔子，表见《春秋》《国语》，学者所讥盛衰大指，先大夫云："'讥'者，'饥'之借字，《说文》：'饥，精谨也。'《类篇》：'深练于事曰饥。'"闇生案：犹下文所谓"谨其终始"也。**著于篇，为成学治国闻者要删焉。**

[评析]

　　《史记》共有十表，以时间为序，整理排列各个历史时期的兴衰变迁，施政得失如指诸掌，为史家功力所在。每篇之前皆有序，或说明所用史料、或概述此时期之形势大略、或慨叹变故之因，以鉴于未来，提出王道、仁义之理想。观本篇题下评，吴闇生喜欢表序"别有寓意"之处，《古文范》共选录六篇。

　　《十二诸侯年表》起于周共和元年（前841），至周敬王四十三年（前477），含春秋时期在内凡三百六十五年，表列周、鲁以及其余十二国之大事。序文可分三段，篇首慨叹周厉王引发的乱象，因而开启周、召共和行政，再至春秋"诸侯恣行""贼臣篡子滋起"。第二段，叙述孔子周游列国却不得施行王道理想，于是作《春秋》以制义法，寓褒贬，别善恶，拨乱反正。接着列举孔子之后的撰史者与史书。第三段，因各续书不得要领，有鉴于此，司马迁谱成《十二诸侯年表》以接续孔子理念，完成"讥盛衰大指"之目的。

本篇由王道衰微引出孔子作《春秋》，通篇以《春秋》为中心。首段"鹿鸣刺焉"句，吴闿生评"发议与通篇所论著述相映。"篇首的箕子与师挚皆为乱世之臣，又师挚曾叙次乐章，以《关雎》《鹿鸣》为始，含讽刺之意，与乱世而著述兴的主旨相映。此外，全文多处呼应，例如首段点出的"共和行政"，也现于文末。又如次段所举的各家《春秋》续书，用以陪衬主旨；末段己之《史记》谨记"盛衰大指"，正是自况《春秋》寓含"刺讥褒讳挹损"，互相照应，脉络一贯。

次段列举《春秋》续写者相当灵活精彩。吴闿生于字旁皆圈点，夹评"观其比次叙述，每段异调。"此处或先言人名、或先叙时代君王，句法不同，着重点也不同。如左丘明与铎椒二人，侧重于著书动机；虞卿与吕不韦二人，叙其书之采录范围，而《吕氏春秋》内容详细完备，体例最为完整。一般人罗列作家与书籍，通常采用同样的语句形式，不免拘谨呆板，司马迁则先考虑内容重点，详略有别，再用不同的文法叙述，更能显得活泼生动。

六国表序

太史公读《秦记》，至犬戎败幽王，周东徙洛邑，秦襄公始封为诸侯，作西畤，用事上帝，僭端见矣。凡作文，每篇必有一定主意，主意既定，通篇议论均必与其本意相发，乃不背缪枝蔓，所谓"一意到底"，所谓"如放纸鸢，线索在手"，所谓"狮子弄球，千变万态，目光常有所注"。如前篇以遭乱著述为主，故起处便说箕子、师挚等；此篇以无道而得天下为主，故发端即以秦之僭事上帝为言，无一字是闲文也。《礼》曰："天子祭天地，诸侯祭其域内名山大川。"今秦杂戎翟之俗，先暴戾，后仁义，位在藩臣，而胪于郊祀，君子惧焉。与通篇议论相发。及文公逾陇，攘夷狄，尊陈宝，"尊陈宝"与"作西畤"义近，皆为其得天下发也。营岐、雍之间，而穆公修政，东竟同"境"至河，则与齐桓、晋文中国侯伯侔矣。六国秦为最盛，又并兼天下，故后半侧注秦事发议。而起处从秦发端，此句从秦渡卸至中国。是后陪臣执政，大夫世禄，六卿擅晋权，征伐会盟，威重于诸侯。及田常杀简公而相齐国，诸侯晏然弗讨，海内争于战攻矣。三国终之卒分晋，田和亦灭齐而有之，六国之盛自此始。既为《六国表序》，虽以秦为主，六国情势自不可脱漏，此段敷衍题面。务在强兵并敌，谋诈用而从衡短长之说起。矫称蜂出，誓盟不信，虽置质剖符，犹不能约束也。又总叙数句，见诈力用事，不知仁义，自六国已然，不独秦也。以下无端开出奇境，非独不顾六国，意亦不在秦矣。

秦始小国，僻远，诸夏宾同"摈"之，比于戎翟，至献公之后，常雄诸侯。秦事前段已经叙过，此特借以发端作指点，其意并不在秦，非复举上文所已言也。论秦之德义不如鲁、卫之暴戾者，量秦之兵，不如三晋之强也，细量秦国，无一足以得天下处，妙极！〇特就秦事作指点，而意并不在秦，故议论无往而非绝妙，若真论秦事，安得谓秦强不如三晋哉。然卒并天下，句劲拔有力。非必险固便形势利也，再翻一句，气魄雄厚，笔势惊矫。〇秦得天下，明是险固形势，今欲加以罪名，故夺其所恃，故知所论全不在秦也。盖若天所助焉。归功于天，妙极！凡议论他人，指为天助，便是诽薄语也。〇汉高祖之得天下，功德甚薄，史公意颇轻之，其论秦处，意皆注在汉也。若秦则已亡之国，其得天与否，何足究问哉！〇汉为本朝，故借秦以见意，文情奇肆。或曰：又设"或曰"一段，以厚其势。"东方，物所始生，西方，物之成孰。"孰"即"熟"字。夫作事者必于东南，收功实者常于西北，此义愈支离谬悠，不可究诘；盖愈支离谬悠，乃愈妙也。故禹兴于西羌，汤起于亳，周之王也，以丰镐伐殷，句法参差可爱。秦之帝用雍州兴，汉之兴自蜀汉。偏得如许证佐。○偏将汉事举出作证，奇极！险极！○以如许证佐陪衬出汉来，妙想天开，想见惨淡经营之致。

秦既得意，烧天下《诗》《书》，诸侯史记尤甚，为其有所刺讥也。《诗》《书》所以复见者，多藏人家，而史记独藏周室，以故灭，惜哉！惜哉！独有《秦纪》，又不载日月，其文略，不具。然战国之权变，亦有可颇采者，何必上古？转笔矫健。○此又讥汉治之蔑弃三代，专用秦法也。特借《史记》为词耳，以下昌明此意。秦取天下多暴，此句正词。然世异变，成功大。言世变不同，而秦之成功大也。三代更嬗，皆仅取帝位而已，秦乃胥天下而郡县置之，其事古前未有，故曰"成功大"。○此下转赞秦美，皆探测用秦法者之心而为之词，非情实矣。《传》曰："法后王。"偏有证据，以见秦法之当用。○愈有证据愈佳。何也？以其近己而俗变相类，议卑而易行也。"议卑易行"，妙极！汉之袭用秦制，正为此耳。学者牵于所闻，见秦在帝位日浅，不察其终始，因举而笑之不敢道，此与以耳食无异，悲夫！转讥学者诵说三代、不敢道秦为迂谬，词旨激诡，而意则深痛矣。○文气酣恣驰骤。

余于是因《秦记》，踵《春秋》之后，起周元王，表六国时事，讫二世，凡二百七十年，著诸所闻兴坏之端。后有君子，以览观焉。

[评析]

《六国年表》起于周元王元年（前475），迄秦王子婴为项羽所杀（前206），包含秦始皇兼并六国、统一天下之时期。序文分四段，首段由秦襄公"作西畤"起，指出秦早有谋取天下的野心，且"先暴戾，后仁义"，谋诈流窜天下。第二段就"德义"层面展开议论，批判秦之缺失，宣明秦得天下是"天所助焉",又故意设方位之说,论历朝以来常收功于西方,由此拉出汉朝作证。第三段,先说明因秦焚书之故,数据独存《秦记》可参考,再由此转笔,批判沿袭近世之法的心态。末段综述起讫年代,并指点读者留意于"兴坏之端"。

吴闿生多次提示本文虽以秦为主,然意不在秦,在乎汉朝。文中"盖若天所助焉",吴闿生自有一套理解。以为凡是写为"天助"者,文字背后皆暗含贬义,毕竟实在说不出优秀的原因,只好归因于莫可捉摸的天意!太史公议论秦之暴戾,实则意在讽戒汉政。只是身处本朝,且又是刑戮之人,不得直言,因此时常借秦以讽之。本篇题面为"六国",后文偏插进"汉之兴自蜀汉"一笔,也是此理。吴闿生评语直接挑明:"汉高祖之得天下,功德甚薄。"与历朝兴起相较,汉无数代经营之根基,坐收秦弊,且兵力与军功远比不上项羽,刘邦多次落荒而逃,然而最终却能统一天下。汉朝称帝,亦是"天意"!汉朝沿袭秦朝的制度法律,汉朝学者只敢耻笑秦迅速灭亡,却不察暴戾不仁状况,也不敢议论今朝专行秦法。太史公身处本朝,于是写得诡谲不明,而词旨悲痛非常。吴闿生在评语中多次点明此意。

文法方面:篇首所评的"如放纸鸢,线索在手",出自姚鼐《古文辞类纂》评归有光《归府君墓志铭》,谓行文时虽有放有纵,但始终抓牢线索,未离主旨。吴闿生详细说明此篇"以无道得天下为主",秦国"用事上帝",以及"胪于郊祀"和"尊陈宝",都与"本义相发"。即秦在诸侯领地内造祭祀白帝的祭坛、以诸侯身分祭天、供奉陈宝等举,都透露僭端,与秦暴力征伐之事相互阐发。此为作家主意已定,所用史例、所发议论皆合于主旨,故行文无一处枝蔓,为写作要领的实际指导。

秦楚之际月表序

秦、楚之际，战事最繁，一日数变，故为之月表。〇汉高暴嫚，武夫倔起而得天下，取之甚易，而守之又不以其道，比之前古则无有，无理可说，惟有归之天耳。史公时时以偏宕文字寓其不平之意，前篇"天助"及"法后王"云云，皆此旨也，此篇尤为奇纵迫切。

太史公读秦、楚之际，秦、楚之际必有纪载，故曰"读"。曰：初作难，发于陈涉。上三字，下四字。虐戾灭秦，自项氏。上四字，下三字。拨乱诛暴，平定海内，卒践帝祚，成于汉家。上十二字，下四字。五年之间，号令三嬗，自生民以来，未始有受命若斯之亟也。言汉之兴为前古之所未有，以下历证以明之。

昔虞、夏之兴，积善累功数十年，德洽百姓，摄行政事，考之于天，然后在位。极言其难。汤、武之王，乃由契、后稷修仁行义十余世，不期而会孟津八百诸侯，犹以为未可，极言其难。其后乃放弑。秦起襄公，章于文、缪，章，显也。献、孝之后，稍以蚕食六国，百有余载，至始皇乃能并冠带之伦。非惟三代之难，即秦亦不易如此。前篇犹借秦事以况譬汉，此更脱卸去秦，专论汉事，尤为险谲矣。以德若彼，用力如此，盖一统若斯之难也。总束作收，笔力充畅。"德"言三代，"力"谓秦也。

秦既称帝，患兵革不休，以有诸侯也，于是无尺土之封，隳坏名城，销锋镝，鉏豪杰，维万世之安。此言秦帝以后，若欲崛起草泽，其势尤为倍难，所谓加倍写法，极力反跌下文也。然王迹之兴，起于闾巷，合

古文范 | 149

从讨伐，轶于三代。轶，过也。乡秦之禁，乡，读为向。适足以资贤者，为驱除难耳，故愤发其所，其所，言匹夫之所，《左传》："乃其所也。"《曹参传》："窑自从其所谏参。"为天下雄，安在无土不王？此乃《传》之所谓"大圣"乎？拖得好。岂非天哉！岂非天哉！接笔险劲。非大圣孰能当此受命而帝者乎？愤激卓诡，跌宕恣肆，滂沛喷薄，雄奇万变，史公极得意文字。

[评析]

　　《秦楚之际月表》起于秦二世元年（前209）七月，至汉高祖五年（前202）后九月，包含陈涉起兵、项羽诛子婴、诸侯共尊楚怀王为义帝、项羽自立为西楚霸王、分封十八王、楚汉相争、刘邦称帝等八年内的史事。因战事频仍，变故仓促，故详为月表。

　　序文可分三段，首段叙述这期间陈涉、项羽、刘邦相继起兵，最后汉朝建立，"受命"之快，前所未有。次段回顾史实，由上古虞、夏至秦，皆是经营良久，方能一统天下，以此反衬汉兴之易。末段推至天意，称扬汉"受命"为帝，首尾呼应。

　　本篇点出汉之"受命"以及"岂非天哉"，言汉崛起之易，此在前篇《史记·六国表序》"盖若天所助焉"已见端倪。刘邦秉承天命，时人已有所感，司马迁在《留侯世家》与《淮阴侯列传》各自记载了张良、韩信之言："沛公殆天授""陛下所谓天授，非人力也。"秦始皇制定种种措施以传帝业，不料王朝短命结束，还恰好为刘邦扫除障碍，顺利称帝。刘邦缺乏数代经营，个性"暴嫚"，未尝积善行仁，与先秦政权相比，显然得取天下甚易，马上称帝、马上治之。司马迁疑惑之余，试着将答案归因于"天"，字里包含惊奇、意外、慨叹等复杂的情绪与感受，极其耐人寻味，也造成后人理解上的歧异。

历来注家与学者，多从正面解读刘邦"受命"为帝，如唐司马贞（679~732）《史记索隐》："言高祖起布衣，卒传之天位，实所谓大圣。"又如清康熙年间姚祖恩《史记菁华录》："作想象不尽之笔，煞出受命之正，独尊本朝。"以及李晚芳（1691~1767）《读史管见》："极力颂扬，最得史臣大体。"相对的是，吴闿生进一步探究太史公深意。本篇题下评语说："汉高暴嫚，武夫倔起而得天下，取之甚易，而守之又不以其道。"这与前篇《史记·六国表序》说过的汉专袭秦法，却无朝臣敢于非议，又如武帝时的大肆征伐，失之仁义，意思是一样的。文末"此乃《传》之所谓'大圣'乎"，夹评"拖得好"，即语气拖宕，形成意在反面的暗示。接着叠句"岂非天哉"，奇险劲怪，表面颂扬至极，而隐藏讽喻与不满。故最后吴闿生尾评为"愤激卓诡"，看出本篇文字背后寓含的深意。

文章作法方面：首段吴闿生计算文句的字数，对写作颇有启发。叙陈涉"上三字，下四字"，项羽"上四字，下三字"，而汉兴则是"上十二字，下四字"。这里计算的方式为："上"叙事迹，"下"揭明人物，由于秦、楚之际结束于刘邦，尊重他承受天命的事实，故而叙汉朝的笔墨最多，详略有别，后文也称诵刘邦为"贤者""大圣"。简短文字之中，勾勒出天下纷繁大事，见得笔力所在。经由字数分析，可从中学习轻重详略的拿捏，以及句型灵活变化的叙述方式。

汉兴以来诸侯王年表序

此篇质叙形胜始末，而是非得失自见，读此可悟行文阴阳阖开之妙。

太史公曰：殷以前尚矣。周封五等：公、侯、伯、子、男。然封伯禽、康叔于鲁、卫，地各四百里，亲亲之义，褒有德也。太公于齐，兼五侯地，尊勤劳也。武王、成、康所封数百，而同姓五十五，地上不过百里，下三十里，以辅卫王室。管、蔡、唐叔、曹、郑，或过或损。厉、幽之后，王室缺，侯伯强国兴焉；天子微，弗能正，非德不纯，形势弱也。以上陈周制发端。

汉兴，序二等。高祖末年，非刘氏而王者，若无功、上所不置而侯者，天下共诛之。若，及也。高祖子弟同姓为王者九国，唯独长沙异姓，而功臣侯者百有余人。自雁门、太原以东，至辽阳，为燕、代国；常山以南，大行左转，度河、济、阿、甄以东，薄海，薄，迫也。为齐、赵国；自陈以西，南至九疑，东带江、淮、穀、泗，薄会稽，为梁、楚、吴、淮南、长沙国，包举天下形势如指诸掌，足见经世才略，词气亦与之称。皆外接于胡、越，而内地比距。山以东尽诸侯地，大者或五六郡，连城数十，置百官宫观，僭于天子。汉独有三河、东郡、颍川、南阳，自江陵以西至蜀，北自云中至陇西，与内史，凡十五郡，而公主列侯，颇食邑其中。胪列事实，已见法弊不能久行意。何者？天下初定，骨肉同姓少，故广强庶孽，以镇抚四海，用承卫天子也。追原分封本意，偏不说其失当。○以上汉初大封诸王。

汉定，百年之间，亲属益疏，此减削之原。诸侯或骄奢，忕邪臣计谋，忕，音舌，又音逝，狃习也。为淫乱，大者畔逆，小者不轨于法，以危其命，殒身亡国。此皆立法不善，势所必至也。文但质叙其弊，不著一字议论。天子观于上古，然后加惠，使诸侯得推恩，分子弟国邑，此削夺诸侯之计，云"观于上古"，"推恩""加惠"者，当时所借之口实如此也，须会其涵茹意思于笔墨之外。故齐分为七，赵分为六，梁分为五，淮南分三，及天子支庶子为王，王子支庶为侯，百有余焉。吴、楚时，前后诸侯或以适削地，适，读曰谪，前犹借口"推恩""加惠"，此则明以罪谪削矣。是以燕、代无北边郡，吴、淮南、长沙无南边郡，齐、赵、梁、楚，支郡名山陂海，咸纳于汉。谪削后诸侯形势如此。诸侯稍微，"稍"字，字法。此时诸侯微弱已甚，云"稍微"者，自天子一方言之也。大国不过十余城，小侯不过数十里，上足以奉贡职，下足以供养祭祀，以蕃辅京师，三句极有腾挪，盖汉廷之意，以为藩国如此而已足也。而汉郡八九十，形错诸侯间，犬牙相临，秉其厄塞地利，谪削后汉朝形势如此，与始封时遥为映对，气势腾踔无敌。强本干、弱枝叶之势也，显揭其本谋如是。尊卑明而万事各得其所矣。加赞一句，尤入妙。皆探测廷议为词，藩国骎见削夺，汉郡占其形胜，则朝廷之意，以为天下从此太平无事也。〇以上削弱之由。

臣迁谨记高祖以来至太初诸侯，谱其下益损之时，谱其后世损益之时也。令后世得览。形势虽强，要之以仁义为本。以微讽作收，不然，全篇为腴词矣。〇汉初大封同姓，以制反侧，后见其弊，乃恣意剥削之，前后皆非治体，史公见其然，虽不加訾议，而情实自见言表。文章之盛，千古蔑伦矣。

[评析]

《汉兴以来诸侯年表》纪录汉高祖元年（前206）至武帝太初四年（前101）间，各诸侯王或来朝、谋反，或薨逝、继位等大事。本表以同姓诸侯王为主，异姓仅有长沙王，此因高祖末年陆续消灭异姓王，誓言："非刘氏而王，天下共击之。"

序文可分四段，首段说明周朝封侯建国之本意与制度。次段叙述汉初同姓子弟少，为了制衡异姓王以及守卫边境，便广封同姓枝子为王，部分建制已僭越，同于天子，有违周朝建制。第三段，汉定百年以来，繁衍数代，亲属关系疏离，加上诸侯骄奢淫乱，犯法谋反。于是武帝采用主父偃的建议，下达推恩令，强制均分诸侯国土予众子弟，削弱诸侯势力。末段明言"要之以仁义为本"，垂戒意味深厚。

本篇吴闿生的分析极为精辟且有创见，有二处须细加体会：首先是汉对待诸侯的方式，"前后皆非治体"。次段写明高祖当年滥封诸侯与封地，由此已见弊端；开枝散叶数代之后，血统疏远，叛逆层出不穷，这问题在文帝时已浮上台面，景帝时削藩而引发七国之乱，于是武帝改以推恩令行之。所谓"推恩"只是美化之言，加惠庶子短利，意在分化诸侯，当真是仁义与施恩？故评为"恣意剥削之"。

另是肯定太史公"不加訾议，而情实自见言表"的客观写法。第三段多处以朝廷立场行文，例如所谓"加惠""使诸侯得推恩"，又如"以适（谪）削地"，坐视诸侯骄奢淫乱后自行败坏而触法，朝廷便有光明正大的理由可收回封地。再如陈列谪削之后的诸侯形势后，以一句"诸侯稍微"轻巧表现出来。吴闿生点出此"稍"字须特别注意，因其时诸侯形势已衰减至极，但汉廷希望更加强干弱枝，然而现下情形不过是"稍微"减弱而已，暗含着朝廷削弱诸藩的心理。这是历代注疏与评点家甚少提及之处，如吴汝纶《史记集评》眉批虽指出"此段言削弱太甚"，但未解释为何是"削弱太甚"，而司马迁的原文却说是"稍微"。吴闿生推究根本原因，提示读者须洞察、细嚼文意，方能得知太史公之意。

本篇题下评曰："读此可悟行文阴阳阖开之妙。"所谓"阴阳""开阖"，便是从正反两面对照，切合进入主旨。例如以周初封建本意对照汉初的滥封；又如以汉初诸侯尾大不掉，对照后来的削弱太甚，最终归结到"仁义为本"。再看"自雁门、太原以东，……为梁、楚、吴、淮南、长沙国"，此段写各诸侯国领地，姚鼐评："托意高妙，笔势雄远，有包举天下之概。"方东树引述姚评，又说："汉兴以来许多事变，得失利害及地形法制，一丝不乱，一尘不惊，如日星丽天……古今无匹。"吴闿生则评："包举天下形势如指诸掌，足见经世才略，词气亦与之称。"此处直述诸侯之形势始末，铺列封王之分布状况，姚鼐以一语总括风格，方东树则推崇文理分明且辞采壮丽，吴闿生观点同于前人，又盛赞司马迁有经世才略，与文势之壮盛雄远相称。

高祖功臣侯者年表序

太史公曰：古者人臣功有五品，以德立宗庙、定社稷曰"勋"，以言曰"劳"，用力曰"功"，明其等曰"伐"，积日曰"阅"。封爵之誓曰："使河如带，泰山若厉_{同"砺"}，国以永宁，爰及苗裔。"始未尝不欲固其根本，而枝叶稍陵夷衰微也。《封禅书》："初未尝不肃祗，后稍怠慢也。"句法与此同。〇以上引古事发起。余读高祖侯功臣，察其首封所以失之者，曰："异哉所闻！"_{首封，始封也。察其始封之时及其后所以失之，而不能无异也。盖始封皆以带、砺盟之；及其失，则忽忘之矣，故可异也。}

《书》曰："协和万国。"迁于夏商，或数千岁。盖周封八百，_{周封之八百，皆旧侯国也。}幽、厉之后，见于《春秋》。《尚书》有唐、虞之侯伯，_{疑"书"为衍字。言周八百，至幽、厉后见《春秋》者，尚有唐虞之侯伯也，如六蓼、庭坚之后是已，此处与《尚书》无涉。}历三代千有余载，自全，以蕃卫天子，岂非笃于仁义、奉上法哉？_{上笃仁义，下奉上法也，一语而两叹之。}汉兴，功臣受封者，百有余人。天下初定，故大城名都散亡，_{故大城，旧日之大城也。}户口可得而数者十二三，是以大侯不过万家，小者五六百户。后数世，民咸归乡里，户益息，萧、曹、绛、灌之属，或至四万，小侯自倍，倍其封时户口之数。富厚如之，子孙骄溢，忘其先，淫嬖。至太初，武帝年号。百年之间，见侯五，百余封国，现存者五人而已，上之苛待如此。〇见，音现。余皆坐法，陨命亡国，耗矣。叹其事之衰耗。罔亦少密焉，言在上之法网亦稍密也。此句本意所在。然皆身无兢兢于当世之禁云。上句微露在上之苛虐，此句急转入诸侯身。言其被谪者，实亦皆不能束身寡过，以避当世之文网也。盖当时情事，自是上下俱失，而文特敏妙。〇以上叙汉侯封谪罚之耗。

居今之世，志古之道，所以自镜也，未必尽同。志，读为识，记识也。此下忽提笔泛论，言居今世，而记识古道，特借为鉴戒而已，不必悉同于古也。盖汉世制行之不能同于三代，自是一定之理。语婉而意刻。帝王者，各殊礼而异务，要以成功为统纪，岂可绲乎？前犹泛论人士，至于帝王则礼乐不相沿袭，自有一代之制度，要期于成功而已，安得执古法以议今世乎？与前一层语气有轻重之别。观所以得尊宠，及所以废辱，亦当世得失之林也，何必旧闻？持议宕激，笔意敏妙。本旨讥其与古者论功行赏之道不合也，反若曲为之解者。〇以上以议论作收。

于是谨其终始，表见其文，颇有所不尽本末，著其明，疑者阙之。后有君子，欲推而列之，得以览焉。

[评析]

《高祖功臣年表》表列平阳侯曹参等百四十三人，起于汉高祖六年（前201）迄武帝太初年间（前104~101），详细记载了侯功、侯第与国除等事。表中有记汾阳侯"太始四年"（前93）之事，为后人妄续且有误。

序文可分四段，篇首以古时封赏的功绩五品制开头，顺接高祖初年封爵的誓言，期许封国久远安宁。然而考察后来失爵的原委，却是违于初衷，仿若遗忘封爵之誓，因此慨叹"异哉所闻"，以明古今之别。次段深入对比古今之异：夏商周之时，上笃仁义，下奉上法，侯国得以长久绵衍，并承卫天子。至汉，朝廷"罔亦少密"；侯国子孙又"骄溢""淫嬖""身无兢兢于当世之禁"，百年下来，侯爵数量竟由百四十三人锐减剩五人而已，百余侯者皆因犯法而亡国！笔势急转，遽然指出上下皆失仁义。第三段，评论古今之道"未必尽同"，礼乐制度不必沿袭，侯者之封、废，亦不必合于旧闻。末段说明写作目的为"谨其终始"，此即《六国表序》所说的"察其终始"，综观事情之始末以察变化状况，使读者了然。

　　侯爵子孙如果因为谋反而处死废国，理所当然。但浏览表中林林总总的国除原因，尚有"坐为太常，南陵桥坏""坐为太常，酒酸""不用赤仄钱为赋""出界国""葬过律""入上林谋盗鹿"等。持平而论，这些罪行是否每项皆与谋反大罪相侔？而必须除国绝后？太史公所谓"罔亦少密"，其实是指法网严密，《平准书》作"武力进用，法严令具"，此《史记》互见笔法。《史记·曹相国世家》裴骃《集解》指出："秦人极刑而天下畔，孝武峻法而狱繁，此其效也。"汉沿用秦法，武帝一改文景宽松之治，法律执行趋于严苛，不啻为秦政的复活。吴汝纶《史记集评》引方苞读本篇，云："微辞以见义，刺武帝用一切之法以侵夺群下，而成其南诛北讨之功也。"汉武帝征伐四方，有大批新建军功的将领急需封赏，便用尽理由灭除旧侯，此为利益导向之变通手段，故吴闿生夹评："上之苛待如此""上下俱失"。司马迁通过年表，使情实自现，读者可明白其意。

　　第三段看似认同汉朝自有论功行赏之道，赞成帝王以成功为目标，不必勉强凑合于古时的封侯制度。《古文典范》夹注："先大夫曰：此段以回护致其讽刺。"吴闿生承庭训，评："本旨讥其与古者论功行赏之道不合也，反若曲为之解者。"此段看似回护朝廷，但连续以反诘、质疑之笔出之,语气激宕,其实是说反面话,将不平之气以婉转、袒护之笔出之,言外之意其实是讽刺汉廷寡恩薄德。

建元以来侯者年表序

史公于汉初颇多微词,疾当时专袭秦法,而背蔑三代也。至于建元以来,则政纲益弛,其分封胙爵,又不如祖考时远矣,故此《序》意尤诡愤。

太史公曰:匈奴绝和亲,攻当路塞,闽越擅伐,东瓯请降,二夷交侵,当盛汉之隆,以此知功臣受封,侔于祖考矣。祖宗缔造草昧,其功绝苦,今二夷偏僻小丑,又当汉运隆盛,得功至易,故其受封侔于祖考,可以前知。盖武帝之勤心远略,徒以女宠欲侯外家,而非真为军国之谋,卫、霍辈庸才,不逮祖宗远甚,特其功易成耳。史公窥见其旨,故为此讥姗也。何者?自《诗》《书》称三代,"戎狄是膺,荆荼是征",历引古事以证夷狄之当讨。〇荼,古"舒"字。齐桓、越、燕伐山戎,武灵王以区区赵服单于,秦缪用百里霸西戎,吴、楚之君以诸侯役百越。况乃以中国一统,明天子在上,兼文武,席卷四海,内辑亿万之众,岂以晏然,不为边境征伐哉?谓岂得以此众庶晏然自安,而不为边境征伐哉?文气闳骏雄迈,超逸无前,而意极瑰诡,此等文字,遂成绝诣,韩公尚不能追步,他更勿论矣。自是后,遂出师,北讨强胡、南诛劲越,"强"字、"劲"字,皆揶揄之词。将卒以次封矣。收笔冷峭。先大夫曰:"言将及兵士皆得封也,王怀祖改'卒'为'率',非是。"

[评析]

  《建元以来侯者年表》记武帝建元至太初年间所封的七十二个侯国，另有四十五国为褚少孙补写。"建元"为汉武帝的第一个年号，此时匈奴背叛和约，又有闽越擅自侵略东瓯、再击南越。武帝出兵讨伐，连年征战，战后大行封赏，是以建元以来封侯者多为战将。诸侯中以攻打匈奴者为最多，攻打南越、东瓯、朝鲜者次之；亦有父击匈奴而子侯者，如卫青三子尚在襁褓中，便皆封侯。

  序文仅百余字，而反复颂赞汉朝之盛与武帝之英明，援引古例，证今之讨伐夷狄为理所当然，又反诘一句"岂以晏然，不为边境征伐哉？"看似极力支持出兵求救的属国，讨伐蛮夷以拯民于沉溺之中。

  对于这篇只见颂扬的序文，清中期尚镕（1785~1835）评："此表纯是刺讥，而使人领取于言外。"吴氏父子也由反面解读。《古文典范》引吴汝纶评："武帝北讨南诛，史公深不然之，而词乃极口夸诩，此文字神妙处。"认为司马迁虽表面赞扬，其实并不认同武帝的好大喜功。吴闿生又细加分析，指出司马迁对于汉廷其实"颇多微词"，如得天下甚易、如"专袭秦法"、如不笃于仁义；又如汉初分封的诸侯功臣，百年之间几乎皆殒命亡国，上之法网严厉，下又骄溢犯法，至汉武帝之时，政纲更加松弛，大肆封赏将领，不过是因为武帝好大喜功，专用武力，欲维持太平盛世的表面虚荣而已。

  《古文范》所选的六篇表序应一并合观，吴闿生多次提及应注意太史公"别有寓意"处。太史公书写时或称赞或隐晦批判，微言褒贬，造成后人理解各异，然需秉持《汉兴以来诸侯年表序》所明示的"要之以仁义为本"。《太史公自序》自言仿效《春秋》，强调君臣上下皆应以道义、礼义为宗，亦是相同的期许。在《张释之冯唐列传》中，对于文帝已有

"法太明，赏太轻，罚太重"之评。武帝时连年征战，民生疲弊，《平准书》明言此时"选举陵迟"，"法严令具，兴利之臣自此始也"，甚至使酷吏张汤弹谤，行"腹诽之法"。攻伐胜败的底下尽是人民的血泪，武帝岂能继续穷兵黩武，覆蹈秦王朝的过错呢？

项羽本纪赞

"赞"乃纪、传之后论，本非独立文字，惟《史记》大篇多应全读，此本不能尽录，而史公奇气，尤于后论见之，故录数首以见一斑。

太史公曰：吾闻之周生曰"舜目盖重瞳子"，又闻项羽亦重瞳子，羽岂其苗裔邪？何兴之暴也？暴，犹亟也，叹惜至极，至比之于舜。妙就重瞳牵合，绝无情绪，盖此等处一着迹相，便滞实无味也。夫秦失其政，陈涉首难，豪杰蜂起，相与并争，不可胜数。然羽非有尺寸乘势，起陇亩之中，三年，遂将五诸侯灭秦，分裂天下，而封王侯，政由羽出，号为霸王，极力铺写。位虽不终，近古以来，未尝有也。赞叹深至。及羽背关怀楚，放逐义帝而自立，怨王侯叛己，难矣。背关怀楚、放逐义帝，皆羽之失算，举此亦正所以惜之，非责之也。自矜功伐，奋其私智，而不师古，谓霸王之业，欲以力征经营天下，五年卒亡其国，身死东城，尚不觉悟，而不自责过失，乃引"天亡我，非用兵之罪也"，岂不谬哉！词若深责罪之，而文情抑扬顿挫，呜咽低徊，但见痛恤嗟悼之意，不能自已。凡文字满口颂谀，其中必有不足；尽意讥姗，必有所痛惜也，不悟此境，不能成作手矣。史公文字，最足为法。

[评析]

项羽为楚国将门之后，随叔父项梁起兵反秦。后自立为西楚霸王，分封天下。楚、汉相争四年，在垓下为汉军包围，自刎于乌江。

传赞中司马迁将项羽与舜相比拟，肯定项羽起兵灭秦；后半段则叹其失策之处，诸如弃关中、定都彭城以致于失地利，暗杀义帝自毁道义，再如力征天下，坑杀平民降卒无数。前文赞兴起之速，后文则叹五年亡国之速，文势先扬后抑。

吴闿生常以曲笔解读太史公文字，如同前六篇表序，以为极力夸诩汉朝时，背后含藏贬意；而本篇看似深责项羽，其实是"正所以惜之"，意在痛惜。太史公爱项羽之将才，认同对抗暴秦之举，故惜其有志难伸而死。破格以本纪写项羽，除了"政由羽出"此客观的形势事实之外，应该还包含对项羽的欣赏与惋惜。

魏世家赞

太史公曰：吾适故大梁之墟，墟中人曰："秦之破梁，引河，沟而灌大梁，三月城坏，王请降，遂灭魏。"此补篇中所不及，就游梁时墟中人指点，情态生动。说者皆曰"魏以不用信陵君故，国削弱，至于亡"；余以为不然。转出奇境。天方令秦平海内，其业未成，魏虽得阿衡之佐，曷益乎？用意俶诡，最是史公胜处，后人鲜能悟其妙者。八家之徒，窃得一二形似，皆足以名世矣。○凡文字专就正面铺叙，无可发挥，以诡愤荡谲出之，其精采乃百倍生动，而趣味亦益渊永也。

[评析]

战国初年，韩、赵、魏三家分晋。文侯为魏国第一任国君，重用贤士，举用李克实行改革。之后惠王好战，后期连连战败，迁都大梁。《孟子·梁惠王上》载孟子曾直言："上下交征利，而国危矣。"安釐王初期，连年败于秦，后欲助秦伐韩，以求秦归故土，王弟信陵君力劝拒秦存韩，已见于本书所选信陵君《谏与秦攻韩》。此后秦围邯郸，信陵君矫令救赵，以及统率五国兵攻秦，乃至信陵君卒，而后国灭。

《史记·魏世家》记载魏国的世系及兴衰，着重于魏文侯、魏惠王与安釐王。论赞则引述议论者看法：魏因为不重用信陵君而国亡。司马迁认为秦已得天意，即使魏国重用信陵君，亦无法改动历史，因天命在秦而不在魏。

吴闿生以为归因于"天命"，实暗含讥刺。实际上，太史公痛心于魏王相信反间、疑信陵君，空有人才而不用。战国四君子之中，太史公最为欣赏信陵君，《魏世家》中对于安釐王后期以简笔略写，或许是悲痛于不用信陵君，故省言之。吴闿生评太史公胜处在于"用意傲诡"，"傲诡"是奇异的意思，意即作者以奇特的方式叙述表现。吴闿生又指出本篇胜处在于"以诡愤荡谲出之"，意即行文诡谲多变，不是正面铺叙而已。太史公身遭巨变，身处本朝又不得明言，乃曲笔行之，意在讽戒汉朝的用人问题。

田敬仲完世家赞

太史公曰：盖孔子晚而喜《易》，《易》之为术幽明，远矣，非通人达才，孰能注意焉！因田完之占而感叹《易》理。故周太史之卦田敬仲完，占至十世之后；及完奔齐，懿仲卜之亦云。田乞及常所以比犯二君，比，连也。专齐国之政，非必事势之渐然也，盖若遵厌兆祥云。诡谲激宕，言其亡国之初，已有定数，则后之为篡窃，固不尽归咎人事也。厌，读压，当也。"祥"与"兆"同。

[评析]

　　田完，原为陈完，陈厉公之子。陈完出生时，周太史占之，预言子孙将取代姜姓国。后陈完奔齐，改为田氏，上卿懿仲极为赏识，欲以女妻之，使人占卜，预言曰："五世其昌，并于正卿。八世之后，莫之与京。"传至五世孙田无宇，果然甚有宠。田无宇生田开、田乞，向百姓收赋税时用小斗，给粮食时用大斗，以此民意归向田氏。田乞之子为田恒（《史记》避讳作"田常"），继续其父做法，收拢民心；并发动政变，杀简公，改立平公，独揽大权。田恒之子田盘继任齐相，把持齐国朝政。传至十世，田和放逐齐康公，自立为君，得周安王承认，田氏正式取代成为齐侯。

　　论赞以孔子喜《易经》展开，论田乞、田常接连干犯国君，并非形势所趋，而是遵循了占卜的预兆。本篇将田氏篡国归因于预言，是以后人多不解，如梁玉绳便批评："非史氏所宜言也。"吴闿生则相当接受，评为"诡谲激宕"，然而诡谲之用意究竟为何？若以反笔理解，或许可谓姜齐自作败坏，予逆臣可乘之机。但吴闿生纯粹推为命定之数，又言"不尽归咎人事"，似乎他仍然受到清朝末年帝制观念的影响，认为改朝换代非人力之所为，应以天命为依归。

孔子世家赞

　　太史公曰：《诗》有之："高山仰止，景行行止。"虽不能至，然心乡往之。余读孔氏书，想见其为人。适鲁，观仲尼庙堂车服礼器，诸生以时习礼其家，余低回留之，不能去云。写景仰神情，低回欲绝。天下君王，至于贤人，众矣！当时则荣，没则已焉。孔子布衣，传十余世，学者宗之，自天子王侯中国言六艺者，折中于夫子，可谓至圣矣！一唱三叹。〇孔子之道至大，无从发挥，故论赞转从浅处指点，此文家避实击虚法也。

[评析]

  《太史公自序》云："仲尼悼礼废乐崩，追修经术，以达王道，匡乱世反之于正，见其文辞，为天下制仪法，垂《六艺》之统纪于后世。"孔子非诸侯，司马迁列于世家，以其垂教后代，若诸侯之世系绵衍。篇首引述《诗经》开端，表达对孔子德行与学问的向往，接着写自己游历鲁国、参观孔庙的经验，再以君王贤人功业荣辱限于当时作为一转，突显孔子以《六经》教化万民，影响千秋万世以至于今，突破时间的限制。

  本篇吴闿生点出"避实击虚法"，说明不用实笔的原因在于孔子的学问精微深奥，不好发挥论赞，因此改由"低浅处"平易近人的层面切入。引《诗经》之言，表达向往思慕之情；泛述"孔氏"，写景仰、写低徊留恋、延续至后世宗之；由此再推出"至圣"一词，表达无限推崇之心。用虚笔深入浅出，逐步引到孔子学说为后代尊崇。

萧相国世家赞

  汉兴诸功臣，史公观之，皆不足当其一盼，故此诸篇最可诵。

太史公曰：萧相国何，于秦时为刀笔吏，录录未有奇节。言其始即无可称。及汉兴，依日月之末光，此句言其以旧故贵耳。何谨守管钥，因民之疾秦法，顺流与之更始。亦言其无能有所施为。淮阴、黥布等皆以诛灭，以，读曰已。而何之勋烂焉，位冠群臣，声施后世，与闳夭、散宜生等争烈矣。末段揶揄尤甚。○收笔冷。

[评析]

萧何初仕秦朝，为沛县主吏，多次回护援助刘邦。刘邦军率先攻入咸阳时，诸将争夺金帛财物，只有萧何"先入收秦丞相御史律令图书藏之"，是以汉军能掌握地理要塞与户口等信息。楚汉相争时期，刘邦诸将在外，萧何留守关中，稳定民心，运输士兵与粮饷至前线，因此汉朝建国后，刘邦以萧何功最盛，列功臣第一。萧何曾力荐韩信为大将军，后又助吕后设计杀害。本传中以不少篇幅记载萧何三次消除刘邦的猜忌，分别为留守关中时遣族人从军、陈豨谋反时辞让封赏、捐赠私产等。

传赞的论点可分为三点：早期庸碌无奇节，顺应民心修订秦法，声名可与闳夭、散宜生相比拟。

在吴闿生看来，太史公认为萧何无能、无所作为，语意揶揄讥诮。这样的见解，是基于汉朝沿袭秦制度法律而产生。太史公《六国表序》云秦焚书后独留《秦纪》，吴闿生指出这是讥讽汉朝专用秦法。刘邦军入关中时，为收拢秦地民心，而有约法三章事，"约"，减省之意，减省秦之苛法，存杀人、伤人、盗三章，此乃一时权宜作法。汉朝建立之后，却仍以三章为常规法令，因三章"不足以御奸，于是相国萧何捃摭秦法，取其宜于时者，作律九章"。萧何参考先前查收的秦朝政典、法典，简明为《九章律》。虽然较为宽松，但基本上是复制秦法。篇末将萧何比拟为无显赫事功的闳夭、散宜生，对比本传中鄂君所言萧何有"万世之功"，落差甚大！虽传中亦呈现萧何优点，但后半篇幅侧重于顺应上心，论赞谓"录录未有奇节"，又是汉朝法律的主导者，整体而言，太史公叙述萧何口吻冷淡，评价偏向贬抑。

曹相国世家赞

太史公曰：曹相国参，攻城野战之功，所以能多若此者，以与淮阴侯俱。及信已灭，而列侯成功，唯独参擅其名。菲薄已极！**参为汉相国，清静，极言合道。**此参之长处，故《传》中亦极意摹写；盖虽不满其人，有佳处亦不可掩，此乃直笔信史，又未可鄙夷一切以为高也。〇极言合道，犹云极称合道耳，非极言尽谀之义也。**然百姓离秦之酷后，**"离"与"罹"同。**参与休息无为，故天下俱称其美矣。**亦是冷诮，以其身居相国，乘权藉势，而不能有所施为也。

[评析]

曹参初仕秦朝，与萧何皆为沛县吏。曹参久经沙场，辅佐刘邦击败秦将，亦曾隶属于韩信军中讨伐各路诸侯，一同攻破项羽。汉定后，刘邦论功行赏以为第二。后经萧何推荐，继任为惠帝的相国，一切皆遵萧何之法而无所变更。采用黄老之术，清静无为，百姓讴歌称赞。曹参表面上不治丞相事，每有宾客欲谏，便属客同饮，使客不得开说，此举亦鼓动了附近吏舍饮酒作乐的风气。

论赞先述战功。曹参追随过韩信，韩信深受猜忌乃至夷三族，而曹参则是不治事，安享封赏与相位。参看《太史公自序》云："嘉参不伐功矜能，作曹相国世家第二十四。"以及《淮阴侯列传赞》："假令韩信学道谦让，不伐己功，不矜其能，则庶几哉！"两者正相对映。吴闿生同情韩信，故对于"参独擅其名"一句评为"菲薄已极"。

论赞后叙相业，聚焦于清静无为。吴闿生以为褒贬参半。黄老之道清静无为，民得以安宁，为长处；至于萧规曹随，不作更动，则是空占相位而无所施为，为短处。合观萧、曹两篇论赞，吴闿生评为"冷""冷诮"，以萧何采撷秦法，曹参又一切沿用之故。

留侯世家赞

留侯佐汉，亦旷世才；而史公独藐视之者，以其婘娶取媚吕后，以为全身之计，无激昂慷慨之大节也。然此意绝不轻露，东坡尚被其瞒过，何况余人乎？

太史公曰：学者多言无鬼神，然言有物，至如留侯所见老父予书，亦可怪矣。高祖离困者数矣，离，罹也。而留侯常有功力焉，岂可谓非天乎？归功于天，妙绝！上曰："夫运筹策帷帐之中，决胜千里外，吾不如子房。"余以为其人，计魁梧奇伟，至见其图状貌，如妇人好女。绝世诙谐。盖孔子曰："以貌取人，失之子羽。"留侯亦云。

[评析]

张良为韩国贵族之后，年少刺杀秦始皇，不成，逃匿至下邳，得黄石老人赠《太公兵法》。后张良辅佐刘邦，屡次以智谋化解危机，引导刘邦应变，诸如笼络项伯，化解鸿门宴杀机；兵败彭城时，看出英布、彭越与韩信可以策反、结盟；荥阳相距，刘邦欲分封六国后代，张良及时阻止，说服刘邦认清形势；韩信破齐欲自立，张良与陈平蹑刘邦足，示意答应；汉定天下，劝刘邦分封雍齿，以服群臣；建议定都关中，巩固形势；在吕后嫡子面临嗣位威胁时，说动商山四皓出面，维持汉室安定。张良运筹演谋，为汉一步步稳定根基，又能知帝王心态，退朝学道，因而能安享天年。

论赞提出黄石老人赠书一事的疑惑，带有神怪色彩，将张良应变献计之功归因于天助。接着引述刘邦之语，推崇张良运筹帷幄之能力，最后是对于张良外貌的感触。

司马迁论汉皇室所点出的"天"，吴氏父子多由反面理解，以为是隐藏讽喻与不满，因此亦不喜张良。对于张良的外貌，吴汝纶《史记集评》曰："史公于高帝君臣皆不当其一眄。子房状貌如妇人好女，盖轻之也。叙四皓事亦见此意，皆讥其阴附吕氏以取媚。"吴闿生延续家学所见，乃有题下评等言，批判极为严厉，并在张良外貌"如妇人好女"句评为"绝世诙谐"，以为太史公有蔑视之意。吴氏父子这样的独特见解，似乎延伸太过。

屈原贾生列传赞

太史公曰：余读《离骚》《天问》《招魂》《哀郢》，悲其志。一层。适长沙，观屈原所自沈渊，未尝不垂涕，想见其为人。二层。及见贾生吊之，又怪屈原以彼其材游诸侯，何国不容，而自令若是。三层。读《服鸟赋》，同死生，轻去就，又爽然自失矣。四层。〇层折清晰，最易玩味。史公与屈子、贾生皆不得于时，抑郁烦冤，故其言感慨沈至如此。

[评析]

　　关于屈原及贾谊的生平事迹，详见本书已选《离骚》与《鵩鸟赋》评析。《太史公自序》云："作辞以讽谏，连类以争义。"以二人所著辞赋皆讽谏合宜，而合为一传。此外，二人生平遭遇亦相似，原先在政治上颇有建树，后忠信受谗，外放于楚地，也是合传的原因。

　　吴闿生将论赞分析为四层，评为"层折清晰"。第一层，太史公读屈原《离骚》等作品，为其壮志未酬感到悲伤。第二层，因为有这样的认识与情感基础，太史公游历长沙时更加悲痛，在屈原自沉处为之追念神伤。第三层，以《吊屈原赋》为连接点引贾谊入文，仅用短短一句便急转回屈原身上，疑惑屈原为何不远游他国，另事他人。第四层，再转折接写贾谊在困厄中宽慰自己，略举《鵩鸟赋》思想以作结。司马迁仅用百字，便高度概括两人共同点，条理清楚，层次之间的转换相当流畅。

　　吴闿生指出此篇寄托太史公自身遭遇的感慨。传中叙事时夹议论，如："信而见疑，忠而被谤，能无怨乎？"此亦为太史公心中的呐喊。写屈原、贾谊，其实是寄托自己不得遇于当世，受谗辱的悲愤不平之气。

魏豹彭越列传赞

　　太史公曰：魏豹、彭越虽故贱，然已席卷千里，南面称孤，喋血乘胜，日有闻矣。怀畔逆之意，及败，不死而虏囚，身被刑僇，何哉？发问瑰诡。中材已上，且羞其行，况王者乎？更逼入一层，为下文反跌作势。彼无异故，提唱而入，声势甚振。智略绝人，独患无身耳。千古英雄胸臆间情态，一语揭破。得摄尺寸之柄，其云蒸龙变，欲有所会其度，以故幽囚而不辞云。意气轩昂岸玮，雄隽非常，魏豹、彭越殆不足以当此。史公遭刑辱，自惜其才，含垢不肯死，故发为此论，以泄其幽愤之气云尔。凡作者撰著，皆以自见，非为人也。

[评析]

  魏豹，为魏国宗室之后，项羽破秦时立之为魏王，后魏豹归降于刘邦。彭城之战汉败，魏豹回封地叛汉。刘邦派遣韩信俘虏了魏豹，在楚、汉相争危急时，命令魏豹守荥阳。另一守将周苛认为反叛者不可与守城，于是自行杀了魏豹。彭越，原为强盗出身，汉高祖元年（前206），拔擢为将军。来年，与魏豹攻楚，事成，拜为魏相国。楚、汉相拒于荥阳时期，彭越常采用游击战术，断绝楚军粮，后又攻克二十余城，得粟十余万斛，强力供应汉军粮饷。彭越屡建战功，受封为梁王。汉高祖十年（前197），陈豨谋反，刘邦向彭越征兵。彭越称病不往，将属辄曰"不如遂发兵反"，彭越不听，太仆竟然告密，谓有谋反之心。彭越遭囚，贬为庶人，流放西蜀，途中求情于吕后，却为吕后陷害，导致宗族夷灭。

  论赞说明将魏豹、彭越二人合传的原因，共通点在于皆曾低贱，后建战功、称王。接着提问为何二人被虏被囚而不自裁，甘心受辱？又再逼问一句，中等资质者都会因此感到羞耻，更何况是王者？最后说明忍辱不死的原因，在于"智略绝人，独患无身耳"，这解答了上述两个问题，正因为智慧、谋略都高人一筹，更应该保全性命，一旦掌握些微权力，便能再次振起施展。

  对于论赞提出的第一个问题，吴闿生评"发问瑰诡"，意即太史公以瑰奇的方式抛出问题。上文还在说二人称王有声名，便突然打断语意，落到叛逆失败，又责问他们为何不死，甘愿被虏。质问的对象已逝去多时，该如何得到回答？况且彭越并非真的谋反，此罪名由朝廷断定而来，因此这责问便显得相当奇特,是将主意放在受辱而不死。论赞末尾,吴闿生指出"魏豹、彭越殆不足以当此",只因魏豹性情反复不定,战功不大;彭越功劳甚多,但在"智略"部分未必可说是"绝人"。太史公之所以会迸发出这样的议论,是想借由二人以寄托自己含冤不肯死的悲愤,正是怀抱着更远大的志向,因此绝不能轻易死于目前的屈辱中,希望昭显自己"欲有所会其度"之心意。故吴闿生评"凡作者撰著,皆以自见,非为人也"。

淮阴侯列传赞

太史公曰:吾如淮阴,淮阴人为余言:"韩信虽为布衣时,其志与众异。其母死,贫无以葬,然乃行营高敞地,令其旁可置万家。"余视其母冢,良然。补叙韩信微时态度。假令韩信学道谦让,不伐己功,不矜其能,此见韩信之死,出于不谦让,伐功矜能而致祸,所谓谋畔,乃莫须有之事也。盖鞅鞅羞与哙等伍,即其所以杀身者耳。则庶几哉!于汉家勋,可以比周、召、太公之徒,后世血食矣;不务出此,而天下已集,乃谋畔逆,夷灭宗族,不亦宜乎!正言若反,所以深白韩信之冤,而惜其横死,言信不冀望辅佐汉家,比肩周、召,世世血食;而天下已集之后,乃谋畔逆,自取夷灭,为必无之事也。然则何不明言,而为此激射之语乎?不知汉朝既以为畔臣而诛之,迁于其时固不得明言也。

[评析]

韩信少时贫穷,常寄食于他人,曾受餐于漂母,亦忍受过胯下之辱。秦朝末年,先跟随项羽,未得重用,乃转投刘邦。经萧何推荐为大将,献还定三秦之计,使汉军顺利向东推进。与魏豹之战,韩信布置疑兵与伏兵，袭击成功，接着攻破代国。每当韩信战胜，精兵往往被刘邦征用，但总能出"诈谋奇计"再次战胜。井陉之战，以背水阵击败赵国；潍水之战，堵水、佯败，击灭楚、齐联军。高祖四年（前203），韩信为了平定齐地，请求立为代理齐王，刘邦在张良与陈平的示意之下，立为齐王。辩士蒯通多次游说韩信谋反，但韩信顾念刘邦解衣推食的恩惠，"又自以为功多"，不愿背叛。高祖五年（前202），刘邦夺韩信兵，徙为楚王。来年，韩信被诬告谋反，再降为淮阴侯，由此郁郁寡欢。高祖十年（前197），陈豨起兵造反，吕后与萧何密谋，诱杀韩信于长乐宫。

论赞先引述淮阴人之言，显现韩信在微贱时即胸有大志。接着假设韩信若能谦让，"不伐己功，不矜其能"，则能安享勋爵，传承后世。再责备韩信行叛逆之事，导致夷三族，以"不亦宜乎"反问煞尾。至于在赞中补述韩母墓"可置万家"之事，正巧与后文"后世血食""夷灭宗族"联系，形成一条迈向高处又陡然跌落的脉络，表达对韩信的惋惜。

吴闿生以为韩信不可能谋反，死得极为冤枉。韩信确实有"自以为功多"之自信，又曾直言"陛下不过能将十万""臣多多而益善"；其早年胯下之辱一事，也可见出他骄傲而不屑置辩的傲气。吴闿生指出所谓的"伐功矜能"，主因是韩信被降为淮阴侯后，怏怏不乐，又耻于与周勃、灌婴、樊哙同列，加深了其他功臣的不满。究竟韩信是否谋反，传中写得隐晦而反复。对于这个"功无二于天下，而略不世出"的天才，太史公痛惜其横死，但怎么能推翻皇室定论而写出实情？他无法明示，只好用"正言若反"的方式隐晦道出。如此看来，赞中的激问，以及传中唆使陈豨之言，都是故布疑兵的反言，用以掩盖真意。

卫将军骠骑列传赞

　　太史公曰：苏建语余曰："吾尝责大将军，至尊重，而天下之贤大夫毋称焉，愿将军观古名将，所招选择贤者，勉之哉。"大将军谢曰："自魏其、武安之厚宾客，天子常切齿。彼亲附士大夫，招贤绌不肖者，人主之柄也。人臣奉法遵职而已，何与招士？"骠骑亦放此意，随手插入骠骑，以无甚异同，不足深论也。其为将如此。无一字褒贬，但记生平所言，而其人之本末自见，非学识才力过绝人，无此笔法也。

[评析]

　　本篇以卫氏家族卫青、霍去病二人合传，附录裨将。卫青早年为奴，后异父姊卫子夫得武帝临幸，卫青随行入宫，历任为建章监侍中、大中大夫。武帝以卫青为车骑将军，斩匈奴首虏数百。元朔元年（前128），卫青再击匈奴，远至陇西，武帝立朔方郡。卫青凡七出击匈奴，以三千八百户封为长平侯，后又有两次加封，子在襁褓中，亦皆封侯。霍去病为卫青二姊卫少儿之子，善于骑射，元朔六年（前123），武帝擢升为剽姚校尉，因功冠全军，随即以千六百户封为冠军侯，三年后升为骠骑将军，年仅二十岁。霍去病凡六出击匈奴，四次加封，与卫青同加官为大司马。

　　司马迁对于卫、霍二人的看法甚微妙，文中多有贬抑：

　　一、本传云卫青"为人仁善退让，以和柔自媚于上，然天下未有称也"，传赞则是批判不养士尊贤。本传云霍去病"贵不省士"，且"重车余弃梁肉，而士有饥者"，因年少富贵，不体恤下属，司马迁以"事多类此"带过，显见不满。

二、述攻战过程相当简略，常以战功与封赏概括带过，少见战术运用，与《李广传》差异极大。又，本传记霍去病"所将常选，然亦敢深入，常与壮骑先其大将军，军亦有天幸，未尝困绝也。"常选取精兵，敢弃大军于后而先进，此易落入寡不敌众的弱势，却能屡屡胜战，殆为天幸！

三、卫子夫为皇后，有太子据，卫氏枝属因裙带关系而显耀人臣。卫、霍二人事不只见于《外戚世家》，竟然也列于《佞幸列传》，直言"以外戚贵幸"，此传多记男宠，而在《汲郑列传》中，又暗示武帝与卫青关系亲密。

四、司马迁不满武帝穷兵黩武，《平准书》直笔写道："兵连而不解，天下苦其劳，而干戈日滋。……百姓抏弊以巧法，财赂衰耗而不赡。"《匈奴列传》言："汉士卒物故亦数万，汉马死者十余万。"由连年征战引发全面性的政经社会弊害、民生凋敝，因此对于主击匈奴而战功彪炳的卫、霍二人，连带没有好感。

然而，《史记》亦有肯定卫、霍之处：

一、本传云霍去病"少言不泄，有气敢任"。且不墨守孙、吴兵法，用兵灵活。

二、观《佞幸列传》中其他佞者，籍孺与闳孺"非有材能，徒以婉佞贵幸"，邓通"无伎能""无他能"，写卫、霍则是"颇用材能自进"，相比之下，有其长处。

三、《淮南衡山列传》中，淮南王谋士伍被盛赞卫青，诸如"大将军遇士大夫有礼，于士卒有恩，众皆乐为之用"等，称卫青谦逊有礼，爱护将士。虽是出自伍被阻止刘安谋反之语，但应为《史记》之互见手法。

综上所述，《史记》对于卫、霍二人是贬中带褒。班固《汉书》则更偏于贬抑，其《景武昭宣元成功臣表》竟不列卫、霍，而是录于《外戚恩泽侯表》中，班固显然不将二人视为功臣，徒视之以外戚列侯，这反映出古代士大夫的一条道德思路。吴汝纶《史记集评》评本篇"以外戚幸臣为主",只着眼于身分关系,不重将才。吴闿生亦以贬义解读,甚至在前篇《建元以来侯者年表序》夹评直指卫青、霍去病为"庸才",则更为偏颇,有失公允了。

季布栾布列传赞

　　太史公曰:以项羽之气,而季布以勇显于楚,身履军搴旗者数矣,可谓壮士;然至被刑僇,为人奴而不死,何其下也!_{发问傲诡,与《魏豹篇》同一机轴。}彼必自负其材,故受辱而不羞,欲有所用其未足也,_{未足,犹言未尽。}故终为汉名将。贤者诚重其死。_{有味乎言之。}夫婢妾贱人,感慨而自杀者,非能勇也,其计画无复之耳。_{此皆史公胸臆间语,时一发露,英光俊气不可抑遏,史迁固天下之壮士也!}栾布哭彭越,趣汤如归者,彼诚知所处,不自重其死。_{言得死所者,无复留难之意,以甘就死者,自证其不死也。}虽往古烈士,何以加哉!

[评析]

　　季布,原为项羽部下,曾击败汉军多次,高祖怨之,悬赏千金。季布先后藏匿于周氏与朱家处,情愿剃发、铁圈束颈,伪装成农奴以躲避查缉,后由夏侯婴向高祖说情才得赦,拜为郎中。吕后时,冒顿单于请婚,季布有鉴于高祖平城之围的惨败经验,敢于直谏勿战,朝廷乃改采和亲。文帝时亦有建言。栾布,早年曾与彭越来往。家境穷困,在酒家做过佣工,又被卖为奴隶。后受燕王赏识,封为将军。燕国被击败时,栾布遭虏,幸得彭越为其赎身。后彭越被告发谋反,栾布见其枭首,大声号哭祭吊。刘邦疑两人共谋反，欲烹杀栾布，栾布"趣汤如归"，理直气壮辩解，乃释罪。

论赞先称誉季布为"壮士"，急转至他被处刑、奴役却不死的行为，"何其下也"，批判严厉。紧接着说明何以不死的原因，必是"欲有所用其未足也"，行文至此，笔势忽然跳跃升至"终为汉名将"，以事实证明季布确实是有才能者，并定下"贤者诚重其死"的论点。而后对比因刑辱而感愤自杀的低贱者，皆非真正的勇，衬出季布即使曾经为奴，但有大勇。末尾再借由栾布视死如归的态度，强调贤者甘愿就死，怕的只是不能死得其所。

赞文中数落"何其下也"，吴闿生评"发问俶诡"；又本篇与《魏豹彭越列传赞》的"发问瑰诡"相同。读来贬抑甚重，但其实太史公不是责怪为何苟且偷生，而是借此托明己志，为诡辞也。吴闿生评《魏世家》云："用意俶诡，最是史公胜处。"所谓"俶诡"或"瑰诡"，即是以奇特的方式行文，或用反笔、区笔，语气或疑惑，或激昂，都是太史公别有寓意之处。无论是彭越或季布、栾布，都是因为"欲有所用"，所以才"诚重其死"。由栾布哭彭越一事，再证明并非单纯贪生怕死，只怕死非其所。自杀不代表有勇气，也不是太史公认为的气节；忍辱吞羞，完成未竟之志，才是苟活世上的原因。本传中记载栾布到晚年犹说："穷困不能辱身下志，非人也。"这也说出了太史公的心声。《史记》中不厌其烦，一再为苟活者辨明其故，都是自抒胸臆，欲以自明。

报任少卿书

史公被刑之后为中书令，尊宠任职；故人益州刺史任安与书，责以"进贤"之义，乃作此书报之，以自写其悲愤不平之气，千回百转，踔厉奋发，而归重其所著《史记》。如大海波涛，风起潮涌，喷薄万变，天下古今第一篇绝大文字也。

太史公牛马走，司马迁再拜言，先大夫曰："'牛马走'当是'先马走'之误，《越语》：'勾践身亲为夫差前马。'《淮南子》云：'为吴兵先马走。'"少卿足下：曩者辱赐书，教以"慎于接物，推贤进士"为务，意气勤勤恳恳，若望仆不相师用，望，怨也。而流俗人之言，而，犹如也。仆非敢如是也。仆虽罢驽，亦尝侧闻长者遗风矣，接入处英峥。顾自以为身残处秽，动而见尤，欲益反损，是以独抑郁而无谁语，谚曰："谁为为之？孰令听之？"盖钟子期死，伯牙终身不复鼓琴，何则？士为知己者用，女为说己者容。若仆，大质已亏缺矣，先大夫曰："大，当作'天'。"虽材怀随、和，行若由、夷，终不可以为荣，适足以发笑而自点耳。以上发端。言被刑冤，愤伤世人之不见知。

书辞宜答，会东从上来，又迫贱事，相见日浅，卒卒无须臾之间，间，去声，间隙也。得竭指意。书辞未达，一层。相见、未竭指意，一层。今少卿抱不测之罪，安为戾太子事囚于狱。涉旬月，迫季冬，仆又薄从上雍，薄从，从武帝也。上雍，祠祀也。恐卒然不可讳，言安死也。是仆终已不得舒愤懑以晓左右，终已，至竟也。则长逝者魂魄私恨无穷，长逝者，亦指安言。请略陈固陋。阙然久不报，幸勿过。以上言答任安之旨。○发端繁重如此，所以为通篇布势，乃作长文之法。

仆闻之：修身者，智之符也；受施者，仁之端也；取与者，义之表也；耻辱者，勇之决也；言勇者因耻辱而自决。立名者，行之极也。此五句笼罩全体，如立表以分疆界。士有此五者，然后可以托于世，列于君子之林矣。故祸莫憯于欲利，悲莫痛于伤心，行莫丑于辱先，诟莫大于宫刑。从受刑说起，以明傻辱之人不堪荐士。此四句由远及近。刑余之人，无所比数，非一世也，所从来远矣。顿挫激昂。昔卫灵公与雍渠载，孔子适陈；商鞅因景监见，赵良寒心；同子参乘，袁丝变色，自古而耻之。夫中材之人，事有关于宦竖，莫不伤气，提笔作顿挫，以寓其愤郁之气。造语有嚄唶声。况慷慨之士乎！如今朝虽乏人，奈何令刀锯之余，荐天下豪隽哉！语意虽答任安之词，而愤激不堪之意，自在言外。凡文家用意处皆不肯直率出之，旁敲侧映，以寓其意；专从正面发挥，则不能透辟也。仆赖先人绪业，以下始入己身正文。得待罪辇毂下，二十余年矣。所以自惟：提笔振起。惟，思也。上之，不能纳忠效信，有奇策材力之誉，自结明主；句法皆跌宕轩爽。次之，又不能拾遗补阙，招贤进能，显岩穴之士；外之，不能备行伍，攻城野战，有斩将搴旗之功；下之，不能积日累劳，取尊官厚禄，以为宗族交游光宠。排列四层，朴茂浓厚。四者无一遂，每排叙后，必随手作总结，章法所以明晰。苟合取容，无所短长之效，可见于此矣。发端甚远。乡者，仆亦尝厕下大夫之列，再提再振。陪奉外廷末议，不以此时引维纲、尽思虑，今已亏形，为扫除之隶，在阘茸之中，乃欲仰首伸眉，论列是非，不亦轻朝廷、羞当世之士耶？跌宕悲愤，至是已极。嗟乎！嗟乎！如仆，尚何言哉！尚何言哉！再拖两句，文势十分酣足。

　　且事本末未易明也。一句拨转，如生龙掉尾，纯用逆势，而下文情势已含蕴意中，东坡所谓"笔未到，气已吞"，是此妙处。此下始入李陵事，是长篇开拓笔势之法。仆少负不羁之才，负，乏也。长无乡曲之誉，主上幸以先人之故，使得奏薄伎，出入周卫之中。仆以为戴盆何以望天，故绝宾客之知，忘室家之业，日夜思竭其不肖之材力，务壹心营职，以求亲媚于主上，语语切至，抒写透辟。而事乃有大谬不然者。空中转掉，沈痛呜咽。夫仆与李陵，直起。俱居门下，素非相善也，趣舍异路，未尝衔杯酒，接殷勤之欢；然仆观其为人，自奇士，以下多用三字短句，愈觉劲拔。事亲孝，与士信，临财廉，取与义，分别有让，恭俭下人，常思奋不顾身，以徇国家之急，写得透。其素所畜积也，仆以为有国士之风。十四字作一句读，句法跌宕。夫人臣出万死不顾一生之计，再提再振，下句下字皆沈着。赴公家之难，斯已奇矣。今举事壹不当，而全躯保妻子之臣，字法、句法。随而媒孽其短，仆诚私心痛之！沉着痛切，无以复加。张廉卿先生云："此与古诗'相去万余里，故人心尚尔'同一笔法，解此乃得奇纵而湛至。"又云："此盖逆摄下面文字，先作顿挫乃尔，有籋云乘风之势。"阎生案：此等处皆平空蓦起，作凌空翻掉之笔，故觉奇横逼人。此文前半篇妙处，全用此法，张先生所引古诗二句，同此妙也。且李陵提步卒不满五千，深践戎马之地，足历王庭，垂饵虎口，造语奇险。横挑强胡，抑亿万之师，与单于连战十余日，所杀过半当。虏救死扶伤不给，旃裘之君长咸震怖，乃悉征其左右贤王，举引弓之民，一国共攻而围之，转斗千里，矢尽道穷，救兵不至，士卒死伤如积。然陵一呼劳军，转笔振。士无不起，躬流涕，沫血饮泣，张空拳，冒白刃，北首争死敌者。此段写李陵战状，凛凛有生气。以下叙己讼冤得罪曲折。陵未没时，使有来报，汉公卿王侯，皆奉觞上寿。后数日，陵败书闻，主上为之食不甘味，听朝不怡，大臣忧惧，不知所出。仆窃不自料其卑贱，见主上惨凄怛悼，诚欲效其款款之愚，叙次绝明了。以为李陵素与士大夫绝甘分少，先大夫曰："当依《援神契》作'绝少分甘'。"能得人之死力，虽古名将，不过也。身虽陷败，提顿。彼观其意，且欲得其当而报汉。事已无可奈何，再提。○句句接，句句断。其所摧败，功亦足以暴于天下矣。仆怀欲陈之，而未有路，适会召问，即以此指推言陵之功，欲以广主上之意，塞睚眦之辞，未能尽明。明主不深晓，字法、句法。以为仆沮贰师，而为李陵游说，遂下于理，拳拳之忠，终不能自列，因为诬上，为诬词以上达也。卒从吏议。家贫，货赂不足以自赎，提顿。○此下数语最恻怆。交游莫救视，左右亲近不为一言。身非木石，独与法吏为伍，深幽囹圄之中，谁可告愬者。此正少卿所亲见，提顿。○长篇中必时时用此等提顿，局势乃振拔不懈，所谓跌宕恣肆者也。仆行事岂不然耶？先大夫曰："《广雅》：'行，往也。'汉人多以'往事'为'行事'。"李陵既生降，再提笔振起，以上文均铺叙，易涉平衍，复用跌宕，以振其势。隳其家声，而仆又佴之蚕室，佴，推也，人勇切。重为天下观笑。悲夫！悲夫！事未易一二为俗人言也。重笔镇压，收束上半篇文字，开出下文。姚姬传云："此下自耻辱引入立名，如江河之上，风起水涌，怒涛万变，而卒输于海，天下之至奇也。"方展卿云："此下本说已于世无可为，惟著书以传后世而已，因要说著书，故先说己之不死；因要说不死，故先说腐刑极辱为当死。大波澜曲折中，又包许多小波澜曲折，是文字妙处。"

仆之先人，直起。○所谓"直起"者，无虚字缘饰，无装头盖面说话，平正直叙是也。非有剖符丹书之功，文史星历，近乎卜祝之间，固主上所戏弄，倡优畜之，沈痛刻酷。流俗之所轻也。假令仆伏法受诛，若九牛亡一毛，与蝼蚁何以异？而世又不与能死节者比，特以为智穷罪极，不能自免，卒就死耳，何也？素所自树立使然也。以上正言己所以不死而受刑之故，以下无端开出异境矣。人固有一死，死有重于泰山，或轻于鸿毛，用之所趣异也。从远大处落墨，破空而来，顿辟异境。○"泰山""鸿毛"二语，千古死节名论。成就多少豪杰志士，而本始实创见于此。太上不辱先，从远大处接笋。○此等转接皆是展拓局势之处。其次不辱身，其次不辱理色，其次不辱辞令，其次诎体受辱，其次易服受辱，其次关木索、被箠楚受辱，其次鬄毛发、婴金铁受辱，其次毁肌肤、断肢体受辱，最下腐刑，极矣！层叠而下，至"腐刑"，极沈痛。《传》曰"刑不上大夫"，引此以见朝廷之失刑，下句却急解到"士节"上，此谓婉妙。此言士节不可不厉也。猛虎处深山，又开。百兽震恐，及在阱槛之中，摇尾而求食，积威约之渐也。此以虎在阱槛，喻己之受刑。先大夫曰："'威''约'对文，《楚辞》注：'约，屈也。'"故士有画地为牢，势不入；削木为吏，议不对；定计于鲜也。先大夫云："'鲜''洗''先'同声通借，此借'鲜'为'先'也，旧注以'鲜'为鲜明，亦通。"今交手足，受木索，暴肌肤，受榜箠，幽于圜墙之中，当此之时，见狱吏则头抢地，视徒隶则心惕息，撰语切至。何者？积威约之势也。及已至是，言不辱者，所谓强颜耳，曷足贵乎！此皆所以自明其不死之词。盖受刑之时，若以死拒之，则可云"不受辱"矣；然真欲不辱者，必如所谓"画牢不入，刻吏不对"而后可，乃定计于先者也。若既已幽囚对吏，虽使以死拒刑，其实受辱已久矣。强称"不辱"，何补于事？故是时虽能决死，亦不足以洗辱，以上大旨如此。此下乃言古今受辱者正多，不如有以自见，不为区区之小谅也。且西伯，伯也，拘牖里；短句劲健。李斯，相也，具五刑；淮阴，王也，受械于陈；彭越、张敖，南乡称孤，系狱具罪；绛侯诛诸吕，权倾五霸，囚于请室；请室，请罪之室。魏其，大将也，衣赭衣，关三木；"三木"在项及手、足。季布为朱家钳奴；灌夫受辱居室，受辱于居室，如淳云："居室，今守宫也。"此人皆身至王侯将相，声闻邻国，提挈。及罪至罔加，罔，诬罔也。不能引决自裁，在尘埃之中，古今一体，引诸人自证，故云"古今一体"。安在其不辱也！历引古今名人受辱者，用以自证。气势郁厚，章法雄远，语气奇崛。由此言之，申明一层，气益朴厚。**勇怯，势也**；一字一句，乃知古文所以劲拔，全在能薅去闲字耳。**强弱，形也。**言形势所在，豪杰不能与之争。**审矣，曷足怪乎？**反覆以尽其势。**且人不能蚤自裁绳墨之外，**仍不落下，尚自盘旋顿挫，言之不足，故长言之；长言之不足，故咏叹以出之，雄极！厚极！**已稍陵夷，至于鞭棰之间，乃欲引节，斯不亦远乎！**此段再提再振，凡此提振处，皆精神喷溢处也。至意旨仍谓不能定计于先，至已受辱被刑，虽能死，亦不足雪耻，所以自明不为区区之小谅也。**古人所以重施刑于大夫者，殆为此也。**回顾上文，神气十分酣足。**夫人情莫不贪生恶死，**再提。〇上言已受刑，不足言节。此下言已不死，并非怯懦。**念亲戚，**"亲戚"即父母也。**顾妻子，至激于义理者不然，乃有所不得已也。今仆不幸，早失二亲，无兄弟之亲，独身孤立，少卿视仆于妻子何如哉？**口吻如见。**且勇者不必死节，**横空再振，将言己之不死非怯，先言死节亦不必为勇也。**怯夫慕义，何处不勉焉！**先大夫曰："处，读曰遽。《庄子·天地篇》：'则其自为遽。'《释文》：'本又作"处"。'"**仆虽怯耎，欲苟活，亦颇识去就之分矣，**尽力荡漾。**何至自湛溺缧绁之辱哉！且夫臧获婢妾，犹能引决，**再翻一层。**况若仆之不得已乎！**看其千回万转，将落复振，不肯轻下，跌宕悲愤，酣畅淋漓，直到至尽至极处，犹能凭空反掉，然后顿出下文，故文势雄厉踔发，空前绝后，成此古今未有之巨观，世界第一之大文也。**所以隐忍苟活，函**先大夫曰："《楚语》韦注：'函，入也。'王念孙云：'当为"臽"，即"陷"字。'"**粪土之中而不辞者，恨私心有所不尽，鄙没世而文采不表于后世也。**此全篇归宿所在，看其通身神力，逗出此句，特用严重长句顿而出之。"鄙"下一本有"陋"字，非是。

　　古者富贵而名摩灭，不可胜记，唯倜傥非常之人称焉。提笔轩爽。〇此下始归重著书传世正面。如此大篇，须玩其转折提顿，英玮磊落，绝不犹人处。盖西伯拘而演《周易》；仲尼厄而作《春秋》；屈原放逐，乃赋《离骚》；左邱失明，厥有《国语》；孙子膑脚，《兵法》修列；不韦迁蜀，世传《吕览》；韩非囚秦，《说难》《孤愤》；又历举古今著述以自证。琢句遒练，蓄势郁重，与全篇体格相称，真力弥满。《诗》三百篇，大抵圣贤发愤之所为作也。长句变调，以结束上文，以申其气。此人皆意有所郁结，不得通其道，故述往事、思来者。总挈上文，有"手挥五弦，目送飞鸿"之妙。及如左邱明无目，孙子断足，此二人残躯被刑于己尤近，故重复申说以见意，而文势愈有盘错磊砢之致。终不可用，退论书策，以舒其愤思，"思"字，句绝。垂空文以自见。凌空倒影。已之《史记》本末，已全摄在此。仆窃不逊，提笔挺接。近自托于无能之辞，网罗天下放失旧闻，先大夫曰："'失'即'佚'字。"考之行事，综其终始，稽其成败兴坏之理，上计轩辕，下至于兹，为十《表》、《本纪》十二、《书》八章、《世家》三十、《列传》七十，凡百三十篇，亦欲以究天人之际，通古今之变，成一家之言。草创未就，适会此祸，惜其不成，是以就极刑而无愠色。至诚语，肝胆如见。仆诚已著此书，再提。藏之名山，传之其人通邑大都，书藏名山，而以其副本于通邑大都觅人传之也。则仆偿前辱之责，前辱当死不死，是有死债。书成，愿更偿之。虽万被戮，岂有悔哉！剀切深至。然此可为知者道，难为俗人言也。先大夫曰："古'世''俗'同训，《荀子》言'俗主'即'世主'，马融所谓'俗儒'即'世儒'也。"阎生谨案：此二语千古绝慨，扬雄所以有待于后世之子云也。

　　且负下未易居，此下以余慨作收。负，读"胜负"之"负"，"负""下"二字相对成文。下流多谤议。仆以口语，遇遭此祸，重为乡党僇笑，僇，僇辱也。污辱先人，亦何面目复上父母之邱墓乎？切至语，肝胆如见。虽累百世，垢弥甚耳。是以肠一日而九回，居则忽忽若有所亡，出则不知所如往。"如""往"二字连文。每念斯耻，汗未尝不发背沾衣也。切至语，肝胆如见。凡此皆笔力强绝过人处，所谓"针针见血"，不若今人冗弱之笔，无论写愁写慕，皆八寸三分语，无精神贯注，不能透肌入骨，不能感切动人也。身直为闺阁之臣，宁得自引深藏于岩穴耶？此二语所以自明其不死又不去也！愤惋之极，句势跌宕，如飞跃而出。故且从容浮湛，阎生案：一作"从俗"，即"从容"之转讹，《史》《汉》中又作"纵诙""怂恿"，乃苟合自污之意。与时俯仰，以通其狂惑，今少卿乃教以"推贤进士"，回合章旨。无乃与仆之私指刺谬乎？今虽欲自雕琢，曼辞以自解，曼，美也。美辞指"推贤进士"等。无益，于俗不信，祗取辱耳。要之死日，然后是非乃定。情至语，自信千古，乃敢为此言。收束刚劲。书不能尽意，故略陈固陋，谨再拜。古今雄伟愤发之文，无过此《书》。方望溪云："如山之出云，如水之赴壑，千态万状，变化于自然，由其气之盛也。"李申耆云："厚集其阵，郁怒奋势，成此奇观。"二家所评，皆能状其佳处。熟读此篇，支解句析，心知其意，涵泳其妙，反观他文，一览众山小矣。唯篇幅太大，宜分划段落，然后易于玩味。综览全篇大旨，可分六段：自首至"幸勿过"为第一段，答任安之词；自"仆闻之"至"尚何言哉"为第二段，愤己之被刑；自"且事本末"至"未易一二为俗人言也"为第三段，述为李陵得罪；自"仆之先人"至"文采不表于后也"为第四段，极明受辱不死之理；自"古者富贵"至"难为俗人言也"为第五段，言著书传后，所以自重；自"负下未易居"至末为第六段，以感愤作收。大段如是，其中千变万化，不可方物，大约多作提振跌宕之笔，以发露其精神，故警湛动人；而章法仍自严整，一丝不乱。至其气势喷薄，局度阔远，则子长绝世奇才，未容学步，要不可不知文章中有此绝诣耳。口说不能尽，惟会心人自得之。

[评析]

  汉武帝元封年间，司马迁承袭父职与遗志，任太史令，潜心修史。天汉二年（前99），李广之孙李陵主动请命击匈奴，然而寡不敌众投降，武帝大怒。满朝百官都附和李陵有罪，只有司马迁为李陵辩护，认为李陵并非真心降敌，只是等待时机报答朝廷。《汉书·李广苏建传》载："上以迁诬罔，欲沮贰师，为陵游说，下迁腐刑。"武帝认为司马迁为李陵游说的目的是诋毁主帅李广利，暗示自己用人不当，震怒之下判处"诬罔"大不敬之罪，而司马迁无足够钱财赎身，只能接受宫刑。征和二年（前91），太子刘据被江充诬陷，被迫发兵，命任安相助，任安受命却闭门不出。巫蛊之祸平定后，武帝究责相关人物，认为任安"坐观成败""怀诈，有不忠之心"，处以腰斩。任安写信给司马迁求救，乃有此封回信，解释不能"推贤进士"的苦衷。

  吴闿生说明选录《报任少卿书》的用意是"以为长篇文字模范"，特别在篇尾写明各段文旨，以晓谕学子。

  首段夹评，云："发端繁重如此，所以为通篇布势，乃作长文之法。"依回信惯例，应答辞通常是简笔带过，但司马迁先澄清自己"身残处秽，动而见尤"的状况，而后沉重说出自己"大质已亏缺矣"，将所有的不堪摊开于对方面前，超出原本书信开头的应答惯例范围，悲痛沉重若此，是为"繁重"。吴闿生以为起笔已为全篇旨意布局，顺势引出受刑，领起后文忍辱苟活只为完成《史记》的主旨。

  第二段叙述受官刑之悲愤，以回应任安"推贤进士"的指责。行文至"夫中材之人，事有关于宦竖，莫不伤气"，吴闿生夹评："提笔作顿挫，以寓其愤郁之气。造语有嚄唶声。"此处司马迁以雍渠、景监与赵谈三宦官为例，表示自古以来，包含孔子在内的士大夫都耻于与宦竖同列。

接着提起"中材之人",再进一层引出"慷慨之士"与"豪隽",表明身受辱刑,实已无法再推荐贤能!所言愈高,愈觉自身卑下与污秽。司马迁出狱后,任中书谒者令,此职位虽近于皇上,但武帝时用宦官担任。笔下寄寓了多少愤郁之气,语气随之停顿,是为"顿挫",读之恍如听到切齿含怒之声。

　　抒发不能进贤的悲愤之后,第三段以"且事本末未易明也"急转入当初的李陵一案。此段有二处评为"字法、句法",应当留意,一在"今举事壹不当,而全躯保妻子之臣",次为"明主不深晓"。李陵未败时,公卿王侯皆极力褒扬李陵军之威猛,随后李陵败书传来,汉武帝不悦,大臣随之忧惧,深恐汉武帝迁怒。于是无人为昔时甚得名声的李陵申辩,反倒迅速"媒孽其短",构陷罪名。司马迁虽与李陵无交情,但欲为李陵辩解,好不容易等到主上召问此事,侃侃直言,却惹得汉武帝大怒,将他贬黜下狱,又因家贫不能自赎,甚至左右亲近无人为他说话,尝遍人情冷暖。"全躯保妻子"五字,意思非仅仅字面上的爱惜身家性命而已,诸臣保全了自家人,同时却也损害了李陵的声誉,将他推入深渊。他们随风转舵的行为,是司马迁所欲指责的,责骂之语虽未现于纸上,而诸臣丑态尽在其中。司马迁此时只能独自承受侮辱,既无法疾声呼告冤枉,亦不能责怪降罪于己的武帝,仅能以"明主不深晓"五字道出,真是曲折委婉至极!"全躯保妻子"与"明主不深晓"二处,不直言责怪群臣、推许武帝为"明"君,实则隐藏了许多无法诉之于世的悲愤,故评为"字法"。至于评为"句法"之因,则是二句在文中起了强烈的转折作用——原本期待诸臣说些公道话,反而落井下石;原本希望武帝能听进自己的意见,不但不被采纳,甚至遭受迁怒而连带受罪——在上下文之间,造成急遽的冲突与矛盾。"明主不深晓"一句,未使用一般常用的"而""然"等连接词,瞬间形成一种无处宣泄的绝望与悲愤,文势极强,隐含深意,须读者多加体会。

本篇多处点出"提振",以第四段为例,"斯不亦远乎"句下,评:"此段再提再振,凡此提振处,皆精神喷溢处也。"所谓"提""振",是提笔振起文章精神,通常是文意正向积极处。前文言勇与怯、强与弱,殉节与苟且偷生,是因形势使然,不应责怪不肯自杀者,这些文句,情绪较低,亦非真正的心声。至"且人不能蚤自裁绳墨之外"五句,司马迁则以反诘句振起,此处才是心中所想。司马迁为了完成《史记》而就刑,接受宫刑已是耻辱,如果受刑后才自杀以昭示节操,不是无济于事吗?与前文相较,此处翻转上文语意,勉励奋发,精神振起,故评为"提振"。综观全篇,吴闿生注为"提笔""提振""提顿"处近二十处,为何如此之多,他解释道:"长篇中必时时用此等提顿,局势乃振拔不懈。"长文若一概平铺直叙,未免平板乏味,善用提笔,能振领起文章的高度,造成文势有高低起伏,富波澜变化之美。

篇末吴闿生连评三处"至诚语""切至语""情至语",实乃本篇字字血泪,剖析肝胆以示。世态炎凉,李陵案时"交游莫救,左右亲近不为一言",可知任安也是其中一员,试想司马迁在收到任安来信时,会是多么悲愤?也难怪他迟迟无法下笔回信,因这一切实在太沉重,也太辛酸!李陵案之前,已经有过写史触怒武帝的经验,司马迁曾经"作《景帝本纪》,极言其短及武帝过,武帝怒而削去之"。更何况是现在他已无法再冒任何风险触怒武帝。为了继承先父遗命,"成一家之言",他不得不拒绝任安,在士节与屈辱的拉锯中艰辛地选择了后者,于幽污暗境中独自奋战,含垢忍耻。最终完成《史记》这部巨作,后人同情的同时,也不能不感到敬佩。

杨子幼一篇

报孙会宗书

  子幼学业渊源外祖，此文亦脱胎《报任安书》而悍厉过之，乃其获祸之由；而文字之俊美，夐绝千古矣。

  恽材朽行秽，文质无所底，幸赖先人余业，得备宿卫。遭遇事变，以获爵位，终非其任，卒与祸会。"卒"与"猝"同。足下哀其愚蒙，赐书教督以所不及，殷勤甚厚。然窃恨足下不深惟其终始，而猥随俗之毁誉也。长句轩爽。言鄙陋之愚心，若逆指而文过，默而息乎，恐违孔氏"各言尔志"之义，故敢略陈其愚，唯君子察焉。以上浑答来书大意。

  恽家方隆盛时，乘朱轮者十人，位在列卿，爵为通侯，总领从官，与闻政事。曾不能以此时有所建明，以宣德化，又不能与群僚同心并力，陪辅朝廷之遗忘，已负窃位素餐之责久矣。怀禄贪势，不能自退，遭遇变故，横被口语，身幽北阙，妻子满狱。当此之时，自以夷灭不足以塞责，岂意得全首领，复奉先人之邱墓乎？伏惟圣主之恩，不可胜量。句句健朗，此由伉直之天性也。君子游道，乐以忘忧；小人全躯，说以忘罪。顿宕四语。窃自思念，过已大矣，行已亏矣，长为农夫以没世矣！是故身率妻子，戮力耕桑，灌园治产，以给公上，不意当复用此为讥议也。以上述获罪前后情况。

夫人情所不能止者，圣人弗禁。故君父至尊亲，送其终也，有时而既。臣之得罪，已三年矣。田家作苦，岁时伏腊，烹羊炰羔，斗酒自劳。家本秦也，能为秦声；无端而来，蹈厉横发，不可遏制。妇赵女也，雅善鼓瑟，奴婢歌者数人，酒后耳热，仰天拊缶，而呼乌乌。文字至极至处，自必兴会淋漓，热血垒涌，声情迸出，光采四射，此类是也。其诗曰："田彼南山，芜秽不治。种一顷豆，落而为萁。人生行乐耳，须富贵何时！"是日也，拂衣而喜，奋袖低昂，顿足起舞，酣恣淋漓，蹴起兴象，笔歌墨舞。诚淫荒无度，不知其不可也。结束圆满。○以上以悲愤自鸣其不平。

恽幸有余禄，方籴贱贩贵，逐什一之利，此贾竖之事，污辱之处，恽亲行之，下流之人，众毁所归，不寒而栗。虽雅知恽者，犹随风而靡，尚何称誉之有？董生不云乎："明明求仁义，常恐不能化民者，卿大夫意也；"明明"即"勉勉"，犹孳孳也。明明求财利，常恐困乏者，庶人之事也。"故道不同，不相为谋。今子尚安得以卿大夫之制而责仆哉？以上正答来书。

夫西河魏土，文侯所兴，有段干木、田子方之遗风，凛然皆有节概，知去就之分。顷者足下离旧土，临安定，安定山谷之间，昆戎旧壤，子弟贪鄙，岂习俗之移人哉？于今乃睹子之志矣，方当盛汉之隆，愿勉旃，毋多谈。以诮孙作收。

[评析]

杨恽为丞相杨敞之子，司马迁外孙，少时即以才能著称于朝廷。轻财好义，但喜好揭发人短，曾告发霍光之子谋反；又无法接受同位阶者的忤逆，以至于得罪众多朝臣，被太仆戴长乐告发诽谤朝政："以主上为戏语，尤悖逆绝理。"杨恽被贬为庶人后，居家治产业，又修建宅院，以财产自娱。一年多后，友人安定郡太守孙会宗来信，劝诫杨恽应当惶恐地闭门思过。杨恽一直自认为是一时语言不慎才被废，心里极不服气，于是盛气回信，即是本篇《报孙会宗书》。

　　本篇可分五段。首段自叙被贬经过，就孙会宗的规劝，概略回应"窃恨足下不深惟其终始"，颇不以为然。第二段，追叙仕途开端和获罪的前、后情况。第三段，写自家耕作之余载歌载舞，生活愉快圆满。又仿《诗经》形式作诗四句，反讥朝政荒芜，忠臣被逐。第四段，正面响应孙会宗来信，引用董仲舒与孔子之言，说明自己现在身分是庶人，逐利为理所当然，勿再用士大夫的标准来要求。末段，借由"西河"设辞，故意混淆魏国西河（今陕西）与汉代西河郡（今内蒙古）二地，大赞魏文侯等人的遗风气节，用来对照孙会宗虽籍贯西河，任安定郡太守后，却受到贪鄙习俗的影响竟有如此庸俗的建议，语含讥诮。

　　通篇用字谦逊，而意甚不平，牢骚怨恨之情溢于言表。例如首段两次"愚"，次段两次"不能"，谦称能力不足，又贬抑自己"窃位素餐"。此等皆是反话，所谓"自以夷灭不足以塞责"，其实是不认同罪当夷灭，也不满先前遭受"身幽北阙，妻子满狱"。文字愈是卑下，愈是显现其心自负，愈是要故意在贬黜后张扬过日，并贱买贵卖以求财，抛弃士大夫的矜持，做一个不合世俗标准的"农夫"。

　　杨恽为司马迁外孙，历来有不少评家指出本篇与《报任少卿书》的相似处，意含怨恨与愤懑，吴闿生认同此见，又评此文"悍厉过之"。杨恽性格"刻害"，曾作诗讽刺朝政芜秽，锋芒毕露。面对昔日交好的孙会宗，无法接受其出自好意的规劝，还要在篇末反唇相讥。此外，既被废爵，偏要与世俗标准作对，甘为农夫努力耕桑，同时商贾营利、治产业，从事士大夫阶层最轻视的鄙事，仿佛是用这种方式讥笑士大夫也是汲汲营营，二者没有差别。又将眼前的生活描述得喜悦动人，证明此道之乐，用以反驳孙会宗流于鄙俗的规劝，读之若见嬉笑怒骂，态度强悍。

在这封回信之后，杨恽虽有侄子杨谭的安慰，但仍有怨言，被马吏告发，宣帝让廷尉查案，以此封信为证据，处以腰斩，孙会宗等友人皆受牵连免官。

扬子云一篇

解 嘲

此文规摹曼倩而加恢奇,其自露崖岸处,自是子云本领。

客嘲扬子曰:"吾闻上世之士,人纲人纪,不生则已;生必上尊人君,下荣父母。析人之珪,儋人之爵,儋,负荷也。怀人之符,分人之禄,纡青拖紫,青、紫,绶之色也。朱丹其毂。今吾子幸得遭明盛之世,处不讳之朝,与群贤同行,历金门、上玉堂有日矣,曾不能画一奇出一策,上说人主,下谈公卿,目如耀星,舌如电光,一从一横,论者莫当。顾默而作《太玄》五千文,枝叶扶疏,独说十余万言,深者入黄泉,高者出苍天,大者含元气,细者入无间。然而位不过侍郎,擢才给事黄门。意者玄得无尚白乎?趣语。何为官之拓落也?"

扬子笑而应之曰:"客徒欲朱丹吾毂,不知一跌将赤吾之族也。亦以谐语应之。往者周网解结,群鹿争逸,离为十二,合为六七,四分五剖,并为战国。士无常君,国无定臣,得士者富,失士者贫,矫翼厉翮,恣意所存,撰句甚工。故士或自盛以橐,或凿坏以遁,是故邹衍以颉颃而取世资,孟轲虽连蹇,犹为万乘师。跌宕轩昂。今大汉,左东海,右渠搜,前番禺,后陶涂,东南一尉,立都尉府于侯官。

西北一候，敦煌玉门关候也。徽以纠墨，徽，束也。制以锧铁，散以礼乐，风以《诗》《书》，旷以岁月，结以倚庐。不行三年丧，不得选举。天下之士，雷动云合，鱼鳞杂袭，咸营于八区，家家自以为稷契，人人自以为皋陶，戴縰垂缨而谈者，皆拟于阿衡，五尺童子，羞比晏婴与夷吾。当涂者升青云，失路者委沟渠，且握权则为卿相，夕失势则为匹夫。譬若江湖之崖，渤澥之岛，乘雁集不为之多，双凫飞不为之少。以上言天下一家，贤士无以自见。昔三仁去而殷墟，二老归而周炽，子胥死而吴亡，种蠡存而越霸，五羖入而秦喜，乐毅出而燕惧，范雎以折摺而危穰侯，蔡泽以噤吟而笑唐举，故当其有事也，非萧、曹、子房、平、勃、樊、霍则不能安；当其无事也，章句之徒，相与坐而守之，亦无所患，故世乱则圣哲驰骛而不足；世治则庸夫高枕而有余。傲睨一切。○此言时平则贤才无用。夫上世之士，或解缚而相，或释褐而傅，或倚夷门而笑，或横江潭而渔，或七十说而不遇，或立谈间而封侯，或杖千乘于陋巷，或拥篲而先驱，是以士颇得信其舌而奋其笔，"信""伸"同字。窒隙蹈瑕，而无所诎也。当今县令不请士，郡守不迎师，群卿不揖客，将相不俯眉，言奇者见疑，行殊者得辟，辟，罪也。是以欲谈者卷舌而同声，欲步者拟足而投迹，投合迹辙。向使上世之士处乎今世，策非甲科，行非孝廉，举非方正，独可抗疏，时道是非，高得待诏，下触闻罢，又安得青紫？此言当道不知重士。且吾闻之，炎炎者灭，隆隆者绝，观雷观火，为盈为实，天收其声，地藏其热，言雷火之盛，瞬息乌有。高明之家，鬼瞰其室。险语惊人。攫拿者亡，默默者存，位极者宗危，自守者身全。是故知玄知默，守道之极，爱清爱静，游神之庭，惟寂惟漠，守德之宅。世异事变，人道不殊，彼我易时，未知何如。语意皆极吊诡。〇以上言高明多危，不如玄默。今子乃以鸱枭而笑凤皇，执蝘蜓而嘲龟龙，不亦病乎！子之笑我'玄之尚白'，吾亦笑子病甚，不遇俞跗与扁鹊也，悲夫！"

客曰："然则靡玄无所成名乎？范、蔡以下，何必玄哉？"扬子曰："范雎，魏之亡命也，折胁拉髂，免于徽索，胁肩蹈背，扶服入橐，激卬万乘之主，介泾阳、抵穰侯而代之，当也。介，间也。抵，击也。蔡泽，山东之匹夫也，颔颐折頞，涕唾流沫，西揖强秦之相，扼其咽而亢其气，拊其背而夺其位，时也。天下已定，金革已平，都于洛阳。娄敬委辂脱挽，掉三寸之舌，建不拔之业，举中国徙之长安，适也。五帝垂典，三王传礼，百世不易，叔孙通起于枹鼓之间，解甲投戈，遂作君臣之仪，得也。言得其时。《甫刑》靡敝，秦法酷烈，圣汉权制，而萧何造律，宜也。句语皆有轩昂奋动之势。故有造萧何律于唐、虞之世，则悖矣；乘势历诋一代公卿，文机圆活，如弹丸脱手，极措注之敏妙。有作叔孙通仪于夏、殷之时，则惑矣；有建娄敬之策于成周之世，则乖矣；有谈范、蔡之说于金、张、许、史之间，则狂矣。夫萧规曹随，留侯画策，陈平出奇，功若泰山，响若坻隤；虽其人之赡智哉，亦会其时之可为也。抑扬顿挫，神味极为隽永。故为可为于可为之时，则从；为不可为于不可为之时，则凶。以上极言古今异宜，故无可展布。若夫蔺生收功于章台，四皓采荣于南山，公孙创业于金马，骠骑发迹于祁连，司马长卿窃赀于卓氏，东方朔割名于细君。割名，谓割损其名。名，一作"炙"。仆诚不能与此数子者并，故默然独守吾《太玄》。"此等文体，其质干之高古雄骏不必论，即其镂章琢句，奇肆怪骇，务以警湛胜人，其间亦自有界限。盖雅郑都鄙之判，其辨綦严，少一不慎，不入于器，则流于俗，一字一句之疵，全体胥受其病，能者纵横跌宕,无施不可;不能者学步效颦,无有是处。千古以来,在汉惟马、扬独绝,继之者则韩公一人而已,韩门如卢仝、樊宗师之流皆骛焉,而专得其病者,余更无足数矣。退之改卢《月蚀》诗,风趣益加,而疵句累语,洗剔净尽,何其洁也!此事视功力之所至,不可强为,至流俗则几无人足喻此理。退之曰:"醇而后肆。"乃极扼要语,苟不能醇,毋宁姑勿肆耳。嗟乎!正声之不明也久矣,茫茫薄俗,复谁与辨此者哉!

[评析]

　　扬雄少而好学,口吃,却博览群书。成帝时被推荐为待诏,曾作《甘泉赋》等以讽上,擢升为给事黄门侍郎。后来觉得辞赋是"童子雕虫篆刻""壮夫不为也",转而研究哲学。哀帝时,扬雄模仿《论语》作《法言》,效法《易经》作《太玄》,却遭人嘲笑,于是作《解嘲》以自明。

　　本篇可分为四段。篇首为客的批判,嘲笑扬雄在"明盛之世"却不能"画一奇出一策",官位卑下,无力向上。第二段,大量援引史例铺排而下,对比古之"有事"与今之"无事",揭示太平盛世则贤才无用的道理。当今汉朝承平之世,士无所用之,加上"言奇者见疑,行殊者得辟",使士子只敢同声附和,亦无往时之地位,高者不过是皇上留下以供待诏罢了。故而自守清净、知玄知默而已。第三段,反驳客谓《太玄》不足以成名,列举大量古人,因适逢其会而赢得成就。并假设人才错置于异世,例如在唐、虞之时行萧何制定的律令,必定不合时宜,以此证明士子必须"会其时之可为"。末尾回归于《太玄》,以"默然独守"形容自己著书流露才华之景况。

　　本篇模仿东方朔《答客难》,吴闿生评本文较东方朔之文更加"恢奇",而性情"自露崖岸"般兀傲。《答客难》以诙谐口吻抒发士怀才不遇，战国时代择主效力的机会一去不复返，只能接受皇帝的安排的感慨，反映时异事变。扬雄则将个人的不遇，置于整个朝代制度之下而谈，批判政治现实环境轻视士人的恶况，不能乘时立功，亦不得言奇行殊。全文以"时"为中心归宿，正反两层对照，以见"可为"与"不可为"，说明士之遇合，甚为困难。《汉书》本传形容扬雄"清静亡为，少耆欲"，他睥睨时人唯唯诺诺、攀附权贵，而自己也只能在理想与现实的冲突下独自坚持，清净守道勉励为之。

尾评中，吴闿生大赞司马相如、扬雄与韩愈。此处所谈的文章写法，可理解为韩愈《进学解》所说的"闳其中而肆其外"。惟其思想醇正，内容博大精深，而后纵横恣肆，文笔奔放，亦不会流于浅俗。这才是天地间第一等好文章，吴闿生视之为文章"正声"，后世不传也久矣！

汉光武帝一篇

赐窦融玺书

此文乃英雄披豁胸臆,掬赤诚,与人相见之谈,所谓"推心置腹,能得人死力"之道也。

制诏行河西五郡大将军事属国都尉:劳镇守边五郡,兵马精强,仓库有蓄,民庶殷富,外则折挫羌胡,内则百姓蒙福,威德流闻,虚心相望,道路隔塞,邑邑何已。长史所奉书、献马悉至,深知厚意。以上致意慰劳。

今益州有公孙子阳,天水有隗将军,方蜀、汉相攻,权在将军,举足左右,便有轻重,以此言之,欲相厚,岂有量哉?此皆剖诚相示之言,绝无一毫矜饰,不必曲加要结,而感人弥至。诸事具长史所见,将军所知。王者迭兴,千载一会,欲遂立桓、文,犹言立桓、文之业。辅微国,当勉卒功业;欲三分鼎足,连衡合从,亦宜以时定。加入此层,尤征雅量。盖并兼角逐之世,自当视大势所趋,未有可以强胁之理也;若虚声恫喝以张声势,适自见其弱点而已,岂英雄之所出哉?天下未并,吾与尔绝域,非相吞之国。今之议者,必有任嚣效尉佗制七郡之计,效,教也。王者有分土,无分民,自适己事而已。力既不足相制,乃益宽纵之,听其自为计。苟其势不相背,自当维系益坚,此真驾驭之上策,帝王之大度也。文之峻迈高洁，亦与其气象相称。**今以黄金二百斤赐将军，便宜辄言。**

[评析]

　　新朝末年，王莽改制失败，各地寇盗蜂起。汉景帝后裔刘秀乘势起兵，在河北积蓄力量，封萧王。后称帝，改元建武，定都洛阳。建武五年(29)，天下未平，益州有公孙述自比天子，陇西有隗嚣称臣于公孙述。时窦融被推为河西五郡大将军，五郡各有偏向，窦融在仔细考虑后，无视隗嚣的拉拢，决策东向于光武帝，派遣长史刘钧奉书献马。光武帝喜闻窦融投诚，赐黄金二百斤与本篇诰令。

　　本篇可分为二段。篇首肯定窦融镇守边界的功劳，抚慰其奉书献马的厚意。次段分析天下局势，坦诚汉、蜀（公孙述）相攻，而窦融即是决定成败的关键，举足轻重，期许能辅佐汉室，以完成功业。

　　光武帝文如其人，诚恳坦白，无丝毫伪饰，对窦融的赞美亦非虚辞。河西民风质朴，窦融治理方式宽厚，上下和乐，且使人民"修兵马，习战射"，足与羌、胡力抗，篇首之美言诚然不假。

　　吴闿生评此篇，归宿于"披豁胸臆""掬赤诚""推心置腹"，文中夹评"剖诚相示""帝王之大度"等，意皆此类。光武帝为人宽厚大度，在萧王时期，让投降的官兵都心安效力。本篇欲笼络窦融归汉，而毫无帝王骄矜之气，据实讲出汉与公孙述、隗嚣为三分鼎足之形势，又说"亦宜以时定""自适己事而已"，以宽容的态度让窦融衡量态势，坦诚相待、抚慰人心。

　　此篇使窦融归汉心志更加坚定，遂上疏请战，与光武帝东西合力夹击隗嚣。平定后，窦氏兄弟并封侯爵，率军还于河西故地，未曾遭遇鸟尽弓藏之危，光武帝确实大度有容。

班孟坚一篇

封燕然山铭

闳骏雄伟，称题之作。

维永元元年秋七月，有汉元舅曰车骑将军窦宪，寅亮圣皇，登翼王室，纳于大麓，维清辑熙，乃与执金吾耿秉，述职巡御，治兵于朔方。鹰扬之校，螭虎之士，爰该六师，暨南单于，东胡乌桓，西戎氐羌，侯王君长之群，骁骑十万。元戎轻武，长毂四分，雷辎蔽路，万有三千余乘，勒以八陈，莅以威神，玄甲耀日，朱旗绛天。遂凌高阙，山名。下鸡鹿，塞名。经碛卤，绝大漠，斩温禺以衅鼓，血尸逐以染锷。温禺、尸逐，皆匈奴王号。然后四校横徂，星流彗扫，萧条万里，野无遗寇，于是域灭区殚，反旆而还，断句练字，即作《两都赋》本领。考传验图，穷览其山川。遂逾涿邪，山名。跨安侯，河名。乘燕然，蹑冒顿之区落，焚老上之龙庭。将上以摅高文之宿愤，光祖宗之玄灵；下以安固后嗣，恢拓境宇，振大汉之天声。顿着处声满天地。兹可谓一劳而久逸，暂费而永宁也。乃遂封山刊石，昭盛铭德，其辞曰：

铄王师兮征荒裔，剿凶虐兮截海外，夐其邈兮亘地界，封神邱兮建隆嵑，熙帝载兮振万世。

[评析]

本篇为东汉和帝时，窦宪攻破北匈奴的铭文。和帝永元元年（89），北匈奴大乱，加以饥蝗，南单于欲并之，请求汉廷发兵。于是拜窦宪为车骑将军，耿秉为征西将军，在涿邪山与度辽将军邓鸿、南匈奴、乌桓、羌胡兵会合，大破北匈奴，登燕然山刻石勒功。班固以中郎将身分随行，奉命写下此篇铭文。

序文先简洁交代年月人事，突显窦宪的统领地位。之后陈述军容壮盛以及攻克沿途，斩首匈奴王。描述攻克经过多用三字、四句短句，劲健威猛；至一举拿下匈奴王首级，气势攀至巅峰，震骇人心。最后盛赞此次战胜的历史意义，不只是抒发了从汉高祖、汉文帝长久以来的积怨，边防还可以"一劳而久逸，暂费而永宁"。吴闿生夹评说："断句炼字，即作《两都赋》本领。"虽夹以骈句，但语言凝炼，磅礴大气压缩于严整文字中，更显国威显赫。铭文肯定征讨凶虐之功，歌颂大汉神威。

吴闿生题下评道："闳骏雄伟，称题之作。"全文叙述凝重端庄，横扫千军之盛况尤其喷薄雄伟，辞采粲然，与颂赞性的纪功铭体相副。此外，铭文五句皆夹用"兮"字，在继承骚体遗风的同时，亦富有雄骏之气。此次胜战，《后汉书·窦融列传》记载："斩名王已下万三千级，获生口马牛羊橐驼百余万头。于是温犊须、日逐、温吾、夫渠王柳鞮等八十一部率众降者，前后二十余万人。"叙述斩首数、牲畜数、降伏数，可见战绩彪炳。一般而言，铺列数字是营造气势的方法，但班固舍此不用，仅简记汉军兵马数量"万有三千余乘"，于战绩部分纯以文采驾驭，却能营造出雄伟壮盛之境，可见其笔力不凡。

诸葛孔明一篇

出师表

至性缠绵,字字从肺腑中流出,可格金石,可泣鬼神,此天地之元气也。

臣亮言:先帝创业未半,而中道崩殂,今天下三分,益州疲敝,此诚危急存亡之秋也。然侍卫之臣,不懈于内,忠志之士,忘身于外者,盖追先帝之殊遇,欲报之于陛下也。诚宜开张圣听,以光先帝遗德,恢宏志士之气;不宜妄自菲薄,引喻失义,以塞忠谏之路也。"妄自菲薄""引喻失义"及"偏私""异同",皆必实有所指,苦口谆谆,忠告善道。宫中府中,俱为一体,陟罚臧否,不宜异同,若有作奸犯科,及为忠善者,宜付有司,论其刑赏,以昭陛下平明之治,不宜偏私,使内外异法也。以上谕以时局之危,教勉以政治大体。

侍中侍郎郭攸之、费祎、董允等,此皆良实,志虑忠纯,是以先帝简拔以遗陛下。处处提挈先帝,一如乐毅之念昭王,其遇同,故其心迹同也。愚以为宫中之事,事无大小,悉以咨之,然后施行,必能裨补阙漏,有所广益。将军向宠,性行淑均,晓畅军事,试用于昔日,先帝称之曰"能",是以众议举宠为督。愚以为营中之事,事无大小,悉以咨之,必能使行陈和穆,优劣得所也。亲贤臣,远小人，此先汉所以兴隆也；_{提。}亲小人，远贤臣，此后汉所以倾颓也。先帝在时，每与臣论此事，未尝不叹息痛恨于桓、灵也。_{忽提笔唱叹，唏嘘于邑，无穷意旨，茹咽笔墨之外。}侍中、尚书、长史、参军，_{尚书陈震、长史张裔、参军蒋琬。}此悉贞谅死节之臣也，愿陛下亲之信之，则汉室之隆，可计日而待也。_{以上教以亲贤远佞。}

臣本布衣，躬耕于南阳，苟全性命于乱世，不求闻达于诸侯。先帝不以臣卑鄙，猥自枉屈，三顾臣于草庐之中，咨臣以当世之事，由是感激，遂许先帝以驱驰。后值倾覆，受任于败军之际，奉命于危难之间，尔来二十有一年矣。先帝知臣谨慎，故临崩寄臣以大事也。受命以来，夙夜忧叹，恐托付不效，以伤先帝之明，_{字字血性中语。}故五月渡泸，深入不毛。今南方已定，兵甲已足，当奖帅三军，北定中原，庶竭驽钝，攘除奸凶，兴复汉室，还于旧都，此臣所以报先帝而忠陛下之职分也。至于斟酌损益，进尽忠言，则攸之、祎、允之任也。愿陛下托臣以讨贼兴复之效，不效，则治臣之罪，以告先帝之灵。若无兴德之言，则责攸之、祎、允之咎，以彰其慢。陛下亦宜自谋，以咨诹善道，察纳雅言，深追先帝遗诏，_{"自谋"数语，尤为剀切，惓惓不已，故临终复恳切质言之。}臣不胜受恩感激。今当远离，临表涕泣，不知所云。_{以上自述生平，兼致临别眷念之悃。○东汉文字渐趋靡弱，无复西京朴茂之美，而诸葛所为，乃独远追三古而还之。"诚于中，形于外"，文岂以时限哉！抑文之为道，岂可仅求之于语句间哉！}

[评析]

蜀汉后主建兴四年（226），魏文帝曹丕病逝，曹叡即位。诸葛亮认为机不可失,决定北伐。第二年率领大军,临行前上奏此表。

吴闿生将本篇分为三段。首段分析天下局势,晓谕后主国势危急。申明"开张圣听""陟罚臧否不宜异同"的道理,勉以公正无私。第二段,具体推荐文、武人才名单,借史实强调"亲贤臣,远小人"之理。第三段,追述先帝刘备初识以来的历程,表明报答知遇之恩以及恢复汉室的决心。末尾再次说明各自的责任,自己以北伐为任;后主任用贤能,使朝臣各司其职,亦应"咨诹善道,察纳雅言",呼应篇首的"开张圣听"。

很明显的,这篇表先写天下国家,后半才写自己;结尾先厘清自己和群臣的责任,而后才提出国君的职分。君臣分际,拿捏得十分清楚。全文提及"先帝"十余次,吴闿生指出一如乐毅《报燕惠王书》,处处感念先帝的知遇之恩,二人心迹相似。文中诸葛亮多次以父执辈的关怀惕励,叮嘱后主何事"宜"、何事"不宜",语气勤勤恳切。而末了"兼致临别眷念之恫",想当时诸葛亮的心情,不只在说理规劝,也有许多临别的感伤,真是"字字从肺腑中流出"了。

次段提及东汉桓、灵处,吴闿生夹评:"忽提笔唱叹,唏嘘于邑,无穷意旨,茹咽笔墨之外。"东汉多是幼主继位,外戚干政,皇帝稍长又宠幸宦官,借以摆脱外戚势力,内乱争轧不止,桓、灵二帝尤其昏庸,荒淫无道,致使民乱四起。行文至此,文势应是一宕,但因提挈先主之志,再接下文的郭攸之等忠臣,故评为"提笔",慨叹两汉兴衰关键正在于用人之道。至于笔墨之外诉说不尽的情感,则是因为蜀汉为汉室仅存血脉,不能再重蹈桓、灵覆辙;同时也提醒后主不可庸弱,唯有"亲贤臣,远小人"才能复兴国家。

诸葛亮早年即自比管仲、乐毅,刘备三顾草庐时,二十七岁的青年才俊就提出了三分天下的"隆中对"大计,他早已盱衡全局。二十一年后的诸葛亮,决定出师北伐,这也是实现先帝在世时君臣之间商定好的承诺。此时后主刘禅听从先主刘备"事之如父"的遗言,"政事无巨细,咸决于亮"。因而在周边安定,兵甲已足,国君信任,精力尚可的诸多条件下,写下本篇,矢志完成复国大业。

曹子建一篇

下国中令

此黄初六年徙封王雍丘时作。○凄惋动人,亦至性之所流露。

身轻于鸿毛,而谤重于泰山。起便欷歔呜咽。**赖蒙帝王天地之仁,违百司之典议,舍三千之首戾,反我旧居,袭我初服,云雨之施,焉有量哉!孤以何功,而纳斯贶。富而不吝,宠至不骄者,则周公其人也;孤小人尔,身更以荣为戚。何者?将恐简易之尤,出于细微,脱尔之愆,一朝复露也。**子建见忌乃兄,时有不保性命之虞,故言之呜咽如此,谓将恐以微细之愆,复见诛及也。**故欲修吾往业,守吾初志,欲使皇帝恩在摩天,使孤心常存此地,将以全陛下厚德,究孤犬马之年,**究,尽也。欲求免身自全之术。**此难能也。**著此一折,弥觉深婉凄恻,幽峭动人。**然固欲行众之难,《诗》曰:"德輶如毛,鲜克举之。"此之谓也。**先大夫曰:"忧生之嗟,遏而冈之,使成和平之音。"闰生案:愈遏之,声情愈益凄郁,但表面若借行义言之,意旨不遽露耳。○子建才藻夐绝百代,其不得于君,芬芳悱恻之诚,多寄于篇章,盖与少陵同为诗中之圣,而文字独鲜,如此短篇,亦绝调也。

[评析]

曹丕与曹植皆为卞夫人所生,互相争立为太子。建安二十五年

(220),曹操病逝,曹植"发服悲哭"。曹丕听闻后深为愤怒,下令诸弟就国,曹植前往临淄。黄初二年(221),曹丕安插的监官灌均上奏"植醉酒悖慢,劫胁使者",定罪贬爵安乡侯,同年改封鄄城侯。三年,立为鄄城王,为东郡太守王机、防辅吏仓辑等诬枉。四年,徙封雍丘王,又屡为监官所举。与曹彪、曹彰共往京城朝拜,曹彰竟猝死,曹植回程作《赠白马王彪》,郁结悲凄,只能勉强宽慰。六年,曹丕东征时经过雍丘,幸曹植宫,本篇即作于此时。

　　自从曹丕即位后,曹植深受猜忌,六年间辗转迁徙数次,身边尽是监视者,诬害之事层出不穷。曹植因而感到"身轻于鸿毛,谤重于泰山",忧惧不安。谈及毁谤,不禁回忆起黄初二年的旧事:监官望风希指,为讨好曹丕而告发自己,朝臣甚至议以"三千之首戾"死罪,幸有母求情,曹丕才以"骨肉之亲,舍而不诛"为由,将曹植发落回到鄄城。此处以"赖蒙帝王天地之仁"叩谢皇恩,语甚谦卑压抑。但即使闭门自守、形影相吊,杜绝与士大夫的往来,仍是遇到王机等人吹毛求疵的处处刁难,多次被监官寻事举报。曹植以史例勉励自己,随即笔势一振,待到黄初六年兄弟相见,曹丕亲眼见到憔悴如此的曹植,再无往昔的风采,竟感伤堕泪,带着弥补与安抚的心态加封其五百户。曹植接受赏赐,宣示自己将静默修养,以谢陛下厚德。

　　吴闿生评本篇:"愈遏之,声情愈益凄郁,……意旨不遽露耳。"曹植屡受迫害,时有不保性命之虞,生存在满是监控与毁谤的环境下,只能以隐曲深沉的方式表达自己的忧惧与冤屈,毕竟猜忌与谤议横亘在二人之间,怎么知道曹丕这次真的是善意?若是善意,又能维持多久?只能呜咽吞下所有的苦楚,千恩万谢这浩荡皇恩,然而凄恻忧惧之情,是怎么样也无法减少的。

下编

以韩文公为主,而自唐以来附之。多录荆公者,入韩之梯径也。

卷三　下编之一

韩退之十八篇

原　道

　　往者饶阳常穆生君传印先君所评《姚选》古文,于退之文独刊去《原道》《与孟尚书书》等数篇不载,以其辟佛也。夫谓佛不必辟,当世为此学说,无所不可;若退之,则固以辟佛为毕生大事业也,且穆生既传印先师著述,又何可以私意增损于其间以乱真乎?夫世之主张佛学者,谓其理论之精微耳;而退之之所辟,则以其去人伦、无父子,有悖先王之道,于其所谓精微者无涉也,此其事固两不相妨,况此两篇皆退之之大文,讲文事者固莫之能外也。今先君所评《姚选》本,海内风行已久,读者几不知此诸篇为后人所私去,故附论明之。○凡为文之道,庄言正论,难于出色争胜,独退之此文为例外,由其盛气驱迈,磅礴而不可御也。

　　博爱之谓仁,行而宜之之谓义,由是而之焉之谓道,足乎己无待于外之谓德。仁与义为定名，道与德为虚位。故道有君子、小人，而德有凶、有吉。老子之小仁义，非毁之也，其见者小也。坐井而观天，曰"天小"者，非天小也。彼以煦煦为仁，孑孑为义，其小之也则宜。其所谓"道"，道其所"道"，非吾所谓"道"也；其所谓"德"，德其所"德"，非吾所谓"德"也。凡吾所谓"道""德"云者，合仁与义言之也，天下之公言也；老子之所谓道德云者，去仁与义言之也，一人之私言也。以上从辨老子之"道""德"论发起。

周道衰，孔子没，火于秦，黄老于汉，佛于晋、魏、梁、隋之间。其言道德仁义者，不入于杨，则入于墨；不入于老，则入于佛。入于彼，必出于此。入者主之，出者奴之；入者附之，出者污之。噫！后之人其欲闻仁义道德之说，孰从而听之？老者曰："孔子，吾师之弟子也。"佛者曰："孔子，吾师之弟子也。"为孔子者，习闻其说，乐其诞而自小也，亦曰"吾师亦尝师之"云尔，不惟举之于其口，而又笔之于其书。噫！后之人虽欲闻仁义道德之说，其孰从而求之？以上慨异端之害道。甚矣，人之好怪也！不求其端，不讯其末，唯怪之欲闻。三句提挈，为一篇之纲领。先大夫曰："后凡所发明圣人作为，皆求端讯末之事。凡所讥于老、佛者，皆怪也。"古之为民者四，今之为民者六；古之教者处其一，今之教者处其三；农之家一，而食粟之家六；工之家一，而用器之家六；贾之家一，而资焉之家六。奈之何民不穷且盗也。以上言二氏与吾儒并主教化，民所以穷。〇分利众而生利少，是为穷困之源。韩公所论与今世之学说固无以异也。

古之时，人之害多矣。有圣人者立，然后教之以相生养之道。为之君，为之师，驱其虫蛇禽兽，而处之中土。寒，然后为之衣，饥，然后为之食。木处而颠、土处而病也，然后为之宫室。为之工以赡其器用，为之贾以通其有无，为之医药以济其夭死，为之葬埋祭祀以长平声。其恩爱，为之礼以次其先后，为之乐以宣其湮郁，为之政以率其怠倦，为之刑以锄其强梗。相欺也，为之符玺、斗斛、权衡以信之；相夺也，为之城郭甲兵以守之。害至而为之备，患生而为之防。句法变化。今其言曰："圣人不死，大盗不止；剖斗折衡，而民不争。"呜呼！其亦不思而已矣！如古之无圣人，人之类灭久矣。何也？无羽毛鳞介以居寒热也，无爪牙以争食也。此段辟老。先大夫曰："此因二家之为民害发端，遂纵论圣人生养人之法，是求其端之事。彼欲离去圣人者，怪也。"又曰："此段'仁'。"

是故君者，出令者也；臣者，行君之令而致之民者也；民者，出粟米麻丝，作器皿，通货财，以事其上者也。君不出令，则失其所以为君；臣不行君之令而致之民，民不出粟米麻丝，作器皿，通货财，以事其上，则诛。退之此语颇为新学少年所丛诟，实则今世之法，凡为国民皆负有纳税之义务，背此义务，固国法之所不容，于退之之说无异也。且专制之世，视君主若帝天，神圣不可犯，而此文独曰"君者，出令者也"，又曰"不出令，则失其所以为君"，则固具有共和之真精神，而毫不带专制时代臣下谄佞之臭味，则韩公之识，实已夐绝千古矣！今其法曰：必弃而君臣，去而父子，禁而相生养之道，以求其所谓清净寂灭者。呜呼！其亦幸而出于三代之后，不见黜于禹、汤、文、武、周公、孔子也；其亦不幸而不出于三代之前，不见正于禹、汤、文、武、周公、孔子也。此段辟佛。先大夫曰："因圣人之生养民，于是始有君、臣、民之常职，是讥其末之事。彼欲去弃之者，尤怪也。"又曰："此段'义'。"

帝之与王，其号名殊，其所以为圣一也。夏葛而冬裘，渴饮而饥食，其事殊，其所以为智一也。今其言曰："曷不为太古之无事？"是亦责冬之裘者曰："曷不为葛之之易也？"责饥之食者曰："曷不为饮之之易也。"此段辟老。民智既开，不可复遏，老、庄欲返斯民于浑朴无为之世，实为迂谈，韩公此辨最有理。先大夫曰："此段'义'。"

《传》曰："古之欲明明德于天下者，先治其国；欲治其国者，先齐其家；欲齐其家者，先修其身；欲修其身者，先正其心；欲正其心者，先诚其意。"然则古之所谓正心而诚意者，将以有为也。今也欲治其心，而外天下国家，灭其天常，子焉而不父其父，臣焉而不君其君，民焉而不事其事。顿住。孔子之作《春秋》也，再提。诸侯用夷礼则夷之，进于中国则中国之。《经》曰："夷狄之有君，不如诸夏之亡也。"《诗》曰："戎狄是膺，荆舒是惩。"今也举夷狄之法，而加之先王之教之上，几何其不胥而为夷也！此段辟佛。先大夫曰："彼欲去天常，禁相生养者，且以太古无事借口，故又明帝王殊施，而天下国家之不可外，以折之。"又曰："此段'仁'。"

夫所谓先王之教者何也？先大夫曰："怪端既辟，此下明不怪以诏之。"○阎生案：此下一气回旋到底，如长江大河，浑灏流转，波涛起伏，而卒输于海，文字之巨观也。博爱之谓仁，行而宜之谓义，由是而之焉之谓道，足乎己无待于外之谓德。其文，《诗》《书》《易》《春秋》；其法，礼、乐、刑、政；其民，士、农、工、贾；其位，君臣、父子、师友、宾主、昆弟、夫妇；其服，麻、丝；其居，宫、室；其食，粟、米、果、蔬、鱼、肉，其为道易明，而其为教易行也。是故以之为己，两用"是故"，皆提挈行气之处。则顺而祥；以之为人，则爱而公；以之为心，则和而平；以之为天下国家，无所处而不当。是故生则得其情，死则尽其常，郊焉而天神假，庙焉而人鬼飨。顿束处十分酣足。曰："斯道也，何道也？"曰："斯吾所谓道也，非向所谓老与佛之道也。"文太长则恐气不振拔,故复加一问以警醒之,且与起处照应,以便首尾一线贯注。尧以是传之舜,舜以是传之禹,禹以是传之汤,汤以是传之文、武、周公,文、武、周公传之孔子,孔子传之孟轲,轲之死,不得其传焉。荀与扬也,择焉而不精,语焉而不详。横截二句,如海流之有岛屿沙滩,否则一泻无余,无复屈折盘旋之致矣。由周公而上,上而为君,故其事行;由周公而下,下而为臣,故其说长。此文将全国人分为三级:元首,君也。劳力者,民也。其中一级则臣也。故孔、孟、荀、扬虽不仕人国,皆不得不目之以臣。其实所谓臣者,即指君民间之一级耳。然则如之何而可也?曰:不塞不流,不止不行。人其人,火其书,庐其居,明先王之道以道之,鳏寡孤独废疾者有养也,其亦庶乎其可也。结出本旨,堂皇正大。

[评析]

本篇首段定义"仁"与"义",辩斥老子之说。次段云:"不求其端,不讯其末,唯怪之欲闻",吴闿生夹评:"三句提挈,为一篇之纲领。"第三至六段批判老、佛,便是从世人"唯怪之欲闻"的心态开展议论;末段再论圣道,即是"求端讯末",回归正面作法,溯源先王之教,与首段立论相副。此处阐扬圣人之道与教,文意已昭显,本可作结,韩愈却提句"斯道也,何道也",以顺势带出下文道之正统:尧、舜、禹、汤、文、武、周公、孔子、孟轲。此为一警醒问句,拉回文章主旨,结尾再加问一句"然则如之何而可也",也是相同作用。儒为本旨,贯通全文;佛、老则是反面串起,通篇材料有所归宿,未曾涣散,一气奔放而下。

吴闿生评《原道》此篇用力甚多,每段末尾点明段旨,文字佳妙处详加说明,又于后来的《古文典范》中增补不少评语。

本篇评论的最大特色是借机评议时政，提升民智。第四段韩愈提到君、臣、民三者各有应尽的职责义务，若失职的话，国君"则失其所以为君"，臣、民"则诛"，接受科罚。若以现代观念检视，或许会有所质疑：为何只有臣、民受罚，而国君不必？但思维模式以及养成环境毕竟古今有异，这样的检视角度，其实犯了一个站在不平等高度来批判的风险。韩愈固然没说出如《礼记·礼运·大同》"在势者去，众以为殃"这般的言论，但他生活在千年之前的独裁政权底下，把君主定位为"出令者"，并明指出国君之过失，已经甚有胆量。吴闿生之评，先回击当时"新学少年"的误解，接着称赞韩愈具有"共和之真精神"，并抨击专制时代臣下谄媚君主的恶习。吴闿生志在保存传统思想文化，但能与时应变，挖掘出韩愈文中思想开通的一面。

　　又如第五段中批判老子倒退回原始时代的做法，吴闿生评："民智既开，不可复遏，老、庄欲返斯民于浑朴无为之世，实为迂谈。"道家通过否定仁义等儒家德行，来屏除仁或不仁的人为标准，以此去除世人心中美恶的差别，反璞归真，回到三代之前的上古淳朴之时。然而，人类的文明毕竟不断演进发展，无论是时空环境还是人心所想，都不会与民智未开之时相同。老、庄自然无为的主张，终究只能留在理想层面，无法真正实现。

　　此外，浏览夹评可发现吴闿生屡屡点出"气"字。此篇的"气"，要言之在于气势雄伟，细究可分为三个层面：

　　一、道德勇气纯粹，笔力万钧。唐代佛教兴盛，宪宗以国君之尊事佛。韩愈身为人臣，却以一人之力对抗，上表谏言，直指其害。吴闿生题下评指出，一般而言"庄言正论，难于出色争胜"，但韩愈冒着触犯龙颜的危险，还能写得理直气壮，使此篇"盛气驱迈"，莫可阻遏！

　　二、文章脉络一贯，一气直下。先看末段夹评："文太长则恐气不振拔，故复加一问以警醒之，且与起处照应，以便首尾一线贯注。"以及校记："再问一句，皆是长篇一气直下中提振之法。"意即文中有总论、分论，有正有反，或提或顿，或断或续，文理翻腾震荡，但始终不离中心，章法一气呵成。

三、善用排比，增强气势，句型又能富于变化。以第二段为例，先写出"孰从而听之""孰从而求之"，是两组排调，相为照应，论述儒家仁义道德之说长期受到杨、墨、老、佛的干扰，批判他们影响后世儒者；再模拟老、佛的口吻，而后世儒者竟也因此将儒学自我矮化，感慨后世儒者无所适从。此处骈散兼用，既有骈句的气势，亦得散句的流畅，无骈文累牍板滞之病。再以第三段为例，韩愈先写出"为之君"等句，连用"为之"置于句首，以接应衣食、住处、器物、医药、丧葬、礼乐和政刑等圣人教化内容，到了本段后半的"害至而为之备"二句，把"害""患"倒置句首，将"为之"调整于单句之中，显示圣人的高度警觉性，能够防微杜渐，带领人类脱离原古时代的种种危机。本段排比直下，且文句长短不同，富于变化灵动感，乘势强调圣人的重要，语气雄健。

张中丞传后叙

此退之文之极似太史公者，韩文所以雄峙千古，赖有此数篇耳。

元和二年四月十三日夜，愈与吴郡张籍阅家中旧书，得李翰所为《张巡传》。翰以文章自名，为此传颇详密，然尚恨有阙者：不为许远立传，又不载雷万春事首尾。雷万春，茅顺甫疑作"南霁云"。此文前半发明许远，后半附记霁云，先著此二语以为关键。

远虽材若不及巡者，开门纳巡，位本在巡上，授之柄而处其下，无所疑忌，竟与巡俱守死，成功名，城陷而虏，与巡死先后异耳。两家子弟材智下，不能通知二父志，巡子去疾上书言："城陷，贼自远分入。"公此文责巡子不知父志，而许氏子弟亦无人能为远申辨也。以为巡死而远就虏，疑畏死而辞服于贼。远诚畏死，何苦守尺寸之地，食其所爱之肉，以与贼抗而不降乎？长句劲健。当其围守时，外无蚍蜉蚁子之援，所欲忠者，国与主耳。提倡而入，淋漓生动。而贼语以"国亡主灭"。远见救援不至，而贼来益众，必以其言为信。外无待而犹死守，人相食且尽，句句顿挫，极盘郁跌宕之致。虽愚人亦能数日而知死处矣，数，所主反。远之不畏死亦明矣。乌有城坏，其徒俱死，独蒙愧耻求活？再提，此下咽住。虽至愚者不忍为。再折一句，盘礴宕激。呜乎！而谓远之贤而为之邪？说者又谓远与巡分城而守，城之陷自远所分始，以此诟远，此又与儿童之见无异！人之将死，其脏腑必有先受其病者，引绳而绝之，其绝必有处，观者见其然，从而尤之，其亦不达于理矣。小人之好议论，不乐成人之美，如是哉！如巡、远之所成就，如此卓卓，犹不得免，其他则又何说？再提再振。长篇多用提振之笔以纵荡其神气，恐其曼衍不振而入于靡弱也。

当二公之初守也，宁能知人之卒不救，弃城而逆遁？此破弃城他去之说。苟此不能守，虽避之他处，何益？及其无救而且穷也，将其创残饿羸之余，虽欲去，必不达。二公之贤，其讲之精矣。谓二公讲求此中利害已久。守一城，捍天下，句势轩昂突起，如崇山峻岭，矗立天半。以千百就尽之卒，战百万日滋之师，蔽遮江淮，沮遏其势，天下之不亡，其谁之功也！英骏雄迈，震古烁今。当是时，弃城而图存者，不可一二数，此下旁溢四出，尤为酣恣横放。擅强兵、坐而观者，相环也。句势峥嵘生动，若有神助。不追议此，逆折劲峭。而责二公以死守，亦见其自比于逆乱，设淫辞而助之攻也。以上二节蹈厉奋发，制一篇之胜。

愈尝从事于汴、徐二府，屡道于两州间，汴、徐二府，谓二州之幕府，今本"两州"作"两府"，乃浅人误改，先大夫依《文粹》校正之。亲祭于其所谓"双庙"者，其老人往往说巡、远时事云。数语结上递下，盖下载南霁云事实，皆得之故老所传闻也。南霁云之乞救于贺兰也，贺兰嫉巡、远之声威功绩出己上，不肯出师救。爱霁云之勇且壮，不听其语，强留之。具食与乐，延霁云坐。霁云慷慨语曰："云来时，睢阳之人，不食月余日矣。叙述激昂有生气。云虽欲独食，义不忍；虽食，顿为两层，沉着刻至。且不下咽。"因拔所佩刀，断一指，血淋漓以示贺兰。凛凛如见。一座大惊，皆感激，为云泣下。云知贺兰终无为云出师意，即驰去。将出城，抽矢射佛寺浮图，矢着其上砖半箭，曰："吾归破贼，必灭贺兰，此矢所以志也！"加入此层，神态愈绝超逸，此颊上添毫之笔，乃生气之溢出者，文章死活高下，全争此等。先大夫评《荆轲传》："无且爱我，乃以药囊提荆轲也"，以为前文摹写淋漓浓至，乃着此闲远之笔，此史公才大处，他人不能及。孟坚叙李陵、蔚宗叙班超、子厚叙段太尉，皆善摹写，所少者此等耳。阆生案：此等精微之诣，乃文章不传之秘，《左传》中此境独多，《史记》亦往往有之，唐以后则殆绝矣。韩公之文所以振起八代，有生龙活虎之精神者，以此也。愈贞元中过泗州，船上人犹指以相语："城陷，贼以刃胁降巡，巡不屈，即牵去，将斩之。又降霁云，云未应，巡呼云曰：'南八，男儿死耳，不可为不义屈！'云笑曰：'欲将以有为也。公有言，云敢不死？'即不屈。"

张籍曰：此下专记张籍之言，乃知章首预提张籍之故，所以使通篇章法紧凑不散漫也。"有于嵩者，少依于巡。及巡起事，嵩常在围中。籍大历中于和州乌江县见嵩，嵩时年六十余矣。以巡初尝得临涣县尉。

嵩初因巡而得此官。好学，无所不读。籍时尚小，粗问巡、远事，不能细也。云：'巡长七尺余，须髯若神，尝见嵩读《汉书》，谓嵩曰：'何为久读此？'嵩曰：'未熟也。'巡曰：'吾于书读不过三遍，终身不忘也。'因诵嵩所读书，尽卷不错一字。嵩惊，以为巡偶熟此卷，因乱抽他帙以试，无不尽然。嵩又取架上诸书，试以问巡，巡应口诵无疑。嵩从巡久，亦不见巡常读书也。为文章，操纸笔立书，未尝起草。初守睢阳时，士卒仅万人，"仅"字有多、少二义，此言其多也。城中居人，户亦且数万，巡因一见问姓名，其后无不识者。巡怒，须髯辄张。及城陷，贼缚巡等数十人坐，著此一段，与前记巡死时相照应。古人文字皆双双对照也，特加以参差变化，令人不觉耳。且将戮，巡起旋，其众见巡起，或起或泣，巡曰：'汝勿怖，死，命也。'众泣不能仰视。巡就戮时，颜色不乱，阳阳如平常。远，宽厚长者，貌如其心，与巡同年生，月日后于巡，呼巡为兄，死时年四十九。嵩，贞元初死于亳、宋间，或传嵩有田在亳、宋间，武人夺而有之，嵩将诣州讼理，为所杀。嵩无子。"张籍云。

[评析]

张巡原任真源县县令，安史之乱起，坚持不叛降，誓师讨伐。肃宗至德二载（757），燕军南攻睢阳，张巡率兵入城助阵，太守许远自觉才能不及张巡，自居其下。初战告捷，张巡拜为御史中丞，许远为侍御史。后燕军又围城，粮草逐渐耗尽，士兵饥病不堪，城外贺兰进明、许叔冀、尚衡等人皆观望不救。城围益急的情况下，众议东奔，但张、许二人皆以为睢阳为江淮之屏蔽，"若弃之，贼乘胜鼓而南，江、淮必亡"。于是继续坚守。城内先杀马，米中夹杂树皮、茶纸，罗雀掘鼠，后张巡烹爱妾、许远出奴僮以啖士兵，甚至必须食妇人老弱。苦守长达十月，城破，张巡与部将慷慨就义，许远被押送至洛阳，不屈而死。乱平之后，朝臣或谤议张巡降贼、或指责食人，友人李翰为之作传申辩。代宗大历年间（766~779），张巡之子上书，指城陷而许远未受伤却独自活下来，请追夺许氏官爵，一时众议纷纭。宪宗元和二年（807），韩愈阅读李翰写的《张巡传》后甚为感愤，作此篇《后叙》以褒贬评价，并补充缺漏。

本篇可分为五段，首段交代作叙缘由，次段反驳谬说，为许远辩诬，痛心于二家子弟受流言影响，并推论真相。第三段再辩时议，肯定死守睢阳的意义在于捍卫天下，并揭穿小人的心态。第四段，描述南霁云断指射塔的英勇事迹，另引用泗州故老说法，补叙其就义时逸事。末段通过张籍之口，以部将于嵩的见闻补叙张巡、许远逸事，人物风貌跃然纸上。

结构方面，吴闿生有三处夹评指点联络照应的重要：

一、篇首的"雷万春"，应是"南霁云"之误。南宋李涂《文章精义》与明代茅坤《唐宋八大家文抄》皆持此论，吴闿生认同，评："此文前半发明许远，后半附记霁云，先著此二语以为关键。"于篇首先提点后文之事，能先行确立文章主意。韩愈对于旧传已表明"尚恨有阙"，若从章法布局的观点来考虑，此处作"南霁云"，结构确实较为完整。

二、前后皆点出张籍：篇首写"愈与吴郡张籍阅家中旧书"，后文引述于嵩之言，特别点明"张籍曰"。吴闿生说明如此前提后应者，可使全文章法紧凑，免于散乱。

三、文末补记张巡就义时逸事，与前文对照。张巡死前情景，见于文中二处。前文韩愈闻于泗州故老，因史料不足，仅略记"贼以刃胁降巡，巡不屈，即牵去"，以及与南霁云的对话。文末一段引述于嵩之亲身经历，方详写张巡死前与士兵的对话，彰显"阳阳如平常"的态度。吴闿生评："著此一段，与前记巡死时相照应。古人文字皆双双对照也，特加以参差变化，令人不觉耳。"睢阳城陷落已五十年，戮灭前夕情状少有人知，韩愈分二处着笔，符合文章条理与史料多寡，写法各有详略富于变化，故评为"令人不觉"。两相对照之下，张巡忠义赤诚之心更加焕然。

茅坤指出此篇"句、字、气皆太史公髓，非昌黎本色"，此后评家便陆续有所讨论，吴闿生认同此篇极似史公写法，并反驳方苞之见。以第四段为例，南霁云射塔一事加入必灭贺兰的誓言，吴闿生评为"颊上添毫之笔，乃生气之溢出者"，媲美于《左传》《史记》。此种对白、动作等细节，于人物行动间自然带出，生动摹写人物的风神气性。此外，以第二段为例，韩愈先批驳对许远的谤议，"人之将死，其脏腑必有先受其病者；引绳而绝之，其绝必有处"，这是很形象化的描写，平实易懂。接着说到张巡、许远的卓越成就，段末"巡、远之所成就"四句，解消了前文谤诬时的愤慨情绪，引导出第三段说明成就内容，例如不弃城撤退的原因，与"守一城，捍天下"、保卫富庶江淮地区的重大意义。吴闿生评："再提再振。长篇多用提振之笔以纵荡其神气，恐其曼衍不振而入于靡弱也。"这样的精神振起处，颇肖太史公长文笔法，具有充实的精神力量，导向光明正面，文意与情绪益加正向积极，既提升论述的高度，也能带出高低起伏，形成波澜变化的文势。

送董邵南游河北序

朱子云："此篇言燕赵之士，仁义出乎其性；乃故反其词，以深讥其不臣而习乱之意，故其卒章又为道上威德以警动而招徕之，其旨微矣。"案：朱子此说最能见文章深处，千古不传之秘在此。○"送序"后出，在文章中为别体，其文皆友朋相赠之言，而必有种种情态络纬其间，以唤起兴味；韩公最为绝诣，后人莫能望也。

燕赵古称多感慨悲歌之士。韩公为文每争起句，凝炼矜重，独创奇格，故老相传姚姬传先生每诵此句，必数易其气而始成声，足见古人经营之苦矣。董生举进士，连不得志于有司，怀抱利器，郁郁适兹土，吾知其必有合也，董生勉乎哉！夫以子之不遇时，苟慕义强仁者，皆爱惜焉，矧燕赵之士出乎其性者哉！以上惜其不遇而去，词旨特为低徊感叹。○心否词唯，最为深曲。

然吾尝闻风俗与化移易，吾乌知其今不异于古所云邪？聊以吾子之行卜之也，跌宕有态。董生勉乎哉！以上恐其所如不偶，意尤婉至。短篇中全赖此等波折，乃有纵控起伏不测之致。

吾因子有所感矣。蹶起异文。为我吊望诸君之墓，而观于其市，复有昔时屠狗者乎？为我谢曰："明天子在上，可以出而仕矣。"奇情异彩，超妙无端。两"为我"字，乃双排行气之处。

[评析]

德宗贞元十五年（799）韩愈在徐州时，认识了邻近寿州安丰县的董邵南，曾作诗《嗟哉董生行》，称赞他"隐居行义""孝且慈"，但这样的人才却是"刺史不能荐"，默默无闻，甚至面临日日被官吏征讨租税的困境。而后董邵南连年应试不第，动念前往河北藩镇谋求出路。当时安史乱后不久，节度使、观察使专权割据一方，不听中央朝廷号令，自行任用官吏，为所欲为。《新唐书》卷二百一十《藩镇魏博列传》："乱人乘之，遂擅署吏，以赋税自私，不朝献于廷。"韩愈《后十九日复上宰相书》也说："今节度、观察使及防御、营田诸小使等，尚得自举判官，无间于已仕未仕者。"韩愈内心不愿好友投靠藩镇，但也无力改变董邵南的生活困境,只好为文赠之,委婉表达告诫之意。

本篇可分为三段,首段称赞河北燕、赵一带,自古即有许多如荆轲般的豪侠之士,并说出董邵南前往的原因,以其才干,必有所遇合。次段以"然"字为转折,带出自己对于古今"风俗与化移易"的担忧。末段借言凭吊乐毅,呼吁河北地方豪杰脱出藩镇,回归朝廷。

吴闿生于题下评抄录朱熹评语,赞美"最能见文章深处",本篇之"深处",正在于韩愈既不舍好友郁郁离去,不认同藩镇割据专擅之作风,却又不得明言阻止的复杂情绪。篇首起句即意味深长,说是"古称",可知暗指今时未必如此;且"感慨悲歌"是怎么样的人物?若是指荆轲、高渐离,虽留名青史,但身为朋友,怎会乐意见到悲壮后果?更何况,当今朝廷上有明君,藩镇嗜利抗命才是为暴,董邵南犹如步步走向风暴之中,还会遇到"慕义强仁者"的爱惜吗?文末再提到乐毅,燕惠王中反间计后夺除其兵权,遂使乐毅奔赵,似乎有意以燕惠王的昏庸比拟藩镇,肯定现在要效力的对象唯有大唐天子。文末提出两个要求:"为我"凭吊乐毅之墓、"为我"告诉屠狗者"明天子在上",是以曲折的方式道出心意,讽劝慷慨豪杰之士归服朝廷,亦是将旨意归回到董生身上。吴闿生评"奇情异彩,超妙无端",通篇不过百余字,暗藏了多少言外之意。

送幽州李端公序

端公,李益也。时为刘济从事,谓御史为端公,如谓刑部侍郎为"少秋官",皆当时之俗称也。宣明朝廷威德,讽谕藩镇,最见公之伟抱,文亦英伟轶荡非常。

元年,今相国李公为吏部员外郎,愈尝与偕朝,道语幽州司徒公之贤，"今相国李公"，李藩也。"司徒公"，幽州节度使刘济。曰："某前年被诏，告礼幽州。入其地，迓劳之使里至，每进益恭。及郊，司徒公红袜首、靴裤，握刀在左，右杂佩，弓韔服，矢插房，俯立迎道左。某礼辞曰：'公，天子之宰，礼不可如是。'及府，又以其服即事。某又曰：'公，三公，不可以将服承命。'卒不得辞。上堂即客阶，坐必东向。"随事铺写，便有《礼经》意致。

愈曰："国家失太平，于今六十年矣。接笔妙远不测，姚姬传作《刘海峰寿序》，"黄舒之间，天下奇山水"一段，全从此脱化。夫十日十二子相配，数穷六十，其将复平？平必自幽州始，乱之所出也。前似《仪礼》，此又似《左传》。"乱所出"，谓安禄山初起也。今天子大圣，司徒公勤于礼，庶几帅先河南、北之将，来觐奉职，如开元时乎！"意在讽厉效顺，而借往事着笔，又参以术数之说，痕迹都化一片空灵意态，自尔隽逸；若以庄语出之，则失之拙滞，而伤感情矣。李公曰："然。"今李公既朝夕左右，必数数为上言，元年之言殆合矣。端公岁时来寿其亲东都，东都之大夫士莫不拜于门。其为人佐甚忠，意欲司徒公功名流千万岁，请以愈言为使归之献。

[评析]

李益长于诗，德宗贞元末年与李贺齐名，每成一篇即有教坊乐人以赂求取，被之管弦。李益少有痴病，且多猜忌，长期不得升迁，同辈却居显位，遂郁郁不得志，北游河朔，幽州卢龙节度使刘济辟为从事。本篇的写作时间，可依据篇首的"今相国李公"推测，李藩于元和四年（809）二月任相，而刘济卒于元和五年（810）七月，可知本篇作于元和四、五年间。时韩愈为都官员外郎分司东都，后改授河南令，文中提到"端公岁时来寿其亲东都，东都之大夫士莫不拜于门"，韩愈应是在这样的情形下，赠之以序。

首段转述李藩先前出使至幽州时的见闻，详细描绘服仪与座次等细节，表达刘济接待天子使者极为恭谨。次段为韩愈本身之言，借言术数，指出安禄山起兵于幽州，如今即将一甲子，剥极必复。既然刘济"勤于礼"，自然应在藩镇之先，归顺入朝，恢复开元之治。文末归美于李益之忠，必能辅佐刘济效忠天子，结出本旨。

本篇旨在劝谏刘济归顺朝廷，却不直说，而是先追述元和元年（806）与李藩的对话，又假借术数之说做推论，方引出旨意，笔法灵活高妙，故吴闿生评"痕迹都化一片空灵意态，自尔隽逸"。李益比韩愈年长约二十岁，比起刻意笨拙的直言强谏，易引人反感，这样的写法飘逸自然，又保有对长者的尊重。

有趣的是，《新唐书·藩镇卢龙传》中有这么一段："谭忠复说总曰：'天地之数，合必离，离必合。河北与天下离六十年，数穷必合。……为君忧之。'总泣且谢，因上疏愿奉朝请。"刘总毒杀父亲，杖杀兄长，朝廷不知。宪宗平定吴元济、李师道后，刘总大惧，又屡见父兄为祟，落发为僧仍不得安，后经部下谭忠劝说，于穆宗长庆初年归朝。韩愈当年送李益至幽州时，期盼的就是文章发挥效用，使藩镇归顺，不知李益读后确实将此意念带至卢龙军中，或者亦有他人散布术数之说呢？以人性心理视之，此等玄说打动人心的功效，也令人惊叹。

送温处士赴河阳军序

伯乐一过冀北之野，而马群遂空。矜练创调。夫冀北马多于天下，伯乐虽善知马，安能空其群邪？解之者曰："吾所谓空，非无马也，无良马也。伯乐知马，遇其良，辄取之，群无留良焉。苟无良，虽谓无马，不为虚语矣。"

东都，固士大夫之冀北也。横空逆接。恃才能深藏而不市者，洛之北涯曰石生，其南涯曰温生。石洪、温造。大夫乌公，以铁钺镇河阳之三月，乌名重胤。以石生为才，以礼为罗，罗而致之幕下。未数月也，以温生为才，于是以石生为媒，以礼为罗，又罗而致之幕下。韩公嵚奇尚节之士，于温、石等之趋迎大府，意皆不以为然，《寄卢仝诗》所谓"彼皆哆口论世事，有力未免遭驱使"者也。此文意含谐讽，词特屈曲盘旋，在《韩集》中亦不可多得之文字。○凡文字以意在言外、委婉不尽为最上乘，《左氏传》最为擅场，《史记》亦数数见之，韩文中类此者，盖可指数。自余各家，于此微旨寥乎绝矣。夫为文不能涵泳微意，则词尽而意与之尽，平直浅近，复何蕴藉之可言乎？此自唐以后，文章之所以日衰，而高尚理想之不复存在也，岂小失哉！东都虽信多才士，朝取一人焉，拔其尤；此下纯是跌宕风神。暮取一人焉，拔其尤。自居守河南尹，以及百司之执事，与吾辈二县之大夫，政有所不通，事有所可疑，奚所咨而处焉？"处"字用《礼记》"何以处我"，或作"取"，非。士大夫之去位而巷处者，谁与嬉游？小子后生，于何考德而问业焉？搢绅之东西行，过是都者，无所礼于其庐。极意跌宕，不肯轻下。若是而称曰："大夫乌公一镇河阳，而东都处士之庐无人焉。"岂不可也？诙调语以澹宕出之，谐妙独绝。先大夫曰："止为'处士之庐无人'一语不可轻出，故尽力蓄势。"○前半幅文字专为顿出此句，遂尔精采四射，看其用思何等灵幻奇绝。伯时画马，先画马鼻，鼻之俯仰偃侧，全马之势因之，"若是"以下数语，全文中之马鼻也。

夫南面而听天下，其所托重而恃力者，惟相与将耳。相为天子得人于朝廷，将为天子得文、武士于幕下，求内外无治，不可得也。愈縻于兹，不能自引去，资二生以待老，今皆为有力者夺之，其何能无介然于怀耶？借寓微旨。生既至，拜公于军门，其为吾以前所称，为天下贺；以后所称，为吾致私怨于尽取也。

留守相公，郑余庆也。首为四韵诗歌其事，愈因推其意而序之。

[评析]

韩愈为河南令时，与隐士石洪、温造交游，甚为敬重二人才智与品性。元和五年（810），乌重胤讨伐成德节度使王承宗有功，擢为河阳节度使，访求贤士，礼聘石洪入幕，石洪欣然而往。韩愈作《送石处士序》饯别。来年春，温造因石洪的引荐，亦投往乌氏幕下，韩愈作本篇送行。

本文可分四段，首段以伯乐相马为喻，指出乌重胤选拔了石洪、温造二贤才。又设"安能空其群邪"一问，以完整解析"空"字含义。次段承接前文的比喻，定调"东都，固士大夫之冀北也"，叙述乌重胤陆续网罗石、温二人，接着写二人离去后洛阳、河南二县出现的问题，响应"空"字。第三段笔锋一转，正论天子求治，由此接应乌重胤为朝廷求士，而后贺喜人才得举用，私怨东都人才空绝，表达自身的失落感。末段简笔交代作序缘由。

历来评家多以为韩愈此文颂美乌重胤，如林云铭、过珙、沈闇、李扶九，都持正面看法。林纾《韩柳文研究法》则以为有托讽之意，"患其为藩镇之祸"。吴闿生在第二段夹评详加说明："韩公欸奇尚节之士，于温、石等之趋迎大府，意皆不以为然。……凡文字以意在言外，委婉不尽为最上乘。"吴闿生以为韩愈不认同二人投往藩镇幕府，有讥讽之意，并引韩愈《寄卢仝诗》诗证之。当时藩镇屡有跋扈专权之事，甚者操戈相向，即使乌重胤先前与王师合作，成功讨伐成德军，但韩愈对藩镇还是不敢轻信。韩愈在《送石处士序》中提到石洪在乌重胤使者拜访的当晚，"不告于妻子，不谋于朋友"，立刻准备好动身前往。朋友是如此欣然受之，心意坚定,那韩愈的顾虑便更不好直说了。正是因为敬爱二人之才,才委婉讥其轻易出仕,深惜二人趋迎幕府,又忧虑藩镇未来可能作乱。因此后文"其何能无介然于怀耶"句下,吴闿生夹评为"借寓微旨",以为全文旨意寄寓于此憾语中,幽微不显。

文法方面,第二段"以石生为才,……又罗而致之幕下"八句,吴闿生评:"文意含谐讽,词特屈曲盘旋。"此处双排行文,重复言其过程,缓步推进,写得盘旋迟重,即是因为韩愈心中不以为然,深感痛惜。后半段评:"此下纯是跌宕风神。"意即过程中屡有停顿,旨意一路遏至结尾处才放开,然而笔势强劲,如急流奔湍遇石受阻则激,不停地蓄势,最后跌落出有力的结论。此处韩愈以四层顿挫极言石、温离去之憾,一顿为政事疑难无可咨询,二顿为士大夫隐居者无人同游,三顿为学子无人可师,四顿为过客无人可造访,如此顿挫跌宕,只为末尾"东都处士之庐无人焉"的论断蓄势,极力叙写缺憾,遂波澜起伏,精彩生动。

上宰相书

时宰相赵鼎、贾耽、卢迈,公凡三上宰相书,此第三书也。虽志在干时,而倔强兀傲之天性自不可掩,最足见公之意态。文亦伟岸奇纵,尽弃故常,独创一格。

愈闻周公之为辅相也,其急于见贤也,方一食三吐其哺,方一沐三握其发。当是时,天下之贤才,皆已举用;酣恣横发,前无古人。公此文所谓"气盛言宜""水大而物之浮者大小毕浮"者也,韩以后遂不见有此等文字,盖既无其气,则亦不能为其词耳;然既无其气矣,则此体故不容妄袭也。奸邪谗佞欺负之徒,皆已除去;四海皆已无虞;九夷八蛮之在荒服之外者，皆已宾贡；天灾时变、昆虫草木之妖，皆已销息；天下之所谓礼乐刑政教化之具，皆已修理；风俗皆已敦厚；动植之物、风雨霜露之所沾被者，皆已得宜；休征嘉瑞、麟凤龟龙之属，皆已备至。而周公以圣人之才，硬转。凭叔父之亲，其所辅理承化之功，又尽章章如是。顿断。其所求进见之士，岂复有贤于周公者哉？不惟不贤于周公而已，岂复有贤于时百执事者哉？岂复有所计议，能补于周公之化者哉？然而周公求之如此其急，硬转。○一气接下，如一笔书，杜诗所谓"放笔为直干"者也。惟恐耳目有所不闻见，思虑有所未及，以负成王托周公之意，不得于天下之心。如周公之心，设使其时辅理承化之功，未尽章章如是，而非圣人之才，拗郁屈盘，甚于九折阪矣。而无叔父之亲，则将不暇食与沐矣，岂特吐哺握发为勤而止哉？惟其如是，故于今颂成王之德而称周公之功不衰。排纂岪兀，驱迈票姚。列伍严阵，曲队坚重，而以超逸无前之气运之，举重若轻，振笔直下，如驭飞行绝迹之马，而下嵯峨峻阪，骋异夸能，奇伟独绝，睹如此文而不变色者咋舌者，真土块木偶人也。

今阁下为辅相，亦近耳。天下之贤才，岂尽举用？奸邪谗佞欺负之徒，岂尽除去？四海岂尽无虞？九夷八蛮之在荒服之外者，岂尽宾贡？天灾时变、昆虫草木之妖，岂尽销息？天下之所谓礼乐刑政教化之具，岂尽修理？风俗岂尽敦厚？动植之物、风雨霜露之所沾被者，岂尽得宜？休征嘉瑞、麟凤龟龙之属，岂尽备至？其所求进见之士，虽不足以希望盛德，调侃语随手带出，以寓菲薄之意，亦以文势太峻，故着宛曲之笔以取姿态也。如比于百执事，岂尽出其下哉？其所称说，岂尽无所补哉？今虽不能如周公吐哺、握发，再拗。亦宜引而进之，察其所以而去就之，不宜默默而已也。但就上文翻说一过，词愈迫切，气愈骏迈，便是绝世奇文。〇干谒之文，而质责如此，公之气节可见矣。**愈之待命四十余日矣，书再上，而志不得通。足三及门，而阍人辞焉。惟其昏愚，不知逃遁，故复有周公之说焉。**以上以周公为喻，见时相之当求人才。**古之士，三月不仕则相吊，故出疆必载质。然所以重于自进者，**重者，言不肯轻进也。**以其于周不可，则去之于鲁；于鲁不可，则去之于齐；于齐不可，则去之宋、之郑、之秦、之楚也。**劲悍，有快刀斫乱麻之势。〇骏迈之气与前幅相称。古人为文，每篇必用一幅笔墨，否则蹈所谓武冠儒衣之诮矣。但刚笔、柔笔时时间用，以疏宕其气，要之，大体一致，必无前后歧异不能一律之病也。**今天下一君，四海一国，舍乎此则夷狄矣，去父母之邦矣。故士之行道者，不得于朝，则山林而已矣。山林者，士之所独善自养而不忧天下者之所能安也。**语皆撑郁行间，看其无一平笔。**如有忧天下之心，则不能矣。**世以公之上书宰相为病，此真谬论也！如公之志，不屑求一身之富厚，而以天下为忧，亦既昭昭矣，虽百上书，曷病乎？慷慨而言，词严义正。**故愈每自进而不知愧焉，书亟上、足数及门而不知止焉。宁独如此而已，**硬进。**惴惴然惟恐不得出大贤之门下是惧，亦唯少垂察焉。**以上申明求进之志。**渎冒尊威，惶恐无已。愈再拜。**

[评析]

韩愈四次应举于礼部，二十五岁时登进士第，后三次应举吏部博学鸿词科考试，皆未成。贞元十一年（795），韩愈二十八岁，已困居长安八九年，惶惶无归，恤恤于饥寒，处境甚为狼狈。于是在正月二十七日上书宰相求仕，先从国家君相角度设说，论培养人才为君相的最大职责，又论设官制禄的目的与化育之道，建议应采用其他渠道取士。因未获回音，十九日后复上第二书，抒发个人处境困顿之哀，动之以情，辞气较前封信急迫。然而宰相仍不回，二十九日后复上第三书。

本篇为第三书，以周公吐哺握发入笔，周公在上古大治之时尚且求贤若渴，唯恐辜负成王，失天下之心。第二段对比今世尚未大治，宰相却是"默默而已"，突显宰相在取士方面的消极。接着以孔、孟周游列国的事例，强调自己的用世之志，忧以天下，故急于求仕。末尾收敛文势，恭谨作结。

吴闿生说明本篇虽是求仕，然而"屈强兀傲之天性自不可掩，最足见公之意态"，体味深切，看出了韩愈的灵魂。本篇是自荐书信，有求于长官，常人顶多能做到不卑不亢，韩愈却敢用周公的典故要求宰相，反照其"默默而已"的消极作为，这其实算是对宰相责以大义了。且前两封自荐信如石沉大海，韩愈仍不退缩亦不畏惧世俗眼光，连上三封，只因他清楚知道自己志在兼济世人，不愿隐入山林独善其身，更没有取媚攀附的歪曲心态。有这样刚直不屈的天性注入笔下，因而能直笔写得词严义正，说得慷慨激昂，气盛而言宜。

吴闿生又评："文亦伟岸奇纵，尽弃故常，独创一格。"所谓"伟岸"，是有道德精神的强力支撑，而奇纵独创，则可由文法方面说明。先看首段的夹评，有"硬转"，有"顿断"，末尾有"排纍峥兀，驱迈票姚"，以及"如驭飞行绝迹之马，而下嵯峨峻阪"。本段韩愈先铺陈排比周公时行礼乐教化，邦国安定，下文忽论及周公本身才干，此是一转。中间插入一句"又尽章章如是"论断周公之功绩，又以连续三问句，反问那些求见之士是否真能有所裨益，令读者以为韩愈否定这些晋见之士，却又转回周公求才之事，此又是一转。然文意虽转，气则有所承接，设想周公急于寻才之心思，便是"一气接下"。接着假若周公没有治绩、圣人之才，与成王也无叔侄关系，那么光只是勤奋求才就足够治国吗？就因为周公本身具有这三种资格,又能求才若渴,于是后代的称颂始终不衰。几句之间,语意二次硬转,中又有顿断,呈现矫健高耸不平的文势。而文意坚重有力,振笔直下,仿若驾驭快马下陡坡,势不可挡。

另外文中八处"皆已",三处"岂复有",十一处"岂尽"等,这标示出本篇的回环反复,也是韩愈"独创一格"之处。首段说周之治世,说周公急于求贤,次段又将前文翻说一遍,仅是替换少数文字,以作古今对照。常人若是重复言说只会显得冗赘,然而本篇却令人不觉重叠,只感受到韩愈道德勇气的喷薄,精神之盛,淋漓尽致!以大义灌注笔下,反复诘问上位者,词锋强劲而锐利,真乃一绝!

上张仆射书

仆射,徐州节度张建封也。公时被奏为推官。○质健傲兀,见古君子所以自处,不阿曲以徇人,及韩公伟岸倔强之天性。

九月一日,愈再拜。受牒之明日,在使院中,有小吏持院中故事节目十余事来示愈。其中不可者,有自九月至明年二月之终,皆晨入夜归,非有疾病事故,辄不许出。当时以初受命,不敢言。古人有言曰:"人各有能有不能。"若此者,非愈之所能也。抑而行之,必发狂疾,气度岸然。上无以承事于公,忘其将所以报德者;下无以自立,丧失其所以为心。夫如是,则安得而不言?凡执事之择于愈者,非为其能晨入夜归也,必将有以取之。苟有以取之,虽不晨入而夜归,其所取者犹在也。笔势犀利无匹。

下之事上,不一其事;上之使下,不一其事。量力而任之,度才而处之，其所不能，不强使为。是故为下者不获罪于上，为上者不得怨于下也。以"下之获罪"与"上之得怨"相提并论，亦极平等之理想，而破专制之陋习者也。夫为下而获罪，则不能安其身；若在上而多取怨，其事亦正等尔。《孟子》有云："今之诸侯无大相过者，以其皆好臣其所命，而不好臣其所受命。"今之时，与孟子之时，又加远矣，皆好其闻命而奔走者，不好其直己而行道者。闻命而奔走者，好利者也；直己而行道者，好义者也。未有好利而爱其君者，未有好义而忘其君者。今之王公大人，惟执事可以闻此言，惟愈于执事也，可以此言进。

愈蒙幸于执事，其所从旧矣，若宽假之，使不失其性，加待之，使足以为名，寅而入，尽辰而退；申而入，中酉而退，率以为常，亦不废事。天下之人闻执事之于愈如是也，必皆曰："执事之好士也如此，执事之待士以礼也如此，执事之使人不枉其性而能有容也如此，执事之欲成人之名也如此，执事之厚于故旧也如此。"喷薄跌宕，韩公本色，步步停蓄，然后一放，天下之奇观也。又将曰："韩愈之识其所依归也如此，韩愈之不谄屈于富贵之人也如此，韩愈之贤，能使其主待之以礼也如此，则死于执事之门无悔也。"血性涌出。若使随行而入，逐队而趋，言不敢尽其诚，道有所屈于己，天下之人闻执事之于愈如此，则皆曰："执事之用韩愈，哀其穷，收之而已耳；韩愈之事执事，不以道，利之而已耳。"苟如是，虽日受千金之赐，一岁九迁其官，感恩则有之矣，再加顿足一句，十分圆满。将以称于天下曰："知己！知己！"则未也。顿挫处以全力出之。○满腹牢骚抑郁之旨，具在言下。伏维哀其所不足，矜其愚，不录其罪，察其辞而垂仁采纳焉。愈恐惧再拜。

[评析]

　　德宗贞元十五年（799），韩愈离开汴洲，二月抵达徐州，依节度使张建封。同年秋天，韩愈被聘为节度推官，不久，上书反映对于出勤制度的意见。

　　本篇可分为三段，首段简要表示来意，针对官廨规则条例中"晨入夜归"的要求，直书不能做到的原因。次段，抓住上司下属的相对关系入笔，引述《孟子》，从义、利角度申论理想的任事制度。末段表明自己希望的出勤时间，接着推论后续衍生的良好效果，以模拟众人口吻的方式做正反两面设想，若能答允，传闻将是长官能礼贤下士，能包容正直敢言者；若是硬性要求统一的出勤时间，则传闻不善，自己亦无法视长官为知己。

　　观吴闿生题下评，可看出他极为欣赏韩愈耿直倔强的个性，绝不勉强屈就讨好，而是直道而行。韩愈在文中也论辩了上下关系应是互相尊重，上司应该衡量下属的才能，再委派调度，以让部下发挥最好的实力，也不会受到埋怨。吴闿生借此发挥，夹评："亦极平等之理想，而破专制之陋习者也。"称赞韩愈有政治平等的精神，打破专制时代一律服从不敢异议的陋习。

　　韩愈写这篇文章的时候是三十二岁，已有一些社会历练，文中也看得出他有基本的说话艺术。例如说明自己反映此事的心路历程，一开始是"初受命，不敢言"，接着说任事的目标是报答恩惠，既是报德，则千万不能因为这么长的工时而使自己发狂疾，失去办事能力，故"安得而不言"。而后援引《孟子》，由单个员工的出勤层次提升至政治层面，陈义极高，在这样宽广的格局中，称赞长官"惟执事可以闻此言"，复加一句"惟愈于执事也，可以此言进"。这句话不只是流露自信，也是褒扬对方有宽广胸襟以及能知人任事，可以接纳属下的意见。言外之意，便是若不答允,将与其他王公大人流于同样见识了。末段则以不少篇幅模拟正向风评,连下五个"也如此"赞美长官,又随即连下三个"也如此"强调自己的心悦诚服,不厌其烦地从各个方面加强说服力。

此篇在现代看来仍是令人赞赏。东亚各地普遍有工时过长的情况,领薪资者多面临常态性的压榨,专注力涣散,工作效率与质量反而下降。韩愈文中表达得非常清楚,他一天进两次办公室,用较少的时间同样能完成工作,且还有足够的自信说长官对自己是"有以取之",而不是只有来上下班打卡而已。韩愈不委屈自己待在不合理的框架内,不受专制时代的奴才思想禁锢,而是选择直接要求更正。

潮州刺史谢上表

此篇公贬斥后要结主知之作,竭尽平生材力为之,其经营之重,盖不减《平淮西碑》。全运以汉赋之气体,如铸精金纯铁,如驱千军万马,山起潮立,坚刚直达,山岳可穿。读之每字入口皆有千钧万石之重,至于切要之处,则精神喷溢而出,声光炯炯,轩天拔地,所谓"编之乎《诗》《书》之策而无愧,措之乎天地之间而无亏",盖能言称其实者也。

臣某言:臣以狂妄戆愚,不识礼度,上表陈佛骨事,言涉不敬,正名定罪,万死犹轻。陛下哀臣愚忠,恕臣狂直,谓臣言虽可罪,心亦无他。特屈刑章,以臣为潮州刺史。既免刑诛,又获禄食,圣恩宏大,天地莫量。破脑刳心,岂足为谢?臣某诚惶诚恐,顿首顿首。以上疏谢例语。

臣以正月十四日蒙恩除潮州刺史，即日奔驰上道，经涉岭海，水陆万里，以今月二十五日到州上讫。与官吏百姓等相见，具言朝廷治平，天子神圣，威武慈仁，子养亿兆人庶，无有亲疏远迩，虽在万里之外，岭海之陬，待之一如畿甸之间，辇毂之下。有善必闻，有恶必见，早朝晚罢，兢兢业业，惟恐四海之内，天地之中，一物不得其所，此述到州宣慰之词，而以微词讽动天子，冀其怜己，言在此而意在彼，遂觉韵味无穷。故遣刺史面问百姓疾苦，苟有不便，得以上陈。国家宪章完具，为治日久；守令承奉诏条，违犯者鲜；虽在蛮荒，无不安泰。闻臣所称圣德，惟知鼓舞欢呼，不劳施为，坐以无事。臣某诚惶诚恐，顿首顿首。以上到州情形。

臣所领州，在广府极东界上，去广府虽云才二千里，然来往动皆经月。过海口，下恶水，涛泷壮猛，难计程期，飓风鳄鱼，患祸不测。州南近界，涨海连天；毒雾瘴氛，日夕发作。臣少多病，年才五十，发白齿落，理不久长。加以罪犯至重，所处又极远恶，忧惶惭悸，死亡无日。单立一身，朝无亲党，居蛮夷之地，与魑魅为群。苟非陛下哀而念之，谁肯为臣言者？以上言所居之苦。

臣受性愚陋，人事多所不通，惟酷好学问文章，未尝一日暂废，实为时辈所见推许。臣于当时之文，亦未有过人者。抑而后扬，文势乃愈劲健。至于论述陛下功德，与《诗》《书》相表里，作为歌诗，荐之郊庙，纪泰山之封，镂白玉之牒，铺张对天之闳休，扬厉无前之伟绩，编之乎《诗》《书》之策而无愧，措之乎天地之间而无亏，虽使古人复生，臣亦未肯多让。自负处称量而出。以上自述文学。

伏以大唐受命有天下，四海之内，莫不臣妾，南北东西，地各万里。自天宝之后，政治少懈，文致未优，武克不刚。孽臣奸隶，蠢居棋处，摇毒自防，外顺内悖，父死子代，以祖以孙，如古诸侯，自擅其地，不贡不朝，六七十年，四圣传序，以至陛下。每句皆四字句，而劲健直达，累数十百言如一笔书，此体韩公独擅。陛下即位以来，躬亲听断，旋乾转坤，关机阖开，雷厉风飞，日月清照。天戈所麾，莫不宁顺，大宇之下，生息理极。高祖创制天下，其功大矣，而治未太平也；开宕数语，以疏其气。太宗太平矣，而大功所立，咸在高祖之代。非如陛下承天宝之后，接因循之余，六七十年之外，赫然兴起，南面指麾，而致此巍巍之治功也。宜定乐章，以告神明，东巡泰山，奏功皇天，具著显庸，明示得意，使永永年代，服我成烈。当此之际，所谓千载一时不可逢之嘉会。斡转处笔力万钧，有转旋天地之力。而臣负罪婴衅，自拘海岛，戚戚嗟嗟，日与死迫。曾不得奏薄伎于从官之内、隶御之间，逆接。穷思毕精，以赎罪过。怀痛穷天，死不闭目，瞻望宸极，魂神飞去。以上言宪宗功烈，宜有表章，而恨已不得与。伏惟皇帝陛下天地父母，哀而怜之，无任感恩恋阙惭惶恳迫之至。谨附表陈谢以闻。

[评析]

唐宪宗元和十四年（819）正月，由凤翔法门寺迎佛骨入宫内供养三日，引发社会对礼佛的狂热，王公士人和老百姓们不只奔走膜拜，甚至"灼体肤，委珍贝，腾沓系路"。韩愈上《论佛骨表》直率谏告，以梁武帝为例指陈事佛将会身亡国灭，大批宪宗逆鳞，被处以死罪。幸赖裴度、崔群等人相救，被贬为潮州刺史。潮州远在八千里外，韩愈即日奔驰上道，因路程颠簸加上饮食失调，十二岁的女儿竟死于途中。韩愈翻越五岭，历经恶水奔湍、毒雾瘴气，至三月下旬到广州，又一月后才抵达潮州。经此杀身大祸，面临与中原截然不同的水土民情，身有颠沛流离、发白齿落之摧残，心有连累家人之歉疚，以及客死南荒之忧惧，惶恐与后悔在韩愈内心交织翻腾。甫上任，立刻上表谢恩。

本篇可分为四段，首段为上疏例语，向宪宗表达忏悔与感恩，深切反省先前的大不敬行为。次段，先表达自己除官潮州后，跋山涉水，不敢怠慢；再详述到任后向地方充分宣传天子圣德的情形，回报当地"无不安泰"，印证天子之治无远弗届。第三段，深入描述潮州的荒远危险之苦，形容自身"发白齿落"体弱多病，加以"忧惶惭悸"之心，由此带出"苟非陛下哀而念之，谁肯为臣言者"，不只是再次恭敬谢恩，也是勾动天子的怜悯。接着自述学问文章的成就，表达欲为皇上撰写封禅告天的牒文。末段歌颂宪宗的功德，能在安史乱后带领天下奋起，因此力荐宪宗于泰山封禅，也是呼应前段的"白玉之牒"，再次提醒天子自己的功用。末尾以赎罪哀怜，感恩惭惶之意作收。

细看次段"一物不得其所"句，吴闿生评："微词讽动天子，冀其怜己，言在此而意在彼，遂觉韵味无穷。"此处颂扬天子治理之勤，照拂天下万物，恰好反射出韩愈目前不得其所，万物安泰休养，而只有我一人流落僻远南荒。然而这样的怨言不能直接流泻，毕竟臣子生死仅在帝王的一念之间，判贬潮州，已是恩赦，怎么能再有牢骚？故此处以微词的方式谨慎设说，期盼能打动天子的惜才之心。

本篇并非赋体，而吴闿生题下评"全运以汉赋之气体"，盛赞气势壮盛，精神旁溢。原因在于韩愈在单句散行中大量运用四字句，尤其是末尾一段，四言连用长达十五句之多，力荐东巡封禅一节，亦是四言连发，形成雄迈劲健的气势。四字句一气直下，直是"硬语"，但韩愈的四字句并非偶句相对，乃是骈散灵活相间、前后文的散句交相错落，遂能文意畅达，毫无黏滞不通之病，而文势又如千军万马般壮盛。因此吴闿生将本篇与《平淮西碑》相比，看出本篇"经营之重"的用心与慎重。

安史乱后，藩镇僭越犯上的状况层出不穷，而朝廷文恬武嬉，姑息处之。宪宗继位后，立即处理日益严重的藩镇割据问题，尤其是祸延四年的淮西吴元济之乱，宪宗力排众议，果断征讨。韩愈随宰相裴度亲赴前线，由平乱至抚绥，见证宪宗中兴气象。本篇韩愈力荐宪宗行泰山封禅，其实是发自内心肺腑，也带有胜任牒文的自负与使命感，并非只是为了摆脱掉潮州。当心中的抱负理想尚未实现，是向本来就敬爱的君主低头认错，还是倨傲抵抗，老死南荒？韩愈选择了前者。而这样的哀兵策略也奏效了。宪宗读此表后，"颇感悔，欲复用之"，同年十月，改授袁州刺史。

与孟尚书书_{孟尚书，简也。}

愈白：行官自南回，过吉州，_{唐有节度行官，主往来使命。}得吾兄二十四日手书数番，忻悚兼至，未审入秋来，眠食何似？伏维万福。_{以上问劳。}

来示云：有人传愈近少信奉释氏，此传之者妄也。潮州时，有一老僧号大颠，颇聪明，识道理。远地无可与语者，故自山召至州郭，留十数日，实能外形骸，以理自胜，不为事物侵乱。_{此见退之于释氏之解外胶，静定自守，初未尝以为非；所辟者，独求福田等妄说而已。}与之语，虽不尽解，要自胸中无滞碍，以为难得，因与来往。及祭神至海上，遂造其庐。及来袁州，留衣服为别，乃人之情，非崇信其法，求福田利益也。孔子云："丘之祷久矣。"凡君子行己立身，自有法度。圣贤事业，具在方册，可效可师。仰不愧天，俯不愧人，内不愧心，积善积恶，殃庆自各以其类至，何有去圣人之道，舍先王之法，而从夷狄之教，以求福利也？ 此等处，质直光明，磊落正大，最近似孟子。曾文正公亦常有此种气象，盖学养既至，积厚流光，自然发露于不觉，非可伪袭强效而为之者也。《诗》不云乎："恺悌君子，求福不回。"《传》又曰："不为威惕，不为利疚。"假如释氏能与人为祸祟，非守道君子之所惧也，况万万无此理。且彼佛者果何人哉？其行事类君子邪？小人邪？若君子也，必不妄加祸于守道之人；如小人也，其身已死，其鬼不灵。天地神祇，昭布森列，非可诬也。又肯令其鬼行胸臆，作威福于其间哉？进退无所据，而信奉之，亦且惑矣。以上言佛不足信。

且愈不助释氏而排之者，其亦有说。提笔劲爽。以下发明己之绝大学识，故特郑重而出之。《孟子》云："今天下不之杨则之墨。"杨、墨交乱，而圣贤之道不明，则三纲沦而九法斁，礼乐崩而夷狄横，几何其不为禽兽也！故曰："能言距杨、墨者，皆圣人之徒也。"扬子云云："古者杨、墨塞路，孟子辞而辟之，廓如也。"夫杨、墨行，正道废，且将数百年。以至于秦，卒灭先王之法，烧除其经，坑杀学士，天下遂大乱。及秦灭汉兴，且百年，尚未知修明先王之道。其后始除挟书之律，稍求亡书，招学士，经虽少得，尚皆残缺，十亡二三。故学士多老死，新者不见全经，不能尽知先王之事，各以所见为守，分离乖隔，不合不公，二帝、三王、群圣人之道，于是大坏。后之学者无所寻逐，以至于今，泯泯也。其祸出于杨、墨肆行，而莫之禁故也。孟子虽贤圣，不得位，空言无施，虽切何补？然赖其言，而今学者尚知宗孔氏、崇仁义，贵王贱霸而已。极力顿挫。其大经大法，皆亡灭而不救，坏烂而不收，所谓存十一于千百，安在其能廓如也？然向无孟氏，则皆服左衽而言侏僱矣。故愈尝推尊孟氏，以为功不在禹下者，为此也。极力盘旋。

汉氏以来，群儒区区修补，百孔千疮，随乱随失，其危如一发引千钧，绵绵延延，寖以微灭。于是时也，而唱释、老于其间，鼓天下之众而从之。呜乎！其亦不仁甚矣！释、老之害，过于杨、墨，韩愈之贤，不及孟子。孟子不能救之于未亡之前，而韩愈乃欲全之于已坏之后。呜乎！其亦不量其力，且见其身之危，莫之救以死也。佛氏之教自六朝以来寖盛，以至于唐，挟历代帝王之威力以风靡天下，其势可谓极炽。而退之以孤介独立之躬，与之为难，欲抗其势而熄其焰，其事至难，故言之危悚如此。虽然，使其道由愈而粗传，虽灭死万万无恨！天地鬼神，临之在上，质之在旁。又安得因一摧折，自毁其道，以从于邪也？以上言辟佛所以卫道，虽死不变。

籍、湜辈虽屡指教，不知果能不叛去否？辱吾兄眷厚，而不获承命，惟增惭惧。死罪死罪！愈再拜。

[评析]

韩愈贬官潮州时，与大颠僧人来往，时人竞传韩愈改信佛教。元和十五年（820），韩愈量移袁州刺史，途中经过吉州，得孟简来信，询问信佛一事。孟简笃信佛教，曾翻译过佛经，后贬为吉州司马，因仕途不顺，信奉更甚。殆为此故，韩愈的回信不仅申辩自己不信佛，更借机辟佛，强力捍卫儒学。

本文可分五段，首段为开头应酬语，问候对方。韩愈点出先前接到来信时的心情是"忻悚兼至"，"悚"字已带出对于谣言的惊讶。第二段说明自己与大颠交往的真实情况，静定自守儒道义理，未曾动摇。接着引经据典，论证佛者不可能妄加祸福于守道之人，不只驳斥前文的谣言内容

"求福田利益"，也是反击当时求取福报的迷信想法。第三段进一步开展议论，由儒学受到杨、墨的干扰说起，又遭遇暴秦焚书之害，并推崇孟子捍卫儒学的功劳。第四段论汉朝以后儒学又受到佛、老的侵害，愿承接孟子之后捍卫儒学的责任，强调万死不辞的决心。末段对于此信冒犯孟简表示惶恐，简短作收。

第四段中韩愈表明心迹，为了拯救岌岌可危的道统，"虽灭死万万无恨"，吴闿生说明佛教自六朝以来逐渐盛行，在唐朝因帝王崇信更加重了天下风靡之势，而韩愈只能独自对抗，因此言语危悚如此。万此不辞并非夸大其辞，而是韩愈真心保有捍卫儒学道统的使命感，即使世人溺于佛，即使因上疏谏佛骨而遭贬，他仍会秉持浩然正气面对耽溺佛教的世界，其力挽狂澜之心，贯彻终生。

答刘秀才论史书

刘秀才或云名轲，公时为史馆修撰。○常稺生君所印先君评选古文，其以意增损处尚多，此篇亦所刊弃不载，盖以其言"人祸天刑为祸福报施"之说，与近世新学家不合也。不知自古有道之君子，未有惑于祸福之谬说者。此文所言，皆非庄语，乃故谬悠其词，以为文章诡异之观耳。《左传》一书，最喜言妖异，而其述子产之言曰："天道远，人道迩，灶焉知天道？"又曰："我斗，龙不我觌也。龙斗，我何觌焉？"邱明意中，岂惑于神怪者哉！《金縢》载天雨反风，先大夫曰："此亦周史故为悠谬之词，以发挥周公之忠荩。"盖文章之事专尚奇诡，不可为浅见寡闻者道也。胶柱以求之，其去古人之用心远矣。

六月九日，韩愈白，秀才刘君足下：辱问见爱，教勉以所宜务，敢不拜赐。愚以为凡史氏褒贬大法，《春秋》已备之矣。后之作者，在据事迹实录，则善恶自见。然此尚非浅陋偷惰者所能就，况褒贬耶？孔子圣人，作《春秋》，辱于鲁、卫、陈、宋、齐、楚，卒不遇而死。齐太史氏兄弟几尽，左邱明纪春秋时事以失明，司马迁作《史记》，刑诛；班固瘐死，陈寿起又废，卒亦无所至；王隐谤退死家，习凿齿无一足，崔浩、范晔赤族诛，魏收夭绝，宋孝王诛死。足下所称吴兢，亦不闻身贵而令其后有闻也。历叙史家之祸，瑰奇历落可观。夫为史者，不有人祸，则有天刑，岂可不畏惧而轻为之哉！以上言史不易为。

唐有天下，二百年矣。圣君贤相相踵，其余文武士立功名跨越前后者，不可胜数，岂一人卒卒能纪而传之邪？仆年志已就衰退，不可自敦率。宰相知其他才能不足用，"他才能不足用"，犹言无他长。世俗本多于"他"字上增一"无"字，则"不足用"三字为赘语，非韩公句法矣。先大夫依古本校定如此。哀其老穷，龃龉无所合，不欲令四海内有戚戚者，猥言之上，苟加一职荣之耳，非必督责迫蹙，令就功役也。贱不敢逆盛指，行且谋引去。全文中惟此数行为真意所在，以明当世无知己之人，不得已而相依就，非真欲藉以自见也。且传闻不同，善恶随人所见，甚者附党，憎爱不同，巧造语言，凿空构立善恶事迹，于今何所承受取信，而可草草作传记，令传万世乎？此层理由尤足。若无鬼神，岂可不自心惭愧？若有鬼神，将不福人！应照章首。○设两端以言之，则退之固未尝迷信祸福之说也。仆虽骏，亦粗知自爱，实不敢率尔为也。以上言己实不敢率尔。夫圣唐巨迹，及贤士大夫事，皆磊磊轩天地，决不沉没。今馆中非无人，将必有作者勤而纂之。后生可畏，安知不在足下？亦宜勉之。收尤驰荡谲诡，不可方物，乃文章极恣肆处。

[评析]

  元和八年（813），韩愈任比部郎中史馆修撰，刘轲来信勉励修史应明示褒贬，此篇即是韩愈的回信。

  篇首简短应答来信一事，随即快速切入正题，以为据事迹如实纪录已属不易，而寓含褒贬更难。并列举孔子等十三位修史者遭受祸刑的例子，说明应怀有畏惧之心，不敢轻易写史。第二段先略笔泛论修唐史之难，再说明自身状况，之所以能任史职，是宰相怜悯自己"年志已就衰退"，并未要求撰写国史，且自己即将离职。又再加一层修史甚难的理由，事迹传闻各不相同，亦有结党凭空捏造的状况，因此实在不敢轻率参与修史。文末则云修史虽难，但史事不应沉没，史馆后生可畏，"安知不在足下？"轻巧反问一句，将勉励又送回刘轲身上。

  韩愈本篇呈现避祸而消极的态度，与其生平仗义执言、捍卫道义的形象大相径庭，令人费解。柳宗元见此文后，曾来信批驳，例如首段所举史官得祸的例子，并非全数皆是修史致祸，如孔子是因为诸侯不行礼乐，不遇明君而退，非因《春秋》而不得遇；司马迁是为李陵辩护而触怒武帝下刑，非因为《史记》；班固受到窦宪的牵连而死，亦不在《汉书》。且身为史官，自应克尽职责，不宜恐惧刑祸。

  对此，吴闿生在题下评说明，韩愈当然不是畏惧刑祸，本篇是故作荒唐之言，以不合事实的空话回应。韩愈自言："贱不敢逆盛指。"究其原因，在于"宰相知其他才能不足用"，宰相认定韩愈没有他方面的才能，未真正了解韩愈；韩愈不得知己，故动念离职。但是吴闿生此说亦让人疑惑，《旧唐书》与《新唐书》韩愈本传中，皆提到宰相看到韩愈的《进学解》后，"以其有史才"，遂擢为史馆修撰；此外，宰相李吉甫命令韩愈重修《顺宗实录》，书成于元和十年（815）。如此，韩愈真的觉得三位宰相都不理解自己吗？《顺宗实录》完全没有寓褒贬吗？究竟韩愈的言外之意为何？本篇吴闿生略作一二指点，提示读者勿胶柱鼓瑟，却没再深入说明，相当可惜。

与汝州卢郎中论荐侯喜状卢虔时为汝州刺史。

进士侯喜。此唐时论荐状格式也，俗本脱去此行，则所谓"右其人"云云者，不可通矣。

右其人为文甚古，立志甚坚，行止取舍，有士君子之操。家贫亲老，无援于朝，在举场十余年，竟无知遇。伏后文。愈尝慕其才而恨其屈，与之还往，岁月已多，尝欲荐之于主司，言之于上位，名卑官贱，其路无由。观其所为文，未尝不掩卷长叹。以上叙其学行。

去年愈从调选，本欲携持同行，适遇其人自有家事，迍邅坎坷，又废一年。及春末，自京还，怪其久绝消息。五月初至此，自言为阁下所知，辞气激扬，面有矜色，曰："侯喜死不恨矣！措语皆见血性。喜辞亲入关，羁旅道路，见王公数百，未尝有如卢公之知我也。比者分将委弃泥涂，老死草野；今胸中之气勃勃然，复有仕进之路矣。"宕激郁至。以上述其见知卢公。

愈感其言，贺之以酒，谓之曰："卢公，天下之贤刺史也，未闻有所推引，盖难其人，而重其事。今子郁为选首，其言'死不恨'，固宜也。古所谓知己者，正如此耳。身在贫贱，为天下所不知，独见遇于大贤，乃可贵耳。极力顿宕，以取盘郁之致。若自有名声，又托形势，此乃市道之事，又何足贵乎？子之遇知于卢公，真

所谓知己者也！ 淋漓尽致。**士之修身立节，而竟不遇知己，前古以来，不可胜数。** 再加顿挫。**或日接膝而不相知，或异世而相慕。以其遭逢之难，** 极力盘旋。**故曰'士为知己者死'，不其然乎！不其然乎！"** 重言咏叹，以尽嗟颂之情。以上文淋漓顿挫，盘郁已极，非此不足以承之也。〇意无殊绝，特笔势盘郁，能使性情意气，一时垒涌并出，腾跃纸上，令人鼓舞兴起。先大夫曰："韩公侠气，本之天赋，故于此等，言之特沈郁激昂。"〇以上极力咏叹，以美其遇。**阁下既已知侯生，而愈复以侯生言于阁下者，非为侯生谋也。感知己之难遇，大阁下之德，而怜侯生之心，故因其行而献于左右焉，谨状。**

[评析]

韩愈约在贞元十六年（800）或稍早时结识侯喜，两人作诗唱和，情谊甚笃。侯喜坎坷于科场十余年，韩愈甚为惋惜。十七年秋天，侯喜将至汝州应进士第，韩愈上此篇于汝洲刺史卢虔，虽题为"状"，但文中不重在陈列侯喜的德行状貌，而是着重于阐发知己的可贵，以别出心裁的方式推荐侯喜。

内文部分可分三段。首段简要叙述侯喜的文章品行，以"竟无知遇"埋下伏笔，以应后文重心。次段叙述侯喜与自己久别后见面，喜言"卢公知我"，深感"死不恨矣"。第三段转述自己对侯喜的贺语，借此阐发知己难得之理，结论提出"士为知己而死"呼应前文，以赞扬卢虔的知人之明，欲借此促成卢虔荐举侯生。

文法部分与《送温处士赴河阳军序》相似，吴闿生多处评为"顿宕"，可见韩文的用心。第三段欲推论卢虔为侯喜的知己，乃先跳脱开来，议论"身在贫贱"四句作为顿挫，又接写"若自有名声"四句，抛得离侯喜的实情更远，正是为了盘旋蓄势，因此当笔落在"真所谓知己者也"之时，便掷地有声！更妙的是，韩愈不只停留于此，又更加推进，前已言侯喜得知己，还再开一层"士之修身立节"四句，由得遇瞬间跌落至不遇，接着"或日接膝而不相知"三句，设想得更为挫折困厄，此等皆是盘旋蓄势之笔，因此到了"士为知己者死"一句迸发而出时，便能将知遇难求之旨意发挥得淋漓尽致。读到此句，不得不惊艳于前文"侯喜死不恨矣"的精彩伏应！此段步步进逼，一顿再顿，跌出旨意，文情高妙，可反复仔细品味。

韩愈写完此状之后，于贞元十八年（802），再荐侯喜等人于祠部员外郎陆傪，是时陆傪佐主司权德舆知贡举，来年，侯喜登进士第。韩愈谓卢虔为侯喜的知己，其实，最知侯喜者，应属韩愈了。

平淮西碑

此本金石大文，又应诏而作，盖殚竭全力而为之，昔人以为叙如《书》，铭如《诗》，盖得韩公用意。李义山诗所谓"点窜《尧典》《舜典》字，涂改《清庙》《生民》诗"，亦此意也。

天以唐克肖其德，圣子神孙，继继承承于千万年，敬戒不怠，全付所覆，四海九州，罔有内外，悉主悉臣。起三十九字作一句读，乃韩公自创奇格，琢炼凝重，精警异常。高祖、太宗，既除既治。高宗、中、睿，休养生息。至于玄宗，受报收功，极炽而丰，物众地大，孽牙其间。肃宗、代宗、德祖顺考，以勤以容。大慝适去，稂莠不薅。相臣将臣，文恬武嬉，习熟见闻，以为当然。通篇多用四字锤炼而成，汉碑之气体也。

睿圣文武皇帝既受群臣朝，乃考图数贡，曰："呜呼！天既全付予有家，今传次在予，予不能事事，其何以见于郊庙？"入题提振，英峙警拔，与起处精神相副。群臣震慑，奔走率职。明年，平夏；杨惠琳。又明年，平蜀；刘辟。又明年，平江东；李锜。又明年，平泽潞；卢从史。遂定易、定，张茂昭。致魏、博、贝、卫、澶、相，田弘正。无不从志。皇帝曰："不可究武，予其少息。"顿挫处如生龙活虎，所谓"如人吐气"者。

九年，蔡将死。吴少阳。蔡人立其子元济以请，不许。遂烧舞阳，犯叶、襄城，以动东都，放兵四劫。皇帝历问于朝，一二臣外，皆曰：一二臣，谓裴相等主用兵者。"蔡帅之不廷授，于今五十年，传三姓四将，李忠臣、陈奇、吴少诚、少阳。其树本坚，兵利卒顽，不与他等。因抚而有，顺且无事。"大官臆决唱声，万口和附，并为一谈，牢不可破。极写朝议之坚。皇帝曰："惟天惟祖宗承上。所以付任予者，庶其在此，予何敢不力！况一二臣同，再表裴相等。不为无助。"以上定计。

曰："光颜，李光颜也。文势蒙上"皇帝"而下，章法奇劲。汝为陈、许帅，维是河东、魏博、郃阳三军之在行者，汝皆将之。"曰："重胤，乌重胤。汝故有河阳、怀，今益以汝，汝州也。维是朔方、义成、陕、益、凤翔、延、庆七军之在行者，汝皆将之。"前后数年之事，一纳于诏命之中，排列而下，文气振拔奇岸，得未曾有，此谋篇之得势也。曰："弘，韩弘。汝以卒万二千，属而子公武往讨之。"曰："文通，李文通。汝守寿，维是宣武、淮南、宣歙、浙西四军之行于寿者，汝皆将之。"曰："道古，李道古。汝其观察鄂岳。"曰："愬，李愬。汝帅唐、邓、随，各以其兵进战。"六字总束。曰："度，裴度。汝长御史，其往视师。"曰:"度,惟汝予同,汝遂相予,以赏罚用命不用命。"句法高古。曰:"弘,汝其以节都统诸军。"曰:"守谦,梁守谦,宦官也。汝出入左右,汝惟近臣,其往抚师。"曰:"度,汝其往衣服饮食予士,无寒无饥,以既厥事,遂生蔡人。赐汝节斧、通天御带、卫卒三百,凡兹廷臣,汝择自从,惟其贤能,无惮大吏。庚申,予其临门送汝。"曰:"御史,予闵士大夫战甚苦,自今以往,非郊庙祠祀,其无用乐。"顿。

颜、胤、武合攻其北,挺接。大战十六,得栅、城、县二十三,降人卒四万,叙战功用总括法,亦用排偶法。道古攻其东南,八战,降万三千,蒙上省"人卒"字。再入申,破其外城。文通战其东,十余遇,降万二千。愬入其西,得贼将,李祐。辄释不杀,用其策战,比有功。十二年八月,丞相度至师,提。都统弘责战益急,颜、胤、武合战益用命,元济尽并其众,洄曲以备。顿。十月壬申,愬用所得贼将,自文城,因天大雪,疾驰百二十里,用夜半到蔡,破其门,取元济以献,尽得其属人卒。愬功用特笔写。辛巳,丞相度入蔡,以皇帝命赦其人。重在恩赦,立言得体,铭词用意从此句出。淮西平,顿束。句如铁铸。大飨赉功。师还之日,因以其食赐蔡人。凡蔡卒三万五千,其不乐为兵愿归为农者十九,悉纵之。斩元济京师。

册功:弘加侍中;愬为左仆射,帅山南东道;颜、胤皆加司空;公武以散骑常侍帅郧、坊、丹、延;道古进大夫;文通加散骑常侍。丞相度朝京师,道封晋国公,进阶金紫光禄大夫,以旧官相;而以其副总为工部尚书,领蔡任。既还奏,群臣请纪圣功,被之金石。皇帝以命臣愈。臣愈再拜稽首而献文曰:

"唐承天命,遂臣万邦。孰居近土,袭盗以狂。往在玄宗,崇极而圮。河北悍骄，河南附起。四圣不宥，屡兴师征。有不能克，益戍以兵。夫耕不食，妇织不裳。锻炼奇语。输之以车，为卒赐粮。外多失朝，旷不岳狩。百隶怠官，事亡其旧。帝时继位，顾瞻咨嗟。措语有神。惟汝文、武，孰恤予家？既斩吴、蜀，旋取山东。魏将首义，六州降从。淮、蔡不顺，自以为强。提兵叫欢，欲事故常。始命讨之，遂连奸邻。李师道。阴遣刺客，来贼相臣。武元衡。方战未利，内惊京师。群公上言，莫若惠来。帝为不闻，与神为谋。乃相同德，以讫天诛。乃敕颜、胤、愬、武、古、通，咸统于弘，各奏汝功。三方分攻，五万其师。大军北乘，厥数倍之。常兵时曲，先大夫曰："《新史》'常'作'尝'，《文苑》同。尝，试也。"军士蠢蠢。既翦陵云，蔡卒大窘。胜之邵陵，郾城来降。自夏入秋，复屯相望。兵顿不励，告功不时。四句顿挫。帝哀征夫，命相往厘。士饱而歌，马腾于槽。造句精采生动。试之新城，贼遇败逃。尽抽其有，聚以防我。西师跃入，道无留者。李愬之功止此二句，因前文已详也。○以上叙平蔡之功，以下专叙平蔡后抚绥之政。

颌颌蔡城，其疆千里。既入而有，莫不顺俟。提笔。○征伐讨叛，本不足铺张扬厉，故此文于战功不甚铺叙，而专写收复以后朝廷之德意及民，藉以招抚未降，此本篇之命意也。自此以下至末，如一笔书，淋漓生动，沈着痛快，拔地倚天，字字欲活，杜诗、韩文所以与元气侔者，专在此等。李义山所谓"公之斯文若元气"，亦谓此后半幅以下也。帝有恩言，相度来宣：'诛止其魁，释其下人。'蔡之卒夫，投甲呼舞。蔡之妇女，迎门笑语。摹写处入神入理，可歌可泣，专从蔡人方面写出天子德惠，故文字异常得势。蔡人告饥，船粟往哺。蔡人告寒，赐以缯布。一气贯注，而纯以双行排偶之势行之。始时蔡人，禁不往来。今相从戏，里门夜开。始时蔡人，进战退戮。今旰而起，左餐右粥。著语极精神。为之择人，以收余恿。选吏赐牛，教而不税。蔡人有言：'始迷不知，今乃大觉，羞前之为。'蔡人有言：'天子明圣。不顺族诛；顺保性命。汝不吾信，视此蔡方。孰为不顺？往斧其吭。书至此，愈唱愈高矣。凡叛有数，当云"凡叛有道"，而叛不可言"道"，故云"有数"，此用字法。声势相倚。吾强不支，汝弱奚恃？从上文一直泻下，皆代蔡人立言也。其告而长，而父而兄。奔走偕来，同我太平。'汪洋浩瀚，极文字之大观。尝谓杜诗、韩文并称，而杜诗元气淋漓，翻江倒海之处，视韩公殆复过之；如此篇之浑茫滉瀁，韩文中固不多见，《奉先县》《北征》诸作，不能专美矣。淮、蔡为乱，天子伐之。既伐而饥，天子活之。始议伐蔡，卿士莫随。既伐四年，小大并疑。不赦不疑，由天子明。凡此蔡功，惟断乃成。

既定淮、蔡，四夷毕来。遂开明堂，坐以治之。"收极堂皇壮伟，如此大篇，非此不足相称也。

[评析]

安史之乱后，朝廷设置更多的节度使以加快平乱、巩固边防，然而部分藩镇不朝贡、不上交赋税，自聘官员不经朝廷授命，甚至兵变叛乱。韩愈文中引述朝臣之言："蔡帅之不廷授，于今五十年，传三姓四将，其树本坚，兵利卒顽。"说的就是蔡州五十年来军阀拥兵自重，专权割据的状况。元和九年（814）九月，吴少阳卒，其子吴元济因朝廷不许立为留后，放兵劫掠焚烧舞阳等三城，并割据蔡州，拥兵自重。朝臣以为这五十年来，蔡州藩镇已是树大根深，众议安抚施惠，唯有裴度、武元衡少数人主张用兵，宪宗决定出兵。征伐费时多年，其间吴元济暗中与王承宗、李师道勾结，阴遣刺客暗杀武元衡与裴度，朝臣震骇。又因战事费财耗力，宰相李逢吉等倡议罢兵，一时众议沸腾。元和十二年（817）八月，裴度自请赴前线督师，韩愈充行军司马随行。十月，李愬雪夜突袭蔡州，生擒吴元济，淮西战事终止，结束了蔡州百姓五十年以来"老死不闻天子恩宥""坚为贼用"的局面。战后撰文纪功的任务，即交付韩愈。

序文可分为六段，篇首由唐有天下写起，唐高祖以来统一四海九州，对比肃宗之后部分藩镇不合臣道，批判朝臣"文恬武嬉"的姑息心态。

第二段，承前文的天与祖宗，叙述宪宗登基后效法先祖，积极制裁反叛者，劝使藩镇归顺中央。此处回溯伐蔡之前的功绩，以"明年""又明年"的方式排比串起，驰奏有力。而后以"不可究武"二句作小结，吴闿生评："顿挫处如生龙活虎，所谓'如人吐气'者。"语意在此稍作停顿转折，辞气显得和缓，为后文的吴元济兵变盘桓蓄势。

第三段进入正题，写出事发当时朝臣的反应，朝议写得愈是喧哗，愈显示出宪宗的果断，也带出裴度的认同态度。文中"传三姓四将"，吴闿生注："李忠臣、陈奇、吴少诚、少阳。"此处"陈奇"当作"陈仙奇"。《旧唐书》卷一百四十五："陈仙奇者，起于行间，性忠果。自希烈死，朝廷授淮西节度，颇竭诚节。未几，为别将吴少诚所杀，赠太子太保，赙布帛、米粟有差，丧事官给。"

淮西之乱耗时四年，中有各路将帅、历经大小战役，第四段每以"曰"开头，写出皇帝的调度部署，行文整齐，仿佛同时间召集宣令完毕。吴闿生以为金石纪功之体未必须与史传相同，这样的写法能高度凝炼数年间的种种调度，排列而下，不被打断分裂，突出君臣一心，故文气振拔有劲，章法奇特。

第五段总括叙述战功，快转时间线至元和十二年的战事结束前夕，写出裴度督师的效用，并突显李愬雪夜突袭的英勇。另点明皇帝抚慰蔡人。第六段则叙述战后的册功封爵，以及自己奉命撰写碑文。

铭文部分，首段与序文开篇意义相符，写出安史乱后藩镇的恶行与朝廷征讨的必要性，旨在呈现宪宗与宰相裴度同心同德。

第二段专写平定后的安抚措施，与蔡人生活安乐之情形。吴闿生说明征讨叛贼不值得声扬，招抚未降、彰显朝廷恩德才是主旨，评："自此以下至末，如一笔书，淋漓生动。"儒家的仁政思想贯彻于中，质直刚正，充沛酣畅；加以语言锤炼，严整的四字句铺排而下，气势益加雄健。故后文评为"汪洋浩瀚""浑茫混瀁"，正是韩文雄壮风格的体现。吴闿生云"韩文中固不多见"，并非指韩文不够壮伟，而是极力盛赞此篇深具"汉碑之气体"，可作为韩文中之大观。

文法部分，有两处须注意。序文第四段"赏罚用命不用命"一句，吴闿生评为"句法高古"。此句盖由《尚书·甘誓》"用命，赏于祖；不用命，戮于社"脱胎而来，意即将士听从命令，有功，则赏于祖庙前；违背不从，则戮于社主之前。韩愈不蹈袭陈言，重加提炼铸造，调换词语顺序，省去"于"介词，凝炼为一句，吴闿生赞赏这样精简的造句方式，有先秦语法高古之风。

铭文第二段"凡叛有数"一句，吴闿生评为"用字法"。历来注家多将"数"字解为数量，如宋代孙汝听注"谓叛者数镇"，文谠注"言不过数人而已"，清代储欣注"谓承宗、李师道"，指王、李这些联合叛变的节度使。高步瀛《唐宋文举要》甲编卷二认为孙注可通，能呼应下文"吾强不支，汝弱奚恃"的"汝"字，即汝等叛者。吴闿生看法异于旧说，认为"道"字有正道、真理之义，叛乱逆臣者，岂可称"道"？用"数"是因为韩愈选字态度谨慎，思考周密。吴闿生推求此篇发扬朝廷德政的主旨，因此评为"用字法"，并批判旧注错失真谛。

进学解

当子厚时，已有人疑退之不能为子云四赋；而子厚以为退之特未作耳，决作之，加恢奇。实则退之何尝不为，特用其实而避其名，取其意而变其体耳。此下二篇皆与马、扬所为无异，而以己意驱遣排宕，不为成格所拘，真善学马、扬之至者也，倘亦所谓"异曲而同工"者耶？此篇元和三年为国子博士时作。

国子先生晨入太学，招诸生，立馆下，诲之曰："业精于勤，荒于嬉；行成于思，毁于随。方今圣贤相逢，圣君贤相。治具毕张，拔去凶邪，登崇畯良。占小善者率以录，名一艺者无不庸，爬罗剔抉，刮垢磨光。盖有幸而获选，孰云多而不扬？言但有微幸获选者，决不因才多而湮没也。诸生业患不能精，无患有司之不明；行患不能成，无患有司之不公。"从诲诸生引入，盖《解嘲》《客难》之体，六朝以来陈陈相因，沿袭太多，不得不少变耳。

言未既，有笑于列者曰："先生欺余哉！接笔谐妙。弟子事先生于兹有年矣。先生口不绝吟于六艺之文，手不停披于百家之编，记事者必提其要，纂言者必钩其玄。贪多务得，细大不捐，焚膏油以继晷，恒兀兀以穷年。先生之业，可谓勤矣。即从上文"业精""行成"立议。

抵排异端，攘斥佛、老，补苴罅漏，张皇幽眇。言于圣道阙者补之，幽者显之。此逆摄起下文。寻坠绪之茫茫，独旁搜而远绍，琢句雄浑。障百川而东之，回狂澜于既倒。二句尤力撰出奇。先生之于儒，可谓

古文范 | 253

有劳矣。

沈浸醲郁，含英咀华；言沈酣学业。**作为文章，其书满家。上规姚、姒**，姚，舜姓，姒，禹姓。**浑浑无涯；周《诰》、殷《盘》**，《盘》谓《盘庚》。**佶屈聱牙**；艰涩貌。**《春秋》谨严，《左氏》浮夸；《易》奇而法，《诗》正而葩；下逮《庄》《骚》，太史所录；子云、相如，同工异曲。**以上自言其为学根柢。先生之于文，可谓闳其中而肆其外矣。

少始知学，勇于敢为；长通于方，左右具宜。先生之于为人，可谓成矣。前三段言业，此段言行。**然而公不见信于人，私不见助于友，**从上文转换而下，通体如一句写成。**跋前踬后，动辄得咎。暂为御史，遂窜南夷。**贬连州阳山令。**三年博士，冗不见治。命与仇谋，取败几时！冬暖而儿号寒，年丰而妻啼饥，头童齿豁，竟死何裨？不知虑此，而反教人为！**"《汉书·萧望之传》："不肯碌碌，反抱关为公。"句法本此。

先生曰："吁！子来前。以上正意于客语中出之，而自以诙诡之词作答，与《解嘲》诸篇章法并同，独小变其面貌。**夫大木为杗，细木为桷，欂栌、侏儒，**侏儒，梁上短柱，即棳儴。**椳、闑、扂、楔，**椳，枢。闑，阃。扂，门牡。楔，栊也。**各得其宜，施以成室者，匠氏之工也。玉札、丹砂、赤箭、青芝、牛溲、马勃，**即马庀菌，治恶疮。**败鼓之皮，俱收并蓄，待用无遗者，医师之良也。**言才之大小、良楛各有适宜，以匠、医二者为喻，特于词藻见精采。**登明选公，杂进巧拙，纡徐为妍，卓荦为杰，较短量长，惟器是适者，宰相之方也。**濂亭先生云："此皆偏宕之词。"案："工"与"良""方"遥应为韵。**昔者孟轲好辩，孔道以明，辙环天下，卒老于行。荀卿守正，大论是弘，逃谗于楚，废死兰陵。是二儒者，吐辞为经，举足为法，绝类离伦，优入圣域，贾捐之《罢珠厓对》："禹入圣域而不优。"此用其语。其遇于世何如也？文境亦本之《解嘲》。

今先生学虽勤而不繇其统，言虽多而不要其中，去声。文虽奇而不济于用，行虽修而不显于众。犹且月费俸钱，岁靡廪粟，子不知耕，妇不知织。应"冬暖"二句。乘马从徒，安坐而食，踵常途之役役，窥陈编以盗窃。此句收束前文诸段。然而圣主不加诛，宰臣不见斥，应前"圣贤相逢"。兹非其幸欤？动而得谤，名亦随之，投闲置散，乃分之宜。若夫商财贿之有亡，计班资之崇庳，忘己量之所称，去声。指前人之瑕疵，前人，谓名位在己前者。是所谓诘匠氏之不以杙为楹，杙，橛也。楹，柱也。而訾医师以昌阳引年，欲进其豨苓也。"昌阳，菖蒲也。豨苓，药，似猪矢。○仍就匠、医二喻作收，以取趣味。

[评析]

本篇作于任职国子博士时期。韩愈在贞元十七年（801）时，调授国子监四门博士，十九年受荐拜为监察御史，旋即贬为连州阳山令。元和元年（806），韩愈诏拜为国子博士，后避谤出京，分司东都洛阳，至元和四年止，改都官员外郎。吴闿生以为本篇作于此时期，应是依据文中的"暂为御史，遂窜南夷。三年博士，冗不见治"四句推论。至于《旧唐书》则以为是韩愈过华阴时，奏论刺史结党包庇县令柳涧，而后宰相"以愈妄论"，降职为国子博士，"愈自以才高，累被摈黜，作《进学解》以自喻，……执政览其文而怜之，以其有史才，改比部郎中、史馆修撰"。若依此说，则是作于第二任职国子博士期间，为元和七、八年（812~813）之时。

本篇可分为四段，篇首由国子先生教诲诸生之言展开，提出在学业与品行两方面务必努力,暗伏后文讽谕主旨。次段学生质疑,既然先生于文章学业、为人修养都是恪守自励,为何屡遭贬斥,不能施展政治长才?第三段接着辩解前文的质疑,说明不同的材料各适其用,应该兼收并蓄,以此推到宰相选才的责任;再以孟子、荀子为例,印证大材也有不得世用之时。末段落回自身动辄得咎的状况,归结于"投闲置散,乃分之宜",形容先前的行为是"忘己量之所称,指前人之瑕疵",语甚贬抑,以此抒发不平之鸣。

文体方面,本篇题为"解",性质以辨识疑惑为主。形式上,吴闿生则视为是继承汉赋风格的赋体,能与司马相如、扬雄相媲美。夹评中又有进一步的分析:

一、篇章结构:首段夹评"从诲诸生引入,盖《解嘲》《客难》之体",由教诲之语引出学生的质疑,如同东方朔、扬雄二文,先以客语发难,接写主语的反驳与辩解。

二、风格趣味:第三段夹评指出"正意于客语中出之,而自以诙诡之词作答",诙诡之趣,在于设言奇妙,正反虚实相掺,交陈出之。《解嘲》以诙谐口吻调解自己不得遇合,实则批判当朝轻视士人。本篇学子所论先生在治学、儒道、文章与为人各方面成就,此为正意。而先生勉励学子毋须担心上司不明不公,谴责自己坐领俸钱,甚至郑重地说自己适合闲职,都是反话。讥讽嘲弄,似贬实褒,主之议论多为反语,客之嬉笑反诘却属于正面文字,形成诡谲的文风。

三、主题思想:第三段末尾"其遇于世何如也"句,夹评"文境亦本之《解嘲》",同样是不屑与世俗同流,抒发怀才不遇的怨怼,嘲讽政治现实不公。

除相似处外,吴闿生也评"取其意而变其体",且"不为成格所拘",韩愈之用词多有创新,凝炼森罗万象于四言之中,造语精工。此外,多处以四、六骈句铺陈排比，间杂散句，且换韵灵活，读之声韵铿锵，宛如敲金击玉。

送穷文

此篇诙谐之趣，较前篇尤胜。曾文正公尝谓：诙诡之文为古今最难到之诣，从来不可多得者也。公以游戏出之，而浑穆庄重，俨然高文典册，尤为大难。

元和六年正月乙丑晦，主人使奴星，结柳作车，缚草为船，载糗与粮，牛系轭下，引帆上樯，三揖穷鬼而告之曰："闻子行有日矣，鄙人不敢问所涂。窃具船与车，备载糗粮，日吉时良，利行四方。子饭一盂，子啜一觞，携朋挚俦，伏下文。去故就新，驾尘彍风，彍，音廓。彍亦乘也。与电争先。子无底滞之尤，尤，罪也。我有资送之恩，子等有意于行乎？"屏息潜听，如闻音声，若啸若啼，砉欻嚘嘤，毛发尽竖，竦肩缩颈。疑有而无，久乃可明。此段乃事前布局之法。

若有言者曰："吾与子居，四十年余。子在孩提，吾不子愚。借鬼语自叙平生，奇极！幻极！子学子耕，求官与名。惟子是从，不变于初。门神户灵，我叱我呵。旁映侧击，尤为敏妙，必有此等，乃能加倍生动，颊上添毫之笔，仙凡之判在此。包羞诡随，志不在他。子迁南荒，热烁湿蒸。我非其乡，百鬼欺陵。妙语。可谓双管齐下者矣。太学四年，朝齑暮盐。惟我保汝，人皆汝嫌。每段换笔换调，所以不涉板滞。自初及终，未始背汝。心无异谋，口绝行语。于何听闻，云我当去？是必夫子信谗，有间于余也。长句宕漾，恐文势过于凝重，涉笔成趣。我鬼非人，安用车船？鼻齅馨香，糗粮可捐。单独一身，谁为朋俦？开出下文。子苟备知，可数已不？"已"与"以"同，"以"犹"与"也。子能尽言，可谓圣知。情状既露，敢不回避？"反跌后半。

主人应之曰："子以吾为真不知也邪？子之朋俦，非六非四，在十去五，满七除二。此等从无情趣中生出情趣，总不使一平笔，乃才力过人之故。各有主张，私立名字，掀手覆羹，转喉触讳。加写二句。凡所以使吾面目可憎、语言无味者，皆子之志也。扬笔，醒。其名曰'智穷'：以上皆游戏笔墨耳。此下则铺张真实本领，惊创壮骇，拔地倚天，他人胸中不能道其只字矣。矫矫亢亢，恶圆喜方，羞为奸欺，不忍害伤。其次名曰'学穷'：傲数与名，摘抉杳微，高挹群言，执神之机。又其次曰'文穷'：不专一能，怪怪奇奇，不可时施，祇以自嬉。又其次曰'命穷'：影与形殊，面丑心妍，利居众后，责在人先。又其次曰'交穷'：磨肌戛骨，吐出心肝，企足以待，置我仇冤。感慨处以谐谑出之，否则嫌于浅矣。凡此五鬼，为吾五患。总束。饥我寒我，兴讹造讪。能使我迷，人莫能间。朝悔其行，暮已复然。蝇营狗苟，驱去复还。"言未毕，五鬼相与张眼吐舌，跳踉偃仆，抵掌顿脚，失笑相顾。描画数语，与前"屏息"一段相配。徐谓主人曰："子知我名，凡我所为，驱我令去，小黠大痴。人生一世，其久几何？吾立子名，百世不磨。正论于篇末出之，声满天地。小人君子，其心不同，惟乖于时，乃与天通。携持琬琰，易一羊皮，饫于肥甘，慕彼糠糜。随手宕出词采。天下知子，谁过于余？虽遭斥逐，不忍子疏。谓余不信，请质《诗》《书》。"主人于是垂头丧气，上手称谢，烧车与船，延之上座。

[评析]

元和四年（809），韩愈由国子博士改授都官员外郎分司东都兼判祠部，来年将东都寺观管理权从宦官手中收归于祠部，损及宦官权益，受到恶言訾议，后又禁止宦官冒充军人，被宦官掌控的神策军诉讼。韩愈不为上司郑余庆所喜，上书请决去留，改授河南令。韩愈一身铮铮铁骨，无私为公，奈何屡遭摈斥，蹭蹬失意缠绕不去，遂在元和六年（811）正月晦日，借由送穷习俗为文，设辞问答以自宽。

篇首由主人祭送穷鬼展开布局，备齐祭品，一本正经地诵读祝词，屏息等候穷鬼。第二段为穷鬼现声，诉说四十多年来与主人共患难，未有异心，怎能听信谗言被驱逐呢？第三段，先写主人的回应，控诉智穷、学穷、文穷、命穷、交穷五个穷鬼一路跟随，致使饥寒受谤。语尚未毕，五鬼现出行貌，竟是跳踉失笑，辩解正是有五鬼在，主人才能永垂不朽。文末主人垂头丧气，待为上客，只好以自我宽慰作收。

吴闿生题下评谓本篇"诙谐之趣，较前篇尤胜"，又引曾国藩之言，强调诙诡文境最为难得。本篇描述与鬼来往问答，此本为荒诞不合现实之事，而韩愈写得煞有其事，态度庄重，两相冲突之间激发出谐趣。韩愈一生屡遭毁谤，这是多么沉重的冤屈，而穷鬼却也以信谗为口实，责备主人逐其远去，以游戏文字淡化了忠而被谤之怨，这又宕漾出一种趣味。又如"非六非四"三句，故作叠句，加强诙谐效果。尤其是历数五鬼一段，韩愈具备品德学识于一身，待人诚正，而命途偃蹇若斯，却坚持追寻正道。看似谴责穷鬼，实是自嘲，也是誉己。抒发胸中垒块的同时，也流露出傲岸正气，令人惊奇。篇末借鬼词比较君子、小人之异，结论"君子固穷"，此韩愈正意所在。全篇构思新奇独特，题材奇幻，奇趣横生。

吴闿生又誉本篇"浑穆庄重"，此与诙谐并非矛盾，而是韩愈成功的寓庄于谐。虽为游戏笔墨，然议论深刻，愤于世俗。文中并非仅有牢骚抱怨，以宽慰自嘲之言消释了生命的困顿，更重要的是坚定自己的操守与信念，在诡辞的背面有庄重的意旨。以谐语曲笔行之，比直接言说更能避免平浅之病，使读者悟其深意。

郓州溪堂诗并序

此碑文之一种，当入于碑铭类；《姚选》列之杂记类，非也。亭记、学记等亦与碑铭同体，《曾选》以庙碑并入杂记门，亦非也。○此文长庆三年作，明年公卒，盖晚年深造自得之境，与道大适，其铭词直造《雅》《颂》之藩，所谓"编之乎《诗》《书》而无愧"者，此篇尤足以当之。

宪宗之十四年，始定东平，三分其地，以华州刺史礼部尚书兼御史大夫扶风马公为郓、曹、濮节度观察等使，镇其地。马公，总也。既一年，褒其军，号曰"天平军"。上即位之二年，召公入，且将用之。以其人之安公也，复归之镇。上之三年，公为政于郓、曹、濮也，适四年矣。治成制定，众志大固，恶绝于心，仁形于色，薄心一力，以供国家之职。于时沂、密始分而残其帅，其后幽、镇、魏不悦于政，相扇继变，复归于旧。徐亦乘势逐帅自置，同于三方。惟郓也截然中居，四邻望之，若防之制水，恃以无恐。文气亦渊停岳峙，如归震川所云"盛得水住"者。○以上叙马公坐镇之能。

然而皆曰："郓为虏巢，且六十年，将强卒武。曹、濮于郓，州大而近，军所根柢，皆骄以易怨。而公承死亡之后，掇拾之余，剥肤椎髓，公私扫地赤立，新旧不相保持，万目睽睽。字字矜创，此为韩公正格。公于此时，能安以治之，其功为大；若幽、镇、魏、徐之乱，不扇而变，此功反小，何也？公之始至，众未熟化。以武则忿以憾，以恩则横而肆，一以为赤子，一以为龙蛇。惫心罢精，罢，音疲。磨以岁月，然后致之，难也。及教之行，众皆戴公为亲父母。夫畔父母，从仇雠，非人之情，故曰易。"议既警创，文亦奇矫，斡回兜杀，具有千钧之力，此韩公绝大神通处。〇以上著议论以发明之。

于是天子以公为尚书右仆射，封扶风县开国伯，以褒嘉之。公亦乐众之和，知人之悦，而侈上之赐也。于是为堂于其居之西北隅，号曰"溪堂"，以飨士大夫，通上下之志。既飨，其从事陈曾谓其众言："公之畜此邦，其勤不亦至乎？此邦之人，累公之化，惟所令之，不亦顺乎？上勤下顺，遂济登兹，不亦休乎？昔者人谓斯何？今者人谓斯何？收束亦极简峭。二句学《檀弓》。虽然，斯堂之作，意其有谓，而暗无诗歌，是不考引公德，而接邦人于道也。"乃使来请。以上作堂原委。其诗曰：

帝奠九廛，有叶有年，有荒不条，河岱之间。四言之体，自三百篇而后，已成绝响。其后惟曹子建为之至工，惜不多见。韩公崛起，精炼矜创，蔚为巨观，前无古人，后无继者，可谓奇伟独绝矣。此诗在《韩集》中尤为精诣，以其通体磨莹，字字日光玉洁，如错金碧，如刺蜚绣，奇而不诡于正，怪而不损其华，虽韩公他作骇愕或过之，而精纯终不逮也。及我宪考，一收正之。视邦选侯，以公来尸。公来尸之，人始未信。公不饮食，以训以徇。孰饥无食？孰呻孰叹？孰冤不问，不得分愿？孰为邦蟊？节根之螟。羊很狼贪，以口覆城。吹之煦之，摩手拊之。箴之石之，膊而磔之。奇丽壮伟，至此已极。凡公四封，既富以强。谓公吾父，孰违公

古文范 | 261

令？可以师征，单句承上，四言中奇格也。不宁守邦。已上叙公勋绩，以下咏溪堂。

公作溪堂，播播流水，此下可分为四章，规摹《风》《雅》，神理密合，无复有辨。下视束皙《补亡》，不啻涕唾矣。○公四言多惊愕骇创，独此效法《风》诗，雍容方雅，便闯入三百篇之席。乃知才藻无所不能，特不肯步趋前尘，故自辟畦径尔。**浅有蒲、莲，深有蒹、苇。公以宾燕，其鼓骇骇。公燕溪堂，宾校醉饱。流有跳鱼，岸有集鸟。既歌以舞，其鼓考考。公在溪堂，公御琴瑟。公暨宾赞，稽经诹律。施用不差，人用不屈。溪有蘩芨，有龟有鱼。公在中流，右《诗》左《书》。无我斁遗，此邦是庥。**尝谓四言诗为文章中最高之境，以其托体最古，与五、七言、骚赋各体截然不同，稍涉卑靡，便都非是。盖此体也，于诗远而于文近，且碑文铭志皆必用之，故尤与文相出入，为文章者不可不留意也。近世文学已微，而此体讲者尤少，往往见名家刻集中墓文碑铭之属，其前序固已未工，至文尾所缀之诗，鄙劣拙滞，乃与儿童无异，岂非通人之一蔽与？附识于此以箴之。

[评析]

唐宪宗即位后，陆续制裁藩镇。元和十四年（819），平定淄青节度使李师道，将淄青十二州分为三部分：郓、曹、濮由马总镇守，沂、海、兖、密由王遂镇守，淄、青、齐、登、莱五州由薛平镇守。马总治郓四年期间，周边局面混乱。而郓州在马总的治理下归顺朝廷，民生安定，未再专擅叛乱。长庆二年（822），马总于郓州建造溪堂以宴飨士大夫、疏通上下，韩愈应邀写作此篇。吴闿生题下评作"三年"，有误，此因穆宗于元和十五年闰正月即位，沿用元和年号，第二年方改元长庆。

稳定郓地民心，便是防堵周围叛乱势力扩散入侵。序文开篇即由大局入笔，叙述马总镇守的缘由、经过，以及幽、镇、魏、徐之乱，突显马总坐镇之能。接着转为议论，提出马总的治功有难易大小之分，而后叙述兴建溪堂与作诗的缘由。诗可分两段，前段叙述马总体恤民瘼，以单句驱迈直下，连续四句问句行文，近散文笔法，读之恍若看见马总上任考察之殷切，其中"吹之煦之"四句形象化的描述，生动写出恩威并行的作风。后段则仿效《诗经》的重章复沓笔法，反复歌咏溪堂，盛赞马总功德，气度雍容。

序文中有"然而皆曰"一大段话，吴闿生评："议既警创，……此韩公绝大神通处。"韩愈先定论安治百姓为难、不受煽动叛乱为易，再说明原因：初任之时不可纯然用武，亦不可一味施惠，马总殚精竭虑于如何拿捏恩威，费时耗日，终得施行教化；相比之下，百姓亲服后不欲叛乱，便显得容易。韩愈以"皆曰"带出，好似转达众人说法，但其实是有别于常理的猜想，俗人通常只看到后来的结果，哪看得到初时的辛苦呢？而先议论后说明的文理，亦形成奇警文势，遂显奇特不平，进一步推论马总之功。

关于本篇的文体分类，吴闿生批驳姚、曾之说。姚鼐《古文辞类纂》将本篇归于杂记类，曾国藩《经史百家杂钞》接受此作法，也将庙碑并入杂记门，本篇亦在其列。吴闿生题下评则认为本篇刻于石碑，又有铭词，属于"碑记"，包括历代亭记、学记等，都不该列入杂记类，应该另外独立成"碑铭类"。吴闿生以文章源流及其体制为考虑重点，说法有其道理，不过，后世文体分类，大多依从姚鼐、曾国藩二家的说法。

本文韩愈所写的铭词，吴闿生极为赞赏。题下评云："其铭词直造《雅》《颂》之藩。"夹评又云："规摹《风》《雅》，神理密合。""效法《风》诗，雍容方雅。"最后又补充说："四言诗……于诗远而于文近，且碑文铭志皆必用之。"马总有实际功绩，本篇的歌功颂德名正言顺，造语凝炼、气象庄重，能与《诗经》相比拟。韩愈此文典雅古朴，吴闿生誉为浑雅肃穆的金石文体，认为应归入碑铭类。

柳子厚墓志铭

韩、柳至交，此文以全力发明子厚之文学风义，其酣恣淋漓，顿挫盘郁处，乃韩公真实本领，而视所为墓铭以雕琢奇诡胜者，反为别调，盖至性至情之所发，而文字之变格也。○金石文字当以严重简奥为宜，此文偶出变格，固无不可。欧公作墓铭，乃专用平日条畅之体，以就己性之所近，而文体遂为所坏，此欧公之过，不得以韩此文为借口也。

子厚讳宗元。七世祖庆，为拓跋魏侍中，封济阴公。曾伯祖奭，为唐宰相，与褚遂良、韩瑗俱得罪武后，死高宗朝。皇考讳镇，以事母弃太常博士，求为县令江南，其后以不能媚权贵，失御史，权贵人死，乃复拜侍御史。号为刚直，所与游皆当世名人。叙祖德亦与其生平相发。盖文章义例，每篇中不得有一字冗词滥语，与主旨无涉者，今人亦不知此义矣。

子厚少精敏，无不通达。逮其父时，虽少年，已自成人，能取进士第，崭然见头角，众谓："柳氏有子矣！"其后以博学鸿词授集贤殿正字、蓝田尉。俊杰廉悍，议论证据今古，出入经、史、百子，踔厉风发，率常屈其坐人。名声大振，一时皆慕与之交，诸公要人，争欲令出我门下，交口荐誉之。贞元十九年，由蓝田尉拜监察御史，王叔文、韦执谊用事，拜尚书礼部员外郎，且将大用。遇叔文等败，例出为刺史，未至，又例贬永州司马。以上叙少时声誉及遭贬。

居闲益自刻苦，务记览，为词章，泛滥停蓄，为深博无涯涘，而自肆于山水间。元和中，尝例召至京师，又偕出为刺史，而子厚得柳州。既至，叹曰："是岂不足为政邪？"因其土俗，为设教禁，州人顺赖。其俗以男女质钱，约不时赎，子、本相侔，则没为奴婢。子厚与设方计，悉令赎归；其尤贫，力不能者，令书其佣，足相当，则使归其质。观察使下其法于他州，比一岁，免而归者且千人。衡、湘以南为进士者，皆以子厚为师，其经承子厚口讲指画为文词者，悉有法度可观。以上贬后学问及政绩。○政绩不得备书，记其大者一二端，具见崖略足矣，此史公法也。

其召至京师而复为刺史也，中山刘梦得禹锡亦在遣中，当诣播州。子厚泣曰："播州非人所居，而梦得亲在堂。吾不忍梦得之穷，无辞以白其大人，且万无母子俱往理。"请于朝，将拜疏，愿以柳易播，虽重得罪死，不恨。遇有以梦得事白上者，梦得于是改刺连州。呜呼！士穷乃见节义。今夫平居里巷相慕悦，酒食游戏相征逐，诩诩强笑语以相取下，握手出肺肝相示，指天日涕泣，誓生死不相背负，真若可信；一旦临小利害，仅如毛发比，字字透切。反眼若不相识，落陷阱，不一引手救，一层。反挤之，二层。又下石焉者，三层。○一句中凡分三层，其委曲切尽如此。皆是也。此宜禽兽、夷狄所不忍为，而其人自视以为得计。闻子厚之风，亦可以少愧矣。以上因子厚以柳易播之请，感慨世涂交态之薄，激宕沈郁，悼叹无穷，生气远出。

子厚前时少年，勇于为人，为，去声。不自贵重顾藉，于子厚之过差，绝不回护掩覆，乃为直友信笔，所谓"君子之过，如日月之食"，无俟掩饰盖覆之为也。谓功业可立就，故坐废退。一顿。既退，又无相知有气力得位者推挽，故卒死于穷裔，再顿。材不为世用，道不行于时也。加二语盘旋。使子厚在台省时，再接。自持其身，已能如司马、刺史时，亦自不斥；三顿。斥时，有人力能举之，且必复用，不穷。四顿。然子厚斥不久，穷不极，虽有出于人，其文学辞章，必不能自力以致必传于后如今，无疑也。极力顿挫，以见其文章必传之可贵。虽使子厚得所愿，为将相于一时，以彼易此，孰得孰失，必有能辨之者。再复数语以厚集其势，使人玩味无穷。○以上总论子厚生平，而决其必传后世。

子厚以元和十四年十一月八日卒，年四十七。以十五年七月十日，归葬万年先人墓侧。子厚有子男二人：长曰周六，始四岁；季曰周七，子厚卒乃生。女子二人，皆幼。其得归葬也，费皆出观察使河东裴君行立。行立有节概，重然诺，与子厚结交，子厚亦为之尽，竟赖其力。葬子厚于万年之墓者，舅弟卢遵。遵，涿人，性谨慎，学问不厌。自子厚之斥，遵从而家焉，逮其死不去。既往葬子厚，又将经纪其家，庶几有始终者。以上卒葬后事。○记此二人与子厚交厚，亦以愧他人之不然者也，与文中议论处相贯注。铭曰：

是惟子厚之室，既固既安，以利其嗣人。

[评析]

柳宗元年少得志，二十一岁中进士第，守丧三年后，又考取博学鸿词科，得到王叔文的赏识，加入顺宗永贞革新的行列。王叔文等人整肃宦官官市等问题，然而结党排外，后来顺宗中风不能听政，改革不过百余日，便被逼迫禅位。宪宗即位后，革新人士皆被远谪，柳宗元贬为永州司马，不得签署公事，因而自放于山水间。元和十年（815），改任柳州刺史，整治当地奴婢制度，修建城郭巷道，深得民心。学子不远千里而来，向柳宗元学习文辞法度。治柳州四年，卒于任上，来年归葬祖坟。

序文可分为六段，篇首由柳宗元七世祖叙起，着重于刚直不阿的门风。第二段叙述青年时期的声誉以及遭贬缘由。第三段叙柳州刺史任期的文学成就，并以整治奴婢制度作为政绩代表。第四段追述元和十年柳宗元与刘禹锡被远谪南荒一事，柳宗元自愿"以柳易播"的情义，正与世态炎凉相对比。第五段总论柳宗元的生平，以极力顿挫之笔写其流离困顿，肯定其文章必传于后世。第六段，交代身后家室子女情况，叙明后事有赖于裴行立、卢遵的相助。铭文精简凝炼，肯定归葬处既固且安，福荫后人。

本篇行文笔法灵活，夹叙夹议，又寄寓慨叹。吴闿生提示全篇脉络一贯，毫无枝蔓，如首段的祖德品格，正与柳宗元的为人相阐发；如第四段议论"士穷乃见节义"，批判世人见利忘义，甚至对朋友落井下石，以对比"以柳易播"之请，以及裴行立、卢遵的情义相挺，此等皆突显了柳宗元的高风亮节。

韩、柳二人早年政治立场不同，后来却成为志同道合的至交好友，相知相惜。第五段吴闿生评："于子厚之过差，绝不回护掩覆，乃为直友信笔。"这说出了君子情谊的可敬与可贵。对于柳宗元加入王叔文集团一事，韩愈痛心其"不自贵重顾藉"，又假设如果柳宗元当年任职御史台、尚书省时，能"自持其身"，必将不被贬斥，写出青年柳宗元的不足与缺憾，语带责备，而这样的责备，正来自挚友间的真心疼惜与无奈。本篇铭文部分甚为简短朴实，不作溢美颂德之辞，纯以吉言祝福，亦显现了情谊的真诚深厚。

吴闿生于题下评中，说明墓志铭应该是以庄重矜慎、简洁严谨为宜，韩愈此篇则是随情感而自然流泄，以散文笔法驰骋议论，酣恣淋漓，在金石文中别树一帜，故评本篇为"别调""变格"。

柳州罗池庙碑

　　此文哀子厚之穷死，因柳人之尊祀而藉以发其不平，意旨具在言外，而文字矜庄凝炼，声调色采，俊朗高骞，与公平日雕琢险怪之体有别。文作于长庆元、二年间，与《郓州溪堂》时代略同，皆公晚年文字，造诣盖益精纯，亦见古人为学之勤，终老无止息也。○此神庙碑也，故与《墓志铭》同记一人一事，而文体迥殊。合观之，可悟作文之法。

　　罗池庙者，故刺史柳侯庙也。

　　柳侯为州，不鄙夷其民，动以礼法。三年，民各自矜奋："兹土虽远京师，吾等亦天氓。今天幸惠仁侯，若不化服，我则非人。"词亦矜奋异常。于是老少相教语，莫违侯令。凡有所为于其乡闾，及于其家，皆曰："吾侯闻之，得无不可于意否？"莫不忖度而后从事。凡令之期，民劝趋之，无有后先，必以其时。于是民业有经，公无负租，流逋四归，乐生兴事。宅有新屋，以下更加倍写。步有新船，柳子厚《铁炉步志》云："江之浒，凡舟可縻而上下曰'步'。"池园洁修，猪牛鸭鸡，肥大蕃息。酣恣生动，此文情之盛，旁溢而四出者也。子严父诏，妇顺夫指，嫁娶葬送，各有条法。出相弟长，入相慈孝。公作碑文，一本汉赋成法，而其才力之雄，汉人不能到也。先时民贫，以男女相质，久不得赎，尽没为隶。我侯之至，仍从柳民口述。按国之故，故，例故也。以佣除本，悉夺归之。详此一事，以此乃子厚为政之最著者，故《墓志铭》亦著之。大修孔子庙，城郭巷道，皆治使端正，树以名木。柳民既皆悦喜。顿束。○以上述柳侯治绩。

尝与其部将魏忠、谢宁、欧阳翼饮酒驿亭，谓曰："吾弃于时而寄于此，与若等好也。空中运掉之笔。先大夫曰："《史记·汲黯传》：'黯弃居郡，不得与朝廷议也。'公句法本此。"明年，吾将死，死而为神。后三年，为庙祀我。"此等叙法从《左传》来。及期而死。三年孟秋辛卯，侯降于州之后堂，欧阳翼等见而拜之，其夕，梦翼而告曰："馆我于罗池。"先大夫曰："此因柳人神之，遂著其死后精魄凛凛，以见生时之屈抑，所以深痛惜之，意旨最为沈郁。史官乃妄议之，不知此乃《左氏》之神境也。"其月景辰，"景"即"丙"，以避讳改。庙成，大祭。过客李仪，醉酒，慢侮堂上，得疾，扶出庙门即死。写神灵奕奕如见。○立庙事更不多叙，所以峻洁也。明年春，魏忠、欧阳翼使谢宁来京师，请书其事于石。余谓柳侯生能泽其民，死能惊动祸福之，以食其土，可谓灵也已。总挈作收。作《迎享送神诗》遗柳民，俾歌以祀焉，而并刻之。

柳侯河东人，讳宗元，字子厚，贤而有文章。尝位于朝，光显矣，已而摈不用。简括。其辞曰：

荔子丹兮蕉黄，杂肴蔬兮进侯堂。侯之船兮两旗，度中流兮风泊之，待侯不来兮，不知我悲。撷《九歌》之精华而为之。侯乘驹兮入庙，慰我民兮不啴以笑。鹅之山兮柳之水，挺起。桂树团团兮，白石齿齿。侯朝出游兮暮来归，春与猿吟兮，秋鹤与飞。沈存中云："倒用两字，则语势愈健。《九歌》：'吉日兮辰良'是也。"北方之人兮为侯是非，"为侯是非"者，为侯生是非。东坡云："'为'当作'谓'。"非是。千秋万岁兮侯无我违。此文专为子厚感愤而作，而绝不露此意，惟此二句略见之。福我兮寿我，驱厉鬼兮山之左。下无苦湿兮高无干，秔稌充羡兮蛇蛟结蟠。结蟠，不能为害也。我民报事兮无怠其始，自今兮钦于世世。曾文正云："此文情韵不匮，声调铿锵，乃文章第一妙境。"

[评析]

柳宗元在改迁为柳宗刺史后，兢兢业业于治事，深获百姓爱戴，元和十四年（819）十一月卒于任上。死后三年，柳人为他立庙，又来年春，韩愈撰此碑铭，依此推算，时在穆宗长庆三年（823），与吴闿生所说"长庆元、二年间"稍有差异。

序文可分为二段，首段叙述柳宗元治柳州的治绩，百姓感受到刺史的尊重、关怀与用心，互相矜奋勉励，守以礼法，遂能安居乐业。次段叙述当地传闻，因柳宗元死前留下的预言以及柳人的感念，三年后柳人立庙奉祀，其中写死后显灵之事，活灵活现。接着以"生能泽其民，死能惊动祸福之"二句总括前文，并简要交代写作缘由。铭文写出柳州百姓对他的仰慕与依恋，祈求永不离去，福泽庇佑。又仿《楚辞》风格，以"兮"字入句，恍若身处南方的堙厄迭嶂之中，读来有绵远不尽之情致，一如柳宗元始终活在柳人心中，世代不绝。

吴闿生提醒本篇应与前篇《柳子厚墓志铭》合观，一是观文体之各有所宜，前篇为墓志文之变格，议论处淋漓酣畅，以至情至性之笔写得平易流畅。本篇为神庙碑文，严谨肃穆，词有韵藻，例如首段连用严整的四字句，极力叙写物阜民丰的景象，叙写愈是用心深刻，愈显现柳宗元治民之殚精竭虑。二是观剪裁详略，前篇撰述柳宗元的生平，重点在于文学成就与治绩。此篇为神庙碑文，重点在于描述柳宗元死后成神、立庙崇祀的经过，由此彰显出柳州百姓对他的崇拜敬爱，也寄寓了韩愈对他的思念痛惜。

祭柳子厚文

祭文亦四言诗之一种也。韩公为之，锤幽凿险，神骎鬼眩，盖导源于《招魂》《九歌》《大招》，而以自发其光怪骇愕、磊砢不平之气，后君子颇有摹仿之者，亦学者所宜究心也。今择其沈郁质厚者一首，以备体例，他不具载。

嗟嗟子厚，而至然邪！自古莫不然，我又何嗟？此数语在公亦率意为之，而流俗相沿，几成祭文恶调。后有作者，切忌再袭。人之生世，如梦一觉。其间利害，竟亦何校？当其梦时，有乐有悲。及其既觉，岂足追惟？绝世名言。凡物之生，不愿为材。牺尊青黄，乃木之灾。子之中弃，天脱羁羁。玉佩琼琚，大放厥辞。富贵无能，磨灭谁纪？子之自著，表表愈伟。不善为斫，血指汗颜。巧匠旁观，缩手袖间。此非仅喻文事，而"不善为斫"亦非公所以自喻也；下乃续以"文章""用世"云云，盖特假以乱之耳，实则用意与"群飞刺天"句相应也。子之文章，而不用世。乃令吾徒，掌帝之制。子之视人，自以无前。一斥不复，群飞刺天。

嗟嗟子厚，今也则亡。临绝之音，一何琅琅？遍告诸友，以寄厥子。不鄙谓余，亦托以死。凡今之交，观势厚薄。余岂可保，能承子托？反跌下文，以明子厚相知之深，托己之重。非我知子，子实命我。犹有鬼神，宁敢遗堕？止此已足。血诚自任之语，似淡而实深，极沈郁恻怛之致。念子永归，无复来期。设祭棺前，矢心以辞。呜呼哀哉！尚飨。

[评析]

柳宗元去世后，韩愈祭悼柳宗元的文章共有三篇，足见情谊深厚，在文人群体之中并不多见。这三篇文章分属不同文体，《古文范》皆选录之，有示范文体作法之意。祭文为祭奠场合宣读用，直接表述情感，大多以四言抒情韵文写成，归向于《诗经》体式，为正体；另有骈体祭文，如韩愈《祭十二郎文》为散行祭文者少见。《古文范》所录祭文为韩愈与王安石文共三篇，皆省略祭文固定的开头格式，径录内文。

篇首，《韩集》各本"嗟嗟子厚"之前尚有"维年月日，韩愈谨以清酌庶羞之奠，祭于亡友柳子厚之灵"数句，《古文范》删去。而"自古莫不然，我又何嗟"反面入笔，将人生比作"如梦一觉"，以作宽慰。接着说柳宗元遭遇了贬谪，却成就了著书立说；又对比富贵无能者，强调柳文必定不朽。而后感慨这样卓越的文才不用于世，深切痛惜。文末回顾柳宗元临死之托，表明誓不孤负。

通篇直抒感慨，情感真挚动人，却是幽幽流泻，须细加体会。例如"不善为斫"四句，正巧与"群飞刺天"相呼应，飞黄腾达者为无能之辈，真正的巧匠却被闲置在旁。行文至此，沉郁不平之气一层深过一层，可知篇首的自我宽慰乃是抑郁至极之语。后文"余岂可保，能承子托"一语，用疑问句表出，吴闿生评："反跌下文，以明子厚相知之深，托己之重。"下文又评："血诚自任之语，似淡而实深，极沈郁恻怛之致。"韩愈谓"子实命我"，二人正是知交，柳宗元才请求韩愈担负起后事之责。

全篇以四言行文，仅在"自古莫不然"一句间杂其他句式。在文句的组成上，融入了散文句型，部分四言打破二字为一词组的惯例，例如"而至然邪"一句，句式为"而/至然/邪"，又如下文的"乃/木之灾""而/不用世"，使用了不同句型结构。在庄重的四言韵文体式之下，文辞流动灵活。

柳子厚二篇

《论语》辨二首录一

尧曰："咨尔舜，天之历数在尔躬，四海困穷，天禄永终。"舜亦以命禹，曰："余小子履，敢用玄牡，敢昭告于皇天后土，有罪不敢赦。万方有罪，罪在朕躬；朕躬有罪，无以尔万方。"或问之曰："《论语》书，记问对之辞耳。今卒篇之首，章然有是，何也？"

柳先生曰："《论语》之大，莫大乎是也。是乃孔子常常讽道之辞云尔。彼孔子者，覆生人之器也。上焉尧、舜之不遭，而禅不及己；下之无汤之势，而己不得为天吏。生人无以泽其德，日视闻其劳死怨呼，_{劳死，视也。怨呼，闻也。}此古大家句法。而己之德涸焉无所依而施，故于常常讽道云尔而止也。此圣人之大志也，无容问对于其间。识议能见其大，文亦雍容有度，柳子志在用世，固以天下自任者，虽不敢遽比宣圣，而意中实有所注，故津津然有味乎其言之也。〇共和者，天下之公理，古今之通义。今世之论，几以为自西人而创获之，不知此义古人莫不解也，如《左传》《孟子》言之详矣，特诎于因革之大势，而不易挽耳。东坡对策云："夫天下者，非君有也，天下使君主之耳。"立于专制之朝，而敢昌言如此，然则君主之淫威，自理学盛后乃益炽与？柳子《封建论》所谓"公天下""私天下"，及此文所谓"禅不及己""不得为天吏"等语，皆具有共和之精神，最是其学识卓伟处。彼何尝以一姓之统纪置心目间哉！弟子或知之，或疑之不能明，相与传之，故于其为书也，卒篇之首，严而立之。"此文所谈伟矣，而理论不无少误，谓弟子以此尊大夫子之道，可也；必谓孔子之不得志，乃取古圣禅代之事而常讽道之，陋矣。闿生儿时尝为文以此难柳子，先大夫甚激赏之，今其稿亦不复存矣。

[评析]

　　柳宗元著有《论语辨》二篇，上篇论证《论语》的最后编定者为曾子弟子，后世程颐、朱熹也认同。下篇则针对第二十篇《尧曰》的首章立论，辨别孔子意旨。本文为下篇。

　　篇首引述《尧曰》首章原文，以"或问之曰"质疑：《论语》皆为问答式短短的对话，为何此章是长篇纪录尧、舜、汤的告诫文？接着以"柳先生曰"开始辩解：孔子之时，无尧、舜圣君行禅让，自己又无势力得以奉承天命，行汤、武伐暴之事，而日闻百姓劳苦，却无从施行恩德，因此才时常诵读圣王之告诫，弟子纪录于最终篇的首章。

　　吴闿生以为本篇优点在于见识宽广，尊崇提升孔子之道；缺点则是孔子未必因不得志便心系禅让于己，否定"上焉尧、舜之不遭，而禅不及己"这个论点。

　　此外，吴闿生借题议论共和制，认为共和制度的精神其实早就展现于中国古籍之中，如《左传》、《孟子》、柳宗元《封建论》以及东坡对策文，并非时论所以为的创自西哲鲁索。吴闿生指出《左传》与《孟子》言之甚详，如《左传》"襄公十四年"："天之爱民甚矣，岂其使一人肆于民上，以从其淫？"吴闿生《左传微》评："左氏论治至精，极合于共和原理，数千年来自孟子外，他人莫能见及、莫敢昌言者也。"孟子主张"民为贵，社稷次之，君为轻"，吴闿生《孟子文法读本》评："超越古今绝大学识，视鲁索、弥勒诸贤，上下千年，东西万里，若合符节，所以为亚圣也。"至于柳宗元的《封建论》，周代的封建制度出自于护卫子孙的私心，为"私天下"；而秦代郡县制度跳脱出宗族诸侯的分封方式，是为"公天下"之开端。吴闿生《古文典范》评："不但封建为非，即帝王世及亦不合公理。……柳子生于君主时代，不敢昌言耳，而其识固已及此矣。"赞赏《封建论》指出世袭制度的缺点，展现出共和政治的精神。吴闿生旁征博引，强调古人有共和平等精神。

吴闿生极力论证共和精神"此义古人莫不解也"，这话说得武断，主因在于当时新文化运动抨击旧学之激烈，不得不极力捍卫。其实他也清楚秦朝之后士人思想多被钳制，其《孟子文法读本》云："中国自秦以降，困于君主专制，二千余年以婗婀为道德，谐媚为政体。载籍所陈，自《孟子》而外，盖鲜有论及此者。"秦汉之后，君主专制愈加巩固，尤其宋代理学兴盛之后，纲常伦理、君臣上下之分更加严明；明清二代的廷杖、文字狱等，更把士人的思想桎梏到了极致。所谓"此义古人莫不解也"，或许我们可以理解"古人"意指在百家争鸣的先秦时代，诸子思想活跃自由，各有政治主张。吴闿生身处的时代环境，受迫于民初文学革命之猛烈，他亟欲证明古文并非保守落后、专制体制的附庸，亟欲证明古人绝不是规规焉附合取媚专制政权的腐儒，反而具有合乎新思想潮流的夐绝智识。可惜的是，当改革与推翻传统成为主流趋势，相比之下，传统文化就会被迫成为"逆流"。在群众一窝蜂赶集之时，像吴闿生这样以保存、发扬传统为自任者，需要具备智识者去挖掘、欣赏。

伊尹五就桀赞

此与上篇皆见柳子为学立身本末，盖自古伟大之人物，皆具伟大之志量学识，而非仅以文字见也；若寻章摘句之徒，其何足与于此。○先大夫曰："此子厚解嘲之作，非强颜作高语，其所自负故如此也。自宋君子出，谈道理益精，而子厚之见器伾（按：王伾）、文（按：王叔文）、退之之《上书宰相》，皆深蒙世讥；而雄奇傲岸、自诡不顾世之气，亦益衰少矣。"

伊尹五就桀。或疑曰："汤之仁，闻且见矣；桀之不仁，闻且见矣，夫胡去就之亟也？"柳子曰："恶，是吾所以见伊尹之大者也。彼伊尹，圣人也。圣人出于天下，不夏、商其心，心乎生民而已。此共和之真理解，千古谬史瞀儒纷纷所聚讼，可以一扫而空。文亦异常英伟。曰：'孰能由吾言？由吾言者为尧、舜，而吾生人尧、舜人矣。'"人"即"民"字。退而思曰：'汤诚仁，其功迟；桀诚不仁，朝吾从而暮及于天下可也。'于是就桀。桀果不可得，反而从汤。既而又思曰：'尚可什一乎？使斯人蚤被其泽也。'又往就桀。桀不可，而又从汤。以至于百一、千一、万一，卒不可，乃相汤伐桀。俾汤为尧、舜，而人为尧、舜之人，是吾所以见伊尹之大者也。英壮磊落，由其理盛，故其词岸伟而其气光明。仁至于汤矣，四去之；不仁至于桀矣，五就之，大人之欲速其功如此。不然，汤、桀之辨，一恒人尽之矣，又奚以憧憧圣人之足观乎？吾观圣人之急生人，莫若伊尹；伊尹之大，莫若于五就桀。"作《伊尹五就桀赞》：

圣有伊尹，思德于民。往归汤之仁，曰："仁则仁矣，非久不亲。"退思其速之道，宜夏是因。就焉不可，复反亳殷。犹不忍其迟，亟往以观。庶狂作圣，一日胜残。至千万冀一，卒无其端。五往不疲，其心乃安。遂升自陑，黜桀尊汤，遗民以完。大人无形，与道为偶。道之为大，为人父母。大矣伊尹，惟圣之首。既得其仁,犹病其久。恒人所疑,我之所大。呜呼远哉!志以为诲。<small>有散行之势,而句句制遏之,不肯轻纵,所以高古而不滑率。</small>

[评析]

此文作于顺宗永贞元年(805)。

伊尹为殷商开国元老,辅助汤灭夏桀,历事五君,卒时,沃丁以天子礼葬之。关于伊尹的出身,大多以为是有莘氏的媵臣,借着当厨师献食的机会,向汤进言陈说,汤以为贤,擢升为相,《墨子·尚贤中》与《韩非子·难言》皆有此说。《孟子·万章上》记载学生以此事请教:"万章问曰:'人有言"伊尹以割烹要汤",有诸?'孟子曰:'否,不然。伊尹耕于有莘之野,而乐尧、舜之道焉。……汤三使往聘之。'"孟子否定当时流行的说法,指伊尹为处士,隐于有莘之国,汤闻其贤,三聘之后,决定辅佐汤行仁义之道。此外,《孟子·告子下》云:"五就汤,五就桀者,伊尹也。"此言令人纳闷,伊尹既得辅佐明君,为何五就于暴桀?西汉《淮南子·泰族训》这么解释:"五就桀,五就汤,将欲以浊为清,以危为宁也。"意即伊尹就桀,欲使天下由暴乱转为清明。东汉赵岐注《孟子》,则说:"伊尹为汤见贡于桀,不用而归汤,汤复贡之,如是者五,思济民,冀得施行其道也。"解为汤进献伊尹于桀,望桀采用伊尹之道,若有悔改,则不必伐之。

柳宗元此篇则将伊尹就桀的动机分析得更加详细深刻,序文说明伊尹前往帮助桀,是出于个人的自由意志。他的出发点在于百姓,考虑的是"欲速其功",因为桀为天子,手握大权,辅佐桀的话收效快,能使恩泽迅速普及于民。五次就桀确定终不可得效之后,复归于汤,助汤伐之。赞文再次强调伊尹"退思其速之道",因此反复接近桀,赞美伊尹良苦的用心。赞文部分以散文行气,写成韵文体制,词句简洁,叙述与议论极为精炼收敛，没有轻率之处，故吴闿生评为"高古而不滑率"。

至于柳宗元作此文的最终主旨，吴闿生从其父之说，以为是自我解嘲之作。当初柳宗元跟随王叔文改革，他所考虑的只是百姓安危，认同王叔文尽速革除宦官之弊，因此参与党派运作；怎料革新骤然失败，后来南贬永州，竟是再无施展抱负的机会。不过，即使政争失败，仍旧带着自信，展现出傲岸不驯的性格，无论是相汤还是就桀，柳宗元所在乎的只是救世济民，渴求施行尧、舜之道。在伊尹漫长一生的诸多功绩之中，仅聚焦于"五就桀"一事颂赞，这是寄托了"恒人所疑，我之所大"的不平之气，有睥睨世俗的意味。

卷四　下编之二

欧阳永叔二篇

送田画秀才宁亲万州序

　　欧公之文丰采敷腴，风华掩映，神韵之美，冠绝百代，盖公之得于天者，非可仿效而袭似也。自此体易为人所慕悦，而学步者益多，多而又不能至，而去古人戛戛独造之风益远矣。盖周、秦、三代之文，自东汉以降，兴于唐之韩退之，而复衰于宋，宋以后无复真古文矣。欧公虽不尸其咎，然公之文实导人于平易，而不能引人日上，则昭然无可疑也。

　　五代之初，天下分为十三四。及建隆之际，或灭或微，其在者犹七国，而蜀与江南地最大。以周世宗之雄，三至淮上，不能举李氏；而蜀亦恃险为阻，秦陇、山南，皆被侵夺，而荆人缩手归、峡，不敢西窥以争故地。及太祖受天命，用兵不过万人，举两国如一郡县吏，何其伟与！_{顿宕}当此时，文初之祖从诸将西平成都，及南攻金陵，功最多，于时语名将者，称田氏。田氏功书史官，禄世于家，至于今而不绝。及天下已定，将卒无所用其武，士君子争以文儒进。故文初将家子，反衣白衣，从乡进士举于有司。彼此一时，亦各遭其势而然也。专以风韵取姿态，亦微惜功臣之后之落拓也。

文初辞业通敏，为人敦洁可喜。岁之仲春，自荆南西拜其亲于万州，维舟夷陵，予与之登高以望远，遂游东山，窥绿萝溪，坐盘石，文初爱之，数日乃去。夷陵者，其《地志》云："北有夷山，以为名。或曰：'巴峡之险，至此地始平夷。'"盖今文初所见，尚未为山川之胜者；由此而上，沂江湍，入三峡，险怪奇绝，乃可爱也。此等跌宕，亦专取风神处。当王师伐蜀时，兵出两道：一自凤州以入，一自归州以取忠、万以西。今之所经，皆王师向所用武处，览其山川，可以慨然而赋矣。风韵独绝。

[评析]

仁宗景祐三年（1036），欧阳修因支持范仲淹，忤逆宰相吕夷简，被贬为夷陵（今湖北宜昌）令。次年，秀才田画前往万州省亲，取道夷陵，欧阳修陪同他游览夷陵山川，以此序赠之。

北宋建国于五代后周之禅位，此时后蜀、南唐等政权犹在割据对峙，宋太祖赵匡胤南征北讨，结束五代以来的纷乱。太祖乾德二年（964），兵分两路讨伐后蜀，一自凤州道，一自归州道，遂灭后蜀。当年田画的祖先曾参与平后蜀、南唐之役。而今田画此行由荆南（今湖北江陵）出发，走水路经夷陵，再上溯归州（今湖北秭归）、忠州（今重庆忠县），最后抵达万州（今重庆万州），其省亲的路线，正与太祖灭后蜀的路线相合。

欧阳修写此序，便囊括了这样的历史知识。篇首自五代十国写起，歌颂太祖平定南唐、后蜀的赫赫功勋，接着落笔于赠序对象，称扬田画祖上立战功、享爵禄，而天下平定之后，田氏依从时势偃武修文，田画由乡贡进士举于礼部。次段，再推到田画本身的西行省亲，略写夷陵山川名胜，带出当年王师伐蜀一事，令人慨然，呼应篇首灭蜀的伟业。

细看文中叙述的田氏家业演变，欧阳修总结为"彼此一时，亦各遭其势而然也"，不多作其余评论，吴闿生评："微惜功臣之后之落拓。"宋初鉴于唐朝中叶以来的藩镇乱象，太祖杯酒释兵权，极力提防武将坐大。田画的祖先可谓开国功臣，但在重文抑武的国家政策下，至今不过七十年，身为将门之后的田画只能以文艺争取入仕。欧阳修同游数日，欣赏其学业人品，又知其家世，结合当地的山川与历史，写出田画"可以慨然而赋"的心情。

吴闿生肯定欧文浑然天成的神韵之美，多处赞美有"风华""神韵""风神"，不过，吴闿生更反对欧阳修开启平易畅达的文风，对后世造成的负面影响。欧文的平实易懂易学，影响力巨大，形成了"宋体"，俨然时代格调。但是后人仿效不断，陈套相因，"不能引人日上"的情况于是产生。吴闿生指责的重点在于后人偷懒沿袭，不再苦心经营文句，自成一格，导致宋代以后的古文日趋平易，袭成滥调，与先秦两汉文风相去日远。

丰乐亭记

此文忧深思远，声情发越，较胜前篇。○先大夫曰："此与《送田画序》并佳绝，其抚今思昔亦同。而彼篇作于谪宦之中，心旷而神怡；此篇作于丰乐之时，忧深而思远，盖贤人君子之意量如此。"○姚叔节先生曰："宋代兵革不修，酿成积弱之祸，公盖预见及此，特言之以讽当世，足见经世之略。而文情抑扬吞吐，绝不轻露，所以为高。"

　　修既治滁之明年，夏，始饮滁水而甘，问诸滁人，得于州南百步之近。其上丰山，耸然而特立；下则幽谷，窈然而深藏；中有清泉，滃然而仰出。此等句法，皆失古意矣。俯仰左右，顾而乐之。于是疏泉凿石，辟地以为亭，而与滁人往游其间。以上筑亭缘起。

　　滁于五代干戈之际，用武之地也。昔太祖皇帝尝以周师破李景兵十五万于清流山下，生擒其将皇甫晖、姚凤于滁东门之外，遂以平滁。修尝考其山川，按其图记，升高以望清流之关，欲求晖、凤就擒之所，而故老皆无在者，盖天下之平久矣。自唐失其政，海内分裂，豪桀并起而争，所在为敌国者，何可胜数？及宋受天命，圣人出而四海一，向之凭恃险阻，划削消磨，百年之间，漠然徒见山高而水清，欲问其事，而遗老尽矣。穆然深思，翼然高望，韵度萧邈，足使读者为之移情。今滁介于江、淮之间，舟车商贾，四方宾客之所不至，民生不见外事，而安于畎亩衣食，以乐生送死，而孰知上之功德，休养生息，涵煦百年之深也。以上追吊太祖开国之功。

　　修之来此，乐其地僻而事简，又爱其俗之安闲。既得斯泉于山谷之间，乃日与滁人仰而望山，俯而听泉，掇幽芳而荫乔木，此等词藻亦凡近。风霜冰雪，刻露清秀，四时之景，无不可爱。又幸其民乐其岁物之丰成，而喜与予游也。因为本其山川，道其风俗之美，使民知所以安此丰年之乐者，幸生无事之时也。夫宣上恩德，以与民共乐，刺史之事也，遂书以名其亭焉。以上作文本旨，而其词颇嫌繁委。

[评析]

　　宋仁宗年间，欧阳修支持的范仲淹等人的庆历新政失败，于庆历五年（1045）被贬为滁州知州。次年，欧阳修在丰山建亭，命名为丰乐亭，作此记。

　　本篇可分为三段，首段写地貌，简要交代修建缘由与过程。次段回溯五代历史，点出滁州原为"用武之地"，周世宗亲征南唐，赵匡胤时为后周将领，袭击清流关、攻克滁州，并生擒敌将皇甫晖、姚凤。接着叙述滁州在百年之内，百姓得以乐生送死，由此赞颂国家休养生息，德泽化育之深厚。末段说明"丰""乐"的命名用意，并突显朝廷功德，使人民浑然不觉数十年前此地犹是烽火连天，揭示与民同乐之旨。

　　题下评中，吴闿生引述其父与姚永概（叔节）之言。姚永概师承吴汝纶，又曾教授过吴闿生，他评论此篇，当是依据吴汝纶的"忧深而思远"评语而来，以为忧在国家局势，有讽刺当代不修兵革之意，然而此解似乎求之过深了。吴闿生夹评指出"与民共乐"为本旨，未从姚说再多作发挥。

　　吴闿生又评此文"瀚然而仰出"等句："皆失古意矣。"此处排比而开，句式整齐，连用虚字"而"于句中，形成悠然婉转之美感，斡旋灵活。又如"掇幽芳而荫乔木"句下，吴闿生评"此等词藻亦凡近"；文末结尾，吴闿生评"其词颇嫌繁委"。为何吴闿生如此解读呢？原因在于虚词多，没有实指意义，实词用语又过于平浅，与先秦两汉精实的文辞有别。这六句和下文"仰而望山，俯而听泉"等句，也都没有构成深刻的含义，所使用的都是较平凡的词汇，上下对句之文意往往重复，其他"之""者""也"等虚词亦不少。因此吴闿生以为还有再精炼文辞的空间。

王介甫十篇

《周礼义》序

荆公崛起宋代，力追韩轨，其倔强之气，峭折之势，朴奥之词，均臻阃奥；独其规摹稍狭，故不及韩之纵横排荡，变化喷薄，不可端倪。然戛戛独造，亦可谓不离其宗者矣。〇先大夫尝谓："学诗与文，皆当从荆公入，以其矜练生硬，足以矫流俗凡猥浮滑之病也。"此三篇经术湛蔚，韵味渊永，尤为醇到之诣，《王集》中亦不多得。

士弊于俗学久矣，圣上闵焉，以经术造之。乃集儒臣，训释厥旨，将播之校学，而臣某实董《周官》。惟道之在政事，其贵贱有位，其后先有序，其多寡有数，其迟数有时。"数"同"速"。制而用之存乎法，推而行之存乎人，其人足以任官，文势峻急直下，句句劲挺，此荆公长处。其官足以行法，莫盛乎成周之时。其法可施于后世，其文有见于载籍，莫具乎《周官》之书。盖其因习以崇之，赓续以终之，至于后世，无以复加。则岂特文、武、周公之力哉？犹四时之运，阴阳积而成寒暑，非一日也。以上括《周官》大旨。

自周之衰，以至于今，历岁千数百矣。太平之遗迹，扫荡几尽，学者所见，无复全经。于是时也，乃欲训而发之，臣诚不自揆，然知其难也。郑重出之，自谦实自负也。以训而发之之为难，则又以知夫立政造事,追而复之之为难。由训释递至立政,文情绵邈而温懿,盖荆公所学所行,一本于《周礼》,其经世之具,固不专在训释其文也。用笔绵褫而下,意旨实有所专注,而行文特为委宛周至。然窃观圣上致法就功,取成于心,训迪在位,有冯有翼,亹亹乎向六服承德之世矣。词藻亦多取之于经,所以泽乎《尔雅》。盖为文之法,一字一语之不慎,则全篇气体胥为之累也,夫岂可以轻心掉之哉!以所观乎今,考所学乎古,顿挫纤徐,以取迟重之势。所谓"见而知之"者,臣诚不自揆,妄以为庶几焉,故遂冒昧自竭,而忘其材之弗及也。谨列其书为二十有二卷,凡十余万言。上之御府,副在有司,以待制诏颁焉。谨序。

[评析]

《宋史·王安石传》载神宗初即位时,王安石受召为翰林学士兼侍讲,"熙宁元年四月,始造朝。入对,帝问为治所先,对曰:'择术为先。'"是王安石借经籍阐发治术。熙宁二年(1069),拜为参知政事,实施新法。六年,神宗设置经局,王安石为提举,儿子王雱参与修撰《诗》《书》《周礼》。八年,王安石再次拜相,此时书成,统称为《三经义》。王安石不用汉、唐以来的章句注疏方式,侧重于义理的剖析与阐发,致力于经世致用,有托古改制之心,意在"立政造事"。后来,王安石有意改革科举,《三经义》颁行于各地,成为科考取士的统一范本。

本篇篇首说明奉神宗之意,欲革除章句之学的流弊,改为阐发义理,其中《周官》由自己奉命主笔。接着以"惟道之在政事"带出儒道与政治的密切连结,并标举"法"与"人"的重要,由合适的官员执行法则,以求达到至善。次段,借由修撰的困难,反衬出神宗的勤勉与新政功绩。篇末简叙卷数、字数,以及待诏颁布于天下。

短短篇幅之中,庄重精简地概括了《周礼》主旨与价值,并叙明

《周礼》保存法则，推至施行于人，再进展至任官，以至于行法，一句便是一层次，仅用四句便妥善地联系起《周官》与施行新法的关系。文笔峻急简洁，无任何枝叶，故吴闿生评："文势峻急直下，句句劲挺。"后文则放缓步调，复述二层困难以引出圣上的"致法就功"，从侧面颂扬神宗的新政，而又始终不忘"一本于《周礼》""词藻多取之于经"。

《古文范》选录王安石文共十篇，篇数远多于欧、曾、苏等人，吴闿生于题下评中说明用意：首先，王安石个性刚强，韩愈个性亦如此，二人文章皆有倔强之气；其次，王安石遒劲险峭多转折的文势，也与韩愈的文风相似；最后是二人笔下多有"朴奥之词"，词语高古而义旨丰富。上述三点，能矫正后世文章低浅平俗的流病。吴闿生另指出王安石文的缺点为"规模稍狭"，较为狭隘拗硬，未若韩文变化多端，恣意无拘，但即使如此，也是瑕不掩瑜。

《书义》序

熙宁二年，臣某以《尚书》入侍，遂与政。而子雱实嗣讲事，有旨为之说以献。八年，下其说太学，颁焉。

惟虞、夏、商、周之遗文，更秦而几亡，遭汉而仅存，赖学士大夫诵说，以故不泯，而世主莫或知其可用。天纵皇帝大知，实始操之以验物，考之以决事，又命训其义，兼明天下后世，而臣父子以区区所闻，承乏与荣焉。然言之渊懿而释以浅陋，命之重大而承以轻眇，兹荣也，只所以为愧也与。句法本之《法言》。谨序。情词粹美。

[评析]

本篇为王安石《三经经义》序之一。

序文笔墨精简不多作纠缠,以"天纵皇帝大知"一笔转出,申明神宗皇帝知晓《尚书》的智慧,发挥其政治效益,文末表明自己父子二人承担训义责任的心情,表达谦卑恭谨的写作态度。

《诗义》序

《诗》三百十一篇,其义具存,其辞亡者,六篇而已。上既使臣雱训其辞,又命臣某等训其义,书成,以赐太学,布之天下,又使臣某为之序,谨拜手稽首言曰:《诗》,上通乎道德,下止乎礼义。放其言之文,君子以兴焉;循其道之序,圣人以成焉。然以孔子之门人赐也、商也,有得于一言,则孔子悦而进之,盖其说之难明如此,则自周衰以迄于今,泯泯纷纷,岂不宜哉?伏惟皇帝陛下,内德纯茂,则神罔时恫,此下遣词立义,一取于本经,渊然晬然,珠晖玉润,真非凡手所能望到。外行恂达,则四方以无侮。日就月将,学有缉熙于光明,则颂之所形容,盖有不足道也。微言奥义,既自得之,又命承学之臣,训释厥遗,乐与天下共之。顾臣等所闻,如爝火焉,岂足以赓日月之余光?姑承明制,代匮而已。《传》曰:"美成在久。"收束又出一意,深思遐望,神味尤为隽美。故《棫朴》之"作人",以"寿考"为言,盖将有来者焉,追琢其章,缵圣志而成之也。臣衰且老矣,尚庶几及见之。谨序。此等文字意量神韵,殆不作三代下想,虚心而讽咏之,自尔释躁平矜,怡然理顺,而涣然意解。渊渊乎金声玉振之文也。

[评析]

本篇为王安石《三经经义》序之一。

篇首简述《诗经义》的撰写工作分配，由王雱释辞，自己释义、作序。接着概述《诗经》大旨在于涵养道德，使行为合乎礼义，以培育君子。《诗经》义理难以明言，导致众说纷纭。王安石在陈述训释的困难后，随即一笔转出神宗的成就，文势劲健利落。其中颂扬神宗能以诗教施用于天下，又谦称自己不胜重任，并期盼诗教成功化育天下。

吴闿生指出本文的遣词立意多取自《诗经》，但是化用自然，绝非凡手之生吞活剥。例如《诗·大雅·思齐》："惠于宗公，神罔时怨，神罔时恫。"原意为文王忠于祖训，祖先神灵无所怨痛，王安石则将神宗比拟于文王，颂扬神宗光大了北宋帝业。下文"四方以无侮""日就月将，学有缉熙于光明""《棫朴》之'作人'"，分别化用了《诗·大雅·皇矣》《诗·周颂·敬之》以及《诗·大雅·棫朴》，连用三诗以歌颂神宗之治，愿意变旧为新，以造福世人，辞句间满溢着对于神宗的仰慕之情。

读《孟尝君传》

此文乃短篇中之极则，雄迈英爽，跌宕变化，故能尺幅中具有波澜万里之势。后人多喜摹之，莫能拟似万一，前人亦无似者，虽荆公他长篇文字，亦未有能似此者也。使其篇篇至此，岂不与昌黎并驾争雄哉！

世皆称孟尝君能得士，士以故归之，而卒赖其力以脱于虎豹之秦。嗟乎！孟尝君特鸡鸣狗盗之雄耳，_{接笔英壮挺拔。}岂足以言得士？不然，擅齐之强，得一士焉，宜可以南面而制秦，尚何取鸡鸣狗盗之力哉？_{此层尤为开拓闳放，使局势一张。}夫鸡鸣狗盗之出其门，此士之所以不至也。_{收意高绝，用笔亦变幻不测。}

[评析]

　　孟尝君为战国四公子之一，战国时期养士风气盛行，孟尝君待客宽厚，不分贵贱一律接纳。虽然《史记》中另有"孟尝君招致天下任侠，奸人入薛中"的负面记载，但历来多誉孟尝君善于养士。

　　王安石读《史记》，以其犀利敏锐的眼光批驳之。起笔谓"世皆称孟尝君能得士"，暗示自己否定俗论，接着以"孟尝君特鸡鸣狗盗之雄耳"一笔剌入，折倒上文的"能得士"，文势骏快崛起。紧接着再开一论，只要拥有一位能任以国家大事的士，便能君临天下，哪里需要鸡鸣狗盗者之力？驳倒上文的"卒赖其力"，且提升论述层次，从大处着眼，格局益加宽远。最后定下结论"此士之所以不至也"，大胆有力地破除俗论的"士以故归之"，孟尝君反而是将真正的士拒于门外！

　　全文见解深刻，言之有理，文不过百字，然尺幅千里，胜过长篇累牍。文中转折峭拔有力，且收笔斩绝，雄迈绝伦。

答司马谏议书

　　_{傲岸倔强，荆公天性，而其生平志量政略，亦具见于此。}

　　某启：昨日蒙教，窃以为与君实游处相好之日久，而议事每不

合，所操之术多异故也。虽欲强聒，终必不蒙见察，故略上报，不复一一自辨。重念蒙君实视遇厚，于反复不宜卤莽，故今具道所以，冀君实或见恕也。以上酬答之词。

盖儒者所争，尤在于名实，名实已明，而天下之理得矣。今君实所以见教者，以为侵官、生事、征利、拒谏，以致天下怨谤也。某则以为受命于人主，议法度，而修之于朝廷，以授之于有司，不为侵官。举先王之政，以兴利除弊，不为生事。为天下理财，不为征利。辟邪说，难壬人，不为拒谏。至于怨诽之多，则固前知其如此也。人习于苟且非一日，挺接处矗如山立。士大夫多以不恤国事、同俗自媚于众为善，上乃欲变此，句句劲折。而某不量敌之众寡，欲出力助上以抗之，则众何为而不汹汹？语甚得势。然盘庚之迁，胥怨者民也，非特朝廷士大夫而已；盘庚不为怨者故，改其度，度义而后动，是而不见可悔故也。以上逐层申辨。

如君实责我以在位久，未能助上大有为，以膏泽斯民，则某知罪矣。傲岸之气，奋然涌出。如曰今日当一切不事事，守前所为而已，则非某之所敢知。文则矫健至矣，而拒人太甚，殊非政治家手腕所宜出，宜其败也。无由会晤，不任区区向往之至。温公、荆公之争，和平与激进两党之代表也。非常之事，非激进不可成，然激进亦往往偾事；听其自然，夫固有自然中之节制补救，未必果遂败坏而不可收拾也。要之，刚柔相济为用，理无偏胜，夫亦各因时审势而已。

[评析]

宋初采取重文抑武策略，扩充恩荫，大开贡举等仕途，职官渐多；军事方面实施募兵制，《宋史·兵志一》记载，承平日久，仁宗朝已有"将骄士惰，徒耗国用"的状况，冗官、冗兵、冗费问题日益严重。仁宗庆历三年（1043），范仲淹等人推行新政以精简官僚体系、加强武备。因限缩官员既有权力，遭到强烈反对，相继被贬黜外放。王安石于庆历年间入仕，见政治因循守旧，上《万言书》以阐述改革措施，未获用。神宗即位后，力图振兴，王安石于熙宁二年（1069）实施变法，财政不再委由三司（盐铁、度支、户部），另创立"制置三司条例司"以作为三司的上层督导机构；并强力推行农田水利、青苗、均输、保甲、免役、市易、保马、方田均税等新法。因限缩官僚地主等的特权，加上急于求成，衍生扰民之害，立刻遭到群起抨击。

司马光与王安石往昔同为群牧司判官，有唱和同游的情谊。眼见谤议持续沸腾，司马光遂于变法第二年来信，字数长达三千余言。信中先询问王安石是否知道舆情，上自士大夫，下至小吏走卒都在"非议介甫""人人归咎于介甫"，指出王安石的过失在于"用心太过，自信太厚"。接着指出三司条例司是"不当置而置之"，请求罢置，追还原官职。且用人未经由选拔常道，"往往暴得美官，于是言利之人皆攘臂圜视"；虽有才俊，其中却有"轻佻狂躁之人……骚扰百姓"。并指出均输法是"欲尽夺商贾之利"，青苗法是"散青苗钱于天下而收其息，使人人愁痛"，强制发散青苗钱的做法，简直是放债取利。也叙述王安石个性刚直，只要有人言及新法不便，立即"艴然加怒，或诟骂以辱之，或言于上而逐之"，明显无法接受劝谏。王安石得信后，仅简略回答，司马光再复以第二书，王安石于是作此篇回应。

篇首为书信酬答之语，叙述自己本不欲辩解，但因感念司马光昔日的照顾之情，因此回信具体说明理由。在礼貌性套语下，既写出有情感色彩的感性之语，也直接点出二人不合的理性之言，带着详细说明的心意，看得出王安石的冷静沉着。接着进入正题，辩明儒者重在名实，暗示司马光的指责名实不符，而自己正站在名正言顺的立足点上。于是针对所谓的"侵官""生事""征利""拒谏"逐一批驳。王安石以为既受命于神宗，三司条例司经过朝廷修订后成立，完全合乎程序，便不是"侵官"；效法先王遗训以兴利除弊，有理论依据，也顾及现实目的，就不是"生事"；为天下理财，出发点正确，不是"征利"；辟除邪说，阻挡小人，行正义之道，非为"拒谏"。驳论口吻坚定，逐条回击，守势转而成为攻势。后文批判士大夫不恤国事、因循苟且，并以盘庚迁殷为例，申辩执政者衡量事理正确后便应该行动，不因民怨而退缩。文末"某知罪矣"那几句话，不是本文的正面主意，依然出自肺腑；最后"如曰今日当一切不事事……则非某所敢知"，戳破对方来信之意，一贯有锋芒锐利的语气。

吴闿生评："傲岸倔强，荆公天性，而其生平志量政略，亦具见于此。"诚然如此！面对沸腾的谤议，王安石回以"固前知其如此也"，这是他的志量，坚信革除积弊才能益于朝政，遂义无反顾；这也是他的自信，睥睨于俗论之上，从来不退缩摇摆。对于长达三千余言的四大指责，他只用短短的文辞逐一批驳回去，立场始终坚定，语气斩绝，这又是他的果断与倔强。即使措辞有力，然而在精悍犀利的辩解之间，兀傲之气自然激发，盈满全文。细看司马光的来信，犹带着故友的温厚，也有忧虑王安石处于谤议中心而不自知的意味，即使语出责备，目的仍然是希望回头修正，两人都是为了朝政民生着想。然而王安石的响应刚劲廉厉若此，少了许多温厚，文末还说可以责备自己未有大作为，但绝不能指责不治事！故吴闿生夹评王安石"拒人太甚"，一旦言及改革便全然拒之门外，忽视新法本身应修正的问题，执行之后弊端暴增，莫怪乎"宜其败也"。文末吴闿生稍加发挥，归结出刚柔并济、因时审势的旨意，这应是吴闿生历任清末至北洋军阀时期的多处幕僚，看出政坛二十多年的剧变后，有感于处世圆融的重要。

答姚辟书

姚君足下：别足下三年于兹，一旦犯大寒，绝不测之江，亲屈来门，出所为文书，与谒并入，若见贵者然。始惊以疑，卒观文书，词盛气豪，于理悖焉者希，句法斟酌。间而论众经，有所开发，私独喜故旧之不予遗，而朋友之足望也。

今冠衣而名进士者，用万千计，蹈道者有焉，蹈利者有焉，开出文字。蹈利者则否；蹈道者则未免离章绝句，解名释数，遽然自以圣人之术单此者有焉。"单"，尽也。○此以指姚所谓"论众经有所开发"者也。夫圣人之术，修其身，治天下国家，在于安危治乱，不在章句名数焉而已，荆公以经世为志，不甚以姚所学为然，而出语特为轻婉。转接处笔笔不测，所以为矫变也。而曰圣人之术单此者，皆守经而不苟世者也。此处落笔最难，看其接法圆矫。守经而不苟世，其于道也几，其去蹈利者则缅然矣。观足下固已几于道，姑汲汲乎其可急；于章句名数乎徐徐之，则古之蹈道者，将无以出足下上，足下以为何如？势重语急，而用笔煞有停顿，简核老当，无一枝辞赘字，且能涵茹意思于笔墨之外，最可法。

[评析]

姚辟为仁宗皇祐元年（1049）进士，究心《六经》，欧阳修曾作《获麟赠姚辟先辈》诗，云："子昔已好古，此经手常持，超然出众见，不为俗牵卑。"赞其精研《春秋》，甚有创见。姚辟亦精于礼典，英宗治平二年（1065），与苏洵等朝臣修撰完成《太常因革礼》。

本篇为王安石与姚辟谈论经籍之后的回信，很能反映王安石的读书精神，亦即他希望读书人能努力充实自己，通经致用，务求有补于世，成为国家社会所需用的栋梁人才。

　　文章一开始，王安石先回想已经三年没见到姚辟了。三年过去了，某一天，姚辟忽然冒着酷寒前来，而且态度那么谦虚恭谨，就不得不让安石感到惊讶且疑惑了。姚辟比安石晚七年考取进士，两人的岁数差距不大，此时已经有进士身份的他投书而来，并不是为了想在考试前获取声誉，只是想考取进士后，对自己的文章有几分自信，想借此多结交朋友，讨论学问。姚辟的著作"间而论众经，有所开发"，也受到安石的肯定，这句话暗伏后文的议论。

　　王安石有感于对方的殷勤恳切，因此用了三分之一的篇幅，感谢对方的抬爱。第一段看来像是应酬语，高步瀛《唐宋文举要》说："先谢其来见之诚。"这么说来，还是出自安石一番肺腑之言。

　　寒暄过后，第二段就引入议论，提出读书的目的及途径等问题，展开了回信的内容重点。当代许多学圣贤之道的人，遵照章句注疏而行，自以为圣人之经术尽在此中，王安石郑重评论这些人的做法，只是固守经书而不知经世致用，对国家大事漠不关心。王安石一贯主张培育人才的目的是报效国家，因此他希望树立读书人的价值观，让知识分子的力量和政府联系起来。仁宗庆历年间，王安石《上人书》就提出了"所谓文者，务为有补于世而已矣"的想法。在《答吴孝宗书》，他也直接质问这位学生"欲以文辞高世"，还是"欲以明道？"王安石始终希望读书人能"明道"，能报效国家社会。

　　王安石认为儒家学术的精髓在于能施政治国，须先重道崇经，能守着经典而不迎合世俗，之后再朝向治理天下国家的路途迈进。因此对于能重视儒家之道的姚辟来说，安石比较担心的是他走偏了路，径向章句注疏的路钻研下去,以为圣人的学问尽在于此,故而建议姚辟先专心于当务之急,也就是国家安危治乱之事,至于章句注疏之学则慢慢来。

该怎么回应别后三年,特地来访还谦卑请益的故人,并能顾及情谊?吴闿生指明"出语特为轻婉""能涵茹意思于笔墨之外,最可法",所说的就是下笔的艺术了。王安石先是委婉地拉出一个蹈利者,蹈利者欠缺道德涵养,自非两人谈论的内容,这是化解批判语气所下的陪笔。文末议论完后,又说姚辟与道相去不远,提议他改采经世之学,还说即使是古之行道者也无法超过他的成就,反问对方意见,其实是稍作宽慰,消解前文的严肃感。这些引导的过程中,既有语意的转折,又有语意的承接,带出舒解的意味。末句忽然用询问句收结,戛然而止,其实还是委婉的劝告,没有贬抑语气。反笔行文,避开犀利的直接指陈,令人读来玩味不尽。短文能有如此圆活而多变化的写法,也真难得了。

泰州海陵县主簿许君墓志铭

纵荡开阖,用笔有龙跳虎卧之势,学韩之文,此为极则。〇墓铭中含讽刺,似乖忠厚之旨,后生不宜轻效,然古人不肯妄许与人,于此可见。且文格之高,如此篇,实为无对也。

君讳平,字秉之,姓许氏。余尝谱其世家,所谓今泰州海陵县主簿者也。君既与兄元相友爱称天下,而自少卓荦不羁,善辨说,与其兄俱以智略为当世大人所器。此见其为趋时之士。宝元时,朝廷开方略之选,以招天下异能之士,而陕西大帅范文正公、郑文肃公,争以君所为,书以荐,于是得召试,为太庙斋郎,已而选泰州海陵县主簿。贵人多荐君有大才，可试以事，不宜弃之州县，君亦常慨然自许，欲有作为，然终不得一用其智能以卒，噫！其可哀也已！措词隽敏，言虽善趁时，终亦不得。

士固有离世异俗，独行其意，骂讥笑侮，困辱而不悔，彼皆无众人之求，而有所待于后世者也，其龃龉固宜。掷笔天外，轩然撑起，局势为之顿远，此公所以自况也。若夫智谋功名之士，窥时俯仰，以赴势物之会，而辄不遇者，乃亦不可胜数。此正指许平辈也。辨足以移万物，而穷于用说之时；谋足以夺三军，而辱于右武之国，以上文犹为未快，乃更提笔唱叹，以尽其意。〇若省此四句，以下句直接上文，亦未尝不顺，然局势直率，无此雄厚恣肆矣。此又何说哉？摇曳以尽唱叹之神。嗟乎！彼有所待而不悔者，其知之矣。忽缴前一句，用笔尤为诡变不测，极纵横跌宕之致，而托意尤高。

君年五十九，以嘉祐某年某月某甲子，葬真州之扬子县甘露乡某所之原。夫人李氏。子男瑰，不仕。璋，真州司户参军。琦，太庙斋郎。琳，进士。女子五人，已嫁二人：进士周奉先、泰州泰兴县令陶舜元。铭曰："有拔而起之，莫挤而止之。呜呼许君！而已于斯，谁或使之？"铭用意与前文同，而笔势瑰诡，起落无端，精神尤远出。

[评析]

许平，与其兄许元以孝谨闻名，仁宗宝元年间（1038～1040）受到范仲淹、郑戬等人的争相推荐，得召应试，任为海陵县主簿。许平智略卓绝，也善于周旋应付于贵人之间，但却仅止于县级小吏，终生不得志，卒于嘉祐年间（1056～1063）。

本篇可分三段，首段简叙生平，感叹许平虽为贵人争相推荐，却始终大材小用，不得施展才能。次段，承接上文转为抒发议论，论士有两种，一为离世独行之士，不追求功名，而是将目标放在流芳百世上；另为智谋功名之士，擅长"窥时俯仰"奔走于权力场合，却未必能得到重用。末段为墓志铭固定体例，记叙许平墓葬与家属状况。铭文概括全篇旨意，写得高古精简。

吴闿生题下评说"墓铭中含讽刺"，首段夹评"此见其为趋时之士"，次段论及"智谋功名之士"处，又夹评"此正指许平辈也"。一般而言，墓志铭记述墓主的生平事迹，表达悼念之情，并突显功德荣誉以作称颂。而本篇的生平写得简略，仅突显许元、许平兄弟的"智略"长项为贵人器重；次段所发挥的议论，又以离世独行之士的自守为对照，衬出"智谋功名之士"善于周旋然终究不遇，此处的议论与许平相联系，便显得别有寓意，耐人寻味。

吴闿生虽指出"讽刺"，不过，不必以为满篇讥刺。王安石对于许平的不遇，仍带有感慨与同情，之所以会有微词，其实是出自"古人不肯妄许与人"的严谨态度。《汉书·司马迁传》云："其文直，其事核，不虚美，不隐恶。"司马迁作史传，为求反映事实，往往信笔直书，不溢美夸赞，亦不隐其恶行。王安石也是这样要求自己，含蓄曲折地道出评价。

度支副使厅壁题名记

三司副使，不书前人名姓。嘉祐五年，尚书户部员外郎吕君冲之始稽之众史，而自李纮已上至查道，得其名，至杨偕已上，得其官，自郭劝已下，又得其在事之岁时，于是书石而镵之东壁。

夫合天下之众者，财；理天下之财者，法；守天下之法者，吏也。吏不良，则有法而莫守；法不善，则有财而莫理；有财而莫理，则阡陌闾巷之贱人，皆能私取予之势，擅万物之利，以与人主争。句。黔首而放其无穷之欲，非必贵强桀大而后能，如是而天子犹为不失其民者，盖特号而已耳。虽欲食疏衣敝，憔悴其身，愁思其心，以幸天下之给足而安吾政，吾知其犹不得也。经世之略，随时发露，廉悍骏迈，从韩公来。然则善吾法，而择吏以守之，以理天下之财，虽上古尧、舜，犹不能毋以此为先急，再加一折，不肯轻落，是谓到底不懈，此见荆公笔力强处。而况于后世之纷纷乎？以上横空一段议论，极为纵恣排宕。

　　三司副使，方今之大吏，朝廷所以尊宠之甚备。盖今理财之法，有不善者，其势皆得以议于上，而改为之。非特当守成法，吝出入，以从有司之事而已。其职事如此，逆接。则其人之贤不肖，利害施于天下如何也。观其人以"与"也。其在事之岁时，以求其政事之见于今者，而考其所以佐上理财之方，则其人之贤不肖，与世之治否，吾可以坐而得矣，此盖吕君之志也。

[评析]

　　嘉祐三年（1058），王安石回京述职，作《上仁宗皇帝万言书》，提出立法度、治财政之道，申明教养人才、选拔、任用辅以考绩等主张。后王安石升任为度支判官，度支为中央财政机构的三司之一，掌管各项财政开支。五年（1060），度支副使吕景初查考历任副使的档案史料，刻石题名于厅壁，王安石为此事写记。

　　本篇可分为三段，首段说明度支副使厅壁题名的缘由与内容。次段，联系"财""法""吏"三点展开议论，揭出富商、地主垄断兼并的状况日益严重，已危害国家经济，因此改善法令、选择良吏管理财政至关紧要。末段强调三司副使的重要性,论述理财并非只是管控国家收支而已,有不完善的地方更应该向朝廷建议改革,以此考核历任副使是否贤能,而这也是吕景初厅壁题名的用意所在。

吴闿生于次段评"经世之略,随时发露",又评"横空一段议论",说出本篇特色。王安石一生志在经世济民,辅佐上位者理财,往往于文中渗透议论,表达经世之道。本篇题为记体,只有首段为记叙,次段跳开去论财政革新理念,又折入一层"虽上古尧、舜,犹不能毋以此为先急",转出择吏理财为北宋当务之急,行文似乎距离副使名录愈远。然而后文却能立刻回扣题旨,指出三司副使的职责,进一步议论应由名录与任职时间考察绩效,深入探讨厅壁题名的用意。王安石以"盖"字推论吕景初的用意,借此表达自己兴利除弊的决心,因此全篇显得详略得宜,结构严谨。尺幅之中,廉悍骏迈,锐不可当,自是王安石长处。

祭丁元珍学士文

四言之体,自退之后唯介甫为工,不及韩之瑰怪恣肆,而矜炼崛屼,句法亦极错综变化,奥朴入古,最为可观,其诀专在多用逆折之笔也。

我初闭门,屈首《书》《诗》。一出涉世,芒无所知。援挈覆护,免于贴危。_{逆提。}雍培浸灌,使有华滋。微吾元珍,_{逆接。}我始弗殖。如何弃我,陨命一昔。以忠出怨,以信行仁。至于白首,困厄穷屯。又从跻之,_{劲折峭健。}使以踬死。岂伊人尤?_{逆接。}天实为此。有盘彼石,可志于邱。_{逆提。}虽不属我,_{逆接。}我其徂求。_{此四句萧闲淡永,}

韵味可入《风》诗。**请著君德，铭之九幽。以驰我哀，不在醪羞。**逆收。

[评析]

  王安石于二十二岁时（1042）中进士，出任签书淮南判官，当时丁宝臣（1010~1067，字元珍）为淮南节度掌书记，两人同州供职，王安石时常受到丁宝臣的照顾，感念在心，曾作《秘阁校理丁君墓志铭》称赞丁君："方吾少时，辅我以仁义者。"丁宝臣为人正直自守，曾纠正诬告案，流放豪强大姓，兴利除弊甚多。后来调任端州，侬智高造反，丁宝臣多次向广州请兵，皆未报，只好率领百余兵卒与敌兵万人相拒，战败，与州人弃城逃匿，因此被贬官。十余年后，又有御史复议此事，建议夺职罢黜。丁宝臣改任永州通判，一晚突然风眩头晕，就此病逝。其生平可参见欧阳修《集贤校理丁君墓表》。

  篇首先写自己少时闭门苦读，不谙世事的青涩过往，"援挈覆护"六句采用一连串形象化的比喻，叙写丁宝臣的栽培与爱护，接着以"如何弃我"短短二句，折落至丁宝臣的忽然弃世。前六句语气连贯，后二句骤然停顿，长短节奏的变化，与内心情感高度密合。下文抽离哀伤，赞美丁宝臣深具忠、恕、信、仁的品德，但想到他曾受到的困顿与排挤，悲戚之情又再次涌出。最后自请为丁宝臣做墓志铭，以寄托哀思。全篇情感真挚，沉痛激昂，感激之情溢于言表。

  吴闿生评卷三的韩愈《祭柳子厚文》说："祭文亦四言诗之一种也。"以四言抒情韵文为正体，《诗经》体式为效法的典范。后世以韩愈和王安石的祭文写得最好。

  本篇题下评为"多用逆折之笔"，文中评为逆笔者有六处：

  一、篇首叙自己闭门读书，不谙世事，突然说起丁宝臣提携的恩德，是逆笔提起下文。

二、"雍培浸灌"二句，顺承上文所说的照顾自己，而忽然提出若无丁宝臣该当何如，是为逆接。

三、追述生平品行，丁宝臣明明是个好人，却困厄一生，踬死他乡。以"岂伊人尤"反问，是逆笔接其横死，透露不舍之情。实则丁宝臣没有罪过，但是好人不得善终，应当如何解释？王安石归因于"天实为此"，试着回答。

四、"有盘彼石，可志于丘"二句，和司马迁《史记·伯夷列传》的立意相同，在善人不得善终的情况下，愿意以文章笔墨让善人的名声得以流芳百世。因此抛却前文，提起写墓志之事，这是逆笔振起后文。

五、"虽不属我"，前文尚未说清楚盘石为谁所有，此处又写没有托付于我，但是托付什么？语意亦不完整，二句连用逆笔，至下文才说明是想请求撰写墓铭，愿记载丁宝臣的生平功德，铭刻于黄泉之下。

六、才说到撰写墓铭，而末二句不顺承此意作结，也不依循祭文惯用的"呜呼哀哉！尚飨"结尾，却是转折为"以驰我哀，不在醪羞"，表达个人的哀思不只在祭品美食之中，更在祭文、墓铭之中。反笔作收，语意逆接，造成文理上的突兀不平。

祭曾博士易占文

以议论惊创出色，尤胜前篇，质之韩公，略无愧色者也。○易占字不疑，子固父也。

呜呼！公以罪废，实以不幸。卒困以夭，亦惟其命。命与才违，人实知之。名之不幸，知者为谁？公之闾里，宗亲党友，知公之名，于实无有。呜呼公初！公志如何？孰云不谐？而厄孔多。以上惜公之不遇，而人不尽知其志。地大天穹，有时而毁。星日脱败，山倾谷圮。人居其间，万物一偏。固有穷通，时数之然。至其夭寿，尚何忧喜？要之百年，一蜕以死。识议英伟，振古绝今，而以四言出之，尤为奇纵。方其生时，窘若囚拘。其死以归，混合空虚。以生易死，死者不祈。惟其不见，生者之悲。警辟未经人道。○以上横空发议，局势开拓，笔力雄伟。公今有子，能隆公后。惟彼生者，可无甚悼。嗟理则然，其情难忘。哭泣驰辞，往侑奠觞。以上收束。

[评析]

曾易占，即曾巩之父，中进士后，迁为太子中允太常丞博士，知如皋、玉山二县。为人刚正不阿，信州刺史钱仙芝曾有所求，不与，遂遭诬陷，归家不仕十二年。著有《时议》十卷，传颂一时，所言皆天下事，不因穷困而搁置对天下的忧虑。卒于仁宗庆历七年（1047）。王安石另有《太常博士曾公墓志铭》详载其生平。

开篇即以被诬陷而罢官一事入笔，表达对于困顿者的同情。接着论述人的穷通生死是万物发展之必然，以此安慰生者。作者从高处立论天地万物变化流转之道，以"蜕"字形容死亡是生命蜕变至新的阶段；又灵活化用《鹏鸟赋》与《庄子·至乐》髑髅之说，生时若拘限于世，死亡反而是解脱束缚，回归虚无混沌。最后叙及后代有贤子，能光耀家世，更不必悲伤。文末语锋一转，道出"嗟理则然，其情难忘"，虽知旷达超然之理，却难以承受悲情，感性表达沉重的悲戚。

吴闿生评本篇，以为胜在议论惊奇创新，发前人未有之论。王安石以英伟的识见超越生死局限，层层突破生命迁化的悲痛，气势雄厚，与所论相发。

曾子固二篇

《列女传》目录序

子固经术湛深，文气浑穆宽博，味之不尽，在宋诸家固为桀出者。此二篇皆涵泳意旨于语句之外，尤得古人三昧，可称妙远。

刘向所叙《列女传》，凡八篇，事具《汉书·向列传》，而《隋书》及《崇文总目》皆称向《列女传》十五篇，曹大家注。以《颂义》考之，盖大家所注，离其七篇为十四，与《颂义》凡十五篇，而益以陈婴母及东汉以来凡十六事，非向书本然也。盖向旧书之亡久矣。嘉祐中，集贤校理苏颂始以《颂义》为篇次，复定其书为八篇，与十五篇者并藏于馆阁。而《隋书》以《颂义》为刘歆作，与《向列传》不合；今验《颂义》之文，盖向之自叙。又《艺文志》有向《列女传颂图》，明非歆作也。自唐之乱，古书之在者少矣，而《唐志》录《列女传》凡十六家，至大家注十五篇者亦无录；然其书今在，则古书之或有录而亡，或无录而在者，亦众矣，非可惜哉！今校雠其八篇及十五篇者已定，可缮写。以上考定篇次。

初，汉承秦之敝，风俗已大坏矣，起便唱叹有神。而成帝后宫赵卫之属，尤自放。向以谓王政必自内始，故列古女善恶，所以致兴亡者，以戒天子，此向述作之大意也。先将本旨提出，堂皇正大。其言太任之娠文王也，目不视恶色，耳不听淫声，口不出敖言，又以谓古之人胎教者皆如此。夫能正其视听言动者，此大人之事，而有道者之所畏也，顾令天下之女子能之，何其盛也！借此发难，起议入题。以臣所闻，盖为之师傅保姆之助，《诗》《书》图史之戒，珩璜琚瑀之节，威仪动作之度，其教之者虽有此具，跌出下文。然古之君子，未尝不以身化也。主眼。故《家人》之义，归于反身；《二南》之业，本于文王，夫岂自外至哉？证以经术，尤觉敷腴典丽，而不流于腐。世皆知文王之所以兴，能得内助，再提。而不知其所以然者，盖本于文王之躬化，故内则后妃有《关雎》之行，外则群臣有《二南》之美，与之相成。其推而及远，则商辛之昏俗，江汉之小国，《兔罝》之野人，莫不好善而不自知，此所谓"身修故家国天下治"者也。极言文王躬化之盛，以讽时君，而一以经义泽之，愈觉文情粹美。后世自问学之士，"自"字妙，已留出下文地步，意若曰：况人君之未尝学问者乎。多徇于外物，而不安其守，其室家既不见可法，故竞于邪侈，岂独无相成之道哉！扬一笔，使声情发越。士之苟于自恣，顾利冒耻，而不知反己者，往往以家自累故也，故曰"身不行道，不行于妻子"，信哉！忽就士人作一波折，以人主难于斥言，故略为邪展以尽意，而后折落君身，乃愈得势也。如此人者，非素处显也，吞咽之间，极见经营之妙。然去《二南》之风亦已远矣，况于南乡天下之主哉！一句拍合，咏叹淫泆，韵味悠扬。向之所述，劝戒之意，可谓笃矣。以上发明向书大义，归重躬化，以讽切时君，为一篇之主旨。

然向号博极群书，而此《传》称《诗》《芣苢》《柏舟》《大车》之类，与今序《诗》者之说尤乖异，盖不可考。至于《式微》

之一篇，又以谓二人之作，岂其所取者博，故不能无失与？其言象计谋杀舜，及舜所以自脱者，颇合于《孟子》；然此《传》或有之，而《孟子》所不道者，盖亦不足道也。凡后世诸儒之言经传者，固多如此，览者采其有补，而择其是非可也，故为之序论以发其端云。以上余意。

[评析]

  《列女传》为西汉刘向所撰。西汉年间，赵飞燕姊妹、卫婕妤皆以微贱专宠，逾越礼制，刘向有感于世风奢淫，故编采贤妃贞妇行迹下及嬖孽乱亡者，"以为王教由内及外"，用以劝诫天子。此书经过后人的补写，已非刘向原本，传至北宋，曾巩在担任馆阁校勘和集贤校理的期间，详加考订，辨别真伪，约于嘉祐八年（1063）作是序。

  本篇可分为三段，首段考订《列女传》的目录、作者、注者、篇次等源流，以及篇章存亡的状况，说明校勘的结果。次段，揭明《列女传》的本旨在于"王政必自内始……以戒天子"，由此延伸对胎教的重视，引经据典说明君王与后妃所行仁道应是相辅相成，归重于君主的"身化"与"躬化"。末段由议论回到考证，以《诗序》和《孟子》为依据，指出《列女传》在引述、解说经籍时的部分失误，提醒读者应择其是非。

  吴闿生题下评指出本篇"涵泳意旨于语句之外"，说的正是第二段的借题议论。文王的躬化不只启发了后妃与群臣，使宫廷内、外皆有美德，甚至远及江汉流域的小国，此即"修身、齐家、治国、平天下"之道。盛赞文王之后，曾巩写到后世士人，往往"顾利冒耻而不知反已"，家庭妇女受到影响亦是"竞于邪侈"，而士人又反过来以"家累"为借口，行为更加放纵。文王的以身作则，正与后世士人不知修身、单方面要求妇女品德形成正反对比。然而曾巩之意，非在士人而已，吴闿生评为"以讽时君",又评:"忽就士人作一波折,以人主难于斥言,故略为那展以尽意。"剖析十分精当。这里的"那展"即"挪展"的意思。风俗之败坏,岂仅仅源自士人?前文亟言文王躬化之盛,主旨必在于国君身上,后文先以士人作为铺垫,避免直指出帝王失德,再由此逐层引出"况于南乡天下之主哉",意在讽喻君主,写得纡徐委曲,笔势宛转灵活。

曾巩在首尾两段的考订之中,显现了严谨的治学态度,学养深厚。且不局限于书序的介绍、考证性质,他仔细揣摩刘向的写作目的,再抒发政治见解,归结于帝王应修身躬化,曲尽其意,而文笔从容淡雅,故吴闿生总评:"子固经术湛深,文气浑穆宽博,味之不尽。"

《范贯之奏议集》序

尚书户部郎中直龙图阁范公贯之之奏议,凡若干篇,其子世京集为十卷,而属余序之。

盖自至和以后十余年间,公尝以言事任职,自此以下,曲折顿挫,而一气舒卷,驱迈淋漓之气,勃郁纸上。自天子、大臣至于群下,自掖庭至于四方幽隐,一有得失善恶,关于政理,公无不极意反复,为上力言,或矫拂情欲,或切劘计虑,或辨别忠佞,而处其进退,处,处分之也。章有一、再,或至于十余上,事有阴争独陈,或悉引谏官、御史,合议肆言。仁宗尝虚心采纳,为之变命令,更废举,近或立从,远或越月逾时,或至于其后,卒皆听用。排叠而下,文气醇厚。盖当是时,提。仁宗在位岁久,熟于人事之情伪,与群臣之能否,方以仁厚清静,休养元元,至于是非予夺,则一归之公议,而不自用也。极言仁宗之德化,以其适与当时相反,故津津言之,以为借鉴。○

覆述一遍，气愈宽博敦厚，所以为渊懿也。**其所引拔以言为职者**，再开。**如公，皆一时之选。而公与同时之士，亦皆乐得其言，不曲从苟止。故天下之情，因得毕闻于上，而事之害理者，常不果行。至于奇邪恣睢，有为之者，亦辄败悔。故当此之时**，再开。**常委事七八大臣，而朝政无大阙失，群臣奉法遵职，海内乂安**。述此等语详切如此，亦以见时政非是，而今之不能然也。**夫因人而不自用者，天也**，再提。**仁宗之所以其仁如天，至于享国四十余年，能承太平之业者，由是而已**。至此稍一停顿，然后再振作起来。**后世得公之遗文，而论其世，见其上下之际相成如此，必将低徊感慕，有不可及之叹，然后知其时之难得，则公言之不没，岂独见其志？所以明先帝之盛德于无穷也**。感慨时政之非，追慕先代之盛，而叹其迥不相及，虽前文已详言之，犹自以为未足，再振笔加倍摹写，以尽其感叹低徊之意。句句转换，盘旋曲至，悱恻缠绵，使人反复咏叹，自不能已。而于讥切当时之旨，始终含蓄茹咽，未尝稍露，文情高邈轩蓊，夐不可及。

公为人温良慈恕，其从政宽易爱人。及在朝廷，危言正色，人有所不能及也。凡同时与公有言责者，后多至大官，而公独早卒。公讳师道，其世次、州里、历官、行事，有今资政殿学士赵公抃为公之墓铭云。

[评析]

范师道为范仲淹之侄，任抚州判官，后累迁都官员外郎、起居舍人、同知谏院、兼侍御史知杂事等职，官至户部、直龙图阁，知明州卒。《宋史》本传云：范师道敢于进谏，"厉风操，前后在言责，有闻即言，或独争，或列奏。"其子纂辑奏议为十卷，委托曾巩作序。本篇作于神宗熙宁年间。

篇首精简交代奏议集的编成与作序缘由。接着展开论述，先写范师道的"为上立言"，连用五"或"字写进言的目标与方式；再引出仁宗能"虚心采纳"，复用三"或"字概括进谏主旨与实施时程，道出仁宗皆能听之用之，亟言德化之盛。而后以"故"字绾合君臣，仁宗毕闻民情，又委任于臣子，下奉法尽职，遂使"海内乂安"，突显上下相得相成的盛况。篇末略提范师道的为人与生平，感慨其早逝，一笔带过世次、州里、历官、行事，读来便觉详略得宜，主旨明显。

所选录的两篇曾巩文，吴闿生指明皆是"涵泳意旨于语句之外"，而含蓄微讽、隐藏言外之意，正是吴闿生赞扬的文境。本篇共有三处夹评提点意在言外之处，"极言仁宗之德化，以其适与当时相反""以见时政非是，而今之不能然也"，以及"感慨时政之非，追慕先代之盛，而叹其迥不相及"，都指出了神宗时的一意孤行，与仁宗朝大相径庭。仁宗之时，范师道屡屡直谏，纠劾过失，《宋史》本传记载："仁宗晚年尤恭俭，而四方无事，师道言虽过，每优容之。"即使范师道有时说得过分，仁宗亦宽容对待，尊重谏官，这对于在位四十余年且天下太平的帝王来说，何其不易。曾巩如此盛赞仁宗，感叹后世"不可及"，所指的就是神宗熙宁变法期间废斥公议的状况。曾巩少时与王安石交好，两人多有唱和诗作，在安石未显达之时，引荐于欧阳修，两家又彼此联姻，关系紧密。但《宋史·曾巩传》云：变法之后，曾巩眼见王安石"勇于有为，吝于改过"，心中不免感慨系之！曾巩借仁宗朝的君臣美事寄托感慨，而写得低回盘旋，未肯轻易流泻讽意，这种屈曲委婉而内敛幽深的文境，比起俗手的直辞抨击、甚至流于叫骂的方式，确实更高。

苏明允一篇

上韩枢密书

　　三苏议论文字明爽俊快，得力于战国策士为多，而老泉尤为踔厉风发。当其雄快自喜，洵足倾倒一时，而一泻无余，去古人浑穆高古之境辽绝矣。自古文章之事，自周、秦以来，降及有唐，无不精练独创，虽一字一句之微，未有苟然而已者，其遏抑严重，不肯轻发，古今一律，虽欧、曾之文，于时稍近矣，而亦未尝敢以轻心掉也。独至三苏专以意胜，不复留心章法词句之间，东坡云："吾文如万斛泉源，随地涌出。"又曰："行乎不得不行，止乎不得不止。"其所自得如此，其所以异于古先者亦在此。古人之文，意有所不敢恣，言有所不敢尽，行于所不得行，而止乎所不能止，乌有率性自如若此者哉？故谓古文之体坏于三苏，非訾言也。自是以后，三苏文体风靡一时，于唐以前之文字，若划鸿沟，不复相通，行千余年，以至于今，而后生莫复知有韩退之以上周、秦、盛汉之文字矣，始作俑者，能无任受咎哉！〇此篇锋颖豁达，光芒四射，盖老泉得意之文，而中幅繁芜实甚，因为删节数百字，录而存之。

　　太尉执事：洵著书无他长，及言兵事，论古今形势，至自比贾谊。所献《权书》，虽古人已往成败之迹，苟深晓其义，施之于今，无所不可。昨因请见，求进末议，太尉许诺，谨撰其说，言语朴直，非有惊世绝俗之谈，甚高难行之论，太尉取其大纲，而无责其纤悉。以上虚冒。

盖古者非用兵决胜之为难，而养兵不用之可畏。今夫水，激之山，放之海，决之为沟滕，壅之为沼沚，是天下之人能之。委江河，注淮、泗，汇为洪波，潴为大湖，万世而不溢者，自禹之后，未之见也。古人之文皆先有精义，而后笔之于书；三苏则务为矜夸之词，以取快而已，按之理实，多无足观，此则策士虚怀之习也。如此文设喻甚伟，然用兵之道如何而后能比禹之治水，委江注淮、万世不溢，则老泉并不能言，适见其簸弄空调而已。夫兵者，聚天下不义之徒，授之以不仁之器，而教之以杀人之事。夫惟天下之未安，盗贼之未殄，然后有以施其不义之心，用其不仁之器，而试其杀人之事。当是之时，勇者无余力，智者无余谋，巧者无余技，故其不义之心，变而为忠，不仁之器，加之于不仁，而杀人之事，施之于当杀。及夫天下既平，盗贼既殄，不义之徒，聚而不散，勇者有余力，则思以为乱；智者有余谋，则思以为奸；巧者有余技，则思以为诈，于是天下之患，杂然出矣。姚姬传云："此段文字，子瞻兄弟常拟之，然精爽劲悍，终不逮此。"○此文固佳，然理由亦不足，盖无论治乱用兵者，要不可无部勒之法，非乱世则为利，治世则为害也。昔者刘、项奋臂于草莽之间，秦、楚无赖子弟，争起而应者，不可胜数。转斗五六年，天下厌兵，项籍死，而高祖亦已老矣。方是时，分王诸将，改定律令，与天下休息。而韩信、黥布之徒，相继而起者七国，高祖死于介胄之间，而莫能止也。连延及于吕氏之祸，讫孝文而后定，是何起之易而收之难也！刘、项之势，初若决河，顺流而下，诚有可喜。及其崩溃四出，放乎数百里之间，拱手而莫能救也。回顾上文，意态英伟。呜乎！不有圣人，何以善其后。以上言兵事善后之难。

太祖、太宗，躬擐甲胄，跋涉险阻，以斩刈四方之蓬蒿，用兵数十年，谋臣猛将满天下，一旦卷甲而休之，传四世而天下无变，此何术也！荆楚九江之地，不分于诸将，而韩信、黥布之徒，无以启其心也。虽然，天下无变，而兵久不用，则其不义之心，蓄而无所发，饱食优游，求逞于良民。观其平居无事，出怨言以邀其上，一日有急，是非人得千金，不可使也。御将者，天子之事也，御兵者，将之职也。撑挺。今之所患，大臣好名而惧谤，好名则多树私恩，惧谤则执法不坚，是以天下之兵豪纵至此而莫之或制也。昔者郭子仪去河南，李光弼实代之将，至之日，张用济斩于辕门，三军股栗。夫以临淮之悍，而代汾阳之长者，三军之士，竦然如赤子之脱慈母之怀，而立乎严师之侧，何乱之敢生？伏维太尉思天下所以长久之道，而无幸一时之名，彼其思天子之深仁，则畏而不至于怨，思太尉之威武，则爱而不至于骄。君臣之体顺，而畏敬之道立，非太尉吾谁望邪？以上言当时之兵宜有制驭之法。

[评析]

仁宗嘉祐元年（1056），苏洵携二子入京求仕，上书于富弼、文彦博、田况、欧阳修等朝臣，此时韩琦新任枢密使，掌管兵权。北宋建国初期，有鉴于唐末藩镇跋扈之弊，遂以文人取代武将节度使，频繁调任将领，亦使禁军轮戍边防；对外则行怀柔之策，与西夏、辽国议和。承平日久，至仁宗朝已是"将骄士惰，徒耗国用"，难以调用。在武备废弛的状况下，苏洵向新执掌兵权的韩琦献策，论述整顿军纪的主张，以矫正弊端。

　　本篇经过吴闿生的删节,分为三段。首段为上书缘由,苏洵自述擅长兵事,因所著《权书》受到韩琦的肯定,故更进一步献书申论。次段,指明"养兵不用之可畏",开始畅谈主旨,先揭示兵的本质是"不义""不仁""杀人"。接着分两层论述:天下动乱之时,勇者、智者、巧者皆竭尽心力,用不仁的武器镇压不仁的盗贼。及至天下安定,此等不义之徒仍然聚集于军中,又不严格管教,则势必犯上作乱。在两相对照之后,苏洵以汉朝初年为佐证,刘邦分封诸王,后来韩信等人接连叛乱,刘邦甚至在讨伐黥布时中流矢致死,尔后又有诸吕之乱。苏洵因此感叹起兵容易,收兵善后之难。末段,论述宋初虽无变乱,但士兵"饱食优游,求逞于良民",明白指出冗兵骄横难治之弊。接着分析天子与将军的职责有异,并以唐末李光弼严整军纪为模范,强调将领应该坚定执法,树立畏敬之道,不应惧谤而树私恩,致生兵乱。

　　通篇由军队的本质谈起,广引古今事例,论证骄兵必治,又通过天子与将军职责的辨别,将治军的责任导向太尉,层层推进,得出希望韩琦整肃军纪的主旨。苏洵多方举例,纵横辨析,写得锋芒毕露,犀利明快。

　　然而也因为这样不经遏制的明快,使吴闿生谴责三苏对后世文风的负面影响。吴闿生指出古人言简意赅,累积而后发,能庄重浑圆;三苏则是放笔驰骤,一泄无余,造成后世轻率为文,专以意胜的风气。本书卷一苏代《约燕昭王书》,吴闿生评道:"古人文字每篇皆苦心经营,自具形貌,不似后人陈陈相因,下笔苟率也。"吴闿生是站在讲究文法经营的立场,而责备三苏。

　　基于文辞繁杂的原因,吴闿生对于此篇的删节多达八处,虽然文字更为精练,不过,原文有些段落写出时人皆知的有力事实,而后世在相隔已久的情形下,若不读此段,其实较不能深刻体会北宋的冗兵骄横之害,不易了解问题的迫切,删削似乎矫枉过正。况且,本篇有强烈的现实性与用世目的,苏洵指明狄青"宽厚爱人,狎眤士卒",说明御外与治内之道绝不相同。苏洵特别开展此层,针对韩琦而发,犀利悍劲,不因求仕而减损。此等删削,多少减损了关于真实状况的描述。

苏子瞻一篇

前赤壁赋

东坡天仙化人，其于文章，驱使惟心，无不如志，最为流俗所慕爱。学者纷纷摹拟，徒滋流弊。不知公文天马行空，绝去羁绊，固无轨辙之可寻也。即如此篇，初何尝为古今赋家体格所拘；而纵意所如，自抒怀抱，空旷高邈，夐不可攀，岂复敢有学步者哉？

壬戌之秋，七月既望，苏子与客泛舟游于赤壁之下。清风徐来，水波不兴，举酒属客，诵"明月"之诗，歌"窈窕"之章。少焉，月出于东山之上，徘徊于斗牛之间。白露横江，水光接天，纵一苇之所如，凌万顷之茫然。浩浩乎如凭虚御风，而不知其所止，飘飘乎如遗世独立，羽化而登仙。以上泛舟。

于是饮酒乐甚，扣舷而歌之。歌曰："桂棹兮兰桨，击空明兮泝流光。渺渺兮予怀，望美人兮天一方。"客有吹洞箫者，倚歌而和之，其声呜呜然，如怨如慕，如泣如诉，余音袅袅，不绝如缕，舞幽壑之潜蛟，泣孤舟之嫠妇。以上以歌及洞箫作波折。

苏子愀然，正襟危坐，而问客曰："何为其然也？"客曰："'月明星稀，乌鹊南飞'，此非曹孟德之诗乎？破空而来。西望夏口，东望武昌，山川相缪，郁乎苍苍，此非孟德之困于周郎者乎？

指顾形势，意态雄杰。方其破荆州，下江陵，顺流而东也，舳舻千里，旌旗蔽空，酾酒临江，横槊赋诗，固一世之雄也，气象轩昂，睥睨一切，顿蓄十分圆满。而今安在哉？一句折落，严冷峭隽。○此段凭吊兴亡，发兴最为苍莽无端。况吾与子，渔樵于江渚之上，侣鱼虾而友麋鹿，驾一叶之扁舟，举匏樽以相属。寄蜉蝣于天地，渺沧海之一粟。哀吾生之须臾，羡长江之无穷。挟飞仙以遨游，抱明月而长终。知不可乎骤得，托遗响于悲风。"声情激越。○以上就客语中凭吊苍茫，发今古无穷之感。

苏子曰："客亦知夫水与月乎？上文悲凉太甚，故以廓达之语解之，使文境益加恢阔。逝者如斯，而未尝往也；盈虚者如代，"代"字依公手稿。而卒莫消长也。盖将自其变者而观之，则天地曾不能以一瞬；自其不变者而观之，则物与我皆无尽也，而又何羡乎？名言至理，精妙不磨。且夫天地之间，物各有主，再转一意，就眼前景物点染作收。苟非吾之所有，虽一毫而莫取，惟江上之清风，与山间之明月，耳得之而为声，目遇之而成色，取之无禁，用之不竭，是造物者之无尽藏也，而吾与子之所共适。"以上以己意答之，最见达人襟抱。

客喜而笑，洗盏更酌，肴核既尽，杯盘狼籍。相与枕藉乎舟中，不知东方之既白。

[评析]

熙宁二年（1069），王安石开始变法。苏轼认为不当轻改，多次与王安石政见相左，如上奏《议学校贡举状》反对科考取消诗赋；后来出任国子监考官，《东坡全集》卷四十九《国学秋试策问》载考题中言"昔之为人君者，患不能断。然而或断以兴，亦或以衰"，"昔之为人君者，患不能信其臣。然而或信以安，亦或以危"，暗讽王安石专任独断；而见到进士录取歌咏新政者，也作《拟进士对御试策》大力批判。随着苏轼对于时政的反对，激化新党党人的仇视，当时与苏轼同年及第的林希，著有《林氏野史》云："景温即劾轼向丁父忧归蜀，往还多乘舟载物货、卖私盐等事。安石大喜。"谢景温为王安石的姻亲，竟上告苏轼贩卖私盐。司马光见两相倾轧，对神宗言："今迕安石者如苏轼辈，皆毁其素履，中以危法。"四年，苏轼《再上皇帝书》直指新法之害，以《孟子》攘鸡之例，毫不避讳地对神宗直言："帝王改过，岂如是哉？"指出新政引发民、军、官吏皆忧皆怨，又直指"今陛下一举而兼犯之"，文末则要求驱逐"小人"，斥责党羽甚众，辞气激烈。六年，朝廷设置经义局，颁布《三经义》于学官，苏轼强烈反对新学独断。八年，苏轼知密州，抗拒推行免役等新法。苏轼长期以来的对立，使新党的敌意持续延烧，前有谢景温诬告，后有沈括进献苏轼诗作，指为"讪怼"朝廷。元丰二年（1079），苏轼移知湖州，呈《湖州谢上表》，御史李定、舒亶等人见猎心喜，摘录当中字句，弹劾为讪谤朝廷，八月十八日下御史台狱。御史轮番鞫讯，欲置之死，苏轼"自度不能堪"，以为将命绝于此，《狱中寄子由二首》已经交代托孤之事。幸赖张方平、范镇和曹太后等营救，《宋史·王安礼传》也记载王安礼出面，周紫芝《太仓稊米集》卷四十九也记载王安石开口道："岂有圣世而杀才士者乎？"历经一百三十天之后，终于在十二月十八日出狱，被贬为黄州团练副使，不得参与公事。

　　苏轼历经了劫难，狼狈地来到黄州，这次的重生却也使他的思想转变得更为成熟通透。元丰五年（1082）秋，游黄冈赤壁，兴起思古幽情，更深沉地思考了万物盛衰消长之理，而作是赋。

　　本篇可分为五段，首段交代月夜泛舟的背景，描述超然脱俗的感受。次段，苏轼因乐而歌，歌声末尾却隐约透露"望美人"而不可得的惆怅，文章情绪由此做了层波折，接着客以箫声相和，通过蛟龙、嫠妇的通感描写，将悲凄抑郁之情渲染得更加浓厚。第三段，通过客之口凭吊历史兴亡，曹操之英雄伟业何其壮阔，然已凋零在时间洪流之中；"况吾与子"是转笔，跌落至更深一层，不仅没有建功立业，联系生平一想，更是戴罪之身的谪臣，处境仓皇，只能落寞寄居于此。对照眼前这无穷的明月与滔滔江水，不禁感慨人的生命何其短暂、无常，而自己又是多么渺小！第四段，承接前文的水、月脉络为喻，由"变"与"不变"的角度两相思考。苏轼抛却表象的变化，肯定本质能长存于世，消解前文的悲凉。接着，又转出"物各有主"一层新意，继续以达观打破世俗愿望，不再执着于拥有与取得，放下那些不属于自己的事物吧，看看眼前的美景，亦是无尽的宝藏，何不想想"闲者便是主人"？末段写悟道而喜，以主客醉卧舟中作结，洒脱自适。

吴闿生赞扬本篇恣肆恢廓，无所羁绊的境界，苏文备受后世推崇。然而苏轼的以自然为美，后人却容易误解为随兴，而非累积功力之后的自然浑全之美，变得不苦心学习，未有基础就贪图自在，轻率为文。吴闿生因而批判后人喜学《赤壁赋》，而又不能有苏轼宽阔高邈的境界，造成东施效颦之弊。

姚姬传二篇

复张君书

八家之后，文章之事，知及之而力不能赴之者，归、方是也；知行相副，笔足以达其所见者，姚氏是也。盖姬传承方、刘之绪而昌大之，虽自谢才弱，而所得实臻古人胜境，加以采藻纵横，足为一代宗主。曾文正自谓文章涂径由公启之，其推服至矣；流俗不晓事人，动以桐城派为诟病，是以耳食者反讥餔歠之常也。此文不独风调度越一时，亦足见公之志节。

辱书谕以入都不可不速，嘉谊甚荷。以仆骎蹇，不明于古，不通于时事，又非素习熟于今之贤公卿与上共进退天下人材者；顾蒙识之于侪人之中，举纤介之微长，掩愚谬之大罪，引而掖焉，欲进诸门墙，而登之清显，虽微君惠告，仆固愧而仰德久矣。以上答来书大意。

仆闻蕲于己者，志也；而谐于用者，时也。二句已足笼罩全篇。士或欲匿山林，而羁于绂冕；或心趋殿阙，而不能自脱于田舍，自古有其志而违其事者多矣。故鸠鸣春而隼击于秋，鱣鲔时涸而鲋鳝游，言物各有时宜也。措语皆渊懿驯雅。仆少无岩穴之操，长而役于尘埃之内，幸遭清时，附群贤之末，三十而登第，跻于翰林之署，而不克以居，浮沈部曹，而无才杰之望，以久次而始迁。值天子启秘书之馆，大臣称其粗解文字，而使舍吏事而供书局，其为幸也多矣。不幸以疾归，又不以其远而忘之，为奏而扬之于上，其幸抑又甚焉。士苟获是幸，虽聋瞶犹将耸耳目而奋，虽跛躄犹将振足而起也，而况于仆乎？仆家先世常有交裾接迹仕于朝者，今者常参官中乃无一人，仆虽愚，能不为门户计耶？以上自述行迹本末，以婉谢举者。以下乃质言己志。

《孟子》曰：孔子有"见行可之仕，于季桓子"是也，古之君子，仕非苟焉而已，将度其志可行于时，其道可济于众，诚可矣。虽遑遑以求得之，而不为慕利，虽因人骤进，而不为贪荣，何则？所济者大也；全其次，则守官摅论，微补于国，而道不章；又其次，则从容进退，庶免耻辱之大咎已尔。列举仕者三等，以见己今日所处，无能大有所裨益，则因人骤进，皇皇以求，固不可也。此意盘旋茹咽，不肯径露。凡古人文字佳处，皆在含茹不露，抑扬吞吐之间。夫自圣已下，士品类万殊，而所处古今不同势。接笔开拓甚远。然而揆之于心，度之于时，审之于己之素分，必择其可安于中而后居，则古今人情一而已。此数语续前三等而言，以见今日冒然而出，审己度时，无一而可，则揆之于心，有所不能安也。用笔空宕，如不着纸，所以超妙。夫朝为之而暮悔，不如其弗为；远欲之而近忧，不如其弗欲。又开拓。〇多用开拓之笔，故觉奇气纵荡，览之不尽，最是布局妙处。〇此又一意，逆虑他日之有悔而先自沮，盖既审时度势，于中不安，则他日之悔必不能免，不可不早虑之也。《易》曰："飞鸟以凶。"《诗》曰："卬须我友。"再引古义，以为开拓之笔。抗孔子之道于今之世，非士所敢居也；有所溺而弗能自返，则亦士所惧也。横空倒掣，笔势如龙盘旋天际，曲拏夭矫。〇立孔子以自约饬，何等志量，何等身分！且人有不能饮酒者，再开。〇虽系开拓之笔，而实从上文"有所溺"句生出，草蛇灰线，蛛丝马迹，皆有蜕嬗可寻，是谓岭断云连之妙。见千钟百榼之量而几效之，则溃胃腐肠而不救，夫仕进者不同量，何以异此？此言己之志不在世荣。是故古之士，接笔再开。〇此等文虽直抒胸臆，若径就己身言之，则嫌涉矜气，故不得不假古为喻，然而文势则妙远极矣。于行止进退之间，有跬步不容不慎者，其虑之长而度之数矣，夫岂以为小节哉？此以明己之不肯轻出，非苟然而已。千回百折，乃顿出此句，以正意不可轻吐也。若夫当可行且进之时，而卒不获行且进者，盖有之矣，夫亦其命然也。正意已尽，复用诡谲之语以乱之，尤为隽永，史公《表序》："此乃《传》之所谓大圣者乎？岂非天哉！非大圣孰能当此受命而帝者乎？"其妙处正自与此同符。史公以后不见此诣，几二千年矣！〇以上反覆证明己之不能轻出，以自表著其志节。

仆今日者，幸依圣朝之末光，有当轴之襃采，踊跃鼓忭以冀进，乃其本心；而顾遭家不幸，始反一年，仲弟先殒，今又丧妇，老母七十，诸稚在抱，欲去而无与托，又身婴疾病以留之。此所以振衣而趑趄，北望枢斗而俯而太息者也。远蒙教督，不获趋承，虽君子不之责，而私衷不敢安，故以书达所志，而冀谅察焉。以上托词家事以谢绝之。

[评析]

姚鼐于乾隆二十八年（1763）中进士，曾任山东、湖南乡试考官，会试同考官。三十八年（1773），四库开馆，任纂修官。当时天下藏书毕出，其他纂修者竞尚新奇，批判宋元以来的儒学为空疏迂谈，姚鼐往复辩论，有言："诸君皆欲读人未见之书，某则愿读人所常见书耳。"三十九年，即告病辞官，年仅四十四岁。军机大臣兼户部侍郎梁国治通过亲属力邀姚鼐出仕，甚至承诺："若出，吾当特荐。"梁国治所委托出面的亲属，应该就是桐城出身的张曾敞，然而本书未见张君之名。此人素为姚鼐所敬重，本篇即姚鼐婉谢出仕的回信，表明己志。

本篇可分为四段，首段感谢荐举出仕的恩惠，又表明自己的平庸学浅，不通古今形势，又不熟悉其他的公卿人才，实在不足以胜任大事。所言愈谦逊，辞谢的意味就愈是深厚，为后文的谢绝先做铺陈。次段，执笔定调出"志""时"二字，由此展开议论，作为全篇的立论基础：士人对于自己的期望，是"志"；是否施展用世，是"时"，由此暗示时宜之要。接着落笔于自身的仕途历程，在供职四库馆阁的"幸"之后，折出"不幸"告病归家，又叠言二次"幸"字写荣获赏识，表达对于荐举的感激。第三段，援引《孟子》，进一步论述"志""时"，导引出"仕非苟焉而已，将度其志可行于时"，将时宜之应合交由士人自身判断，突显抉择的自主性。接着分三层设说，写出仕者的成就、期许与自我操守，表达已妥善地审己度时，出仕必有所不安于心。而后开拓笔势，强调辞官退隐为深思熟虑后的结果，以免日后在进退之间反复不定。末段，再以家事为佐，身负照顾老母稚子的重担，因此婉谢仕途，恳请对方体谅。

第三段中，吴闿生指出所论之仕者为三等，隐含姚鼐的自况，即衡量自身之语。仕之最上者，能救世济民，虽求人举荐，然无损其质；次等于国家仅有微小帮助，无法彰显正道；下等但求免于耻辱罪刑而已。言外之意，即是自己无所益于世，便不该遑遑求官，不做那次等之仕。士大夫成长于儒家思想的培育之下，心中往往怀有澄清天下之志，但当现实环境与理想产生落差，难免对自己的能力有所怀疑，反省过去的作为是否合于正道，将来能否再致用于世，从而判断去处。事关士大夫的尊严，难以直率告人，故姚鼐含蓄吞吐于中，委婉暗示。通过仕之三等论，不愿复出之心志亦更显坚定。至于姚鼐为何认为自己无所裨益于世，今人吴孟复《桐城文派述论》以为与文字狱有关，姚鼐无法改变清代文字狱种种残酷措施，故选择离开官场。可参酌之。

复鲁絜非书

以"阴阳"论文，由先生所创，至文正公则又有"四象"之说，其剖析益精，皆所谓"言立而不朽者"也。此篇识议既极精粹，而刻画阴阳刚柔之美，尤为瑰玮奇丽，极尽文章之能事。

桐城姚鼐顿首，絜非先生足下：相知恨少，晚遇先生。接其人，知为君子矣；读其文，非君子不能也。往与程鱼门、周书昌尝论古今才士，惟为古文者最少。苟为之，必杰士也，况为之专且善如先生乎？辱书引义谦而见推过当，非所敢任。鼐自幼迄衰，获侍贤人长者为师友，剽取见闻，加臆度为说，非真知文能为文也，奚辱命之哉？盖虚怀乐取者，君子之心。而诵所得以正于君子，亦鄙陋之志也。以上总冒。

鼐闻天地之道，阴阳刚柔而已。文者，天地之精英，而阴阳刚柔之发也。惟圣人之言，统二气之会而弗偏，然而《易》《诗》《书》《论语》所载，亦间有可以刚柔分矣，值其时其人，告语之体，各有宜也。自诸子而降，其为文无弗有偏者。其得于阳与刚之美者，则其文如霆如电，如长风之出谷，如崇山峻崖，如决大川，如奔骐骥。其光也，如杲日，如火，如金镠铁。其于人也，如凭高视远，如君而朝万众，如鼓万勇士而战之。比喻精到，文亦兴会飙舞，昫曜心目。其得于阴与柔之美者，则其文如升初日，如清风，如云，如霞，如烟，如幽林曲涧，如沦如漾，如珠玉之辉，如鸿鹄之鸣，而入廖廓。其于人也，漻乎其如叹，邈乎其如有思，暖乎其如喜，愀乎其如悲。观其文，讽其音，则为文者之性情形状，举以殊焉。姬传论文，最主声调之说，以为声调之不善，则气不足以举其词，此所以有"讽其音"之说也。且夫阴阳刚柔，其本二端，造物者糅，而气有多寡进绌，则品次亿万，以至于不可穷，万物生焉。故曰："一阴一阳之谓道。"夫文之多变，亦若是已，糅而偏胜可也，偏胜之极，一有，一绝无，与夫刚不足为刚、柔不足为柔者，皆不可以言文。此公既创阴阳刚柔之说，又恐世之浅者藉口以犷悍为阳刚，以靡弱不振为阴柔也，故申辨明之。○阴阳刚柔之分，亦言其大概而已，夫必刚柔相错而后为文，故阳刚之文亦具阴柔之美，特不胜其阳刚之致而已，阴柔亦然。止可偏胜，而不可以绝无，此理尤精。而曾公"四象"之说，实已寓于此矣。今夫野人孺子闻乐，以为声歌弦管之会尔；苟善乐者闻之，则五音十二律，必有一当，接于耳而分矣。夫论文者，岂异于是乎？此自负其论文之识也。姚公之文，不过于八家后自树一帜而已；至其论文之识，则精微独绝，高出千古，故曾文正公尤服膺之。《古文辞类纂》一书，实千古文学之津梁，永世不刊之典籍也，宜公之自负若此矣。○以上论阳刚阴柔之大别。

　　宋朝欧阳、曾公之文，其才皆偏于柔之美者也。欧公能取异己者之长而时济之，曾公能避所短而不犯。观先生之文，殆近于二公焉。抑人之学文，其功力所能至者，陈理义必明当，布置取舍繁简廉肉不失法，吐辞雅驯不芜而已。古今至此者，盖不数数得，然尚非文之至；文之至者，通乎神明，人力不及施也。先生以为然乎？此皆称心而谈，语语具征实际，精当无伦，盖意中不甚以絜非所作为然；然非菲薄之，指以文事精妙之至，实非可以人力强为者，姚公尚不能以此自慊，况絜非乎？〇以上因论絜非之文，而叹至诣之不可到。

　　惠寄之文，刻本固当见与，钞本谨封还。然钞本不能胜刻者。诸体中，书疏、赠序为上，记事之文次之，论辨又次之。鼐亦窃识数语于其间，未必当也。《梅崖集》果有逾人处，恨不识其人。郎君、令甥皆美才，未易量，听所好，恣为之，勿拘其涂可也。于所寄文，辄妄评说，勿罪！勿罪！秋暑，惟体中安否？千万自爱。七月朔日。

[评析]

　　鲁絜非（1732~1794），名九皋，乾隆三十六年（1771）进士，从朱仕琇问学，受到朱氏推重姚鼐的影响，多次来信请教姚鼐古文义法。本篇即姚鼐的回信，借由阴阳刚柔的观念，阐述文章之道。

　　本篇可分为四段，篇首称誉鲁九皋的德行与文章。次段，以"天地之道，阴阳刚柔"为文学理论的基础，描绘阳刚、阴柔两大类型不同风格的文章之美。接着以天地自然为理论根据，指出"造物者糅"，因而提出"糅而偏胜可也"，提醒不可偏废任何一方。第三段以欧阳修、曾巩为例，说明二人阴柔为主，也能达到刚柔相济的理想。最后以问候之语作结。文中所提及的鲁九皋甥儿陈用光，日后也拜师姚鼐，学古文法。

　　吴闿生极为推服姚鼐此篇文论，题下评赞美文中所刻画的阳刚、阴柔之美，能作为理论的模范。第三段夹评中，吴闿生亦详加分析，说明阳刚遒劲之文亦有阴柔情韵之美，反之亦然。并推崇姚鼐"论文之识，则精微独绝"，其所评选的《古文辞类纂》集千古文章之大成。

梅伯言一篇

《闲存诗草》跋

梅郎中于姚公门弟子中翘然特出,声誉亦高,其诗与文皆实有独到处,在有清一代足以自树一帜。虽未尽雅驯,而矫然自异,所造固已不易及已。今录此篇,列之姚公之后,其清峻峭折,固视古人而无愧也。

《闲存诗草》者,桐城吴伯芬先生所作也。其子长卿以示曾亮,因题其后曰:今世之闻乐者,肃然穆然,其声动人心,非皆能辨其词也。取《清庙》《生民》之词,而佁屈诵之,未有不听而思卧者。故诗之道,声而已矣。

海峰刘先生之言诗,殆主于声者乎?而得其宗者,吴先生也。同学若王悔生、陈策心诗皆未及见;独幸见先生诗,其音节清亮,情词相称,追唐人而从之,非学七子者所能及,刘先生复古之功固不可没哉!

方其举鸿博报罢,流离京师,一试学博,而终老于穷乡。同时司文章之命,而为人先游者,不乏人也,而士之笃信于寂寞之道者固如此。折入深处。此盖有所恃哉!一波三折,精光炯然,此柳子所谓"扬之欲其明"者。此亦声调之说也。然亦乌知夫后世慨慕而太息之,必有其人焉而甘为之也，奥折幽峭，深语入人心脾。呜呼，其可尚也夫！因吴诗无足深论，固专就刘先生以发感慨，此亦作文之一法也。

[评析]

　　本篇为梅曾亮为吴中兰诗集《闲存诗草》所写的跋文，梅曾亮《柏枧山房集》卷五篇题下有小字注记"己丑"，可知本篇作于道光九年（1829）。吴中兰为刘大櫆弟子、梅曾亮的师叔，因此措辞庄重。

　　本篇由"声"字入笔，揭举诵读诗作时的感人力量。刘大櫆师门主张作诗"主于声音"，吴中兰的诗作"音节清亮，情词相称"，以八个字精简带过，此外再无他论。文中转而述及吴中兰的仕途，失意于科考，以秀才之身终老，刘开《刘孟涂集》卷十《吴丈伯芬传》说他："力贫茹苦，数十年不事干请，及选建平县训导，而先生已卒矣。"然而末尾一笔以"笃信于寂寞之道"，转出吴中兰的操守，笔势起；随即又转折出"必有其人焉而甘为之也"的淡泊精神。短短几句之间，文势骤然数转，深刻赞扬吴中兰的性情，而文笔简练，确实为短篇佳作。

曾涤生三篇

湘乡昭忠祠记

　　文正公生平于文章之事好之至切，驰驱军旅，盖亦夺其日力。今观其文，沈浸于古者亦未必过深，独其光气熊熊，倚天曜日，喷薄昌盛，而不可以已，此则文家至难得之境，虽唐宋大家不数数觏者。而公一握管则浩然之气奔赴腕下，盖其学识高出一代，而积诚养气之功，有独至者，亦由其得于天者为独优，不可以强袭者也。公之精神照耀千古，不可磨灭者在此，其规模度量足以建一代之勋名，而收揽一代之才俊者，亦由于此。盖其事有出于文章之外者，而文章得之，益以闳伟矣。

　　咸丰二年十月，粤贼围攻湖南省城。既解严，巡抚张公亮基檄调湘乡团丁千人至长沙，备防守。罗忠节公泽南、王壮武公鑫等，以诸生率千人者以往。维时国藩方以母忧归里，奉命治团练于长沙。因奏言团练保卫乡里，法当由本团酾金养之，不食于官，缓急终不可恃；不若募团丁为官勇，粮饷取诸公家，请就见调之千人，略仿戚元敬氏成法，束伍练技，以备不时之卫。由是吾邑团卒，号曰"湘勇"。

　　三年春，平土寇于衡山，破逆党于桂东。其夏，粤贼围江西省城，国藩募湘勇二千、楚勇千人，罗忠节公辈率之东援。初战失利，营官谢邦翰、易良幹等殉难。湘勇之越境剿贼、将领之力战捐躯，实始于此。余闻而悼之，议立忠义祠于县城，祀湘人与于南昌之难者。其冬，余奉命筹备舟师，乃募湘勇水陆万人。明年，率之东讨。岳州之役，陆兵败挫，虽旋有湘潭之捷，而湘士中熸。既而整军再出，罗公暨李忠武公续宾，率湘勇以从。于是大隽于岳州，克武、汉，下蕲、黄，破田家镇，复江西弋阳、信州、宁州。又以其间由江还鄂，扫荡枝县，再克武昌省会。咸丰五六年间，罗、李、"湘勇"之名震天下，而王壮武公与刘武烈公腾鸿、萧壮果公启江，暨巡抚蒋公益澧，皆提湘勇征战湖北、江西、广西、广东等省，所在有声。

然罗公、王公、刘公遂以六七年间，先后殂谢，而将士伤亡者滋益多。前所议建之忠义祠，规制隘陋，不足以严典祀。咸丰八年秋，国藩乃与李公具疏会奏，请立昭忠祠于湘乡，令有司春秋致祭，天子许之，吾邑军士殁有余荣已。

未几而舒城三河之难作，李公殉节，部下死者殆六千人。国藩私忧，以谓湘中士气恐不复振。其后，李公之弟勇毅公续宜，重辑部曲，转战皖北，张忠毅公运兰及唐总戎义训辈之师，转战皖南，而吾弟国荃遂以湘士克复安庆、金陵两省，蒋公暨杨公昌浚亦用湘人平浙江、伐福建，张忠毅公亦战殁于闽，东南数省莫不有湘军之旌旗，中外皆叹异焉。其西北诸道，则提督刘君松山追逐捻匪于河南、山东、直隶，征叛回于陕西、甘肃，而按察使陈君湜防守山西。其西南诸道，则萧壮果公率师入蜀，而巡抚刘公蓉屡平蜀寇，总督刘公岳昭暨诸湘军又自蜀而南入黔，西入滇。一县之人，征伐遍于十八行省，近古未尝有也。

　　当其负羽远征，乖离骨肉，或苦战而授命，或邂逅而戕生，残骸暴于荒原，凶问迟而不审，老母寡妇，望祭宵哭，可谓极人世之至悲。曾公论文最喜《罢珠崖对》中"遥设虚祭，想魂万里"一段，诸祠记中时摹拟其意境。其余气体词藻，亦皆从汉赋中来也。然而，前者覆亡，后者继往，蹈百死而不辞，困厄无所遇而不悔者，何哉？将前半篇所叙情事一一纳入。岂皆迫于生事，逐风尘而不返与？亦由前此死义数君子者为之倡，忠诚所感，气机鼓动，而不能自已也？君子之道，莫大乎以忠诚为天下倡。挺接英伟。○此文所论乃曾公所以建立功业之由来，躬自道其所尝行，非空言也。世之乱也，上下纵于亡等之欲，奸伪相吞，变诈相角，自图其安，而予人以至危，畏难避害，曾不肯捐丝粟之力以拯天下。句句切至。得忠诚者起而矫之，克己而爱人，去伪而崇拙，躬履诸艰，而不责人以同患，浩然捐生，如远游之还乡，而无所顾悸。此等议论，磊落俊伟，足以养成节侠之风气。由是众人效其所为，亦皆以苟活为羞，以避事为耻。呜呼！吾乡数君子所以鼓舞群伦，历九州而戡大难，非拙且诚者之效与？亦岂始事时所及料哉！元气淋漓，光烛天地。今海宇粗安，昭忠祠落成有年，而邑中壮士效命疆场者尚不乏人，能常葆此拙且诚者，出而济世，入而表里，群材之兴也，不可量矣，又岂仅以武节彪炳寰区也乎！

[评析]

　　道光末年，洪秀全等人在广西一带起义，建立太平天国。清廷下令各地组织团练，保卫乡里。咸丰二年（1852），曾国藩丁忧归里，奉命协助巡抚治团，仿效明朝戚继光束武之法操练，编选新军，初期未以"湘军"

命名，仅称为"湘勇"，或与"楚勇"之名混用。这支新军在剿灭湖南衡山的土匪后，首次越省支援南昌，而这也是首次将领壮烈捐躯，曾国藩因而议立忠义祠于县城。而后曾国藩于湘潭设造船厂，同时培训陆师、水师，随着一封封的朝廷急令，挺进各省讨伐太平军，其间亦援兵追剿捻匪与回乱。数年之间，太平军陆续攻下六百余城，势力遍及十六省，湘军亦出师各处，后来攻破金陵。

年复一年的负羽远征使将兵的壮烈牺牲日益增多，曾国藩陆续上奏请立昭忠祠，作了《湖口县楚军水师昭忠祠记》《金陵军营官绅昭忠祠记》《金陵湘军陆师昭忠祠记》等一系列祠记。同治八年（1869），湘军原籍的昭忠祠落成，又作此篇，专记和曾国藩一路走来的湘军，旨在褒扬湘军之忠义精神，务使殁有余荣。

吴闿生将本篇分为两大段，前段追叙湘军这十余年间的历程，由初创写起，至咸丰三年的首次外援邻省，将领殉难；四年的湘潭大捷、克复湖北、湘西、收复武昌；以及八年的安徽三河之难，李续宾与部下六千人死伤殆尽；再至安庆、金陵的平定，以及后来全国各省的收复。期间虽有挫败，但突出了湘军"征伐遍于十八省"的功绩与英勇，并表达对于请立昭忠祠以"严典祀"的强烈期盼。后段则论将兵相继赴死而不辞的原因，在这么一段壮烈而长远的过程中，曾国藩将论述焦点集中于"忠诚"二字。"拙且诚"的精神难能可贵，因此严明典祀的目的更显重要，而文中亦是满溢着深以湘军为荣的自信。

本篇所强调的"拙且诚"精神，是曾国藩治兵的一贯之道。《曾文正公书札》卷二《与文任吾》自道言：首重兵勇品行，以忠义血性来改变风气，上下一心，赴汤蹈火，誓不相弃。《曾文正公书札》卷二《与王璞山》也说：建军初期，即择选"吾党质直而晓军事之君子将之，以忠义之气为主而辅之"，提升素质，并严明士兵纪律。咸丰四年《讨粤匪檄文》中，曾国藩痛批太平军置弃孔孟、破坏人伦之举，他再次标举"忠信"为行军之本，讨贼的目的，是用以"慰孔孟人伦之隐痛"，护卫传统文化价值。无论是"忠义""忠信"或是本篇所强调的"拙诚"，这以儒家修养为基底的强韧信念贯彻他十余年的军旅生涯，也贯注在笔下形成浩然之气，故吴闿生赞为"光气熊熊，倚天曜日，喷薄昌盛，而不可以已"，文章磊落英伟，雄壮淋漓。

吴闿生之父吴汝纶为曾国藩弟子，论及曾国藩治军的纪律以及讨伐太平军的功绩，也是推崇至极。不过，曾国藩痛批粤匪之非，其弟国荃攻破安庆与金陵之时，其实也纵兵屠城，杀民烧屋、奸淫妇女，甚至戳刺幼童引以为戏，城中死者多达二三十万人。为何"忠义"之军，可以如此堂皇正大地屠杀？难道湘军的"忠义"，仅仅是对相同立场的人，而生活在贼区的平民，就等于是支持"粤匪"，就是死有余辜吗？这些施加在老百姓上的杀债，真的是理所应当吗？今日吾人读此篇，或许也应该参酌其他史料，以有较全面的理解与思考。

《欧阳生文集》序

公生平论文心折姚氏，"桐城文派"之说，实由此而起。有关清代文献，文亦朴郁醇厚。○世之寡识者，往往好讥议桐城派，不知学问之道，非有先后辈授受渊源，何以继往开来，承传勿替？曾公一代闳材，犹兢兢师法如此，狂诞小生，亦可以息其口矣！

乾隆之末，桐城姚姬传先生鼐，善为古文辞。慕效其乡先辈方望溪侍郎之所为，而受法于刘君大櫆及其世父编修君范，三子既通儒硕望，姚先生治其术益精，历城周永年书昌为之语曰："天下之文章，其在桐城乎！"由是学者多归向桐城，号"桐城派"，犹前世所称"江西诗派"者也。先大夫尝训闇生曰："'桐城派'，俗称也，难以入文，故援'江西诗派'以证之。"

姚先生晚而主钟山书院讲席，门下著籍者，上元有管同异之、梅曾亮伯言，桐城有方东树植之、姚莹石甫。四人者，称为高第弟子，各以所得，传授徒友，往往不绝。二句摄起全篇。在桐城者，有戴钧衡存庄，事植之久，尤精力过绝人，自以为守其邑先正之法，禔之后进，义无所让也。先顿挫数语，为后文引子。其不列弟子籍，同时服膺，有新城鲁仕骥絜非、宜兴吴德旋仲伦。絜非之甥为陈用光硕士，硕士既师其舅，又亲受业姚先生之门，乡人化之，多好文章。提。硕士之群从，有陈学授蓺叔、陈溥广敷，而南丰又有吴嘉宾子序，皆承絜非之风，私淑于姚先生，由是江西建昌有桐城之学。顿。〇一江西。仲伦与永福吕璜月沧交友，月沧之乡人，提。有临桂朱琦伯韩、龙启瑞翰臣、马平王锡振定甫，皆步趋吴氏、吕氏，而益求广其术于梅伯言，由是桐城宗派流衍于广西矣。顿。〇一广西。

昔者国藩尝怪姚先生典试湖南，而吾乡出其门者，未闻相从以学文为事。提。〇变调。既而得巴陵吴敏树南屏，称述其术，笃好而不厌，而武陵杨彝珍性农、善化孙鼎臣芝房、湘阴郭嵩焘伯琛、溆浦舒焘伯鲁，亦以姚氏文家正轨，违此则又何求？顿。〇一湖南。最后得湘潭欧阳生。生，吾友欧阳兆熊小岑之子，而受法于巴陵吴君、湘阴郭君，亦师事新城二陈。其渐染者多，其志趋嗜好，举天下之美，无以易乎桐城姚氏者也。入本题，更以重笔顿束，结前半篇。以下开。

当乾隆中叶，海内魁儒畸士，崇尚鸿博，繁称旁证，考核一字，累数千言不能休，别立帜志，名曰"汉学"，深摈有宋诸子义理之说，以为不足复存，其为文尤芜杂寡要。叙述当时汉学之弊，以明姚先生之志识。姚先生独排众议，以为义理、考据、词章，三者不可偏废，必义理为质，而后文有所附，考据有所归，一编之内，惟此尤兢兢。当时孤立无助，传之五六十年，近世学子，稍稍诵其文，承用其说。道之废兴，亦各有时，其命也欤哉？以上发明姚先生为学大指，而慨叹其及身不能大显。

自洪、杨倡乱，东南荼毒，钟山、石城，昔时姚先生撰杖都讲之所，今为犬羊窟宅，深固而不可拔；桐城沦为异域，既克而复失，戴钧衡全家殉难，身亦欧血死矣。余来建昌，挺接。问新城、南丰，兵燹之余，百物荡尽，田荒不治，蓬蒿没人，一二文士，转徙无所。而广西用兵九载，群盗犹汹汹，骤不可爬梳，龙君翰臣又物故。独吾乡少安，二三君子尚得优游文学，曲折以求合桐城之辙。而舒焘前卒，欧阳生亦以瘵死。老者牵于人事，或遭乱不得竟其学，少者或中道夭殂。四方多故，求如姚先生之聪明早达，太平寿考，从容以跻于古之作者，卒不可得。然则业之成否，又得谓之非命也耶？以上因世变多故，而发治乱兴衰之感，俯仰今昔，感喟苍茫，将中间铺叙各段一一收拾，文情之昌盛茂美，邈焉寡俦。〇曾公为近百年中第一伟大人物，晚清数十年间世运，为一手所转移，不独武功震耀一世，而文教之沾被尤远。此等文字承先启后，提倡一时之风气，其志业固非异人所得而与，亦非若寻常文士徒斤斤于章句而已者也。

欧阳生名勋，字子和，没于咸丰五年三月，年二十有几。其文若诗，清缜，喜往复，亦时有乱离之慨。此句拍合章旨。庄周云：

"逃空虚者，闻人足音，跫然而喜，而况昆弟亲戚之謦欬其侧者乎！"余之不闻桐城诸老之謦欬也久矣，观生之为，则岂直足音而已？故为之序，以塞小岑之悲，亦以见文章与世变相因，俾后之人，得以考览焉。总结全篇。

[评析]

　　本篇为曾国藩为友人欧阳兆熊之子勋所作的文集序，集中注明"戊午"，即咸丰八年（1858），是欧阳勋卒后三年所作。

　　本文的重要性，首段就可看出。曾国藩以姚鼐为中心，上溯方苞、刘大櫆、姚范之师承授受，而后笔落于姚门四弟子与私淑者。历史传承加上开枝散叶之后，又依据地籍而撮出条理，分为江西、广西、再述及湖南本籍，由此引出文集作者欧阳勋的传承关系：姚鼐——吴敏树、郭嵩焘、陈学受、陈溥——欧阳勋，并再次强调诸家皆以姚鼐为正轨，因而脉络明了。这里叙述桐城派的传承与发展，以见桐城文学流衍之盛。

　　次段改以议论之笔，论述乾隆中叶以来汉学兴盛，儒士偏重考据，排斥义理学说。唯有姚鼐力排众议，主张义理、考据、词章三者不可偏废，兢兢业业于理论与笔端相符，遂使桐城文章光焰熊熊，传衍不绝。推崇姚鼐之余，也慨叹他生前学说不得显达，受限于"时"与"命"。

　　第三段遂写出太平天国之乱造成的世变。曾国藩逐一指出桐城学风兴盛之处皆受到兵燹之害，以及桐城文家的相继殂谢，只有湖南湘乡稍安。在动乱震荡的大环境下，像姚鼐这般享有天年，从容写作以达到古人境界的成就，更是难得，如此说来，是否也是"命"呢？本段回应前文所述的地籍学风，也再次申述了命运，故吴闿生评为"将中间铺叙各段一一收拾"。

　　末段表达对于欧阳勋文集编成的欣慰，读之若见桐城诸老余音。曾国藩简要归纳欧阳勋诗文的特色，一是风格清缜，二是"有乱离之慨"，而后者正是本篇意旨所在，故文末指明"见文章与世变相因"，归结出文章与时势相合的文学主张，由此发扬姚鼐"义理、考据、词章并重"的理论主张。

本篇以"桐城派"涵盖诸多文家，曾国藩亦以姚鼐后学自许，这影响了吴汝纶、吴闿生父子。吴闿生在自述家学渊源时，但云"桐城"，未尝有"湘乡派"之说。这样发声的用意，不只是因为吴闿生祖籍桐城，更是要与传统文学接轨，以捍卫传统文化价值，与民国初年的新文化相抗衡。

五箴并序

曾公深于文学，其四言体亦高。此五首早年服官京师时作，不摹扬、马，而词气自与之近，不惟德业之崇，而光明俊伟之气象，尤足照曜千古，退之《五箴》不能逮也。

少不自立，荏苒遂洎今兹，盖古人学成之年，而吾碌碌尚如斯也，不其戚矣。继是以往，人事日纷，德慧日损，下流之赴，抑又可知。夫疢疾所以益智，逸豫所以亡身。仆以中才，而履安顺，将欲刻苦而自振拔，谅哉！其难之欤？作《五箴》以自创云。

立志箴

煌煌先哲，彼不犹人。藐焉小子，亦父母之身。聪明福禄，予我者厚哉。弃天而佚，是及凶灾。积悔累千，其终也已。往者不可追，请从今始。荷道以躬，舆之以言。一息尚存，永矢弗谖。言者，文也，此谓文以载道。

居敬箴

天地定位，二五胚胎。鼎焉作配，实曰三才。俨恪斋明，以凝女命。女之不庄，伐生戕性。谁人可慢，何事可弛，弛事者无成，慢人者反尔。纵彼不反，亦长吾骄。人则下女，天罚昭昭！

主静箴

斋宿日观，天鸡一鸣。万籁俱息，但闻钟声。后有毒蛇，前有猛虎，神定不慑，谁敢予侮？岂伊避人，日对三军。我虑则壹，彼纷不纷。驰骛半生，曾不自主。今其老矣，殆扰扰以终古。

谨言箴

巧语悦人，自扰其身。闲言送日，亦搅女神。解人不夸，夸者不解。道听涂说，智笑愚骇。骇者终明，谓女贾欺。笑者鄙女，虽矢犹疑。尤悔既丛，铭以自攻。铭而复蹈，嗟女既耄。

有恒箴

自吾识字，百历及兹，二十有八载，则无一知。曩者所欣，阅时而鄙。故者既抛，新者旋徙。德业之不常，曰为物迁。曰，《集》作"日"，案："曰"字为是。德业不常者，以此藉口也，故下以"食之不愆"折之。尔之再食，曾未闻或愆。黍黍之增，久乃盈斗。天君司命，敢告马走。此以心为天君，以百体为马走也。

[评析]

曾国藩三十一岁时，常请教于太常寺卿唐鉴，始肆力于宋学，每日课读朱子之书。次年，益致力程、朱之学，著录日记，力求改过，多痛自刻责之言。三十四岁时，由文渊阁校理派充翰林院教习庶吉士，再转补翰林院侍读。翰林院为储备人才之所，可充任经筵讲官，或主持科考，曾国藩严以劾己，博览群书，于年底模仿韩愈《五箴》，作此篇以自警。据黎庶昌《曾文正公年谱》所载，时为道光二十四年（1844）。"箴"原为针砭用的医疗器具，文体上以表达规劝为主题，依据对象又可分为官箴、私箴，后者用以揭示自身的过失，作为警惕。

篇首小序说明写作缘由，以感慨"少不自立"为开端，反省过去荒疏于学业，又感于今日"人事日纷，德慧日损"，升起死于安乐的危机感，因此作《五箴》以刻苦振拔，求有所为。

序言提及虚掷年华的悔恨，第一则《立志箴》即在这样的基础上反省，"往者不可追，请从今始"。第二则《居敬箴》从由天地阴阳入笔，阐发"人"处在"三才"之中，必须庄敬谨肃以修养自身，杜绝怠慢骄纵的恶习。以下《主静箴》通过在泰山日观峰上斋戒的经验，揭示神定专一能消解纷乱的功效，文中设想了毒蛇猛虎之害，但只要能安定己身，又有何畏？在"敬""静"的心性修养之后，又以《谨言箴》约束自己的言谈，以"智笑愚骇""谓女贾欺""笑者鄙女"说明巧言之害终将返回自身，警惕自己勿重蹈覆辙。最后则以《有恒箴》收结，坦承面对过去"新者旋徙""德业不常"的缺点，砥砺自己以坚持的态度持续修养日课。

《五箴》是曾国藩修养功夫的凝炼，体现了他对于义理之学的所得，其中尤须注意"敬"与"静"。在道光二十二年（1842）时，曾国藩给自己制定了《日课十二条》，明示"一曰主敬，二曰静坐"，置于首要。将"敬"与"静"二者绾合为一，强调恭谨静肃的重要。通过《五箴》，不只可看见曾国藩对自身的严格要求，也可以作为我们训勉自己的警言。

家藏文库书目（持续更新中）

大学　中庸	阮籍诗选
三国志选注译（上、中、下）	嵇康诗文选
水经注	庾信选集
唐才子传	孟浩然诗选
商君书	李杜诗选（上、下）
孔子家语	韩愈诗选
法言	柳宗元诗选
随园食单	杜牧诗选
板桥杂记	苏轼诗文选
抱朴子内篇	黄庭坚诗选
文中子中说	陆游诗选
大唐西域记（上、下）	王阳明诗文选（上、下）
洛阳伽蓝记	花间集（上、下）
地藏经　药师经	晏殊　晏几道词选
东坡志林	欧阳修词选
朱子读书法	苏轼词选
武林旧事　附《增补武林旧事》	秦观词
扬州画舫录（上、下）	周邦彦词
徐霞客游记（上、下）	姜夔词
老学庵笔记　入蜀记	豪放词
曾国藩家书	婉约词
梁启超家书	历代抒情小赋选
郑板桥家书	先秦散文选
王阳明家书家训	唐宋散文选
古诗十九首　乐府诗选	晚明散文选

古文辞类纂（上、下）	镜花缘
古文范	儒林外史
唐人小说选	天工开物
太平广记选	千家诗
牡丹亭　窦娥冤	帝鉴图说
西厢记　桃花扇	四字鉴略
喻世明言	声律启蒙　笠翁对韵
警世通言	重订增广贤文　名贤集
醒世恒言（上、下）	历代修身格言集萃
聊斋志异	韩诗外传